JN242590

赤い夢の館へ、
ようこそ。
はやみねかおる
公式ファンブック

ersary
oru
QFC
七輪曲芸団
SEVEN RING CIRCUS
QFC
RED DREAM BATTLE TOURNAMENT
EMPEREUR
皇帝
AM
NAMENT

25th Ann
Hayami
QFC
Hiko
初楼
GO! ICPO
FIGHT!
SEN CHAN
I ♥ Berlin
Q
RED
BATTLE

先生
祝★25周年!!
おめでとうございます!

祝二十五周年

祝・15周年!

祝25周年
25

村《むら》田《た》四《し》郎《ろう》先生《せんせい》コレクション

赤《あか》い夢《ゆめ》の館《やかた》へ、ようこそ。
↑
赤《あか》い夢《ゆめ》の館《やかた》

プロローグ

ある日《ひ》、きみはなにげなく立《た》ち寄《よ》った書店《しょてん》で、児童書《じどうしょ》の棚《たな》の前《まえ》をぶらぶらしていた。

「いらっしゃいませ！　お客《きゃく》さん、なにかお探《さが》しかな？」

背後《はいご》から急《きゅう》に話《はな》しかけられ、きみはふりかえる。

声《こえ》の主《ぬし》は、書店員《しょてんいん》さんだ。

店《みせ》の奥《おく》のカウンターから、のそのそと出《で》てくる。

「わたしはこの書店《しょてん》の店長《てんちょう》、中村巧《なかむらたくみ》と申《もう》します。わたし、もうとにかく本《ほん》が好《す》きで、ある友人《ゆうじん》からは、『燃《も》える一介《いっかい》の書店人《しょてんじん》』なんてよばれてます。どんな本《ほん》でも、見《み》つけますよ。」

中村《なかむら》さんは、あくびをかみころしながら、児童書《じどうしょ》の棚《たな》をながめる。

「ああ、そういえば、その友人《ゆうじん》なんですがね……。」

ハ行《ぎょう》の作家《さっか》のところで目《め》を留《と》める中村《なかむら》さん。

「じつは『はやみねかおる』という名前《なまえ》で児童書作家《じどうしょさっか》をやっていまして。お客《きゃく》さんはご存知《ぞんじ》ですか？」

もちろん、よく知《し》っているきみはうなずく。

なにやらうれしそうな笑《え》みを浮《う》かべて、カウンターへ戻《もど》る中村《なかむら》さん。

「つい先日《せんじつ》、はやみねくんから、手紙《てがみ》が届《とど》いたんですよ。どこにあったかな……？　あっ、ほら、これ。」

中村《なかむら》さんが、カウンターから赤《あか》い封筒《ふうとう》を取《と》り出《だ》し、中《なか》の手紙《てがみ》を開《ひら》く。

招《しょう》待《たい》状《じょう》

INVITATION《インビテーション》

拝啓《はいけい》

こんにちは。はやみねかおるです。
じつはこの度《たび》、みなさんの応援《おうえん》のおかげで、作家《さっか》として25周年《しゅうねん》を迎《むか》えることができました。

つきましては、そのささやかなお祝《いわ》いとみなさんへの御《お》礼《れい》を兼《か》ねて、みなさんを私《わたし》の秘密基地《ひみつきち》・勇嶺館《はやみねかん》へご招待《しょうたい》します。

この館《やかた》、またの名《な》を「赤《あか》い夢《ゆめ》の館《やかた》」と申《もう》しまして……。
かならずや楽《たの》しんでいただけることと思《おも》います。
では、お待《ま》ちしています。

敬具《けいぐ》

日時《にちじ》　思《おも》い立《た》ったが吉日《きちじつ》
会場《かいじょう》　三重県《みえけん》××村《むら》　勇嶺館《はやみねかん》
※当日《とうじつ》は、ご連絡《れんらく》をいただければ、××駅《えき》へ
　シャトルバス「ポチアマゾン」がお迎《むか》えに上《あ》がります。

はやみねかおる

『赤《あか》い夢《ゆめ》の館《やかた》』……。なんともふしぎな名前《なまえ》だと思《おも》いませんか？　古《ふる》くからの友人《ゆうじん》のわたしですら、そんな館《やかた》の存在《そんざい》は聞《き》いたことがない。」

きみは、はやみね先生《せんせい》からの招待状《しょうたいじょう》をなんども読《よ》み返《かえ》す。

秘密基地《ひみつきち》、赤《あか》い夢《ゆめ》の館《やかた》、ポチアマゾン……。

現実世界《げんじつせかい》に似《に》つかわしくない単語《たんご》の数々《かずかず》が、きみの頭《あたま》の中《なか》でおどる。

「お客《きゃく》さん、何《なに》やら興味《きょうみ》がありそうな顔《かお》をしていますね！（キラリ）」

さっきまでの眠《ねむ》そうな態度《たいど》は一転《いってん》し、目《め》に好奇心《こうきしん》の光《ひかり》をたたえた中村《なかむら》さんがいう。

「こんな招待状《しょうたいじょう》を見《み》たら、首《くび》をつっこまずにはいられない、そう顔《かお》に書《か》いてありますよ？　これも何《なに》かの縁《えん》です。もしお時間《じかん》があるなら、ちょっと一緒《いっしょ》にこの館《やかた》を訪《たず》ねてみませんか？」

急《きゅう》な展開《てんかい》だったが、きみは迷《まよ》いなくうなずいていた。


電車《でんしゃ》に揺《ゆ》られること小一時間《こいちじかん》。

きみたちは、あたりを山《やま》に囲《かこ》まれた、××駅《えき》に到着《とうちゃく》した。

十数年前《じゅうすうねんまえ》に、第三《だいさん》セクターとなった私鉄《してつ》の下《くだ》り線《せん》の終点《しゅうてん》で、駅前《えきまえ》は閑散《かんさん》としている。

「さっき、はやみねくんに連絡《れんらく》したら、シャトルバスを手配《てはい》してくれたらしいんですが……。」

せまいロータリーには、ぽつんと普通乗用車《ふつうじょうようしゃ》が止《と》まっているだけ。

ふと、中村《なかむら》さんが気《き》づく。

「あそこに止《と》まっている普通乗用車《ふつうじょうようしゃ》、後部《こうぶ》ガラスに『ポチアマゾン』って書《か》いてありますよ！」

書店人《しょてんじん》だけあって、さすがの観察力《かんさつりょく》！

「あれでは『シャトル乗用車《じょうようしゃ》』ですが、はやみねくんは見栄《みえ》を張《は》ったのかもしれませんね。」

ポチアマゾンに近《ちか》づくと、こちらに気《き》づいた運転席《うんてんせき》の女性《じょせい》が手《て》を振《ふ》る。

「赤《あか》い夢《ゆめ》の館《やかた》行《い》きシャトルバスはここやで！」

ショートカットで、眼鏡《めがね》をかけている、かわいらしい女性《じょせい》だ。

「この度《たび》はうちのポチアマゾンをご用命《ようめい》いただき、おおきに！」

きみたちは車《くるま》に乗《の》りこむ。

中村《なかむら》さんは、シートベルトをしめながら、なぜか不安《ふあん》そうな顔《かお》をしている。

「じつは以前《いぜん》、風《かぜ》のうわさで聞《き》いたことがあるんです。ショートカットの女性《じょせい》が運転《うんてん》するポチアマゾンと書《か》かれた車《くるま》にだけは乗《の》ってはいけないと……なぜなら。」

中村《なかむら》さんの言葉《ことば》は、そこでとぎれた。

なぜなら、突如《とつじょ》ポチアマゾンがＦ１《エフワン》並《な》みの１Ｇ《ジー》加速《かそく》で急発進《きゅうはっしん》し、ふたりとも気《き》を失《うしな》ったからだ。


……どれくらい時間《じかん》が経《た》っただろうか。

「着《つ》いたで！　ほら、降《お》りた、降《お》りた！」

運転手《うんてんしゅ》さんの声《こえ》で目《め》を覚《さ》ますと、目《め》の前《まえ》にあったのは——。

赤《あか》い夢《ゆめ》の館《やかた》MAP《マップ》

目次《もくじ》

赤《あか》い夢《ゆめ》の世界《せかい》へようこそ。
この館《やかた》には大小《だいしょう》さまざまな部屋《へや》があります。
各部屋《かくへや》では、趣向《しゅこう》を凝《こ》らしたコンテンツで
おもてなしいたします。
どうぞご自由《じゆう》に探検《たんけん》してみてください。
ただし、命《いのち》の保証《ほしょう》はできかねます。

第《だい》9章《しょう》【主寝室《しゅしんしつ》】Ⓙ
人物相関図《じんぶつそうかんず》
……………P.121

第《だい》10章《しょう》【第《だい》4の書庫《しょこ》】Ⓚ
作品紹介《さくひんしょうかい》【虹北恭助《こうほくきょうすけ》シリーズ】
……………P.129

第《だい》11章《しょう》【庭園《ていえん》】Ⓛ
ゲストスピーチ
……………P.139

第《だい》12章《しょう》【第《だい》5の書庫《しょこ》】Ⓜ
作品紹介《さくひんしょうかい》【その他《た》の作品《さくひん》】
……………P.153

第《だい》13章《しょう》【大広間《おおひろま》】Ⓝ
HKC《エイチケーシー》総選挙《そうせんきょ》
……………P.163

第《だい》14章《しょう》【地下室《ちかしつ》】Ⓞ
書《か》き下《お》ろし特別短編《とくべつたんぺん》
「そして七人《にん》がいなくなる!?」
……………P.179

エピローグ……………P.226

【隠《かく》し部屋《べや》】ヒミツのメッセージ
※この本《ほん》のどこかにあるよ。探《さが》してみよう。

【美術館《びじゅつかん》】Ⓐ
赤《あか》い夢《ゆめ》の館《やかた》コレクション …P.2

プロローグ ……………………P.10

第《だい》1章《しょう》【応接室《おうせつしつ》】Ⓑ
はやみね先生《せんせい》に100の質問《しつもん》 ………………P.17

第《だい》2章《しょう》【第《だい》1の書庫《しょこ》】Ⓒ
作品紹介《さくひんしょうかい》【夢水清志郎《ゆめみずきよしろう》シリーズ】‥P.37

第《だい》3章《しょう》【書斎《しょさい》】Ⓓ
はやみね先生《せんせい》の仕事場大公開《しごとばだいこうかい》！ ………………P.55

第《だい》4章《しょう》【食堂《しょくどう》】Ⓔ
はやみねキッチン ………P.63

第《だい》5章《しょう》【第《だい》2の書庫《しょこ》】Ⓕ
作品紹介《さくひんしょうかい》【怪盗《かいとう》クイーンシリーズ】‥P.73

第《だい》6章《しょう》【客室《きゃくしつ》】Ⓖ
ゲストインタビュー ……P.85

第《だい》7章《しょう》【第《だい》3の書庫《しょこ》】Ⓗ
作品紹介《さくひんしょうかい》【都会《まち》のトム＆《アンド》ソーヤシリーズ】 ………………………P.101

第《だい》8章《しょう》【屋根裏部屋《やねうらべや》】Ⓘ
転職《てんしょく》こそ天職《てんしょく》!? お仕事診断《しごとしんだん》 ………………………P.115

「ほな、これから七十二時間耐久《じかんたいきゅう》で、取材旅行《しゅざいりょこう》なんで、またね！」

そう言《い》い残《のこ》し、猛《もう》スピードで走《はし》りさるポチアマゾン。

放心状態《ほうしんじょうたい》で見送《みおく》りながら、中村《なかむら》さんが、思《おも》い出《だ》したようにつぶやく。

「ポチアマゾンに乗《の》ったものは、絶叫《ぜっきょう》マシンをこえる危険運転《きけんうんてん》による恐怖《きょうふ》で失神《しっしん》し、気《き》づくと目的地《もくてきち》に着《つ》いているという……。もしかしたら、はやみねくんは、この『赤《あか》い夢《ゆめ》の館《やかた》』の場所《ばしょ》を隠《かく》すために、ポチアマゾンを手配《てはい》したのかもしれないな。」

たしかに、秘密《ひみつ》にするなら、これ以上《いじょう》に完璧《かんぺき》な対策《たいさく》はないだろう。


「さて――。」

目《め》の前《まえ》には、広大《こうだい》な洋館《ようかん》。これが赤《あか》い夢《ゆめ》の館《やかた》……。

館《やかた》の正面《しょうめん》に門《もん》があり、おどろおどろしい文字《もじ》で張《は》り紙《がみ》がしてある。


赤《あか》い夢《ゆめ》の世界《せかい》へようこそ。……ご自由《じゆう》に探検《たんけん》してみてください。ただし、命《いのち》の保証《ほしょう》はできかねます。


「だってさ。」

中村《なかむら》さんは、それだけいうと、館《やかた》の中《なか》に足《あし》を踏《ふ》み入《い》れる。

あわててきみも後《あと》を追《お》う。

さあ、館《やかた》の探検《たんけん》をはじめよう。

第《だい》1章《しょう》 ✦ 応接室《おうせつしつ》

はやみね先生《せんせい》に100の質問《しつもん》

応接室《おうせつしつ》
Good Night, And Have A Nice Dream

はやみね先生《せんせい》は、幽霊《ゆうれい》を信《しん》じていますか？

赤《あか》い夢《ゆめ》の館《やかた》の主《あるじ》・はやみね先生《せんせい》に、バラエティ豊《ゆた》かな100の質《しつ》問《もん》をたずさえて直撃《ちょくげき》！　デビュー25周年《しゅうねん》を迎《むか》えた今《いま》、自身《じしん》を振《ふ》り返《かえ》る貴重《きちょう》なインタビューです。はやみね先生《せんせい》の知《し》られざる一面《いちめん》が、今《いま》、明《あき》らかに……？

1 デビューから25周年《しゅうねん》を迎《むか》えた今《いま》のお気持《きも》ちは？

こんなに長《なが》い間《あいだ》書《か》き続《つづ》けられたのは、たくさんの人《ひと》に支《ささ》えていただいたからです。感謝《かんしゃ》の気《き》持《も》ちでいっぱいです。すみませんが、250周年《しゅうねん》までよろしくお願《ねが》いします。

2 小説家《しょうせつか》を目指《めざ》したきっかけは？

小《ちい》さいときから、本《ほん》が好《す》きでした。大量《たいりょう》に読《よ》むので、すぐに読《よ》む本《ほん》がなくなってしまいます。だったら、自分《じぶん》で書《か》いて読《よ》めばいいのかなと思《おも》って書《か》き始《はじ》めました。

3 思《おも》い出《だ》せる限《かぎ》りで、初《はじ》めて読《よ》んだミステリーは？

たぶん、シャーロック・ホームズの「ブルース・パーティントン設計書《せっけいしょ》」だと思《おも》います。小学校《しょうがっこう》4年生《ねんせい》のときです。怖《こわ》くて、部屋《へや》から出《で》られなかったのを覚《おぼ》えてます。

4 師匠《ししょう》と呼《よ》ぶべき人《ひと》はいらっしゃいますか？

たくさんの本《ほん》を読《よ》むことで、文章《ぶんしょう》の書《か》き方《かた》を学《まな》びました。だから、「師匠《ししょう》！」と呼《よ》びたい作《さっ》家《か》さんは何十人《なんじゅうにん》もいます。でも、迷惑《めいわく》がかかりそうなので、ナイショです。

5 好《す》きな名探偵《めいたんてい》の名前《なまえ》をいくつでも教《おし》えてください！

亜愛一郎《ああいいちろう》、金田一耕助《きんだいちこうすけ》、神津恭介《かみづきょうすけ》、明智小五郎《あけちこごろう》、仁木雄太郎《にきゆうたろう》、伊集院大介《いじゅういんだいすけ》、御手洗潔《みたらいきよし》、島田潔《しまだきよし》、キリオン・スレイ、メルカトル鮎《あゆ》、法水麟太郎《のりみずりんたろう》、栗本薫《くりもとかおる》、猫丸《ねこまる》先輩《せんぱい》、神野推理《かみのすいり》、他多数《ほかたすう》！

(→)マニアックなクイズを出題《しゅつだい》！　すべての Q《クエスチョン》 の答《こた》えは次《つぎ》のページにあります。目指《めざ》せ、全問正解《ぜんもんせいかい》！

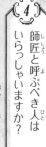

6 本《ほん》は何冊《なんさつ》ぐらい持《も》っているのでしょうか?

漫画《まんが》も含《ふく》めると、4万冊《まんさつ》を超《こ》えているようです。計算《けいさん》してもらったら、死《し》ぬまでに6万《まん》8000冊《さつ》ぐらいの本《ほん》が貯《た》まることがわかりました。そのせいで、全《すべ》て収《おさ》められる大《おお》きな書庫《しょこ》を建《た》てなければならなくなりました。

7 月《つき》に何冊《なんさつ》くらいの本《ほん》を読《よ》みますか?

漫画《まんが》も含《ふく》めて、40〜50冊《さつ》ぐらいでしょうか。目《め》が弱《よわ》ったので、昔《むかし》ほど読《よ》めません。独身時代《どくしんじだい》は、今《いま》の5倍《ばい》ぐらいは読《よ》んでたように思《おも》います。

8 本棚《ほんだな》は整理整頓《せいりせいとん》されていますか?

整理整頓《せいりせいとん》されてる部分《ぶぶん》と、魔《ま》界《かい》に沈《しず》んでる部分《ぶぶん》があります。魔界《まかい》に沈《しず》んだ場所《ばしょ》は、ぼくもどうなってるかわかりません。掘《ほ》ると「あれ、こんなの持《も》ってたかな?」という本《ほん》に出逢《であ》えます。

9 すでに持《も》っている本《ほん》を、誤《あやま》って買《か》ってしまったことはありますか?

誤《あやま》って買《か》ったことはありません。ただ、本棚《ほんだな》を探《さが》すより新《あたら》しく買《か》ったほうが早《はや》いときがあるので、そんなときは同《おな》じ本《ほん》でも買《か》ったりします。

10 心《こころ》に残《のこ》っている言葉《ことば》・名台詞《めいぜりふ》は?

「それで、夜《よる》も昼《ひる》も、赤《あか》い夢《ゆめ》を見《み》て暮《く》らすんじゃないかな……」小林信彦著《こばやしのぶひこちょ》『大統領《だいとうりょう》の晩餐《ばんさん》』より。ぼくは、この本《ほん》を読《よ》んで、自分《じぶん》が赤《あか》い夢《ゆめ》の住人《じゅうにん》だとわかりました。

★はやみねカルトクイズ★ このコーナーでは、下《した》のびみょうな余白《よはく》をフルに使《つか》って、全《ぜん》67問《もん》のちょっと（→）

11 子《こ》どもの頃《ころ》なりたかった職業《しょくぎょう》は？

父《ちち》が二輪関係《にりんかんけい》の仕事《しごと》をしてた影響《えいきょう》で、エンジニアになりたかったです。でも、どれだけ速《はや》いバイクを作《つく》っても、乗《の》りこなせる人間《にんげん》がいないことに気《き》づき、やめました。

12 学生時代《がくせいじだい》、部活《ぶかつ》には入《はい》っていましたか？

本当《ほんとう》は小説《しょうせつ》を書《か》くサークルに入《はい》りたかったのですが、映画研《えいがけん》究会《きゅうかい》で脚本《きゃくほん》を書《か》くことに……。映研《えいけん》の先輩《せんぱい》が、唐揚《からあ》げ定食《ていしょく》をおごってくれたからなんですけどね。

13 どんな生徒《せいと》でしたか？

目立《めだ》つほうじゃなかったと思《おも》います。でも、背《せ》が低《ひく》く髪《かみ》が長《なが》かったので、客観的《きゃっかんてき》に見《み》たら、かなり目立《めだ》ってたようです。他《ほか》には、大量《たいりょう》の本《ほん》を読《よ》む生徒《せいと》でした。

14 アルバイトをしていたことはありますか？どんなバイトでしたか？

家庭教師《かていきょうし》をメインに、駐車場《ちゅうしゃじょう》係《がかり》やスーパーマーケットの店《てん》員《いん》、電話調査《でんわちょうさ》、書店《しょてん》の棚卸《たなおろ》しなどをやりました。たくさんバイトしてたのに、どうして貧《まず》しかったのでしょう……？

15 好《す》きな季節《きせつ》は？

夏《なつ》です！　ランニングと短《たん》パン姿《すがた》になると、無駄《むだ》に元気《げんき》になります。寒《さむ》いと動《うご》きが小《ちい》さくなり、冬眠状態《とうみんじょうたい》になってしまいます。春《はる》と秋《あき》では、春《はる》のほうが好《す》きですね。

16 晴《は》れの日《ひ》と雨《あめ》の日《ひ》、どちらが好《す》きですか？

洗濯物《せんたくもの》がよく乾《かわ》くので、晴《は》れの日《ひ》が好《す》きです。でも、謎解《なぞと》き部分《ぶぶん》を書《か》くには、暗《くら》い雨《あめ》の日《ひ》が向《む》いてます。凧揚《たこあ》げするとき以外《いがい》、風《かぜ》の日《ひ》は苦手《にがて》です。ナウシカにはなれません。

17 好《す》きな食《た》べ物《もの》、嫌《きら》いな食《た》べ物《もの》は？

好《す》きなのは、肉《にく》。あと、魚《さかな》も好《す》きです。野菜《やさい》も好《す》きですが、肉《にく》の前《まえ》では「草《くさ》」になります。嫌《きら》いな食《た》べ物《もの》は、ありません。基本的《きほんてき》に、「好《す》き」と「大好《だいす》き」しかありません。

18 好《す》きな動物《どうぶつ》は？

ウシ、ブタ、ニワトリ、シカ、イノシシ、ウマなどです。他《ほか》の動物《どうぶつ》も好《す》きなのですが、近所《きんじょ》のイヌやネコは、近《ちか》づいてきません。警戒《けいかい》しているのでしょうか……。

19 好《す》きな場所《ばしょ》は？

自分《じぶん》の部屋《へや》。峠《とうげ》のてっぺん。海《うみ》。迷路《めいろ》のような小路《こみち》。基本的《きほんてき》に、人《ひと》のいない静《しず》かな場所《ばしょ》が好《す》きです。にぎやかなところに行《い》くと、暴《あば》れ出《だ》しそうな自分《じぶん》が怖《こわ》いです。

20 好《す》きな漫画《まんが》は？

古《ふる》いのから新《あたら》しいのまで、好《す》きな漫画《まんが》が多《おお》すぎて書《か》ききれません。ここは、数学者《すうがくしゃ》フェルマーになって、「ここに記《しる》すには余白《よはく》が狭《せま》すぎる。」と書《か》かせていただきます。

21 好《す》きな色《いろ》は？

白《しろ》か黒《くろ》です。赤《あか》や青《あお》などは、きれいな色《いろ》だとは思《おも》うのですが、あまり好《す》きではありません。闇《やみ》のように深《ふか》い黒《くろ》と、光《ひか》り輝《かがや》くようなまぶしい白《しろ》が、好《す》きです。

22 好《す》きな映画《えいが》は？

洋画《ようが》は『大脱走《だいだっそう》』や『荒野《こうや》の七人《しちにん》』『バック・トゥ・ザ・フューチャー』。邦画《ほうが》は『犬神家《いぬがみけ》の一族《いちぞく》』（1976）、『うる星《せい》やつら2ビューティフル・ドリーマー』。

Q.001 亜衣《あい》が書《か》いたミステリー小説《しょうせつ》「六月《がつ》は雨《あめ》の〆〆密室《シメシメみっしつ》」の主人公《しゅじんこう》は？

23 尊敬《そんけい》している人は？

小《ちい》さい頃《ころ》から、ぼくに赤《あか》い夢《ゆめ》を見《み》させてくださった多《おお》くの推《すい》理作家《りさっか》の皆様《みなさま》。皆様《みなさま》のおかげで、ぼくは子《こ》どもたちに赤《あか》い夢《ゆめ》を紹《しょう》介《かい》することができます。心《こころ》の底《そこ》から、尊敬《そんけい》と感謝《かんしゃ》を――。

24 座右《ざゆう》の銘《めい》や好《す》きなことわざを教《おし》えてください。

「濡《ぬ》れ手《て》で粟《あわ》」ということわざが好《す》きです。このことわざを聞《き》くと、両方《りょうほう》の手《て》のひらを上《うえ》に向《む》けて、「わははははは！」と笑《わら》いたくなります。

25 特技《とくぎ》はありますか？

本当《ほんとう》に、特技《とくぎ》も何《なに》もない、つまらない人間《にんげん》です。こういう質《しつ》問《もん》をされたときは、「無芸大食《むげいたいしょく》人畜無害《じんちくむがい》」と答《こた》えるようにしています。なかなか死《し》なないというのは、特技《とくぎ》になりませんしね。

26 どんな場所《ばしょ》に住《す》まれているのでしょうか？

三重県《みえけん》で、山《やま》と川《かわ》に挟《はさ》まれてます。普通《ふつう》に、サルやシカが庭《にわ》までやってきます。家《いえ》は、大量《たいりょう》の本《ほん》を収納《しゅうのう》するために本棚《ほんだな》だらけで、住居《じゅうきょ》というより書庫《しょこ》に住《す》んでます。

27 三重県《みえけん》のオススメポイントは？

自然《しぜん》が多《おお》いことと、気候的《きこうてき》に穏《おだ》やかなせいか、ノンビリした雰囲気《ふんいき》があるところです。あと、食《た》べるものが何《なん》でもおいしいです。伊勢《いせ》うどんは、死《し》ぬまでに一度《いちど》は食《た》べる価値《かち》ありです。

28 ペットは飼《か》っていますか？

金魚《きんぎょ》が1匹《ぴき》います。他《ほか》にはムカデやコウモリがいますが、あれは勝手《かって》に住《す》み着《つ》いてるだけですし……。庭《にわ》にシカが来《き》ますが、捕《つか》まえる前《まえ》に逃《に》げられます。

Q.001の答《こた》え 夢水《ゆめみず》木《き》良郎《よしろう》。中学《ちゅうがく》3年生《ねんせい》で成績優秀《せいせきゆうしゅう》、スポーツ万能《ばんのう》。友《とも》だちからの信頼《しんらい》も厚《あつ》い。

29 一番落《いちばんお》ち着《つ》く場所《ばしょ》はどこですか？

ふとんの中《なか》です。その日《ひ》書《か》いた原稿《げんこう》や、翌日《よくじつ》に書《か》く内容《ないよう》を考《かんが》えてると、安《やす》らかに眠《ねむ》れます。逆《ぎゃく》に、ろくに仕事《しごと》しなかった日《ひ》は、ドキドキして寝《ね》られません。

30 何《なん》か国語《こくご》をしゃべれますか？

日本語《にほんご》オンリーです。しかし、伊勢弁《いせべん》と標準語《ひょうじゅんご》を操《あやつ》ることができるので、バイリンガルと自慢《じまん》してもいいのではないかと思《おも》います。

31 これまでに行《い》ったことのある海外《かいがい》の国名《こくめい》を教《おし》えてください。また、なかでもおもしろかったのは？

ハワイ（アメリカ）、イギリス、ドイツ、チェコです。ハワイは、パンツ一枚《いちまい》で暮《く》らせる気候《きこう》なので、とても楽《たの》しかったです。ドイツ旅行《りょこう》は波瀾万丈《はらんばんじょう》の日々《ひび》でした。

32 まだ行《い》ったことがなくて、いつか行《い》ってみたい場所《ばしょ》はありますか？

フランスのモン・サン＝ミシェルです。奥《おく》さんが、ずっと行《い》きたいと言《い》ってるところなので、いつか連《つ》れて行《い》ってあげたいです。

33 一年《いちねん》の行事《ぎょうじ》のなかで、一番好《いちばんす》きなのは？

お正月《しょうがつ》！　なんとか一年間生《いちねんかんい》きのびられたことに感謝《かんしゃ》し、気持《きも》ちをリセットします。原稿《げんこう》の締《し》め切《き》りがリセットできないのだけが残念《ざんねん》です。

Q.002　ジオットが愛用《あいよう》している懐中時計《かいちゅうどけい》の名称《めいしょう》は？

34 ジェットコースターには乗《の》れますか？ 絶叫《ぜっきょう》マシンは好《す》きですか？

絶叫《ぜっきょう》マシン系《けい》は、平気《へいき》で乗《の》れます。おもしろいとは思《おも》いますが、バイクや自転車《じてんしゃ》で峠《とうげ》を下《くだ》るほうが、はるかにスリルがあり、リアルに命《いのち》の危険《きけん》があります。

35 ブログでよく自転車《じてんしゃ》が登場《とうじょう》しますよね！ 愛車《あいしゃ》に名前《なまえ》はありますか？

「勇嶺初號機《はやみねしょごうき》」とか「勇嶺弐號機《はやみねにごう》」とつけてます。でも、呼《よ》びにくいので「黒《くろ》シクロ」「赤M《あかエム》B《ビー》」「黄《き》ピクニカ」と、色《いろ》と車種《しゃしゅ》を通称《つうしょう》にしています。

36 愛用《あいよう》の自転車《じてんしゃ》のこだわりポイントは？

自分《じぶん》が一番《いちばん》乗《の》りやすい。他《ほか》の人《ひと》は、乗《の》りこなせない。あと、ブレーキが利《き》いて、きれいに車輪《しゃりん》が回《まわ》る。大金《たいきん》を積《つ》まれても、売《う》ることができない。

37 機械《きかい》の操作《そうさ》は得意《とくい》ですか？

昔《むかし》の機械《きかい》なら得意《とくい》なほうだと思《おも》います。現代《げんだい》の、コンピュータ制御《せいぎょ》されてるものは、自信《じしん》ありません。単気筒《たんきとう》エンジンのようなシンプルで修理《しゅうり》しやすい機械《きかい》が好《す》きです。

38 好《す》きなスポーツは？

草《くさ》サッカーや草野球《くさやきゅう》など、〝草《くさ》〟がつくものが好《す》きです。

あと、わりと脈拍《みゃくはく》を自由《じゆう》にコントロールできるので、踏《ふ》み台昇《だいしょう》降運動《こううんどう》が得意《とくい》です。

39 何《なに》か格闘技《かくとうぎ》をやっていますか？

空手《からて》をやっていましたが、現役《げんえき》を引退《いんたい》して、かなり経《た》ちます。けがの後遺症《こういしょう》で、右腕《みぎうで》と左拳《ひだりこぶし》が使《つか》えません。闘《たたか》いたくても、もう闘《たたか》えません。そっとしておいてください。

40 暇《ひま》なときは何《なに》をして過《す》ごしていますか？

たまに暇《ひま》なときは、ボーッとしてます。でも、脳《のう》の一部《いちぶ》は動《うご》いてるのか、次《つぎ》に書《か》かないといけないことがまとまってたりして、不思議《ふしぎ》です。

Q.002の答《こた》え ユニタス6498。スイス製《せい》の手巻《てま》きで、こだわりのつよいジオットらしい時計《とけい》。

41 作品《さくひん》にはよく駄菓子屋《だがしや》が出《で》てきますが、よく通《かよ》っていたのでしょうか？

昔《むかし》は、駄菓子屋《だがしや》が多《おお》かったですから。近所《きんじょ》に4軒《けん》ありました。わが家《や》も、一時期《いちじき》、駄菓子屋《だがしや》をやってたことがあります。よく店番《みせばん》してました。

42 好《す》きな駄菓子《だがし》があれば、いくつか教《おし》えてください。

カレー煎餅《せんべい》が第《だい》1位《い》！　あとは、ベビーラーメン（ベビースターラーメンじゃありません）、糸引《いとひ》き飴《あめ》、笛《ふえ》ガムなどが、順不同《じゅんふどう》でランクイン！

43 お酒《さけ》は好《す》きですか？

ビールが好《す》きですが、普段《ふだん》は発泡酒《はっぽうしゅ》や第三《だいさん》のビールを飲《の》んでます。お客《きゃく》さんが来《き》たときだけ、ビールが飲《の》めます。あとは、ウイスキーを飲《の》みます。酒《さけ》の味《あじ》がわからないので、安《やす》い物《もの》を。

44 ベッド派《は》？　ふとん派《は》？　枕《まくら》が変《か》わっても眠《ねむ》れますか？

今《いま》はふとんですが、ベッドでもかまいません。どこでも寝《ね》られます。枕《まくら》が変《か》わっても、虫《むし》や獣《けもの》が枕元《まくらもと》を歩《ある》かない限《かぎ》り、起《お》きることはありません。

45 オススメの健康法《けんこうほう》はありますか？

早寝早起《はやねはやお》き。腹八分目《はらはちぶんめ》。あとは、自転車《じてんしゃ》で峠《とうげ》を登《のぼ》る。——これぐらいです。最近《さいきん》、リハビリの先生《せんせい》にストレッチを教《おし》えてもらったので、努《つと》めてやるようにしてます。

46 料理《りょうり》に関《かん》する雑学《ざつがく》などもたまに出《で》てきますが、得意料理《とくいりょうり》はありますか？

病人食《びょうにんしょく》が得意《とくい》で、子《こ》どもが風邪《かぜ》をひいたときは、よく作《つく》らされます。スジ肉《にく》や魚《さかな》のアラなど

Q.003　創也《そうや》も持《も》っている竜王《りゅうおう》グループのVIP《ブイアイピー》カードは、世界《せかい》に何枚《なんまい》ある？

を煮込《にこ》んだ出《だ》し汁《じる》に、ご飯《はん》と卵《たまご》やショウガ、梅干《うめぼ》しなどを入れ味噌味《みそあじ》に仕立《した》てます。

47 コーヒーは飲《の》みますか？ ブラック派《は》？ 何《なに》か入《い》れる？

教師《きょうし》を辞《や》めてから飲《の》めるようになりました。ミルクも砂糖《さとう》も入《い》れますが、なくても飲《の》めます。濃《こ》いものより、紅茶《こうちゃ》みたいに薄《うす》いアメリカンが好《す》きです。

48 いつも持《も》ち歩《ある》いているものを教《おし》えてください。

老眼鏡《ろうがんきょう》ぐらいです。携帯電話《けいたいでんわ》すら、携帯《けいたい》しません。冬場《ふゆば》は、綿入《わたい》れ半纏《はんてん》のポケットに、握力《あくりょく》を鍛《きた》えるクルミを2個《こ》入《い》れてます。あと、原稿《げんこう》のバックアップ用《よう》にUSB《ユーエスビー》メモリスティック。

49 思《おも》い出深《でぶか》い作品《さくひん》は？

『TRICK《トリック》青春版《せいしゅんばん》 〜帰天城《かえりそらじょう》の謎《なぞ》〜』です。他《ほか》の人《ひと》が考《かんが》えたキャラクターを動《うご》かすのは初《はじ》めてだったので、とても新鮮《しんせん》でした。あとは、デビュー作《さく》の『怪《かい》盗道化師《とうピエロ》』です。

50 じつは、これで半分《はんぶん》の50問《もん》です。ここまでの感想《かんそう》は？

おもしろい質問《しつもん》ばかりなので、あっという間《ま》に半分終《はんぶんお》わってしまいました。自分《じぶん》をかえりみることができ、新《あら》たな自分《じぶん》を発見《はっけん》しています。あと、何《なに》も考《かんが》えずに生《い》きてるなと……。

51 書《か》いていてもっともたいへんだった作品《さくひん》は？

『怪盗《かいとう》クイーン』シリーズのバースディパーティ編《へん》です。どれだけ書《か》いても終《お》わらないので、どうなることかと心配《しんぱい》でした。あと、締《し》め切《き》りが来《き》ても(過《す》ぎても)書《か》き終《お》わらない作《さく》品《ひん》。

Q.003の答《こた》え　9枚《まい》。ちなみに、色《いろ》は金色《きんいろ》で、宝玉《ほうぎょく》を持《も》った竜《りゅう》がえがかれている。

52 原稿《げんこう》を書《か》くうえで欠《か》かせないものは？

パソコンやノート、資料《しりょう》、奥《おく》さんのいれてくれるお茶《ちゃ》、けがしてない指《ゆび》と「書《か》くぞ！」という気力《きりょく》。そして何《なに》より、編集者《へんしゅうしゃ》さんと迫《せま》ってくる締《し》め切《き》り。

53 仕事中《しごとちゅう》、息抜《いきぬ》きや気晴《きば》らしでどんなことをしていますか？

より早《はや》く乾《かわ》くよう、朝干《あさほ》した洗濯物《せんたくもの》の位置《いち》を変《か》えたりします。あと、自転車《じてんしゃ》の整備《せいび》や靴磨《くつみが》き、懸垂《けんすい》などもします。自転車《じてんしゃ》で峠《とうげ》を登《のぼ》るのも気晴《きば》らしになります。

54 コンビニ店員《てんいん》やサーカス団員《だんいん》など、幅広《はばひろ》い職業《しょくぎょう》の人《ひと》が出《で》てきますが、取材《しゅざい》したりするのでしょうか？

取材《しゅざい》という改《あらた》まったことはしません。今《いま》までに会《あ》った人《ひと》と読《よ》んだ本《ほん》から、必要《ひつよう》なデータを出《だ》して使《つか》っています。（ちゃんと取材《しゅざい》しても、うまく使《つか》えなくて……。）

55 小説《しょうせつ》のタイトルはどうやって決《き》めていますか？悩《なや》みますか？

ものすごく悩《なや》みます。その結果《けっか》、ろくでもないようなタイトルしか浮《う》かびません。結局《けっきょく》、編集者《へんしゅうしゃ》さんにつけてもらったりしたこともあります。

56 破天荒《はてんこう》なキャラクターと常識《じょうしき》あるキャラクター、書《か》きやすいのはどっち？

「こういうふうに生《い》きてきた」とはっきりしているキャラなら、破天荒《はてんこう》でも常識人《じょうしきじん》でも書《か》きやすいです。それがはっきりしてないと、キャラは動《うご》いてくれません。

57 取材旅行《しゅざいりょこう》などには行《い》かれるんですか？

ほとんど行《い》きません。取材《しゅざい》に行《い》ったら、「絶対《ぜったい》に原稿《げんこう》を書《か》かないといけない！」というプレッシャーが生《う》まれ、押《お》しつぶされてしまいます。

Q.004 恭助《きょうすけ》のペットの黒猫《くろねこ》「ナイト」の名前《なまえ》の由来《ゆらい》は？

58 キャラクターの名前《なまえ》はどうやって考《かんが》えているのですか？

まず、読《よ》みやすいこと。次《つぎ》に、知《し》り合《あ》いに同《おな》じ名前《なまえ》がないこと。教授《きょうじゅ》のように、最初《さいしょ》から名前《なまえ》がついてるキャラもいますが、たいてい電話帳《でんわちょう》などで調《しら》べます。

せっかくなので、シリーズの主人公《しゅじんこう》だけ由来《ゆらい》を。「夢水清志郎《ゆめみずきよしろう》」は、法水麟太郎《のりみずりんたろう》（小栗虫太郎《おぐりむしたろう》先生《せんせい》の小説《しょうせつ》の探偵《たんてい》）によく似《に》た音《おと》になるように、自分《じぶん》で付《つ》けたのではないかと思《おも》います。

「クイーン」は、おそらく、チェスの「クイーン」から連想《れんそう》したのではないかと思《おも》います。「キング」という性格《せいかく》じゃありませんしね。

「虹北恭助《こうほくきょうすけ》」は「虹北商店街《こうほくしょうてんがい》」から「虹北《こうほく》」を――。名探偵《めいたんてい》なので「助《すけ》」か「郎《ろう》」を使《つか》わないといけないと思《おも》い、「恭助《きょうすけ》」にしました。

「内藤内人《ないとうないと》」は、「夜《よる》」と「騎士《ナイト》」の2つから、「ナイト」の音《おと》を「内藤《ないとう》」と「内人《ないと》」に分《わ》けて使《つか》いました。

「竜王創也《りゅうおうそうや》」は、大財閥《だいざいばつ》らしいイメージで「竜王《りゅうおう》」。ゲームを創《つく》るキャラなので「創也《そうや》」。最初《さいしょ》は「創《つくる》」だったのですが、「トム&《アンド》ソーヤに合《あ》わせたほうがいい」と編集者《へんしゅうしゃ》さんに言《い》われ「創也《そうや》」になりました。

59 謎《なぞ》を解《と》くのと、謎《なぞ》を考《かんが》えるの、どちらが好《す》きですか？

どっちも好《す》きですが、どちらかというと、解《と》くほうがいいですね。ワクワクする謎《なぞ》を考《かんが》えるのは、たいへんです。

60 思《おも》いついたなかで、これはくだらない！　というトリックがあれば教《おし》えてください。

すぐに思《おも》い出《だ》すのは、死体《したい》を入《い》れた密室《みっしつ》を建《た》てるトリックです。あとは、「□×□」というダイイングメッセージ。犯人《はんにん》は外国人《がいこくじん》の「ロメロ」さんという。他《ほか》にも多数《たすう》。

Q.004の答え　黒猫《くろねこ》だけに、「夜《よる》」が由来《ゆらい》……なわけではなく、虹北堂《こうほくどう》を守《まも》る「騎士《ナイト》」からつけられた名前《なまえ》。

61 追《お》いつめられたとき、どんなことをしますか？

まず、現実逃避《げんじつとうひ》します。でも、たいていの場合《ばあい》、現実逃避《げんじつとうひ》では解決《かいけつ》しないので、大《おお》きく深呼吸《しんこきゅう》して覚悟《かくご》を決《き》め、事《こと》にあたります。今《いま》も、運良《うんよ》く生《い》きてます。

62 ひと仕事終《しごとお》えた後《あと》に、必《かなら》ずこれをやる！ということはありますか？

部屋《へや》の掃除《そうじ》です。あと、執筆《しっぴつ》中《ちゅう》に読《よ》めなかった漫画《まんが》や本《ほん》をイッキ読《よ》みします。他《ほか》にもやりたいことはいっぱいあるんですが、すぐに次《つぎ》の仕事《しごと》があって、なかなかやれません。

63 「Good《グッド》 Night《ナイト》, And《アンド》 Have《ハブ》 A《ア》 Nice《ナイス》 Dream《ドリーム》.」に込《こ》められた気持《きも》ちとは？

ぼくは寝《ね》る前《まえ》に本《ほん》を読《よ》むのが習慣《しゅうかん》です。おもしろかった本《ほん》を読《よ》み終《お》えて眠《ねむ》るという、幸《しあわ》せな時間《じかん》を過《す》ごしてきました。だから、あとがきに「おやすみなさい、良《よ》い夢《ゆめ》を——。」と書《か》くようにしてます。

64 自分《じぶん》の作品《さくひん》のレビューや書評《しょひょう》、感想《かんそう》を見《み》ることはありますか？

よく見《み》ます。ほめてもらっていると、うれしいです。「あっ、これはけなされてるな。」という感想《かんそう》は、気配《けはい》でわかるので、読《よ》まないようにしてます。

65 今後《こんご》、書《か》いてみたいキャラクターやストーリーはありますか？

子《こ》どもたちの悩《なや》み事《ごと》を解決《かいけつ》する、たくましいお母《かあ》さん——「ガハ母《はは》」の話《はなし》を書《か》きたいです。他《ほか》には、ママチャリでレースするようなスポーツものを書《か》きたいです。

66 ファンの方《かた》からいただいた品《しな》でびっくりしたもの、うれしかったものはありますか？

仮面《かめん》ライダーアマゾングッズ、教授《きょうじゅ》のぬいぐるみ、クイーンやマインの人形《にんぎょう》、切《き》り絵《え》、判子《はんこ》、カレンダー、キーホルダー、革細工《かわざいく》の飾《かざ》りチェーン、食料《しょくりょう》などなど。本当《ほんとう》にありがとうございます。

Q.005 亜衣《あい》が書《か》いたミステリー小説《しょうせつ》で、真衣《まい》と美衣《みい》をモデルにしたキャラの名前《なまえ》は？

67 作家《さっか》を目指《めざ》している子《こ》どもは、何《なに》をすればいいでしょうか？

まず、たくさん本《ほん》を読《よ》むことです。次《つぎ》に、仮想《かそう》ではなく現実《げんじつ》社会《しゃかい》で、さまざまな経験《けいけん》を積《つ》むことです。たくさんの読書《どくしょ》と経《けい》験《けん》、そして運《うん》があれば、作家《さっか》になれます。

68 ここからは、作品《さくひん》に関連《かんれん》した質問《しつもん》です。もし、作中《さくちゅう》のキャラになれたら、だれになって、どんなことをしたいですか？

『都会《まち》のトム&《アンド》ソーヤ』などに出《で》てくるジャパンテレビの堀越《ほりこし》ディレクターになりたいです。そして、UFO《ユーフォー》特番《とくばん》や心霊番組《しんれいばんぐみ》を作《つく》りたいです。クレーム電話《でんわ》が鳴《な》りっぱなしになると思《おも》います。

69 内人《ないと》たちのように、下水道《げすいどう》を探検《たんけん》したことはありますか？

今《いま》も昔《むかし》も、近《ちか》くに下水道《げすいどう》はありません。代《か》わりに、用水路《ようすいろ》があります。小《しょう》2のとき、用水路《ようすいろ》を山《やま》の中《なか》までさかのぼったことがあります。途中《とちゅう》、道《みち》の下《した》やトンネルを潜《くぐ》って、大冒険《だいぼうけん》でした。

70 先生《せんせい》はゲームをしますか？好《す》きなゲームがあれば。

ポーカーが得意《とくい》でした。息子《むすこ》たちが小《ちい》さいときは一緒《いっしょ》にテレビゲームもやったのですが、今《いま》はアプリのゲームぐらいです。『Threes!《スリーズ》』というゲームにはまってます。

71 現代《げんだい》の都会《とかい》でも役立《やくだ》つ、または先生《せんせい》が普段《ふだん》から活用《かつよう》しているアウトドア知識《ちしき》があれば教《おし》えてください！

とにかく周《まわ》りにある物《もの》を活用《かつよう》する。たとえば、スーパーで長《なが》ネギを買《か》ったとき、傘袋《かさぶくろ》に入《い》れて持《も》ち帰《かえ》れば匂《にお》いがもれません。っていうか、都会《とかい》は便利《べんり》なのでアウトドア知識《ちしき》は不要《ふよう》です。

Q.005の答《こた》え 真美衣《まみい》。亜衣《あい》のうらみがこもっているので、たいていひどい目《め》にあう役回《やくまわ》りらしい。

72
内人《ないと》のおばあちゃんのように、はやみね先生《せんせい》もおばあちゃんに鍛《きた》えられた？

おばあちゃんなりに、孫《まご》をかわいがってくれた結果《けっか》だと思《おも》います。できるなら、小《ちい》さいときより強《つよ》くなった今《いま》の自分《じぶん》を見《み》せたいですが、「まだまだだね。」と言《い》われるのが予想《よそう》できます。

73
教授《きょうじゅ》はわすれっぽいですが、はやみね先生《せんせい》は記憶力《きおくりょく》はいいほうですか？

記憶力《きおくりょく》が悪《わる》いというより、〝ない〟と言《い》ったほうが正確《せいかく》かもしれません。あまりにも記憶力《きおくりょく》がないので、家族《かぞく》からは病気《びょうき》ではないかと思《おも》われてます。

74
現実《げんじつ》で、三《み》つ子《ご》に会《あ》ったことはありますか？

サイン会《かい》に来《き》てくれた三《み》つ子《ご》さんがいます。双子《ふたご》なら、教師《きょうし》をしてるときに担任《たんにん》したことがあります。最初《さいしょ》は区別《くべつ》できませんでしたが、すぐにわかるようになりました。

75
教授《きょうじゅ》は食《く》いしん坊《ぼう》ですが、先生《せんせい》はどうですか？

かなり食《く》いしん坊《ぼう》ですが、食《た》べなくても平気《へいき》です。食《た》べるときはいつも、心《こころ》のどこかで「これが最後《さいご》の食事《しょくじ》になるかもしれない」と思《おも》ってる部分《ぶぶん》があります。

76
先生《せんせい》はサングラスをかけることはありますか？

自転車《じてんしゃ》に乗《の》るときと、魚釣《さかなつ》りのときは、かけてます。あと、車《くるま》の運転《うんてん》で太陽《たいよう》がまぶしいとき。今《いま》は、それなりの値段《ねだん》の物《もの》を使《つか》ってますが、以前《いぜん》は百均《ひゃっきん》で買《か》った物《もの》を使《つか》ってました。

77
教授《きょうじゅ》は手品《てじな》が得意《とくい》ですが、先生《せんせい》はどうですか？

子《こ》どもだましのレベルですが、いくつかできます。500円玉《えんだま》を消《け》すのが得意《とくい》です。今度《こんど》ぼくに会《あ》ったら、黙《だま》って500円玉《えんだま》をわたしてください。見事《みごと》、消《け》してご覧《らん》にいれます。

Q.006 ジョーカーの左耳《ひだりみみ》のピアスは、だれにもらったもの？

78

夢水《ゆめみず》のような黒《くろ》い背広《せびろ》や、クイーンのような赤《あか》いジャケットは持《も》っていますか?

黒《くろ》い背広《せびろ》は持《も》ってますが、赤《あか》いジャケットはないですね。もし買《か》おうとしたら、奥《おく》さんに止《と》められると思《おも》います。だいたい、派手《はで》な色《いろ》の服《ふく》は似合《にあ》わないのです。

79

クイーンはネコの蚤取《のみと》りが得意《とくい》ですが、先生《せんせい》は得意《とくい》?

やったことがありません。ネコが、ぼくに抱《だ》かれておとなしくしてるとは、思《おも》えません。でも、やったら上手《じょうず》なんだろうなと、妙《みょう》な自信《じしん》を持《も》っています。

80

蓬莱《ほうらい》のような不老不死《ふろうふし》になれる薬《くすり》があったら飲《の》みますか?

絶対《ぜったい》に飲《の》みません。人間《にんげん》、死《し》ぬときに死《し》んでおかないと、やっかいなことになります。一応《いちおう》、130歳《さい》ぐらいまで生《い》きようかなと思《おも》ってます。

81

もしトルバドゥール号《ごう》が手《て》に入《はい》ったら、どこに行《い》きたい?

ハワイです。あとは、家《いえ》から峠《とうげ》を2つ越《こ》えたところにある海《うみ》です。山《やま》の中《なか》に住《す》んでるので、海《うみ》に行きたいです。ただ、高所《こうしょ》恐怖症《きょうふしょう》なので、ワイヤー降下《こうか》ができません。

82

豪華客船《ごうかきゃくせん》に乗《の》ったことはありますか?

ありません。乗《の》ってみたいけど、場違《ばちが》いな山犬《やまいぬ》が来《き》たと、海《うみ》に放《ほう》り出《だ》されそうな予感《よかん》があります。

Q.006の答《こた》え T《ティー》-25。収容所《しゅうようじょ》での生活《せいかつ》でできた、ジョーカーの友《とも》だちから贈《おく》られた。

83 虹北商店街《こうほくしょうてんがい》のモデルはありますか？

ありませんが、今《いま》まで行《い》ったことのある商店街《しょうてんがい》のイメージを、いいとこ取《ど》りで放《ほう》り込《こ》んであります。今《いま》はシャッター商店《しょうてん》街《がい》が多《おお》いので、早《はや》く活気《かっき》が戻《もど》ってほしいです。

84 若旦那《わかだんな》のように、映画《えいが》を撮《と》ったことはありますか？　どんなジャンルを撮《と》ってみたいですか？

学生時代《がくせいじだい》、映研《えいけん》で撮《と》ってました。中島《なかしま》という探偵助手《たんていじょしゅ》が変身《へんしん》して、NAKASHIMAN《ナカシマン》になるという特撮《とくさつ》を撮《と》りました。監督《かんとく》・脚本《きゃくほん》・武術指導《ぶじゅつしどう》・戦闘員《せんとういん》の4役《やく》です。また特撮《とくさつ》を撮《と》りたいです。

85 宝《たから》くじで3億円《おくえん》当《あ》たったら何《なに》に使《つか》いますか？

全額《ぜんがく》、宝《たから》くじに注《つ》ぎ込《こ》んで、6億円《おくえん》をねらいます！　でも、宝《たから》くじに当《あ》たる確率《かくりつ》がどれくらい低《ひく》いかを知《し》っているので、ぼくが宝《たから》くじを買《か》うことはなさそうです。

86 無人島《むじんとう》に3つだけ持《も》っていけるなら、何《なに》を持《も》っていきますか？

老眼鏡《ろうがんきょう》と家族《かぞく》とナイフです。それだけあったら、今《いま》の生活《せいかつ》とあまり変《か》わりなく暮《く》らせるような気《き》がします。仕事道具《しごとどうぐ》を持《も》っていかないので、今《いま》より楽《たの》しい……？

87 これまで命《いのち》の危険《きけん》を感《かん》じたことはありますか？

小《ちい》さいときから、数《かず》知《し》れず。最低《さいてい》でも年《ねん》に1回《かい》はあるような気《き》がします。思《おも》い出《だ》すと、冷《ひ》や汗《あせ》が出《で》ます。よく生《い》きてるものだと……。自分《じぶん》の運《うん》の良《よ》さに、感謝《かんしゃ》してます。

88 今《いま》、いちばん欲《ほ》しいものはなんですか？

よく考《かんが》えてみたのですが、特《とく》になかったです。それでも何《なに》かくれるというのなら、4回目《かいめ》の『うつのみやこども賞《しょう》』が欲《ほ》しいです。もし受賞《じゅしょう》できたら、祝《しゅく》杯《はい》をあげます。

Q.007　神宮寺《じんぐうじ》さんの得意料理《とくいりょうり》は？

89 これだけは許《ゆる》せない！ということは？

山《やま》にゴミを捨《す》てたり、自転車《じてんしゃ》で右側走行《みぎがわそうこう》したり、運転中《うんてんちゅう》に携帯《けいたい》を使《つか》ったり、スーパーマーケットのカゴを片付《かたづ》けなかったりする人間《にんげん》は、許《ゆる》せません。

90 幽霊《ゆうれい》を信《しん》じていますか？

信《しん》じてません。そんなの信《しん》じてたら、あれもこれも今《いま》まで「気《き》のせい、気《き》のせい。」ですましていたことが、全部《ぜんぶ》、幽霊《ゆうれい》だったってことになるじゃないですか！

91 タイムマシンがあったら、いつへ行《い》きたいですか？

そのタイムマシンが完成《かんせい》する前《まえ》の時間《じかん》に戻《もど》って、完成《かんせい》する前《まえ》に壊《こわ》してしまいます。すると、どんなタイムパラドックスが起《お》きるのか、考《かんが》えるとワクワクします。

92 宇宙人《うちゅうじん》はいると思《おも》いますか？

います。――っていうか、いなかったらおかしいです。宇宙《うちゅう》は、そんなにせまいものじゃありません。ただ、人類《じんるい》が全滅《ぜんめつ》する前《まえ》に宇宙人《うちゅうじん》に会《あ》える確率《かくりつ》は、とても低《ひく》いと思《おも》います。

93 生《う》まれ変《か》わるとして、なりたいものはありますか？

ものすごくおもしろい推理小《すいりしょう》説《せつ》、高性能《こうせいのう》のコンピュータ、夏《なつ》の入道雲《にゅうどうぐも》――これらのものに生《う》まれ変《か》われるのなら、死《し》ぬのも悪《わる》くないなって思《おも》えます。

94 前世《ぜんせ》があるとしたら、何《なん》だったと思《おも》いますか？

猟師《りょうし》。でもこれは、前世《ぜんせ》というより、先祖代々《せんぞだいだい》脈々《みゃくみゃく》と流《なが》れてる血筋《ちすじ》だと思《おも》います。間違《まちが》っても、王侯貴族《おうこうきぞく》とか侍《さむらい》とか、そういうものじゃないです。

95 刑事《けいじ》ドラマに欠《か》かせないあんぱん。粒《つぶ》あん派《は》？　それともこしあん派《は》？

粒《つぶ》あんです。あんこは、粒《つぶ》あんのほうが、お得感《とくかん》があります。なぜお得感《とくかん》があるのかは、自分《じぶん》でもわかりません。アイスのあずきバーも大好《だいす》きです。

96 先生《せんせい》の作品《さくひん》のどれかがTV《テレビ》アニメ化《か》されるなら、もっともやってほしいのは？

「打順未定《だじゅんみてい》、ポジションは駄菓子屋前《だがしやまえ》」を見《み》てみたいです。ぼくの書《か》くものは映像化《えいぞうか》がむずかしいものばかりですが、これなら比較的原作通《ひかくてきげんさくどお》りに作《つく》ってもらえるのではないでしょうか。

97 最近泣《さいきんな》いた出来事《できごと》はありますか？

朝《あさ》からずっとコンピュータの画面《がめん》を見《み》つめてるので、夕方《ゆうがた》になると、目《め》が疲《つか》れて泣《な》いてます。目薬《めぐすり》は手放《てばな》せません。あと、この間《あいだ》、七輪《しちりん》で火《ひ》を起《お》こすときに煙《けむり》がしみて泣《な》きました。

98 最近《さいきん》の悩《なや》みがあれば、教《おし》えてください。

悩《なや》んでる暇《ひま》がないぐらい、忙《いそが》しいです。でも、余裕《よゆう》があると悩《なや》む時間《じかん》ができてしまいます。だから、このまま忙《いそが》しいほうがいいのか……。悩《なや》んでしまいます。

99 新作《しんさく》などは検討《けんとう》されているのでしょうか？

その前《まえ》に、今抱《いまかか》えてるシリーズをなんとかしないと……。新《しん》シリーズの『大中小探偵《だいちゅうしょうたんてい》クラブ』も始《はじ》まったし……。次《つぎ》のシリーズを考《かんが》えるのは、その後《あと》です。

←新《しん》シリーズの詳細《しょうさい》は次《つぎ》のページ！

Q.008　野村響子《のむらきょうこ》が高校《こうこう》で所属《しょぞく》していた部活《ぶかつ》は、大正琴同好会《たいしょうごとどうこうかい》となに？

はやみね作品、待望の新シリーズスタート！

大中小探偵クラブ
神の目をもつ名探偵、誕生！

初版：2015年9月15日　ページ数：252ページ

細かいことが気になって仕方ない神経質な性格の佐々井彩矢、大雑把な大山昇、しっかり者の真中杏奈。小学6年生の凸凹トリオが"大中小学校の謎"に挑む！

第二次世界大戦のころに研究所として使われていた大中小のどこかには、戦争に勝つための秘密兵器が隠されている――古くから語り継がれてきた噂の真相は？　そして、この謎に手を出す者には、開発に携わった博士の呪いがかかるというのだが……。

Q.100　ほっぺたの絆創膏には、かくされた秘密が？

トップシークレットです。

(ΦωΦ) フフフ…

Q.008の答え　ボクシング部（のマネージャー）。たまに部員にまじってサンドバッグをたたいている。

第《だい》2章《しょう》 ◆ 第《だい》1の書庫《しょこ》

作品紹介《さくひんしょうかい》【夢水清志郎《ゆめみずきよしろう》シリーズ】

名探偵《めいたんてい》は、謎《なぞ》を解《と》くだけが仕事《しごと》じゃない

赤《あか》い夢《ゆめ》の館《やかた》では、はやみね先生《せんせい》の作品《さくひん》を自由《じゆう》に読《よ》むことができます。第《だい》1の書庫《しょこ》にあるのは、忘《わす》れっぽくてだらしないけど、誰《だれ》よりも頼《たよ》りになる名探偵《めいたんてい》・夢水清志郎《ゆめみずきよしろう》のシリーズです。代表的《だいひょうてき》なキャラクターのプロフィールや、各作品《かくさくひん》のあらすじを紹介《しょうかい》。

どんな作品《さくひん》？

夢水清志郎《ゆめみずきよしろう》は名探偵《めいたんてい》。表札《ひょうさつ》にも名刺《めいし》にも、ちゃんとそう書《か》いてある。物忘《ものわす》れの名人《めいじん》で、おまけにものぐさでマイペースだけど、ひとたび事件《じけん》が起《お》きると見事《みごと》な推理《すいり》がさえわたる！

名探偵《めいたんてい》の仕事《しごと》は、人《ひと》が幸《しあわ》せになるように事件《じけん》を解決《かいけつ》すること。時《とき》には事件《じけん》を最後《さいご》まで解《と》かなかったり、解《と》いた謎《なぞ》を忘《わす》れたり、事件《じけん》に手《て》を貸《か》すことも……。

名探偵《めいたんてい》のいるところには、必《かなら》ず事件《じけん》が起《お》こります。でも、夢水清志郎《ゆめみずきよしろう》がいれば大丈夫《だいじょうぶ》！

PICK UP!

夢水清志郎《ゆめみずきよしろう》に「常識《じょうしき》」の二文字《ふたもじ》はない！

夢水清志郎《ゆめみずきよしろう》は、まわりの人間《にんげん》があきれるくらい、常識《じょうしき》がない。そのせいで、いつもとぼけた発言《はつげん》ばかりしているが、そこが魅力《みりょく》の一つでもある。

たとえばこんな非常識《ひじょうしき》エピソードが……

★自分《じぶん》の生年月日《せいねんがっぴ》を覚《おぼ》えていない。
★松任谷由実《まつとうやゆみ》（ユーミン）とムーミンの区別《くべつ》がつかない。
★「ホームズが掃除《そうじ》をしているシーンはない」という理由《りゆう》で、掃除《そうじ》をしない。
★七五三《しちごさん》を「九九《くく》」の一部《いちぶ》だと思《おも》っている。
★カレイの左利《ひだりき》きがヒラメだと説明《せつめい》する。
★黒《くろ》い背広《せびろ》以外《いがい》にふつうの服《ふく》は持《も》っていないのに、ゴジラの着《き》ぐるみは持《も》っている。
★ネコと縄張《なわば》り争《あらそ》いをして、3丁目《ちょうめ》の山田《やまだ》さんちの屋根《やね》の上《うえ》で目撃《もくげき》された。
★こんなに常識《じょうしき》がないにもかかわらず、常識《じょうしき》外《がい》のことにはやけにくわしい。

1994年《ねん》にファーストシーズンがスタート。
2009年《ねん》にファーストシーズンが終了《しゅうりょう》。
2011年《ねん》からはセカンドシーズンがスタート！

ファーストシーズン

名探偵夢水清志郎事件《めいたんていゆめみずきよしろうじけん》ノート

三《み》つ子《ご》の中学生《ちゅうがくせい》、岩崎亜衣《いわさきあい》・真《ま》衣《い》・美衣《みい》の家《いえ》のとなりの洋館《ようかん》に、名探偵《めいたんてい》・夢水清志郎《ゆめみずきよしろう》が引《ひ》っ越《こ》してきた！　すぐに夢水《ゆめみず》と仲良《なかよ》くなった三姉妹《さんしまい》は、中学《ちゅうがく》1年生《ねんせい》から3年《ねん》生《せい》になって卒業《そつぎょう》するまでに、さまざまな事件《じけん》に遭遇《そうぐう》する。

事件《じけん》のほかにも、亜衣《あい》とその同《どう》級生《きゅうせい》・レーチの淡《あわ》い恋模様《こいもよう》や、大《おお》江戸編《えどへん》で見《み》せる迫力《はくりょく》のバトルなど、見《み》どころたっぷり。

三面鏡《さんめんきょう》に映《うつ》したようにそっくりな亜衣《あい》・真衣《まい》・美《み》衣《い》の三《み》つ子姉妹《ごしまい》。でも、夢水《ゆめみず》は一度《いちど》も3人《にん》を見《み》間違《まちが》えたことはない。

セカンドシーズン

名探偵夢水清志郎《めいたんていゆめみずきよしろう》の事件簿《じけんぼ》

亜衣《あい》たちの卒業《そつぎょう》から約《やく》2年後《ねんご》。新《あら》たな語《かた》り手《て》は、名探偵《めいたんてい》を夢見《ゆめみ》る小学《しょうがく》6年生《ねんせい》の少女《しょうじょ》・宮里伊緒《みやさといお》だ。

伊緒《いお》と妹《いもうと》の美緒《みお》が、巷《ちまた》でうわさの怪人《かいじん》・幻影師《げんえいし》を調査《ちょうさ》していると、子《こ》どもたちに紙芝居《かみしばい》を見《み》せるあやしい男《おとこ》を発見《はっけん》。隠《かく》れ家である洋館《ようかん》をつきとめ忍《しの》び込《こ》んだら、男《おとこ》はまさかの名探偵《めいたんてい》!?

憧《あこが》れの名探偵《めいたんてい》に出会《であ》えた伊緒《いお》は、本物《ほんもの》の幻影師《げんえいし》による犯罪《はんざい》に巻《ま》き込《こ》まれる。夢水《ゆめみず》の新章《しんしょう》が幕《まく》を開《あ》ける！

名探偵《めいたんてい》を目指《めざ》しながら、推理力《すいりりょく》はまだまだの伊《い》緒《お》。夢水《ゆめみず》に認《みと》めてもらうため、謎《なぞ》を追《お》いかける日々《ひび》が始《はじ》まる！

Q.009　修学旅行《しゅうがくりょこう》で、美衣《みい》が一ノ瀬《いちのせ》くんに買《か》ってきたおみやげは？

おもな登《とう》場《じょう》人《じん》物《ぶつ》

夢水清志郎《ゆめみずきよしろう》

とても背《せ》が高《たか》く、いつも黒《くろ》いサングラスに黒《くろ》い背広《せびろ》という出《い》で立《た》ち。ぼーっとしていて、たまに自分《じぶん》の名前《なまえ》を忘《わす》れてしまうほど記憶力《きおくりょく》に問題《もんだい》がある。

昔《むかし》、M《エム》大学《だいがく》で論理学《ろんりがく》の教授《きょうじゅ》をしていたため、亜衣《あい》たちからは教授《きょうじゅ》と呼《よ》ばれている。

Profile

生年月日《せいねんがっぴ》：思《おも》い出《だ》せない
（亜衣《あい》たちと出会《であ》った４月《がつ》１日《ついたち》が仮《かり》の誕生日《たんじょうび》になっている）
出身地《しゅっしんち》：不明《ふめい》
職業《しょくぎょう》：名探偵《めいたんてい》
体格《たいかく》：190cm近《ちか》い長身《ちょうしん》

特技《とくぎ》：手品《てじな》（フーディニの再来《さいらい》と呼《よ》ばれるほどの腕前《うでまえ》）
趣味《しゅみ》：猫《ねこ》のノミとり、推理小説《すいりしょうせつ》
好《す》き：ステーキ、カレーかまぼこ丼《どん》、京風石狩《きょうふういしかり》なべ、パーティー
苦手《にがて》：寒《さむ》い日《ひ》、子《こ》どもの世話《せわ》
愛用品《あいようひん》：利休箸《りきゅうばし》、警視総監《けいしそうかん》の名刺《めいし》

PICK UP!

夢水清志郎《ゆめみずきよしろう》の４つのヘンな生態《せいたい》

夢水清志郎《ゆめみずきよしろう》は、名探偵《めいたんてい》とは思《おも》えない数々《かずかず》の変《か》わった特徴《とくちょう》を持《も》っています。

1 食《く》い意地《いじ》がすごい

教授《きょうじゅ》の食欲《しょくよく》は底《そこ》なし。雷《かみなり》が鳴《な》ろうが、台風《たいふう》が来《こ》ようが、食《た》べ続《つづ》ける。わずかな食《た》べ物《もの》の匂《にお》いから、それが何《なに》かを当《あ》ててしまう。（そしてたいてい欲《ほ》しがる。）

2 いつも同《おな》じ服《ふく》

服装《ふくそう》はいつも、黒《くろ》の背広《せびろ》に黒《くろ》のサングラス。何着《なんちゃく》も同《おな》じ服《ふく》を持《も》っている、と言《い》い張《は》っているが、たぶんうそ。パジャマすら持《も》っていないので、寝《ね》るときもそのまま。

3 寝起《ねお》きが悪《わる》い

へたに起《お》こすと、寝《ね》ぼけてグワォ！　とかみついてくる。なれている亜衣《あい》たちは、長《なが》い棒《ぼう》を持参《じさん》して、遠《とお》くからつついて起《お》こしている。

4 本《ほん》の虫《むし》

ソファーの上《うえ》で推理小説《すいりしょうせつ》を読《よ》むことが何《なに》より好《す》き。食事《しょくじ》も忘《わす》れて、カビに覆《おお》われたまま、小説《しょうせつ》を片手《かたて》に衰弱《すいじゃく》しているところを発見《はっけん》されたこともある。

Q.009の答《こた》え　美衣《みい》がピンクに塗《ぬ》った木刀《ぼくとう》。一《いち》ノ瀬《せ》くんはお守《まも》り代《が》わりに携帯《けいたい》している。

岩崎亜衣《いわさきあい》

三《み》つ子《ご》の長女《ちょうじょ》。読書《どくしょ》、特《とく》にミステリーが好《す》きで、おこづかいはすべて推理小説《すいりしょうせつ》に費《つい》やしている。虹北学園《こうほくがくえん》では文芸部《ぶんげいぶ》に所属《しょぞく》し、自分《じぶん》でも作品《さくひん》を書《か》いている。

Profile

役職《やくしょく》：教授《きょうじゅ》の飼育係《しいくがかり》
好《す》き：タコ焼《や》き、コーヒー
苦手《にがて》：早起《はやお》き、怖《こわ》い話《はなし》
特技《とくぎ》：江戸川乱歩賞《えどがわらんぽしょう》の受賞作《じゅしょうさく》を第《だい》2回以《かいい》降《こう》すべて言《い》える
好《す》きな色《いろ》：青《あお》、瑠璃色《るりいろ》
宝物《たからもの》：50円玉《えんだま》のネックレス

岩崎美衣《いわさきみい》

三《み》つ子《ご》の末《すえ》っ子《こ》で、甘《あま》えん坊《ぼう》。おっとりとしている。新聞《しんぶん》のスクラップが趣味《しゅみ》で、一日《いちにち》に日本《にほん》の新聞《しんぶん》6紙《し》と英字《えいじ》新聞《しんぶん》とフランス語《ご》の新聞《しんぶん》を読《よ》む。

Profile

役職《やくしょく》：教授《きょうじゅ》のしつけ係《がかり》
所属《しょぞく》：星占《ほしうらな》い同好会《どうこうかい》
好《す》き：タロット占《うらな》い、ホットミルク、目玉焼《めだまや》き
苦手《にがて》：運動《うんどう》、理科《りか》
好《す》きな色《いろ》：黄色《きいろ》
宝物《たからもの》：「アポロ月面着陸《げつめんちゃくりく》！」の記事《きじ》

岩崎真衣《いわさきまい》

三《み》つ子《ご》の次女《じじょ》で、運動神経《うんどうしんけい》が抜群《ばつぐん》。美衣《みい》といっしょになって、ワイドショー好《ず》きのおばさんのように亜衣《あい》とレーチを冷《ひ》やかすのが日課《にっか》。走《はし》ることが好《す》き。

Profile

役職《やくしょく》：教授《きょうじゅ》の保護者《ほごしゃ》
所属《しょぞく》：陸上部《りくじょうぶ》
好《す》き：ベンチプレス、トレーニング機材《きざい》の手入《てい》れ、ダンベル、レモンティー
苦手《にがて》：活字《かつじ》
好《す》きな色《いろ》：赤《あか》、ピンク

岩崎羽衣《いわさきうい》

何事《なにごと》も「あらあら、たいへんね。」と、おっとり受《う》け入《い》れる〝今《いま》では珍《めずら》しい日本《にっぽん》の母《はは》〟。大学時代《だいがくじだい》に一太郎《いちたろう》さんと出会《であ》い、結婚《けっこん》した。羽衣母《ういかあ》さんのカレーライスは、教授《きょうじゅ》の大好物《だいこうぶつ》。

Profile

好《す》き：中華料理《ちゅうかりょうり》、一太郎父《いちたろうとう》さんとのデート
日課《にっか》：読書《どくしょ》、ストレッチ体操《たいそう》、新聞《しんぶん》のスクラップ
苦手《にがて》：タバコ、映画館《えいがかん》
心配《しんぱい》：亜衣《あい》の夜更《よふ》かしと朝寝坊《あさねぼう》、真衣《まい》の食《た》べすぎ、美衣《みい》の新聞代《しんぶんだい》

Q.010 修学旅行《しゅうがくりょこう》の旅費《りょひ》の不足分《ふそくぶん》を払《はら》うため、亜衣《あい》が虹北堂《こうほくどう》でバイトしたときの時給《じきゅう》は？

中《なか》井《い》麗一《れいいち》

校則違反《こうそくいはん》の長髪《ちょうはつ》と、長《なが》い制《せい》服《ふく》がトレードマークの少年《しょうねん》。周囲《しゅうい》からは「知性《ちせい》が零《れい》」のレーチと呼《よ》ばれる。ケンカっ早《ぱや》く、空回《からまわ》りすることもあるが、するどい観察力《かんさつりょく》を持《も》つ。将来《しょうらい》の夢《ゆめ》は名探偵《めいたんてい》。亜衣《あい》が好《す》き。

Profile

自称《じしょう》：夢水清志郎探偵事務《ゆめみずきよしろうたんていじむ》所《しょ》の第一助手《だいいちじょしゅ》、詩人《しじん》
好《す》き：格闘《かくとう》ゲーム、四川《しせん》ラーメン、コーラ
苦手《にがて》：電話《でんわ》
信条《しんじょう》：宵越《よいご》しの金《かね》は持《も》たない
尊敬《そんけい》する人《ひと》：夢水清志郎《ゆめみずきよしろう》、神谷先生《かみやせんせい》

伊藤真里《いとうまり》

教授《きょうじゅ》に連載記事《れんさいきじ》を依頼《いらい》している、雑誌《ざっし》『セ・シーマ』の編集者《へんしゅうしゃ》。教授《きょうじゅ》に原稿《げんこう》を書《か》かせるため、あの手《て》この手《て》を駆使《くし》する。女子大生《じょしだいせい》のような若《わか》い見《み》た目《め》と裏腹《うらはら》に、三日三晩不《みっかみばんふ》眠不休《みんふきゅう》で仕事《しごと》し続《つづ》けられる。

Profile

特技《とくぎ》：スキー、名刺《めいし》を手裏《しゅり》剣《けん》のように配《くば》る
愛用品《あいようひん》：サイクロン１号《ごう》(パソコン)、取材七《しゅざいなな》つ道具《どうぐ》
愛用車《あいようしゃ》：ポチ１号《ごう》（軽自動《けいじどう》車《しゃ》）→ポチアマゾン（普通《ふつう》乗用車《じょうようしゃ》）
尊敬《そんけい》する人《ひと》：鬼《おに》の百舌先輩《もずせんぱい》

上越警部《じょうえつけいぶ》

警視庁《けいしちょう》・特別捜査課《とくべつそうさか》に所属《しょぞく》する、人情《にんじょう》に厚《あつ》いベテラン警《けい》部《ぶ》。いつもくたびれた背広《せびろ》を着《き》ている。夢水《ゆめみず》の名探偵《めいたんてい》としての力《ちから》を認《みと》めており、度々協《たびたびきょう》力《りょく》を頼《たの》みにくる。

Profile

好《す》き：タバコ、ドラ焼《や》き
悩《なや》み：ウィンクが下手《へた》、最《さい》近出《きんで》てきたおなか、夢水《ゆめみず》に名前《なまえ》を覚《おぼ》えてもらえない
趣味《しゅみ》：釣《つ》り、家族《かぞく》との旅行《りょこう》

岩清水刑事《いわしみずけいじ》

職務熱心《しょくむねっしん》で、正義感《せいぎかん》あふれる上越警部《じょうえつけいぶ》の部下《ぶか》。そして、ことあるごとに銃《じゅう》を抜《ぬ》くアブナイ刑事《デカ》でもある。安月給《やすげっきゅう》だが、服《ふく》はアルマーニなどのブランドものでかためている。

Profile

好《す》き：「太陽《たいよう》にほえろ！」
苦手《にがて》：寝《ね》ずの番《ばん》（すぐ居眠《いねむ》りしてしまう）
特技《とくぎ》：聞《き》きこみ捜査《そうさ》
趣味《しゅみ》：腕時計《うでどけい》の収集《しゅうしゅう》、刑事《けいじ》ドラマやスパイ映画《えいが》の鑑賞《かんしょう》

Q.010の答《こた》え　356円《えん》。店主《てんしゅ》の恭一郎《きょういちろう》さんとバトルして、354円《えん》から2円《えん》上《あ》げてもらった。

宮里伊緒《みやさといお》

武蔵虹北小学校《むさしこうほくしょうがっこう》に通《かよ》う小学《しょうがく》６年生《ねんせい》。厳格《げんかく》なおじいちゃんに育《そだ》てられたため、ふだんは大和撫子《やまとなでしこ》のふりをしている。名探偵《めいたんてい》に憧《あこが》れており、クローゼットには名探偵《めいたんてい》のイラストがびっしり貼《は》られているほど。

Profile

師匠《ししょう》：シャーロック・ホームズ、金田一《きんだいち》耕助《こうすけ》
愛用品《あいようひん》：探偵七《たんていなな》つ道具《どうぐ》
特技《とくぎ》：宮里流体術《みやさとりゅうたいじゅつ》
苦手《にがて》：ゴーヤ、球技《きゅうぎ》、芸術全般《げいじゅつぜんぱん》
趣味《しゅみ》：謎解《なぞと》き、冒険《ぼうけん》

中島《なかじま》ルイ

伊緒《いお》のクラスメイトで、人気《にんき》の子役《こやく》タレント。名探偵志望《めいたんていしぼう》の伊緒《いお》と暮《く》らすことで、より成長《せいちょう》できると考《かんが》え、宮里家《みやさとけ》に下宿《げしゅく》している。ジャパンテレビで働《はたら》く父親《ちちおや》をだれよりも尊敬《そんけい》しており、父《ちち》と同《おな》じ仕事《しごと》をすることが夢《ゆめ》。

Profile

好《す》き：海外旅行《かいがいりょこう》、読書《どくしょ》
苦手《にがて》：ブロッコリー、花束《はなたば》、教授《きょうじゅ》
特技《とくぎ》：スポーツ全般《ぜんぱん》、書道《しょどう》、勉強《べんきょう》（高校《こうこう》までの学習内容《がくしゅうないよう》を修得済《しゅうとくず》み）
宝物《たからもの》：Q《キュー》国《こく》で手《て》に入《い》れた魔法《まほう》の薬《くすり》

宮里美緒《みやさとみお》

伊緒《いお》の妹《いもうと》。小学《しょうがく》２年生《ねんせい》とは思《おも》えないほどのしっかり者《もの》で、情報通《じょうほうつう》。教授《きょうじゅ》のことは、ペットのように思《おも》っていて、ことあるごとに鼻《はな》が乾《かわ》いていないかを確認《かくにん》している。

Profile

愛用品《あいようひん》：両親《りょうしん》からもらった携帯電話《けいたいでんわ》、ネコやペンギンなどの動物型《どうぶつがた》のリュック
特技《とくぎ》：料理《りょうり》（超巨大茶碗蒸《ちょうきょだいちゃわんむ》し）
同級生《どうきゅうせい》：岩崎《いわさき》マイン
苦手《にがて》：酢豚《すぶた》、ゴーヤ

Q.011　大江戸編《おおえどへん》で、巧之介《たくみのすけ》さんが働《はたら》いていた見世物小屋《みせものごや》の名前《なまえ》は？

作品《さくひん》リスト（名探偵《めいたんてい》夢水清志郎《ゆめみずきよしろう》事件《じけん》ノート）

そして五人《にん》がいなくなる

初版《しょはん》：1994年《ねん》2月《がつ》15日《にち》　ページ数《すう》：276ページ

ある日《ひ》、中学生《ちゅうがくせい》の岩崎亜衣《いわさきあい》・真衣《まい》・美衣《みい》三姉妹《さんしまい》が住《す》む家《いえ》のとなりの洋館《ようかん》に、自称《じしょう》・名探偵《めいたんてい》の夢水清志郎《ゆめみずきよしろう》が引《ひ》っ越《こ》してきた。

仲良《なかよ》くなった4人《にん》は「オムラ・アミューズメント・パーク」へ遊《あそ》びに行《い》くが、手品《てじな》のステージで観客《かんきゃく》の女《おんな》の子《こ》が誘拐《ゆうかい》される事件《じけん》が発生《はっせい》する。犯人《はんにん》は「伯爵《はくしゃく》」を名乗《なの》る人物《じんぶつ》。その後《あと》も次々《つぎつぎ》と誘拐《ゆうかい》を繰《く》り返《かえ》すが、教授《きょうじゅ》はなぜか謎《なぞ》を解《と》こうとはしなかった……。

【ジョーカー】さんによるレビュー

伯爵《はくしゃく》の目的《もくてき》は、身代金《みのしろきん》でも復讐《ふくしゅう》でもありません。これが真《しん》の「怪盗《かいとう》の美学《びがく》」なのではないかと思《おも》わされます。だれかさんの美学《びがく》とはひと味《あじ》ちがいます。

Review

評《ひょう》価《か》	
教授《きょうじゅ》の食《く》い意地《いじ》	★★★☆☆
上越警部《じょうえつけいぶ》の人情《にんじょう》	★★★★☆
読後《どくご》のさわやかさ	★★★★☆

亡霊《ゴースト》は夜歩《よるある》く

初版《しょはん》：1994年《ねん》12月《がつ》15日《にち》　ページ数《すう》：294ページ

三姉妹《さんしまい》が通《かよ》う虹北学園《こうほくがくえん》には、4つのふしぎな伝説《でんせつ》があった。「時計塔《とけいとう》の鐘《かね》が鳴《な》ると、人《ひと》が死《し》ぬ」「夕暮《ゆうぐ》れどきの大《おお》イチョウは人《ひと》を喰《く》う」「校庭《こうてい》の魔法円《まほうえん》に人《ひと》がふる」「幽霊坂《ゆうれいざか》に霧《きり》がかかると、亡霊《ゴースト》がよみがえる」。

クラスの実行委員長《じっこういいんちょう》がレーチに決《き》まり、あと1週間《しゅうかん》で学《がく》園祭《えんさい》という日《ひ》、壊《こわ》れていた時計塔《とけいとう》の鐘《かね》が鳴《な》り出《だ》した。さらに、亜衣《あい》のもとには「学園《がくえん》を破壊《はかい》してやる」という亡霊《ゴースト》からのメッセージが届《とど》き……。

【伊藤真里《いとうまり》】さんによるレビュー

謎《なぞ》を解《と》くカギは、文芸部《ぶんげいぶ》の部誌《ぶし》『それわた（それがわたしにとって何《なん》だというのでしょう？）』。粗《あら》けずりやけど、キラリと光《ひか》る文章《ぶんしょう》がある、いい部誌《ぶし》やね！

Review

評《ひょう》価《か》	
教授《きょうじゅ》のかっこよさ	★★★☆☆
学園祭《がくえんさい》のワクワク	★★★★★
亡霊《ゴースト》の不気味《ぶきみ》さ	★★★★☆

Q.011の答《こた》え　竹之上雑技団《たけのうえざつぎだん》。かるわざ師《し》のゐ《い》つさんも芸《げい》を披露《ひろう》している。

消《き》える総生島《そうせいじま》

初版《しょはん》：1995年《ねん》9月《がつ》15日《にち》　ページ数《すう》：262ページ

岩崎三姉妹《いわさきさんしまい》が、ミステリー映画《えいが》のイメージガールに選《えら》ばれた！　映画《えいが》の制作会社《せいさくがいしゃ》は、急成長中《きゅうせいちょうちゅう》の大企業《だいきぎょう》・万能財団《ばんのうざいだん》。撮影《さつえい》には教授《きょうじゅ》もむりやりついてくることに……。

撮影隊一行《さつえいたいいっこう》はロケ地《ち》となる孤島《ことう》・総生島《そうせいじま》に到着《とうちゃく》するが、大型《おおがた》クルーザーが爆発《ばくはつ》して、島《しま》は完全《かんぜん》に密室状態《みっしつじょうたい》となってしまう。さらに、伝承《でんしょう》に残《のこ》る「鬼《おに》」によって奇妙《きみょう》な出来事《できごと》が。はじまりは、くもったガラスに現《あらわ》れた「地獄《じごく》の鬼《おに》ごっこがはじまるよ。」というメッセージ。そして、人《ひと》が消《き》え、山《やま》が消《き》え、館《やかた》が消《き》え、ついには島《しま》が消《き》えてしまう……!?

【内藤内人《ないとうないと》】さんによるレビュー

ぼくも映画《えいが》はけっこう好《す》きなほうだけど、万能財団《ばんのうざいだん》のミステリー映画《えいが》は一見《いっけん》の価値《かち》あり！　って聞《き》いたことがある。リアリティがすごいんだってさ。

Review

評《ひょう》　価《か》	
島《しま》の密室度《みっしつど》	★★★★★
万能財団《ばんのうざいだん》の怪《あや》しさ	★★★☆☆
トリックの壮大《そうだい》さ	★★★★☆

魔女《まじょ》の隠《かく》れ里《ざと》

初版《しょはん》：1996年《ねん》10月《がつ》15日《にち》　ページ数《すう》：270ページ

雑誌《ざっし》の編集者《へんしゅうしゃ》・伊藤真里《いとうまり》さんから連載《れんさい》「夢水清志郎《ゆめみずきよしろう》の謎《なぞ》解《と》き紀行《きこう》」を依頼《いらい》された教授《きょうじゅ》は、三《み》つ子《ご》といっしょに取材《しゅざい》へ。冬《ふゆ》のゲレンデで「雪霊《ゆきだま》」「幽霊《ゆうれい》のシュプール」の謎《なぞ》を解決《かいけつ》したことで、記事《きじ》は人気連載《にんきれんさい》に。

そして、春《はる》。村《むら》おこしのために開《ひら》かれるという「推理《すいり》ゲーム」の取材《しゅざい》をするため、笙野之里《しょうののさと》をおとずれた教授《きょうじゅ》と三《み》つ子《ご》たち。参加者《さんかしゃ》が集《あつ》められた楼乱荘《ろうらんそう》に、正体不明《しょうたいふめい》の「魔女《まじょ》」と名乗《なの》る人物《じんぶつ》からメッセージが届《とど》き、不気味《ぶきみ》なゲームがスタートする。

【神宮寺直人《じんぐうじなおひと》】さんによるレビュー

桜《さくら》が咲《さ》き乱《みだ》れるさびれた村《むら》の旅館《りょかん》に、突《とつ》然宿泊客《ぜんしゅくはくきゃく》と同《おな》じ数《かず》のマネキン人形《にんぎょう》が送《おく》りつけられ、悪夢《あくむ》の推理《すいり》ゲームがスタートだ！　燃《も》える展開《てんかい》だぜ！

Review

評《ひょう》　価《か》	
伊藤真里《いとうまり》の危険運転《きけんうんてん》	★★★★★
教授《きょうじゅ》の連載原稿《れんさいげんこう》の質《しつ》	★☆☆☆☆
事件《じけん》の真相《しんそう》の悲《かな》しさ	★★★★☆

Q.012　教授《きょうじゅ》がミステリーの館《やかた》に持参《じさん》したフォークとナイフの名前《なまえ》は？

踊《おど》る夜光怪人《やこうかいじん》

初版《しょはん》：1997年《ねん》7月《がつ》15日《にち》　ページ数《すう》：278ページ

亜衣《あい》たちの住《す》む町《まち》に、全身《ぜんしん》が黄金色《こがねいろ》にかがやく、正体不《しょうたいふ》明《めい》の「夜光怪人《やこうかいじん》」が出現《しゅつげん》する！　時《とき》を同《おな》じくして、亜衣《あい》は後輩《こうはい》・千秋《ちあき》から、父《ちち》が悩《なや》み事《ごと》をかかえているようだ、という相談《そうだん》を受《う》ける。

2つの謎《なぞ》を前《まえ》に、立《た》ち上《あ》がったのは、なんとレーチ！　千《ち》秋《あき》から2000円《えん》の依頼料《いらいりょう》を受《う》け取《と》り、いざ問題解決《もんだいかいけつ》へ乗《の》り出《だ》す！　どうやら、事件《じけん》の裏《うら》には虹北地方《こうほくちほう》にのこる「黄金《おうごん》の仏像《ぶつぞう》」の伝説《でんせつ》がからんでいるらしい。千秋《ちあき》の実家《じっか》・虹斎寺《こうさいじ》のおじぞうさんや学校《がっこう》の大《おお》イチョウがカギ!?

【川口隊長《かわぐちたいちょう》】さんによるレビュー

この事件《じけん》では、暗号《あんごう》が鍵《かぎ》だったらしい。たとえば「コウダヨシサル」という謎《なぞ》の暗号《あんごう》。さっぱりわからん！　猿《さる》に似《に》た新《しん》種《しゅ》のUMA《ユーマ》のことだろうか……？

Review

評価《ひょうか》	
教授《きょうじゅ》のぐうたら度《ど》	★★☆☆☆
暗号《あんごう》のおもしろさ	★★★★★
レーチの推理力《すいりりょく》	★★☆☆☆

機巧館《からくりやかた》のかぞえ唄《うた》

初版《しょはん》：1998年《ねん》6月《がつ》15日《にち》　ページ数《すう》：262ページ

雑誌《ざっし》『セ・シーマ』の取材《しゅざい》で、推理作家《すいりさっか》・平井龍太郎《ひらいりゅうたろう》のデビュー50周年記念《しゅうねんきねん》パーティーへ招待《しょうたい》された夢水清志郎《ゆめみずきよしろう》。しかし、平井本人《ひらいほんにん》が密室《みっしつ》から消《き》え、物語《ものがたり》は予想《よそう》のつかない展開《てんかい》に……。かぞえ唄《うた》のとおりに事件《じけん》が起《お》こる「見立《みた》て殺《さつ》人《じん》」や、いわくありげな家系図《かけいず》など、本格《ほんかく》ミステリーの要《よう》素《そ》も満載《まんさい》。

他《ほか》には、虹斎寺《こうさいじ》での怪談大会《かいだんたいかい》（どんな「怪談《かいだん》」も、教授《きょうじゅ》に「事件《じけん》」として解決《かいけつ》されてしまう！）や、教授《きょうじゅ》が真人間《まにんげん》になり、赤《あか》ちゃんのお世話《せわ》をするエピソードも収録《しゅうろく》。

【虹北恭助《こうほくきょうすけ》】さんによるレビュー

この世界《せかい》は、現実《げんじつ》なのか？　じつはだれかの見《み》ている夢《ゆめ》ではないか？　そんな疑《ぎ》問《もん》がふくらむと、この事件《じけん》のような迷宮《めいきゅう》に迷《まよ》い込《こ》むことになってしまいます。

Review

評価《ひょうか》	
亜衣《あい》の推理小説愛《すいりしょうせつあい》	★★★★★
読《よ》み返《かえ》しちゃう率《りつ》	★★★★★
教授《きょうじゅ》の子守《こも》り力《りょく》	★★☆☆☆

Q.012の答《こた》え　フォークは「チョージ」、ナイフは「ジャック」。銀製《ぎんせい》でよく磨《みが》かれている。

人形《にんぎょう》は笑《わら》わない

初版《しょはん》：2001年《ねん》8月《がつ》24日《か》　ページ数《すう》：318ページ

今回《こんかい》の「謎解《なぞと》き紀行《きこう》」の取材先《しゅざいさき》は、奇妙《きみょう》な人形師《にんぎょうし》・栗須《くりす》寧人《ねいと》が建《た》てた人形《にんぎょう》の塔《とう》。ここでは過去《かこ》に建設会社《けんせつがいしゃ》の社長《しゃちょう》や寧人《ねいと》の孫《まご》・豪人《ごうと》が不審死《ふしんし》していた。学校《がっこう》でトラブルを起《お》こして文芸部《ぶんげいぶ》の予算《よさん》をゼロにされてしまったレーチは、教授《きょうじゅ》の取材《しゅざい》に同行《どうこう》して、部誌《ぶし》をプロモーションする映画《えいが》を撮《と》ろうと言《い》いだした。文芸部《ぶんげいぶ》が挑《いど》むのは、村《むら》を舞台《ぶたい》にした推理《すいり》モノの映画《えいが》。１年生《ねんせい》の一ノ瀬《いちのせ》匠《たくみ》や千秋《ちあき》も巻《ま》き込《こ》んで、奇妙《きみょう》な映画撮影《えいがさつえい》がスタート！　村人《むらびと》との交流《こうりゅう》を経《へ》て、人形《にんぎょう》の塔《とう》に隠《かく》された悲《かな》しい事実《じじつ》が解《と》き明《あ》かされてゆく。

【上越警部《じょうえつけいぶ》】さんによるレビュー

等身大《とうしんだい》の精巧《せいこう》な人形《にんぎょう》を作《つく》る栗須家《くりすけ》は、周囲《しゅうい》からおそれられていたようだ。塔《とう》に置《お》かれた人形《にんぎょう》の数《かず》や部屋《へや》の色《いろ》が、栗須家《くりすけ》の人《ひと》たちの気持《きも》ちを表《あらわ》しているらしい。

評価《ひょうか》	
レーチの脚本《きゃくほん》の才能《さいのう》	★★★★☆
レーチの後輩愛《こうはいあい》	★★☆☆☆
人形師《にんぎょうし》のつらさ	★★★★★

『ミステリーの館《やかた》』へ、ようこそ

初版《しょはん》：2002年《ねん》8月《がつ》28日《にち》　ページ数《すう》：294ページ

中学《ちゅうがく》3年生《ねんせい》になり、受験勉強《じゅけんべんきょう》に追《お》われる亜衣《あい》。レーチは、そんな亜衣《あい》を、息抜《いきぬ》きもかねてテーマパーク『ミステリーの館《やかた》』へのデートに誘《さそ》う。結局《けっきょく》、取材目的《しゅざいもくてき》の教授《きょうじゅ》らと同行《どうこう》することになってしまうが、あやしいマジシャンから「本《ほん》物《もの》のミステリーの館《やかた》」の鍵《かぎ》を渡《わた》された。

山奥《やまおく》にそびえるミステリーの館《やかた》に住《す》むのは、引退《いんたい》した天《てん》才《さい》マジシャン・グレート天野《あまの》とその妻《つま》、そして介護《かいご》をしている加護麗《かごれい》のみ。グレート天野《あまの》が仕掛《しか》けたイリュージョンを、２重《じゅう》の袋《ふくろ》とじで体験《たいけん》しよう！

【井上快人《いのうえかいと》】さんによるレビュー

ぼくもグレート天野《あまの》のイリュージョンをその場《ば》で目撃《もくげき》した一人《ひとり》だ。あそこまで人《ひと》を欺《あざむ》くことに全身全霊《ぜんしんぜんれい》をかける人《ひと》がいることを知《し》れて、民俗学《みんぞくがく》の勉強《べんきょう》になったよ。

評価《ひょうか》	
教授《きょうじゅ》に生《は》えたキノコ	★★★★★
袋《ふくろ》とじのワクワク	★★★★★
教授《きょうじゅ》の食欲《しょくよく》	★★★★☆

Q.013　レーチの姉《あね》の名前《なまえ》は？

あやかし修学旅行《しゅうがくりょこう》　鵺《ぬえ》のなく夜《よ》

初版《しょはん》：2003年《ねん》7月《がつ》18日《にち》　ページ数《すう》：350ページ

中学《ちゅうがく》3年生《ねんせい》の一大《いちだい》イベント、修学旅行《しゅうがくりょこう》。みんなの希望《きぼう》をかなえるため、実行委員会《じっこういいんかい》の神内《じんない》くんと玉井《たまい》さんが見《み》つけ出《だ》してきた目的地《もくてきち》は、「龍神殺神事件《りゅうじんさつじんじけん》」「持《も》ち帰《かえ》るなの石《いし》」「鵺《ぬえ》伝説《でんせつ》」など、さまざまな伝承《でんしょう》が残《のこ》るO《オー》県《けん》T《ティー》市《し》の星降《ほしふ》り荘《そう》だった！　修学旅行《しゅうがくりょこう》の準備《じゅんび》は着々《ちゃくちゃく》と進《すす》んでいたが、ある日《ひ》、学《がっ》校《こう》へ「修学旅行《しゅうがくりょこう》を中止《ちゅうし》せよ　鵺《ぬえ》」という手紙《てがみ》が届《とど》いたことで、なんと夢水清志郎《ゆめみずきよしろう》が同行《どうこう》することに。肩書《かたがき》は、「校長代理《こうちょうだいり》」!?

そば打《う》ち・まくら投《な》げ大会《たいかい》・肝《きも》だめし・お土産《みやげ》選《えら》びなどなど、イベント盛《も》りだくさんな3日間《みっかかん》が幕《まく》を開《あ》ける。

【健一《けんいち》】さんによるレビュー

虹北学園《こうほくがくえん》の修学旅行《しゅうがくりょこう》には、先生《せんせい》に内緒《ないしょ》で作《つく》る「うらの日程表《にっていひょう》」っていうのがあるらしいね。先生《せんせい》に内緒《ないしょ》で何《なに》かするのって、楽《たの》しいよね！

Review

評《ひょう》　価《か》	
修学旅行《しゅうがくりょこう》のしおりのリアルさ	★★★★☆
まくら投《な》げの奥深《おくぶか》さ	★★★★★
教授《きょうじゅ》のお土産《みやげ》センス	★☆☆☆☆

笛吹《ふえふ》き男《おとこ》とサクセス塾《じゅく》の秘密《ひみつ》

初版《しょはん》：2004年《ねん》12月《がつ》15日《にち》　ページ数《すう》：366ページ

高校受験《こうこうじゅけん》が数《すう》か月後《げつご》にせまった、秋《あき》の終《お》わり。三姉妹《さんしまい》とレーチは「かならず成績《せいせき》が上《あ》がる塾《じゅく》」のうわさを耳《みみ》にする。伊藤《いとう》さんが突《つ》き止《と》めたその塾《じゅく》は、下虹北駅前《しもこうほくえきまえ》の『サクセス塾《じゅく》』。亜衣《あい》と同《おな》じ高校《こうこう》に行《い》くために成績《せいせき》を上《あ》げたいレーチと、塾《じゅく》の秘密《ひみつ》を知《し》りたい岩崎三姉妹《いわさきさんしまい》は、生徒《せいと》として3日間《みっかかん》の合宿《がっしゅく》に参加《さんか》することに。しかし、合宿《がっしゅく》の初日《しょにち》、教室《きょうしつ》のモニタに映《うつ》し出《だ》されたのは、塾《じゅく》の爆破予告《ばくはよこく》。送《おく》り主《ぬし》は、子《こ》どもたちを夢《ゆめ》の国《くに》へ連《つ》れ去《さ》るという「笛吹《ふえふ》き男《おとこ》」……。合宿《がっしゅく》を妨《ぼう》害《がい》する犯人《はんにん》の正体《しょうたい》とは!?

【竜王創也《りゅうおうそうや》】さんによるレビュー

この塾《じゅく》の授業《じゅぎょう》には、じつはおもしろい秘《ひ》密《みつ》があるんだ。連日塾《れんじつじゅく》に通《かよ》っても成績《せいせき》が横《よこ》ばいのあわれな内人《ないと》くんには、ぜひここに移《うつ》ることをオススメしたいね。

Review

評《ひょう》　価《か》	
合宿《がっしゅく》の過酷《かこく》さ	★★★★☆
伊藤真里《いとうまり》の記者魂《きしゃだましい》	★★★★☆
教授《きょうじゅ》の塾講師力《じゅくこうしりょく》	★☆☆☆☆

Q.013の答《こた》え　中井《なかい》さなえ。浪速《なにわ》の商人《しょうにん》のように生《い》きている。なぜかレーチとちがって背《せ》が高《たか》い。

ハワイ幽霊城《ゆうれいじょう》の謎《なぞ》

初版《しょはん》：2006年《ねん》9月《がつ》21日《にち》　ページ数《すう》：446ページ

冬休《ふゆやす》みの三姉妹《さんしまい》と、ひまな教授《きょうじゅ》のもとに、ハワイにある巨大企業《きょだいきぎょう》・山田《やまだ》コンツェルンから事件解決《じけんかいけつ》の依頼《いらい》が舞《ま》い込《こ》んだ。依頼主《いらいぬし》の青年《せいねん》・アロハタロウ山田氏《やまだし》によると、彼《かれ》が住《す》んでいる「幽霊城《ゆうれいじょう》」で、45年前《ねんまえ》には伯父《おじ》が、7年前《ねんまえ》には祖父《そふ》が失踪《しっそう》したという。謎《なぞ》を解《と》くため、海《うみ》で遊《あそ》ぶため、教授《きょうじゅ》たち一行《いっこう》はハワイへ飛《と》ぶ！

さらに、約《やく》100年前《ねんまえ》の物語《ものがたり》も同時進行《どうじしんこう》。偶然《ぐうぜん》ハワイにたどり着《つ》いた夢水清志郎左右衛門《ゆめみずきよしろうざえもん》と中村巧之介《なかむらたくみのすけ》が、日系移民《にっけいいみん》の山田仙太郎《やまだせんたろう》と亜和《あわ》のために、巨大《きょだい》クジラと対決《たいけつ》する !?

【ポーリーヌ】さんによるレビュー

わたしは、表向《おもてむ》きは「お城《しろ》を買《か》いにきたフランス人貴族《じんきぞく》の秘書《ひしょ》」として登場《とうじょう》している。だが、賢明《けんめい》な読者《どくしゃ》なら、わたしの正体《しょうたい》に気《き》づくはずだ！

Review

評価《ひょうか》

ハワイの豆知識《まめちしき》	★★★★★
巧之介《たくみのすけ》のそば愛《あい》	★★★★★
レーチのデートプラン	★★☆☆☆

卒業《そつぎょう》　開《あ》かずの教室《きょうしつ》を開《あ》けるとき

初版《しょはん》：2009年《ねん》3月《がつ》15日《にち》　ページ数《すう》：524ページ

卒業《そつぎょう》まであと1か月《げつ》を切《き》り、受験目前《じゅけんもくぜん》の亜衣《あい》とレーチ。謝恩会《しゃおんかい》の実行委員長《じっこういいんちょう》になってしまったレーチは、会場《かいじょう》をさがす途中《とちゅう》で、旧校舎《きゅうこうしゃ》の「開《あ》かずの教室《きょうしつ》」の封印《ふういん》を解《と》いてしまう。お札《ふだ》が貼《は》られて封鎖《ふうさ》されていた教室《きょうしつ》の黒板《こくばん》に書《か》かれていたのは、不気味《ぶきみ》な「夢喰《ゆめく》い」という文字《もじ》。

受験《じゅけん》をひかえ、ピリピリした生徒《せいと》から責《せ》められたレーチは、人《ひと》の夢《ゆめ》を食《た》べるという「夢喰《ゆめく》い」の正体解明《しょうたいかいめい》に挑《いど》む。すべての謎《なぞ》を夢水《ゆめみず》が解《と》き明《あ》かしたとき、3年生《ねんせい》たちに卒業《そつぎょう》のときがおとずれる——。

【黒電話《くろでんわ》】さんによるレビュー

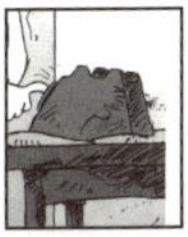

麗一《れいいち》とは長《なが》い付《つ》き合《あ》いだが、あいつは中《ちゅう》学校生活《がっこうせいかつ》で大《おお》きく成長《せいちょう》した。数々《かずかず》の文学《ぶんがく》的苦悩《てきくのう》のすえに到達《とうたつ》した集大成《しゅうたいせい》は、涙《なみだ》なしには語《かた》れないぜ……。

Review

評価《ひょうか》

登場人物《とうじょうじんぶつ》の豪華《ごうか》さ	★★★★☆
卒業《そつぎょう》の悲《かな》しみ	★★★★★
教授《きょうじゅ》による名祝辞《めいしゅくじ》	★★★★☆

Q.014　夢水《ゆめみず》の館《やかた》に住《す》み着《つ》いているネズミの名前《なまえ》は？

作品《さくひん》リスト（ファーストシーズン外伝《がいでん》）

ギヤマン壺《つぼ》の謎《なぞ》

初版《しょはん》：1999年《ねん》7月《がつ》15日《にち》　ページ数《すう》：266ページ

時《とき》は幕末《ばくまつ》。長崎《ながさき》の出島《でじま》に住《す》みつくあやしい男《おとこ》・夢水清志《ゆめみずきよし》郎左右衛門《ろうざえもん》は、イギリス帰《がえ》りの「名探偵《めいたんてい》」。話《はなし》を聞《き》いただけで、蔵《くら》のギヤマン壺《つぼ》が消《き》えた難事件《なんじけん》を解決《かいけつ》してしまうほどの推《すい》理力《りりょく》を持《も》っている。

「時代《じだい》を見《み》るため」江戸《えど》へ向《む》かった清志郎左右衛門《きよしろうざえもん》は、回《かい》船問屋《せんどんや》の三《み》つ子《ご》に拾《ひろ》われ、長屋《ながや》に住《す》みついた。江戸《えど》の空《そら》に現《あらわ》れる「黒《くろ》い大入道《おおにゅうどう》」をはじめ、市井《しせい》の事件《じけん》を次々解決《つぎつぎかいけつ》し、夢水《ゆめみず》の名《な》は江戸《えど》に知《し》れ渡《わた》る！

【ジョーカー】さんによるレビュー

日本《にほん》には、刃《は》のない刀《かたな》で物体《ぶったい》を切断《せつだん》する天真流《てんしんりゅう》という流派《りゅうは》があったそうです。クイーンの人間《にんげん》ばなれした技《わざ》とは、何《なに》か関《かん》係《けい》があるのでしょうか？

Review

評《ひょう》価《か》

清志郎左右衛門《きよしろうざえもん》の記憶力《きおくりょく》	★☆☆☆☆
江戸時代《えどじだい》の豆知識《まめちしき》	★★★★☆
長屋暮《ながやぐ》らしの魅力《みりょく》	★★★★☆

徳利長屋《とっくりながや》の怪《かい》

初版《しょはん》：1999年《ねん》11月《がつ》15日《にち》　ページ数《すう》：288ページ

徳利長屋《とっくりながや》での暮《く》らしにすっかりなじんだ清志郎左右衛門《きよしろうざえもん》。絵描《えか》きの絵者《えしゃ》、かるわざ師《し》のゐ《い》つ、天才剣士《てんさいけんし》の中村巧之介《なかむらたくみのすけ》など、個性豊《こせいゆた》かな人々《ひとびと》と平和《へいわ》に暮《く》らしていた。しかし世《よ》の中《なか》の動《うご》きは、幕府軍《ばくふぐん》と新政府軍《しんせいふぐん》の戦《いくさ》へと向《む》かっている。そんななか届いた、友《とも》・梅太郎《うめたろう》からの最期《さいご》の手紙《てがみ》が、清志郎《きよしろう》左右衛門《ざえもん》の心《こころ》を動《うご》かした。江戸《えど》が火《ひ》の海《うみ》になるのをさけるため、新政府軍《しんせいふぐん》の標的《ひょうてき》である江戸城《えどじょう》を「消《け》してしまう」という大博打《おおばくち》に挑《いど》む！

【清志郎左右衛門《きよしろうざえもん》】さんによるレビュー

戦《たたか》わないのが一番《いちばん》ですが、時《とき》にはさけられない戦《たたか》いもあります。江戸城《えどじょう》お庭番衆《にわばんしゅう》の亜朱《あっしゅ》、柴《しば》と、巧之介《たくみのすけ》さんの真剣勝負《しんけんしょうぶ》は、信念《しんねん》がぶつかり合《あ》う見事《みごと》な試合《しあい》です。

Review

評《ひょう》価《か》

怪盗九印《かいとうくいん》の活躍《かつやく》	★★★★☆
巧之介《たくみのすけ》の剣技《けんぎ》	★★★★★
トリックの壮大《そうだい》さ	★★★★★

Q.014の答《こた》え　ジェリーくん。教授《きょうじゅ》が散《ち》らかした本《ほん》の山《やま》の間《あいだ》を走《はし》り回《まわ》って暮《く》らしている。

PICK UP!

虹北学園《こうほくがくえん》　部活《ぶかつ》・同好会《どうこうかい》

亜衣《あい》やレーチが通《かよ》う虹北学園《こうほくがくえん》は、校則以外《こうそくいがい》はとても大《おお》らかな校風《こうふう》。その一つの例《れい》が、大小《だいしょう》さまざまな部活《ぶかつ》、サークル、同好会《どうこうかい》。その数《かず》は正確《せいかく》にはわからないが、50を軽《かる》く超《こ》えているらしい。

部活《ぶかつ》、サークル、同好会《どうこうかい》の例《れい》（岩崎亜衣在学時《いわさきあいざいがくじ》）

部活《ぶかつ》

美術部《びじゅつぶ》…修学旅行《しゅうがくりょこう》のしおりの表紙《ひょうし》やイラストも引《ひ》き受《う》けている。

文芸部《ぶんげいぶ》…部誌《ぶし》『それがわたしにとって何《なん》だというのでしょう？』を定期発行《ていきはっこう》。

放送部《ほうそうぶ》…イベントにはかならずかり出《だ》され、アナウンスや実況《じっきょう》を担当《たんとう》する。

陸上部《りくじょうぶ》…文化祭《ぶんかさい》では、地元商店街《じもとしょうてんがい》とタイアップした賞金《しょうきん》レースを開《ひら》く。

同好会《どうこうかい》

WE LOVE UFO《ウィラブユーエフオー》の会《かい》…校舎裏《こうしゃうら》でUFO《ユーフォー》を呼《よ》ぼうと、みんなで「ベントラー、ベントラー」と、呪文《じゅもん》みたいに唱《とな》えている。

映画研究会《えいがけんきゅうかい》K《ケー》・G《ジー》・C《シー》・C《シー》…K《ケー》・G《ジー》・C《シー》・C《シー》は、虹北学園《こうほくがくえん》シネマサークルの略《りゃく》。岡田《おかだ》くんが会長《かいちょう》を務《つと》める。

ゲーム研究会《けんきゅうかい》…総《そう》マス数《すう》1万《まん》におよぶ大《だい》すごろくなどを日夜制作《にちやせいさく》している。

超常現象研究会《ちょうじょうげんしょうけんきゅうかい》…会長《かいちょう》は、代々《だいだい》『中村巧《なかむらたくみ》』という名前《なまえ》を襲名《しゅうめい》している。

超常現象研究会《ちょうじょうげんしょうけんきゅうかい》の会長《かいちょう》、中村巧《なかむらたくみ》さんを研究《けんきゅう》する会《かい》…謎《なぞ》の団体《だんたい》その1。

治乱《ちらん》…正式名《せいしきめい》は「治《ち》にいて乱《らん》を好《この》む」。常《つね》に平常心《へいじょうしん》でいられるよう訓練《くんれん》している。

ドボン研究会《けんきゅうかい》…トランプゲームのドボンの知名度向上《ちめいどこうじょう》にいそしむ団体《だんたい》。

百物語愛好会《ひゃくものがたりあいこうかい》…修学旅行《しゅうがくりょこう》では肝試《きもだめ》しを企画《きかく》する。

星占《ほしうらな》い同好会《どうこうかい》…占《うらな》いのお得意《とくい》がおり、活動費《かつどうひ》は潤沢《じゅんたく》。校長《こうちょう》もたまに相談《そうだん》に来《く》る。

まくら投《な》げ協会《きょうかい》…まくら投《な》げのために日々鍛錬《ひびたんれん》している。歌枕真一《かつらぎしんいち》が会長《かいちょう》。

三月《さんがつ》ウサギ友《とも》の会《かい》…謎《なぞ》の団体《だんたい》その2。活動内容《かつどうないよう》やメンバーなど、いっさい不明《ふめい》。

あみあみ…編《あ》み物同好会《ものどうこうかい》。一《いち》ノ瀬匠《せたくみ》が所属《しょぞく》している。

その他《た》

ジャリーズ…虹北学園《こうほくがくえん》を舞台《ぶたい》に活躍《かつやく》するアイドルグループ。

太目木印刷《ためきいんさつ》クラブ…『がりばんくん』というオフセット印刷機《いんさつき》を持《も》っている。

秘《ひ》○屋《や》…謎《なぞ》の団体《だんたい》その3。なぜかいろいろな極秘情報《ごくひじょうほう》を知《し》っている。

未確認動物《UMA》捕獲隊《ほかくたい》…進路希望調査書《しんろきぼうちょうさしょ》に「将来《しょうらい》の希望《きぼう》：冒険家《ぼうけんか》」と書《か》いた川口《かわぐち》くんが隊長《たいちょう》。

～虹北学園《こうほくがくえん》　豆知識《まめちしき》～

学校側《がっこうがわ》も各団体《かくだんたい》に十分《じゅうぶん》な予算《よさん》は出《だ》せないので、原則《げんそく》は“自給自足《じきゅうじそく》”。文化祭《ぶんかさい》やアルバイトで活動費《かつどうひ》を稼《かせ》げない団体《だんたい》から消滅《しょうめつ》していく、弱肉強食《じゃくにくきょうしょく》の世界《せかい》だ。

Q.015　虹北学園《こうほくがくえん》や虹北商店街《こうほくしょうてんがい》に住《す》み着《つ》いている白《しろ》い野良犬《のらいぬ》の名前《なまえ》は？

夢水清志郎《ゆめみずきよしろう》に挑戦《ちょうせん》！ 名探偵《めいたんてい》ものしりクイズ

初版《しょはん》：2007年《ねん》3月《がつ》1日《ついたち》　ページ数《すう》：223ページ

いくら推理力《すいりりょく》があっても、氷《こおり》が溶《と》けると水《みず》になることを知《し》らなければ、サウナ室《しつ》で起《お》きた凶器《きょうき》なき事件《じけん》の謎《なぞ》は解《と》けない――。推理力《すいりりょく》を支《ささ》える知識《ちしき》を、教授《きょうじゅ》たちといっしょに33問《もん》のクイズで学《まな》ぼう。巻末《かんまつ》には、書《か》き下《お》ろし推理奇譚《すいりきたん》3編《へん》も収録《しゅうろく》。清志郎左右衛門《きよしろうざえもん》と巧之介《たくみのすけ》がアメリカに行《い》く「巧之介《たくみのすけ》、生涯一度《しょうがいいちど》の敗北《はいぼく》」、亜衣《あい》が書《か》いた小説《しょうせつ》「夢水木良郎《ゆめみずきよしろう》、危機一髪《ききいっぱつ》！」、三《み》つ子《ご》の従姉妹《いとこ》・マインちゃんが初登場《はつとうじょう》した「正直《しょうじき》な謝罪《しゃざい》」の3本立《ぼんだ》て！

たとえばこんなクイズを収録《しゅうろく》！

その1　イルカは、どうやっておぼれずに眠《ねむ》っているんだろう？

その2　北極《ほっきょく》と南極《なんきょく》、どっちが寒《さむ》いんだろう？

クイズの答《こた》えは実際《じっさい》の単行本《たんこうぼん》でチェック！

夢水清志郎《ゆめみずきよしろう》に挑戦《ちょうせん》！ 超《ハイパー》 名探偵《めいたんてい》ものしりクイズ

初版《しょはん》：2008年《ねん》3月《がつ》21日《にち》　ページ数《すう》：207ページ

さまざまな知識《ちしき》が身《み》に付《つ》くクイズ集《しゅう》の続編《ぞくへん》。「生《い》きもの」「科学《かがく》」「歴史《れきし》」「名言《めいげん》」の4ジャンル全《ぜん》27問《もん》に、教授《きょうじゅ》や三《み》つ子《ご》といっしょに挑戦《ちょうせん》！　上越警部《じょうえつけいぶ》のひとことコラムがさえわたる！　巻末《かんまつ》には、禁煙《きんえん》に挑戦《ちょうせん》している教授《きょうじゅ》が、タバコ屋《や》で起《お》きた謎《なぞ》を解《と》く短編《たんぺん》「おつりは六十円《えん》」を収録《しゅうろく》。

夢水清志郎《ゆめみずきよしろう》に挑戦《ちょうせん》！ 極《ウルトラ》 名探偵《めいたんてい》ものしりクイズ

初版《しょはん》：2009年《ねん》7月《がつ》30日《にち》　ページ数《すう》：199ページ

世界《せかい》に満《み》ちている謎《なぞ》や不思議《ふしぎ》を学《まな》べるクイズの第《だい》3弾《だん》。「生《い》きもの」「科学《かがく》」「歴史《れきし》」の3ジャンルから、全《ぜん》29問《もん》の難問《なんもん》を収録《しゅうろく》。これが最後《さいご》のクイズ本《ぼん》なのかは、神《かみ》のみぞ知《し》る……!?　巻末《かんまつ》には、「オタマジャクシやアイスの棒《ぼう》が空《そら》から降《ふ》ってきた」という奇妙《きみょう》な事件《じけん》に挑《いど》む短編《たんぺん》「ファフロッキーズ」を収録《しゅうろく》。

Q.015の答《こた》え　ジュン爺《じい》、シロ、ノラ、どれでも正解《せいかい》。野良犬《のらいぬ》だけに、人《ひと》によって呼《よ》び名《な》はちがう。

作品《さくひん》リスト（名探偵夢水清志郎《めいたんていゆめみずきよしろう》の事件簿《じけんぼ》）

名探偵《めいたんてい》VS.《バーサス》怪人幻影師《かいじんげんえいし》

初版《しょはん》：2011年《ねん》2月《がつ》10日《とおか》　ページ数《すう》：318ページ

数十年前《すうじゅうねんまえ》、日本《にほん》に実在《じつざい》した怪人《かいじん》・幻影師《げんえいし》。闇《やみ》への恐怖《きょうふ》を生《う》み出《だ》した怪人《かいじん》は、いつしか人々《ひとびと》から忘《わす》れさられていた。

そして現代《げんだい》——。50年前《ねんまえ》の町並《まちな》みと生活《せいかつ》が再現《さいげん》された都《と》市《し》「レトロシティ」に、幻影師《げんえいし》がよみがえる！　幻影師《げんえいし》の狙《ねら》いは、デパートに展示《てんじ》されるQ《キュー》国王家《こくおうけ》の秘宝《ひほう》「ブルー・ムーン」。幻影師《げんえいし》の正体《しょうたい》に、名探偵《めいたんてい》を夢見《ゆめみ》る少女《しょうじょ》・宮里伊緒《みやさといお》と帰《かえ》ってきた夢水清志郎《ゆめみずきよしろう》が挑《いど》む！

【ヴォルフ】さんによるレビュー

国際刑事警察機構《I C P O》の犯罪者《はんざいしゃ》データによると、幻影師《げんえいし》は、善悪《ぜんあく》の区別《くべつ》がなく、おもしろければ何《なに》をしてもいいと考《かんが》える怪人《かいじん》だ。虫酸《むしず》が走《はし》る野郎《やろう》だぜ……。

Review

評価《ひょうか》	
教授《きょうじゅ》の食《く》い意地《いじ》	★★★★★
伊緒《いお》の大和撫子度《やまとなでしこど》	★☆☆☆☆
事件《じけん》の複雑《ふくざつ》さ	★★★★☆

名探偵《めいたんてい》VS.《バーサス》学校《がっこう》の七不思議《ななふしぎ》

初版《しょはん》：2012年《ねん》8月《がつ》15日《にち》　ページ数《すう》：318ページ

レトロシティでの事件《じけん》の後《あと》、ルイは宮里家《みやさとけ》に居候《いそうろう》し、伊《い》緒《お》と同《おな》じ武蔵虹北小《むさしこうほくしょう》に転校《てんこう》してきた。すぐに話題《わだい》の中心《ちゅうしん》となるルイだったが、ある朝《あさ》、昇降口《しょうこうぐち》の黒板《こくばん》に「やってきた鬼姫《おにひめ》が落《お》ち武者《むしゃ》のねむりをさます」という一文《いちぶん》が書《か》かれていた。武蔵虹北小《むさしこうほくしょう》には「七《なな》つめがない七不思議《ななふしぎ》」が存在《そんざい》する。さらには「七《なな》つがそろってしまうと、人《ひと》は学校《がっこう》に囚《とら》われ、すべての謎《なぞ》を解《と》かなくては抜《ぬ》け出《だ》せない」とも——。その七《なな》つめが、ルイ……？　ルイへの疑惑《ぎわく》を晴《は》らすため、伊緒《いお》と教授《きょうじゅ》らが、七不思議《ななふしぎ》の謎《なぞ》に挑《いど》む！

【堀越美晴《ほりこしみはる》】さんによるレビュー

うちの中学校《ちゅうがっこう》には、七不思議《ななふしぎ》どころか十六不思議《じゅうろくふしぎ》くらいあるって言《い》われてるわ。どこの学校《がっこう》にもこういううわさってあるのね……。やだなあ。

Review

評価《ひょうか》	
教授《きょうじゅ》の頼《たよ》れる度《ど》	★★★★☆
伊緒《いお》の推理力《すいりりょく》	★★★★☆
七不思議《ななふしぎ》のワクワク	★★★★☆

Q.016　亜衣《あい》の前《まえ》の代《だい》の文芸部部長《ぶんげいぶぶちょう》・片桐部長《かたぎりぶちょう》のあだ名《な》は？

名探偵《めいたんてい》と封《ふう》じられた秘宝《ひほう》

初版《しょはん》：2014年《ねん》11月《がつ》15日《にち》　ページ数《すう》：348ページ

若《わか》き美人会長代理《びじんかいちょうだいり》・虹北響子《こうほくきょうこ》が商店街《しょうてんがい》をあげての「赤《あか》い夢《ゆめ》カーニバル」を開催《かいさい》。伊緒《いお》の興味《きょうみ》を惹《ひ》いたのは、地味《じみ》な絵画《かいが》展《てん》。展示《てんじ》される3枚《まい》の絵《え》には、鬼ヶ谷一族《おにがたにいちぞく》の財宝《ざいほう》のありかが示《しめ》されているらしい。燃《も》える伊緒《いお》だったが、響子《きょうこ》のもとに展示中止《てんじちゅうし》を求《もと》める脅迫状《きょうはくじょう》が届《とど》く。差出人《さしだしにん》は宝《たから》を守《まも》る謎《なぞ》の人物《じんぶつ》「絵封師《えふうじ》」。伊緒《いお》は絵封師《えふうじ》の正体《しょうたい》をつきとめ、財宝《ざいほう》までたどり着《つ》けるのか？　フランスに渡《わた》ったレーチの文学的苦悩《ぶんがくてきくのう》や、高校《こうこう》3年生《ねんせい》になった岩崎三姉妹《いわさきさんしまい》の財宝探《ざいほうさが》しも収録《しゅうろく》！

【パシフィスト】さんによるレビュー

絵《え》に隠《かく》された暗号《あんごう》は、ただ正面《しょうめん》から見《み》ているだけじゃ、解《と》けないってこともあるわ。財宝《ざいほう》のために、時《とき》には破壊《はかい》も辞《じ》さない覚悟《かくご》よ……！

Review

評価《ひょうか》	
絵《え》の暗号《あんごう》の難《むずか》しさ	★★★☆☆
ルイの推理力《すいりりょく》	★★★★☆
三《み》つ子《ご》のはしゃぎぶり	★★★★★

PICK UP!

伊緒《いお》のクラスメイトたち

伊緒《いお》のクラスメイトは個性派《こせいは》ぞろい。伊緒《いお》が大和撫子《やまとなでしこ》ではないことを、ここのみんなは知《し》っている。

6年《ねん》1組《くみ》　関係図《かんけいず》

晋作《しんさく》くん

大《だい》ファン

坪井《つぼい》みやび（お局様《つぼねさま》）
口《くち》うるさく友達《ともだち》が少《すく》ない。父《ちち》は篠田建設《しのだけんせつ》の専務《せんむ》。

ライバル心《しん》

親《おや》が対立《たいりつ》

めげずにデートに誘《さそ》う

斑鳩《いかるが》めぐる（イルカ）
顔《かお》はいいが、チャラチャラしている。いつも頼《たよ》りにならない。

中島《なかじま》ルイ

篠田《しのだ》 光《ひかる》
篠田建設《しのだけんせつ》の跡取《あとと》り息子《むすこ》。昔《むかし》、双《ふた》子《ご》の妹《いもうと》を事故《じこ》で亡《な》くしている。

馬《うま》が合《あ》わない

同居人《どうきょにん》

入江拓郎《いりえたくろう》（タクロー）
前髪《まえがみ》はボサボサで、いつもひとり。意外《いがい》にも図《と》書委員長《しょいいんちょう》。

アウトローなヤツ

気《き》になる（？）

宮里《みやさと》伊緒《いお》

席《せき》がとなり

今井美月《いまいみつき》
猫《ねこ》のように、よく寝《ね》る少女《しょうじょ》。

Q.016の答《こた》え　カマキリ。純文学志向《じゅんぶんがくしこう》といいながら、錬金術《れんきんじゅつ》などのオカルトも大好《だいす》き。

第《だい》3章《しょう》・書斎《しょさい》

はやみね先生《せんせい》の仕事場《しごとば》大公開《だいこうかい》！

すべての作品《さくひん》はここから生《う》まれた……

25年間《ねんかん》、はやみね先生《せんせい》が数々《かずかず》の作品《さくひん》を生《う》み出《だ》してきた仕事場《しごとば》に潜入《せんにゅう》！　うわさの本《ほん》だらけの部屋《へや》とは一体《いったい》どうなっているのか？部屋《へや》の間取《まど》りから、さまざまなグッズ、そしてお気《き》に入《い》りのミステリーまで、先生《せんせい》のルーツを徹底検証《てっていけんしょう》！

はやみね先生《せんせい》の仕事部屋《しごとべや》

仕事場《しごとば》での過《す》ごし方《かた》

起《お》きてる時間《じかん》のほとんど、仕事場《しごとば》にこもっています。パソコンは二台《だい》あり、一台《だい》で原《げん》稿《こう》を書《か》き、もう一台《だい》でニュースを見《み》たり資料《しりょう》を調《しら》べたりします。目《め》が疲《つか》れたり眠《ねむ》くなったりしたら、長椅子《ながいす》に寝転《ねころ》がります。仕事《しごと》から逃《に》げ出《だ》したくなったら、自転車《じてんしゃ》に乗《の》ったり洗濯物《せんたくもの》を干《ほ》したりします。それでもやっぱり、ここに戻《もど》ってきてしまいます。

部屋《へや》の見取《みと》り図《ず》

本《ほん》の重《おも》みに耐《た》えられるよう、柱《はしら》の太《ふと》さは8寸《すん》ではなく、1尺《しゃく》で建《た》てられてます。なぜか、息子《むすこ》の机《つくえ》も。本棚《ほんだな》の上《うえ》には日曜大工《にちようだいく》で隠《かく》し部屋《べや》を作《つく》りました。

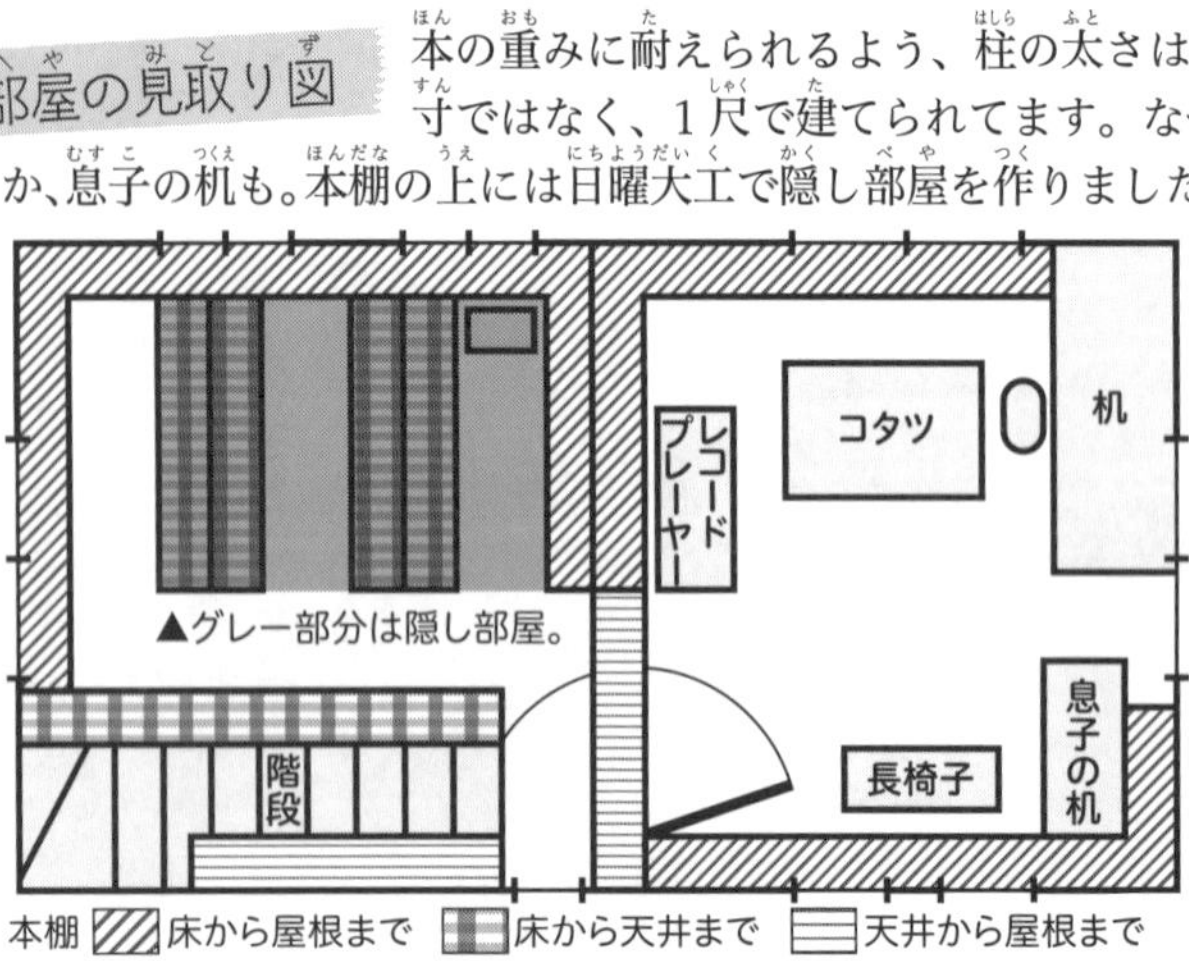

本《ほん》、本《ほん》、本《ほん》の山《やま》。

本棚上《ほんだなうえ》は隠《かく》し部屋《べや》。

机《つくえ》のまわりのもの

①机《つくえ》 …仕事部屋《しごとべや》を建《た》てたとき、備《そな》え付《つ》けで作《つく》ってもらったもの。ぼくの身長《しんちょう》にあわせてあります。

②椅子《いす》 …こだわりポイントはリクライニング。でも、ほとんどリクライニングしたことないです。

③パソコン …原稿書《げんこうか》きには主《おも》にLenovo《レノボ》のThinkPad《シンクパッド》。資料調《しりょうしら》べには富士通《ふじつう》のデスクトップを使《つか》ってます。

④扇風機《せんぷうき》 …社会人《しゃかいじん》になって、ようやく買《か》うことのできた扇風機《せんぷうき》。名前《なまえ》は『幻五郎丸Ⅱ世《げんごろうまるにせい》』といいます。

⑤窓《まど》 …見《み》えるのは、お寺《てら》の枝垂《しだ》れ桜《ざくら》と山《やま》。この間《あいだ》、前《まえ》の道《みち》を、猿《さる》がゆっくり歩《ある》いてました。

⑥レコード …大部分《だいぶぶん》は、1枚《まい》100円《えん》で買《か》った中古《ちゅうこ》レコードです。CD《シーディー》より、よく聞《き》いてます。

⑦資料《しりょう》 …ここにあるのは、資料《しりょう》のごく一部《いちぶ》。知《し》らないことだらけなので、資料《しりょう》は増《ふ》える一方《いっぽう》です。

⑧本棚《ほんだな》 …天井《てんじょう》を作《つく》らず屋根《やね》まで本棚《ほんだな》にしてあります。それでも入《はい》りきらず、床《ゆか》にも本《ほん》を積《つ》んでます。

Q.017 クイーンが、自分《じぶん》にかけた催眠術《さいみんじゅつ》を解《と》くためのキーワードといえば？

お部屋《へや》で発見《はっけん》！ はやみねな品々《しなじな》

はやみね先生《せんせい》の仕事場《しごとば》にある、いろいろなアイテムを紹介《しょうかい》。どれもこれもこだわりの一品《いっぴん》ばかりです！

1.執筆《しっぴつ》の友《とも》

小説《しょうせつ》を書《か》くにあたって、なくてはならない便利《べんり》な品々《しなじな》。

マウス

消耗品《しょうもうひん》です。今《いま》まで何台《なんだい》壊《こわ》したか知《し》れません。コードが収納《しゅうのう》できるものや金魚形《きんぎょがた》など、変《か》わったマウスも使《つか》いました。好《す》きなのは小《ちい》さくてワイヤレス、値段《ねだん》が安《やす》いものですが、なかなか思《おも》い通《どお》りのものには出会《であ》えません。今使《いまつか》ってるのは、中《なか》でも気《き》に入《い》ってるものです。Logicool《ロジクール》の安《やす》いやつですが、今《いま》までで一番長持《いちばんながも》ちしています。

創作《そうさく》ノート

こう見《み》えても、原稿《げんこう》を書《か》く前《まえ》には、創作《そうさく》ノートを作《つく》ります。登場人物《とうじょうじんぶつ》や話《はなし》の展開《てんかい》など、様々《さまざま》なことを書《か》き込《こ》みます。まず、表紙《ひょうし》にタイトルを書《か》きます。タイトルを書《か》き終《お》えると、なんだか原稿《げんこう》ができたような気《き》になってしまうのが困《こま》った点《てん》です。調子《ちょうし》の良《よ》いときは、数《すう》ページ書《か》いただけで、すぐに原稿《げんこう》を書《か》き始《はじ》めます。

ペンと筆箱《ふでばこ》

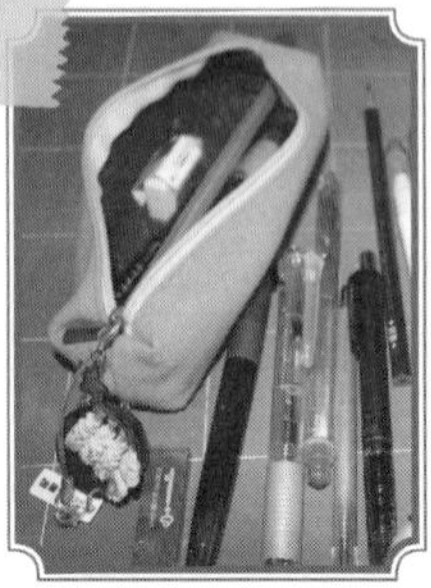

もう、原稿《げんこう》を手書《てが》きすることはありません。でも、創作《そうさく》ノートや図版《ずはん》を書《か》いたりするのにペンは必要《ひつよう》です。シャーペンは0.5㎜で、2B《ビー》の芯《しん》を入《い》れてます。ボールペンは水性《すいせい》のもので、0.5や1.0㎜のものです。昔《むかし》からハイブリッドのペンを使《つか》ってたのですが、モデルチェンジしたので、軸《じく》だけを残《のこ》して中《なか》のインクだけ交換《こうかん》しています。

蚊《か》取《と》り線香《せんこう》

なぜか、蚊《か》取《と》り線香《せんこう》の煙《けむり》が好《す》きです。蚊《か》がいるとかいないとか関係《かんけい》なく、蚊《か》取《と》り線香《せんこう》に火《ひ》をつけます。もしぼくが蚊《か》なら、数万回《すうまんかい》は死《し》んでるほどです。某有名《ぼうゆうめい》メーカーのものを使《つか》いたいのですが、我慢《がまん》して安《やす》いのを焚《た》いてます。真冬《まふゆ》でも時々《ときどき》つけます。今気《いまき》づいたのですが、好《す》きなのは蚊《か》取《と》り線香《せんこう》の煙《けむり》ではなく、夏《なつ》なのかもしれません。

老眼鏡《ろうがんきょう》

老眼鏡《ろうがんきょう》は36歳《さい》のときから使《つか》ってます。写真《しゃしん》のものは、パソコン仕事用《しごとよう》のレンズを入《い》れてます。最初《さいしょ》、眼医者《めいしゃ》さんに行《い》ったとき「真珠《しんじゅ》関係《かんけい》の仕事《しごと》ですか？」と聞《き》かれました。真珠《しんじゅ》屋《や》さんのように、細《こま》かいものを見《み》る仕事《しごと》の人《ひと》は、老眼《ろうがん》になるのが早《はや》いそうです。老眼鏡《ろうがんきょう》がないと本《ほん》を読《よ》むことができませんが、それ以《い》外《がい》の日常生活《にちじょうせいかつ》で不便《ふべん》はありません。

パソコン

マウスと同《おな》じように消耗品《しょうもうひん》です。昔《むかし》は、『薫《かおる》○號機《ごうき》』と何台目《なんだいめ》かわかるようにしてたのですが、あまりによく壊《こわ》れるので、何台目《なんだいめ》かわからなくなってしまいました。今《いま》は中古品《ちゅうこひん》を買《か》うようにしています。壊《こわ》れて一番困《いちばんこま》るのは、原稿《げんこう》が消《き》えることですね。これまでに通算《つうさん》すると100枚以上《まいいじょう》の原稿《げんこう》を消《け》してます。バックアップは、とても大切《たいせつ》です。

ゲラチェック用《よう》ケース

※ゲラ……校正刷《こうせいず》りのこと

原稿《げんこう》にOK《オーケー》が出《で》ると、ゲラが届《とど》きます。このケースはゲラを入《い》れるためのものです。シャーペン、栞《しおり》、消《け》しゴム、付箋《ふせん》などが入《はい》ってます。道具《どうぐ》はバッチリでも、編集者《へんしゅうしゃ》さんからの「日本語《にほんご》がおかしい」「内容《ないよう》が矛盾《むじゅん》してる」「根本的《こんぽんてき》に間違《まちが》ってる」という赤字《あかじ》を直《なお》すので、チェックには時間《じかん》がかかります。

Q.018 特殊任務部雑務課《とくしゅにんむぶざつむか》で、卓也《たくや》さんの同僚《どうりょう》の羽水光太郎《うすいこうたろう》さんの趣味《しゅみ》2つは？

2.思《おも》い出《で》の品《しな》

息抜《いきぬ》きに、昔《むかし》の思《おも》い出《で》がつまったこれらをみて、現実逃避《げんじつとうひ》。

清志郎《きよしろう》のぬいぐるみなど

サイン会《かい》に、お土産《みやげ》を持《も》ってきてくださる方《かた》がいます。本当《ほんとう》にありがとうございます。今《いま》までに、数《かぞ》え切《き》れないほどいただきました。手作《てづく》りのものも多《おお》いです。できるだけ飾《かざ》らせてもらってるのですが、なにせ、本《ほん》に生活空間《せいかつくうかん》が侵食《しんしょく》されてるのでスペースに限界《げんかい》があります。それでも、すべて大切《たいせつ》に保管《ほかん》してありますので！

怪盗道化師《かいとうピエロ》の自家製本《じかせいぼん》など

デビュー前《まえ》、子《こ》どもたちに読《よ》んでほしくて書《か》いたものです。コピーした原稿《げんこう》を「天《てん》の巻《まき》」「地《ち》の巻《まき》」「無用《むよう》の巻《まき》」の３冊《さつ》に製本《せいほん》しました。手描《てが》きの挿絵《さしえ》が入《はい》ってます。他《ほか》にも、『月《つき》から来《き》たシケタおじさん』とか『ぼくが学校《がっこう》に行《い》っている間《あいだ》…』などを製本《せいほん》しました。１万円《まんえん》では売《う》れません。100万円《まんえん》……なら、少《すこ》し考《かんが》えます。

「双子探偵《ふたごたんてい》」のポスター

15年《ねん》ほど前《まえ》、夢水清志郎《ゆめみずきよしろう》のシリーズが、『双子探偵《ふたごたんてい》』としてドラマ化《か》されたときにもらったものです。一度《いちど》、NHK《エヌエイチケー》の収録現場《しゅうろくげんば》にも行《い》かせてもらいました。そのとき、三倉茉奈《みくらまな》さん、三倉佳奈《みくらかな》さん、小林聡美《こばやしさとみ》さんと、お話《はな》しすることができました。テレビや映画《えいが》で小林聡美《こばやしさとみ》さんたちが出《で》てるのを視《み》ると、なんだか不思議《ふしぎ》な感《かん》じがします。

フロッピーディスク

昔《むかし》は、入力《にゅうりょく》した原稿《げんこう》をフロッピーディスクに保存《ほぞん》していました。１枚《まい》に１冊分《さつぶん》の原稿《げんこう》を入《い》れるようにして、ちゃんとレーベルを書《か》いてました。今《いま》は、入力《にゅうりょく》した原稿《げんこう》は、そのままハードディスク内《ない》の「はやみねかおる」フォルダに入《い》れてます。確《たし》かに手軽《てがる》ですが、レーベルを書《か》いてた昔《むかし》のほうが原稿《げんこう》に愛着《あいちゃく》があったように思《おも》います。

3.激《げき》レアグッズ 自他《じた》ともに認《みと》める貴重《きちょう》なアイテム！

サイン色紙《しきし》とサイン本《ぼん》の山《やま》

小《ちい》さい頃《ころ》から本《ほん》や漫画《まんが》が好《す》きで、作家《さっか》さんたちは神様《かみさま》でした。で、この仕事《しごと》をするようになって、多《おお》くの神様《かみさま》に会《あ》える機会《きかい》がありました。そのたびに、それはもう見事《みごと》な舞《ま》い上《あ》がりっぷりを披露《ひろう》し、サインをお願《ねが》いしてきました。孫《まご》ができたら「じいちゃんは、神様《かみさま》に会《あ》ったことがあるんだよ。」と、自慢《じまん》するのを楽《たの》しみにしてます。

ウクレレと記念像《きねんぞう》

えぬえけい先生《せんせい》に描《か》いていただいた『名探偵夢水清志郎《めいたんていゆめみずきよしろう》事件《じけん》ノート』が第《だい》33回《かい》の講談社漫画賞《こうだんしゃまんがしょう》を受賞《じゅしょう》しました。原作者《げんさくしゃ》として、ぼくも授賞式《じゅしょうしき》に出席《しゅっせき》しました。そのときにもらった像《ぞう》は、とても重《おも》いです。編集者《へんしゅうしゃ》さんから記念《きねん》にいただいたウクレレは、えぬえ先生《せんせい》のサイン入《い》りです！でも、ぼくはウクレレ弾《ひ》けないんですよね……。

60周年《しゅうねん》の記念品《きねんひん》

小《ちい》さい頃《ころ》から推理小説《すいりしょうせつ》が大好《だいす》きで、それはもう大好《だいす》きで、ずっと赤《あか》い夢《ゆめ》を見《み》て過《す》ごしてます。ぼくに赤《あか》い夢《ゆめ》を見《み》せてくださる推理作家《すいりさっか》の先生方《せんせいがた》。その先生方《せんせいがた》が集《つど》う日本推理作《にほんすいりさっ》家《か》協会《きょうかい》。まさか、そこに自分《じぶん》の名前《なまえ》が入《はい》る日《ひ》が来《く》るとは夢《ゆめ》にも思《おも》ってませんでした。協会《きょうかい》60周年《しゅうねん》の記念品《きねんひん》だけでなく、日本推理作家協会会報《にほんすいりさっかきょうかいかいほう》もすべてファイルしてます。

イラスト原画《げんが》

児童書《じどうしょ》を書《か》いていてよかったなと思《おも》う一つは、イラストがつくことです。たくさんの本《ほん》を書《か》いてきて、たくさんの先生《せんせい》にイラストを描《か》いていただきました。キャラ設定《せってい》の案《あん》、イラストラフ、打《う》ち合《あ》わせのFAX《ファックス》等々《とうとう》——みんな宝《たから》物《もの》です。それぞれの先生《せんせい》の記念館《きねんかん》ができたらお返《かえ》しするつもりで、大切《たいせつ》に保管《ほかん》しています。

Q.019 ミリリットル真衛門《しんえもん》が楽《たの》しみにしている米国製《べいこくせい》スパイ活劇《かつげき》ドラマのタイトルは？

4.ミステリー小説《しょうせつ》

先生《せんせい》のミステリー専用本棚《せんようほんだな》から、お気《き》に入《い》りの3冊《さつ》を選《えら》んでいただきました！

亜愛一郎《ああいいちろう》の狼狽《ろうばい》

泡坂妻夫《あわさかつまお》
1994年刊《ねんかん》／創元推理文庫《そうげんすいりぶんこ》

ぼくにとって、短編推理小説《たんぺんすいりしょうせつ》の教科書《きょうかしょ》です。今《いま》も、年《ねん》に1度《ど》は読《よ》み返《かえ》すようにしています。名探偵亜愛一郎《めいたんていああいいちろう》が手足《てあし》をパタパタすれば、いつの間《ま》にか事件《じけん》が解決《かいけつ》しています。というか、事件《じけん》が起《お》こってたの？　という感《かん》じです。なのに、すべてに論理的《ろんりてき》な説明《せつめい》がされます。まるで、マジシャンの帽子《ぼうし》の中《なか》に放《ほう》り込《こ》まれたような不思議《ふしぎ》な感《かん》じがします。

最長不倒距離《さいちょうふとうきょり》

都筑道夫《つづきみちお》
2000年刊《ねんかん》／光文社文庫《こうぶんしゃぶんこ》

最初《さいしょ》に出会《であ》ったのは、小学校《しょうがっこう》4年生《ねんせい》のとき。デパートで行《おこな》われた古本市《ふるほんいち》でした。ぼくが推理小説《すいりしょうせつ》にはまるきっかけになった本《ほん》の一冊《いっさつ》です。口絵《くちえ》代《が》わりの抜粋《ばっすい》シーンがあったり、他《ほか》のシリーズの探偵《たんてい》が助手《じょしゅ》として登場《とうじょう》したり――。推理小説《すいりしょうせつ》の美《うつく》しさが、お腹《なか》いっぱいになるほど詰《つ》め込《こ》まれています。まさに「謎《なぞ》と論理《ろんり》のエンタテインメント」です。

そして誰《だれ》もいなくなった

アガサ・クリスティー
2010年刊《ねんかん》／クリスティー文庫《ぶんこ》

推理小説《すいりしょうせつ》を読《よ》んだことのない人《ひと》から、お勧《すす》めの一冊《いっさつ》を聞《き》かれたら、「これが世界《せかい》で一番《いちばん》おもしろい推理小説《すいりしょうせつ》です」と勧《すす》めてます。これを読《よ》んで楽《たの》しめない人《ひと》は、残念《ざんねん》ながら『推理小説《すいりしょうせつ》おもしろセンサー』が体内《たいない》にないのではないでしょうか。初《はじ》めて読《よ》んだのは小学生《しょうがくせい》のときですが、未《いま》だに、この本以上《ほんいじょう》の衝撃《しょうげき》を他《ほか》の本《ほん》から受《う》けてません。

Q.019の答《こた》え　「00《ゼロゼロ》3.14コードネームπ《パイ》」。主人公《しゅじんこう》のπ《パイ》は、上司《じょうし》r《アール》の指令《しれい》を受《う》け、ミッションをこなす。

第《だい》4章《しょう》　食《しょく》堂《どう》

はやみねキッチン

腹《はら》が減《へ》っては、推理《すいり》はできぬ！

赤《あか》い夢《ゆめ》の館《やかた》の食堂《しょくどう》では、これまで作中《さくちゅう》に登場《とうじょう》した古今東西《ここんとうざい》の料理《りょうり》を楽《たの》しむことができます。かんたんなファストフードから手《て》の込《こ》んだ家庭料理《かていりょうり》まで、幅広《はばひろ》いメニューをお楽《たの》しみくださいませ！

なかには作者《さくしゃ》のはやみね先生《せんせい》ですら覚《おぼ》えていない料理《りょうり》も!?

Hayamine Kitchen

はやみね
キッチン

レシピ❶

羽《う》衣《い》母《かあ》さんのカレー

岩崎三姉妹《いわさきさんしまい》の母《はは》・羽衣《うい》は、料理上手《りょうりじょうず》。とくに、特製《とくせい》のカレーは、教授《きょうじゅ》も大好《だいす》きな一品《いっぴん》です。

カレーは、ごはんにしみ込《こ》むくらいしゃぶしゃぶ。市販《しはん》のカレールーを一切使《いっさいつか》わず、スパイスと少量《しょうりょう》の小《こ》麦粉《むぎこ》で作《つく》るのがポイント。

教授《きょうじゅ》は、このカレーに卵《たまご》とおしょうゆを入《い》れて、ぐちゃぐちゃにかきまぜて食《た》べるのも大好《だいす》き。でも、亜《あ》衣《い》たちには白《しろ》い目《め》で見《み》られています。

【材料《ざいりょう》】4人分《にんぶん》

- 鶏肉《とりにく》……200g
- たまねぎ……2個《こ》
- パプリカ……1個《こ》
- しめじ……1パック
- にんにく……ひとかけ
- しょうが……ひとかけ
- クミン……小《こ》さじ1
- サラダ油《あぶら》……適量《てきりょう》
- バター……大《おお》さじ5
- カレー粉《こ》……大《おお》さじ1
- ガラムマサラ……小《こ》さじ2
- 小《こ》麦粉《むぎこ》……小《こ》さじ1
- トマトジュース……200ml
- 鶏《とり》ガラスープ……400ml
- 塩《しお》……小《こ》さじ1・5

作《つく》り方《かた》♪

by 羽《う》衣《い》母《かあ》さん

1 具《ぐ》の下準備《したじゅんび》

鶏肉《とりにく》は、一口大《ひとくちだい》に切《き》り、塩《しお》・こしょうで下味《したあじ》をつけましょう。

たまねぎはみじん切《ぎ》りにし、600W の電子《でんし》レンジで 10 分《ぷん》加熱《かねつ》します。これでいためる時間《じかん》を短縮《たんしゅく》できるんですよ。

パプリカは 1㎝角《かく》に切《き》ります。

しめじは石《いし》づきを落《お》としてほぐしておけばＯＫ《オーケー》。

にんにくとしょうがは、すりおろしておいてね。

2 鶏肉《とりにく》をいためる

フライパンで、鶏肉《とりにく》を皮目《かわめ》から焼《や》きます。
皮《かわ》に焼《や》き色《いろ》がついたら裏返《うらがえ》して、反対側《はんたいがわ》を軽《かる》く焼《や》いたら、取《と》り出《だ》します。

3 具《ぐ》をいためる

フライパンをペーパータオルでサッとふいたら、サラダ油《あぶら》をひいて、にんにく、しょうが、クミンをいためます。こがさないように、弱火《よわび》でね。

香《かお》りが出《で》てきたら、①のたまねぎを加《くわ》えてよくいためます。色《いろ》が変《か》わってきたら、バターを入《い》れてパプリカ、しめじを加《くわ》えます。

4 スパイス投入《とうにゅう》

野菜《やさい》がしんなりしたら、②の鶏肉《とりにく》を入《い》れます。

さあ、お待《ま》ちかねのスパイスの出番《でばん》です。カレー粉《こ》、ガラムマサラと、小麦粉《こむぎこ》を入《い》れて、具《ぐ》によくなじませます。

5 煮込《にこ》んで味付《あじつ》け

トマトジュースと鶏《とり》ガラスープを加《くわ》えたら、強火《つよび》でぐつぐつと 10 分煮《ぶんに》ます。最後《さいご》に、塩《しお》で味《あじ》を調《ととの》えたら、できあがり！

tasting

お味見《あじみ》：夢水清志郎《ゆめみずきよしろう》

カレーといえば……もぐもぐ……、一晩寝《ひとばんね》かせて熟成《じゅくせい》させるのがオツだけど……もぐもぐ……、羽衣《うい》さんのカレーには……もぐぐぐ、ゴホホ！　もぐもぐ……、その常識《じょうしき》が通用《つうよう》しません。スパイスの香《かお》りが立《た》ちのぼる……もぐもぐ……、作《つく》り立《た》てを味《あじ》わってもらいたいですね……もぐもぐ……。

Q.020　教授《きょうじゅ》の洋館《ようかん》と亜衣《あい》たちの部屋《へや》を結《むす》んでいる通信手段《つうしんしゅだん》と言《い》えば？

Hayamine Kitchen

はやみねキッチン

レシピ❷

日本《にっぽん》の冬《ふゆ》を感《かん》じるおでん

クイーンが「日本《にっぽん》の冬《ふゆ》」をジョーカーに楽《たの》しんでもらうため、10時間《じかん》煮込《にこ》んで作《つく》ったおでん。ちゃんと土《ど》鍋《なべ》で作《つく》るのがポイント。保《ほ》温性《おんせい》が高《たか》く、味《あじ》を均一《きんいつ》にしみ込《こ》ませることができる土《ど》鍋《なべ》こそが、日本《にっぽん》の冬《ふゆ》の料理《りょうり》の真髄《しんずい》なのです。竹輪《ちくわ》、ハンペン、さつまあげ、つみれといったメジャーな練《ね》り物《もの》もしっかりおさえています。クイーンは、このおでんに合《あ》うワインを探《さが》しているとか……。

【材料《ざいりょう》】4人分《にんぶん》

〔おでんの具《ぐ》〕
- 大根《だいこん》……1/2本《ぼん》
- コンニャク……1枚《まい》
- ゆで卵《たまご》……4個《こ》
- 竹輪《ちくわ》……2本《ほん》
- ハンペン……2枚《まい》
- さつまあげ……8個《こ》
- いわしのつみれ……8個《こ》

〔おでんの汁《しる》〕
- 出汁《だし》……2ℓ《リットル》
- しょうゆ……大《おお》さじ3
- みりん……大《おお》さじ2
- 酒《さけ》……大《おお》さじ3
- 塩《しお》……小《こ》さじ2/3

作《つく》り方《かた》♪ by クイーン

1 具《ぐ》の下準備《したじゅんび》

大根《だいこん》は厚《あつ》めに皮《かわ》をむいて、手刀《しゅとう》で3㎝の輪切《わぎ》りにしよう。

コンニャクは三角《さんかく》に切《き》って、さらに厚《あつ》みも食《た》べやすいように半分《はんぶん》に。

ゆで卵《たまご》は殻《から》をむいておく。ハンペンも、手刀《しゅとう》で三角《さんかく》に切《き》ろう。

なお、素手《すで》で切断《せつだん》する技《わざ》が使《つか》えない人《ひと》は、包丁《ほうちょう》を使《つか》おう。

2 隠《かく》し包丁《ぼうちょう》を入《い》れる

大根《だいこん》とコンニャクは、味《あじ》がしみ込《こ》みやすいように、

「J《ジェー》」の形《かたち》に隠《かく》し包丁《ぼうちょう》を入《い》れるよ。

3 大根《だいこん》とコンニャクを下《した》ゆでする

鍋《なべ》に大根《だいこん》を入《い》れて、ひたるくらいまで水《みず》を入《い》れたら、30分《ぷん》ほど下《した》ゆでしよう。

沸騰《ふっとう》したら中火《ちゅうび》にし、竹串《たけぐし》がスッと通《とお》ればOK《オーケー》！

コンニャクは、別《べつ》の鍋《なべ》を使《つか》って水《みず》から3分《ぷん》ほど下《した》ゆでしよう。……ここらへんで、下《した》ゆでばかりでめんどうになって、ついRD《アールディー》にあとを任《まか》せたくなってしまうだろう。しかし、ジョーカーくんに日本《にっぽん》の冬《ふゆ》を教《おし》えるため、ガマン！

4 具材《ぐざい》を敷《し》きつめる

大《おお》きめの土鍋《どなべ》に出汁《だし》、しょうゆ、みりん、酒《さけ》、塩《しお》を入《い》れ火《ひ》にかけよう。

沸騰《ふっとう》しそうになったら、大根《だいこん》、コンニャク、ゆで卵《たまご》を入《い》れる。具材《ぐざい》が重《かさ》ならないように鍋《なべ》に敷《し》きつめると均一《きんいつ》に火《ひ》が通《とお》るよ。

5 煮《に》る

あとはひたすら煮《に》るべし！　煮《に》るべし！　わたしは合計《ごうけい》10時間煮《じかんに》てみたよ。

ちなみに、7時間《じかん》くらいたった頃《ころ》に、竹輪《ちくわ》、ハンペン、さつまあげ、いわしのつみれを投入《とうにゅう》すると、煮《に》くずれしないで、いい具合《ぐあい》に味《あじ》がしみ込《こ》むはずだ。

ちなみに、この間《かん》、絶対《ぜったい》に沸騰《ふっとう》させてはいけない。弱火《よわび》～中火《ちゅうび》の間《あいだ》を保《たも》ちながら、汁気《しるけ》がなくなったらその都度《つど》、出汁《だし》を足《た》そう。10時間煮《じかんに》たら、完成《かんせい》だ！

tasting

お味見《あじみ》：ジョーカー

日本《にっぽん》の海《うみ》では、この竹輪《ちくわ》やハンペンなる物体《ぶったい》が泳《およ》いでいるとは、東洋《とうよう》の神秘《しんぴ》ですね……。意外《いがい》にも、おいしかったです。ちなみに、その後《ご》クイーンは「フランスのブルゴーニュ地方《ちほう》で作《つく》られる、軽《かる》めの赤《あか》が合《あ》うらしいんだ」とかなんとか言《い》って、いまだにおでんに合《あ》うワインを探《さが》しています……。

Q.021　RD《アールディー》が装備《そうび》する「クイーンのイカサマ対策用《たいさくよう》かくしバックアップシステム」の名前《なまえ》は？

Hayamine Kitchen

はやみね キッチン

レシピ❸

極限《きょくげん》のシーフードスープ

塀戸村《べいどむら》の森《もり》の中《なか》で、空腹《くうふく》をまぎらわすために内人《ないと》が作《つく》ったメニュー。スープの具材《ぐざい》は、偶然持《ぐうぜんも》っていた駄菓子《がし》のみ。

あまりおいしそうな見《み》た目《め》ではないが、空腹《くうふく》は最高《さいこう》の調味料《ちょうみりょう》。あのグルメな創《そう》也《や》もみとめた一品《いっぴん》です。

【材料《ざいりょう》】1人分《ひとりぶん》

・酢《す》コンブ……1枚《まい》
・イカせんべい……3枚《まい》
・水《みず》……300ml

作《つく》り方《かた》♪ by 内藤内人《ないとうないと》

1 酢《す》コンブを水《みず》でよく洗《あら》う

酢《す》コンブの表面《ひょうめん》には、酢《す》と甘味料《かんみりょう》がしみ込《こ》んでいるからうまいんだって、麗亜《れいあ》さんが言《い》ってた。今回《こんかい》はスープにするわけだから、流《なが》しちゃおう。

2 水《みず》を火《ひ》にかけ、酢《す》コンブを入《い》れる

鍋《なべ》がなかったら水《みず》をしみ込《こ》ませた厚紙《あつがみ》でも鍋代《なべが》わりになるよ。
水《みず》の沸点《ふってん》が100℃だから、紙《かみ》はそれ以上《いじょう》の温度《おんど》にならず、燃《も》えないんだ。

3 沸騰《ふっとう》したら、イカせんべいをくだいて投入《とうにゅう》

いつもは健康《けんこう》に悪《わる》いんじゃないかって心配《しんぱい》になるくらい、味《あじ》の濃《こ》いイカせんべい。スープの具材《ぐざい》になると、これほど心強《こころづよ》いとは！　やわらかくなったら、完成《かんせい》だ。

tasting

お味見《あじみ》：竜王創也《りゅうおうそうや》

サバイバル状況下《じょうきょうか》では、こんな料理《りょうり》がおいしく感《かん》じられたんだから、信《しん》じられないよ。だれの言葉《ことば》かは知《し》らないが、「空腹《くうふく》は最高《さいこう》の調味料《ちょうみりょう》」とはよく言《い》ったものだね。

Q.021の答《こた》え　イド。クイーンがゲームで勝《か》つためにシステムすら乗《の》っ取《と》るので、その対策《たいさく》。

Hayamine Kitchen

はやみね キッチン

レシピ❹

やさしい味《あじ》の雑炊《ぞうすい》

教授《きょうじゅ》がひょんなことから面倒《めんどう》を見《み》ることになった赤《あか》ちゃん、創人《そうと》くんのために、亜衣《あい》たちが作《つく》った雑炊《ぞうすい》。

空腹《くうふく》といら立《だ》ちでうなり合《あ》っていた教授《きょうじゅ》と創人《そうと》も、匂《にお》いをかいだだけで停戦《ていせん》して、寄《よ》ってきました。

【材料《ざいりょう》】 1人分《ひとりぶん》

・たまねぎ……………½個《こ》
・にんじん……………½本《ぼん》
・出汁《だし》……………2カップ
・しょうゆ……………小《こ》さじ1
・冷《ひ》やごはん……………お茶碗《ちゃわん》1杯《ぱい》

作《つく》り方《かた》♪ by 岩崎亜衣《いわさきあい》

① 具《ぐ》の下準備《したじゅんび》

たまねぎとにんじんは、細《こま》かくみじん切《ぎ》りにします。
細《こま》かいほうが火《ひ》が通《とお》りやすいし、赤《あか》ちゃんも食《た》べやすいよ！

② 出汁《だし》で煮《に》る

鍋《なべ》に出汁《だし》と①を入《い》れて、やわらかくなるまで煮《に》ます。
灰汁《あく》が出《で》たら、おたまでやさしくすくいましょう。

③ 味付《あじつ》け

味付《あじつ》けはおしょうゆで、うす味《あじ》にします。昨日《きのう》の残《のこ》り物《もの》の冷《ひ》やごはんを投入《とうにゅう》したら、弱火《よわび》で数分煮込《すうふんにこ》みます。火《ひ》をとめる直前《ちょくぜん》に、とき卵《たまご》を流《なが》しこんで完成《かんせい》！

tasting

お味見《あじみ》：夢水清志郎《ゆめみずきよしろう》

ぼくはもっとおしょうゆや卵《たまご》やエビをどかどか入《い》れた、スペシャルグレート雑炊《ぞうすい》が食《た》べたかったけど、創人《そうと》くんもいたからしかたないね。創人《そうと》くん、立派《りっぱ》な名探偵《めいたんてい》になれたかなあ。

Q.022 虹北響子主催《こうほくきょうこしゅさい》のイベント「赤《あか》い夢《ゆめ》カーニバル」で、教授《きょうじゅ》が反応《はんのう》した2つの出《だ》し物《もの》の名前《なまえ》は？

他《ほか》にもこんなに！　作中料理《さくちゅうりょうり》

縦《たて》だか横《よこ》だかわからないステーキ

登場《とうじょう》 事件《じけん》ノート８「ミステリーの館《やかた》」へ、ようこそ

タテとヨコの区別《くべつ》がつかないほど、あまりに分厚《ぶあつ》いステーキのこと。食《く》いしん坊《ぼう》な教授《きょうじゅ》がよく食《た》べたがる。小《ちい》さなサイコロステーキとは違《ちが》う。

京風石狩《きょうふういしかり》なべ

登場《とうじょう》 事件《じけん》ノート１　そして五人《にん》がいなくなる ほか

鍋料理《なべりょうり》の中《なか》で、教授《きょうじゅ》がもっとも好《す》きなのが「京風《きょうふう》石狩《いしかり》なべ」。そもそも北海道《ほっかいどう》の料理《りょうり》である石狩鍋《いしかりなべ》が、京風《きょうふう》というところがおかしいが、教授《きょうじゅ》のまわりの何人《なんにん》かは、この不思議《ふしぎ》な料理《りょうり》を作《つく》れるらしい。

メビウスのきしめん

登場《とうじょう》 事件簿《じけんぼ》２　名探偵《めいたんてい》VS.《バーサス》学校《がっこう》の七不思議《ななふしぎ》

教授《きょうじゅ》が世界中《せかいじゅう》の食料問題《しょくりょうもんだい》を解決《かいけつ》するために取《と》り組《く》んでいた料理《りょうり》。名古屋名物《なごやめいぶつ》で、幅広《はばひろ》いめんが特徴《とくちょう》の「きしめん」を１回《かい》ねじってから、はしとはしをつなぐ。できた輪《わ》っかを真《ま》ん中《なか》から切《き》ると、２つに分《わ》かれるのではなく、最初《さいしょ》の２倍《ばい》の大《おお》きさの一《ひと》つの輪《わ》っかになる。残念《ざんねん》ながら、量《りょう》は増《ふ》えていない。

カレーかまぼこ丼《どん》

登場《とうじょう》 事件簿《じけんぼ》２　名探偵《めいたんてい》VS.《バーサス》学校《がっこう》の七不思議《ななふしぎ》

教授《きょうじゅ》がこれまで生《い》きてきて、まだ出会《であ》えていない幻《まぼろし》の料理《りょうり》（食《た》べたのを忘《わす》れているだけかもしれないけど）。フランスから特注《とくちゅう》で取《と》り寄《よ》せた、銀《ぎん》のスプーンを磨《みが》きながら、いつかカレーかまぼこ丼《どん》にありつける日《ひ》を夢見《ゆめみ》ている。

ビイフストロガフノ

登場《とうじょう》 事件《じけん》ノート４　魔女《まじょ》の隠《かく》れ里《ざと》

教授《きょうじゅ》が泊《と》まったペンション「ポインセチア」の看板《かんばん》メニュー。牛肉《ぎゅうにく》などを赤《あか》ワインで煮込《にこ》んだもの。正《ただ》しくは「ビーフストロガノフ」だが、教授《きょうじゅ》は間違《まちが》って覚《おぼ》えていたばかりか、そのまま「謎解《なぞと》き紀行《きこう》」の記事《きじ》にしようとしていた。

みそ照《て》り焼《や》き鮭《さけ》

登場《とうじょう》 事件《じけん》ノート２　亡霊《ゴースト》は夜歩《よるある》く

亜衣《あい》が「ミステリーサークル」と言ったのを、いじきたない教授《きょうじゅ》が聞《き》き間違《まちが》えて出《で》てきた料理名《りょうりめい》。本当《ほんとう》にレシピが存在《そんざい》するかは定《さだ》かではない。

Q.022の答《こた》え　『世界《せかい》のB級《ビーきゅう》グルメ集合《しゅうごう》！』と『食《く》いだおれスタンプラリー』。この２つを守《まも》るため、絵封師退治《えふうじたいじ》を決意《けつい》した。

グリブイ・ガルショークズ(ロシア料理《りょうり》)、トム・ヤム・クン(タイ料理《りょうり》)、ナン(インド料理《りょうり》)

登場《とうじょう》 事件《じけん》ノート2　亡霊《ゴースト》は夜歩《よるある》く

教授《きょうじゅ》が亜衣《あい》にふるまった料理《りょうり》。なぜ教授《きょうじゅ》が料理《りょうり》したかというと、一太郎《いちたろう》父《とう》さんにボーナスが出《で》て中華料理《ちゅうかりょうり》に招待《しょうたい》された教授《きょうじゅ》は、亜衣《あい》を満腹《まんぷく》にしておけば自分《じぶん》が食《た》べられる量《りょう》が増《ふ》えると考《かんが》えたから。どれも残《のこ》り物《もの》を使《つか》って作《つく》れるエコな料理《りょうり》。M《エム》大学時代《だいがくじだい》に、貧乏《びんぼう》な留学生《りゅうがくせい》たちに教《おし》えてもらったらしい。

都会《まち》のトム&《アンド》ソーヤ編《へん》

生卵《なまたまご》

登場《とうじょう》 ②乱《らん》！RUN《ラン》! ラン！

見《み》るからに料理《りょうり》などできそうにない神宮寺《じんぐうじ》が自信《じしん》をもって「これなら作《つく》れる」と豪語《ごうご》する料理《りょうり》(？)。ごはんにかければ、一応卵《いちおうたまご》かけごはんにはなる。ゲーム開発《かいはつ》のスタミナは、卵《たまご》で補給《ほきゅう》だ！

蜂《はち》の子《こ》

登場《とうじょう》 ⑫IN《イン》 THE《ザ》ナイト

その名《な》の通《とお》り、巣《す》から取《と》れた蜂《はち》の幼虫《ようちゅう》を、甘辛《あまから》く煮《に》たりして食《た》べる郷土料理《きょうどりょうり》。タンパク質《しつ》が豊富《ほうふ》なので、内人《ないと》のおばあちゃんは、幼《おさな》い内人《ないと》によく食《た》べさせていた。

でっちあげ

登場《とうじょう》 ⑥ぼくの家《いえ》へおいで

竜王食品《りゅうおうしょくひん》から発売《はつばい》されている、謎《なぞ》の食品《しょくひん》。国産《こくさん》の何《なに》かを使《つか》っており、食《た》べると、すごく強《つよ》くなるらしい。人材《じんざい》の有効活用《ゆうこうかつよう》ということで、卓也《たくや》さんがCM《シーエム》に出演《しゅつえん》している。

ドロワット、ヒープンギサド、生菜包飯《ションツァイパオハン》

登場《とうじょう》 ②乱《らん》！RUN《ラン》! ラン！

ドロワットは大なべの鶏《とり》と卵《たまご》のシチュー(エチオピア料理《りょうり》)、ヒープンギサドは、エビの煮物《にもの》(フィリピン料理《りょうり》)。生菜包飯《ションツァイパオハン》は、サラダ菜《な》にのったごはんと肉《にく》みそ(中国料理《ちゅうごくりょうり》)。すべて、柳川《やながわ》さんが即興《そっきょう》で作《つく》った手料理《てりょうり》。

Q.023 修学旅行《しゅうがくりょこう》で、内人《ないと》たちが神宮寺《じんぐうじ》さんのお土産《みやげ》に選《えら》んだのは？

Hayamine Kitchen

怪盗《かいとう》クイーン編《へん》

流《なが》しそうめん

登場《とうじょう》 怪盗《かいとう》クイーン、仮面舞踏会《かめんぶとうかい》にて

クイーンが日本《にっぽん》の夏《なつ》を満喫《まんきつ》するためにトルバドゥール内《ない》でふるまった。回転《かいてん》ずしと混同《こんどう》しており、麺《めん》の入《はい》ったお椀《わん》がベルトコンベアで運《はこ》ばれてくる。汁《つゆ》は、幻《まぼろし》のしょうゆ『福《ふく》山甘露《やまかんろ》』と、厚《あつ》くけずったかつおぶしから作《つく》られた絶品《ぜっぴん》。

茄子《なす》のはさみ揚《あ》げ

登場《とうじょう》 怪盗《かいとう》クイーンと魔界《まかい》の陰陽師《おんみょうじ》

人工知能《じんこうちのう》のマガが、ＲＤ《アールディー》の生《う》みの親《おや》である倉木博士《くらきはかせ》の研究所《けんきゅうじょ》へ行《い》った際《さい》に作《つく》ったおつまみ。茄子《なす》のうす切《ぎ》りで卵《たまご》とチーズを混《ま》ぜたものをはさみ、油《あぶら》で揚《あ》げれば完成《かんせい》。こしょうとナツメグを使《つか》ったギリシャ風《ふう》の味付《あじつ》けで、ウイスキーによく合《あ》う。

その他《た》編《へん》

世界《せかい》のピザハット

登場《とうじょう》 怪盗《かいとう》クイーンに月《つき》の砂漠《さばく》を

探偵卿《たんていきょう》の仙太郎《せんたろう》が、エジプトを旅行中《りょこうちゅう》にアルバイトしたチェーン店《てん》。日本《にっぽん》と同《おな》じ味《あじ》が、エジプトでも楽《たの》しめる。店《てん》舗《ぽ》は、ギザのスフィンクスの視線《しせん》の先《さき》にある。

フルーツキャンディ

登場《とうじょう》 怪盗《かいとう》クイーン、仮面舞踏会《かめんぶとうかい》にて

探偵卿《たんていきょう》のお目付《めつ》け役《やく》のルイーゼは、まるで大阪《おおさか》のおばちゃんのように、鞄《かばん》にキャンディを常備《じょうび》している。ただ、その鞄《かばん》で部下《ぶか》や悪人《あくにん》をゴンゴンたたくので、欠《か》けているキャンディが多《おお》い。

「一福《いっぷく》」のミックス

登場《とうじょう》 虹北恭助《こうほくきょうすけ》の新冒険《しんぼうけん》

虹北商店街《こうほくしょうてんがい》のお好《この》み焼《や》き屋《や》さん「一福《いっぷく》」のメニュー。イカ、豚肉《ぶたにく》、エビ、焼《や》きソバが入《はい》ったスペシャル（値段《ねだん》は２倍《ばい》）と、さらに自然薯《じねんじょ》が入《はい》る裏《うら》メニュー（値段《ねだん》は４倍《ばい》）がある。裏《うら》メニューは虹北商店街関係者《こうほくしょうてんがいかんけいしゃ》しか注文《ちゅうもん》できない。

幻《まぼろし》のチョコバナナ大福《だいふく》

登場《とうじょう》 モナミは世界《せかい》を終《お》わらせる？

真野萌奈美《まのもなみ》の通学路《つうがくろ》の途中《とちゅう》にある和菓子屋《わがしや》さんの、チョコバナナを大福《だいふく》でつつんだ菓子《かし》。１個《こ》で300m走《はし》れるパワーがつくといわれている。人気《にんき》がありすぎて、すぐに完売《かんばい》してしまうので、萌奈美《もなみ》もほとんど食《た》べたことがない。

Q.023の答《こた》え 猪鹿蝶柄《いのしかちょうがら》のネクタイ。趣味《しゅみ》の悪《わる》い神宮寺《じんぐうじ》さんは、花札《はなふだ》シリーズのネクタイを集《あつ》めている。

第《だい》5章《しょう》 ◆ 第《だい》2の書庫《しょこ》

作品紹介《さくひんしょうかい》【怪盗《かいとう》クイーンシリーズ】

怪盗《かいとう》が動《うご》くには、浪漫《ロマン》が必要《ひつよう》なんだ

赤《あか》い夢《ゆめ》の館《やかた》にある5つの書庫《しょこ》のうち、第《だい》2の書庫《しょこ》にあるのは、「怪盗《かいとう》の美学《びがく》」を満《み》たす獲物《えもの》を追《お》い続《つづ》ける、誇《ほこ》り高《たか》き怪盗《かいとう》クイーンのシリーズです。代表的《だいひょうてき》なキャラクターのプロフィールや、各《かく》作品《さくひん》のあらすじを紹介《しょうかい》します。

どんな作品《さくひん》？

ねらった獲物《えもの》を手《て》に入《い》れるため、予告状《よこくじょう》を送《おく》り、どんな状況《じょうきょう》でも華麗《かれい》に盗《ぬす》み出《だ》す。神出鬼没《しんしゅつきぼつ》の大怪盗《だいかいとう》・クイーン。

パートナーのジョーカー、RD《アールディー》とともに、飛行船《ひこうせん》トルバドゥールで世界中《せかいじゅう》をかけめぐる！　行《い》く先々《さきざき》で、国際刑事警察機構《I C P O》が誇《ほこ》る13人《にん》の探偵卿《たんていきょう》、ドイツを守護《しゅご》するホテルベルリン、最強《さいきょう》の殺《ころ》し屋集団《やしゅうだん》「暗殺臣《アサッシン》」など、個性豊《こせいゆた》かな敵《てき》が登場《とうじょう》する。

夜《よる》の闇《やみ》に浪漫《ロマン》を感《かん》じ、赤《あか》い夢《ゆめ》の中《なか》で生《い》きている子《こ》どもがいるかぎり、怪盗《かいとう》や名探偵《めいたんてい》がいなくなることはない――。

PICK UP!

財宝《ざいほう》のあるところ、怪盗《かいとう》クイーンは必《かなら》ず現《あらわ》れる！

怪盗《かいとう》の美学《びがく》に当《あ》てはまる獲物《えもの》を見《み》つけたら、それが世界《せかい》のどこにあろうと参上《さんじょう》するのがクイーン。下《した》に紹介《しょうかい》しているのは、ほんの一例《いちれい》にすぎず、これ以外《いがい》にもさまざまなお宝《たから》をコレクションしている。

ドイツ
ピラミッドキャップ
日本《にっぽん》
人工知能《じんこうちのう》、蓬莱《ほうらい》、クリスタルタブレット
カリブ
セント・オルロフ・サファイア
チェコ
ヴォイニッチ文書《ぶんしょ》
トルコ
パンドラの匣《はこ》
中国《ちゅうごく》
半月石《ハーフムーン》
ハワイ
海賊《かいぞく》の秘宝《ひほう》

おもな登場人物《とうじょうじんぶつ》

クイーン

一流《いちりゅう》の技術《ぎじゅつ》と独自《どくじ》の美学《びがく》をあわせ持《も》つ、世界一《せかいいち》の怪盗《かいとう》。どんな状況《じょうきょう》でもお楽《たの》しみ要素《ようそ》を求《もと》めており、周囲《しゅうい》をこまらせる。ジョーカーやRD《アールディー》を家族《かぞく》のように大切《たいせつ》に思《おも》う、人間《にんげん》らしい一面《いちめん》も。

Profile

特技《とくぎ》：どんな姿《すがた》にも変装《へんそう》できる
趣味《しゅみ》：クロスワードパズル、ワイン収集《しゅうしゅう》、ボードゲーム
ライバル：夢水清志郎《ゆめみずきよしろう》
好物《こうぶつ》：みそラーメン
お気《き》に入《い》りの服《ふく》：赤《あか》のジャケット、さくらんぼ柄《がら》のパジャマ
日課《にっか》：寝《ね》る前《まえ》の美容《びよう》パック

RD《アールディー》

もとは軍事用《ぐんじよう》に開発《かいはつ》された世界最高《せかいさいこう》の人工知能《じんこうちのう》。クイーンによって盗《ぬす》み出《だ》され、飛行船《ひこうせん》トルバドゥールの管理《かんり》システムとなった。とても器用《きよう》で、クイーンとジョーカーをサポートする。

Profile

現実世界《げんじつせかい》での姿《すがた》：巨大《きょだい》な飛行船《ひこうせん》、球体関節《きゅうたいかんせつ》のマニピュレーター
仮想現実《かそうげんじつ》での姿《すがた》：メガネをかけた青年《せいねん》、服装《ふくそう》は自由自在《じゆうじざい》
日課《にっか》：クイーンのソファー下《した》の掃除《そうじ》
よく使《つか》う機能《きのう》：感動時《かんどうじ》に「『全米《ぜんべい》』フォルダ」が泣《な》く、くやしいと「『負《ま》けへんで！』システム」が起動《きどう》

ジョーカー

すなおでやさしい心《こころ》を持《も》つ、格闘術《かくとうじゅつ》の達人《たつじん》。クイーンの仕事上《しごとじょう》のパートナーであり、お目付《めつ》け役《やく》でもある。少年時代《しょうねんじだい》、路地裏《ろじうら》で行《い》き倒《だお》れていたところをクイーンに助《たす》けられた。

Profile

出身地《しゅっしんち》：幼少期《ようしょうき》は、山奥《やまおく》の収容所《しゅうようじょ》で暮《く》らしていた
口癖《くちぐせ》：「東洋《とうよう》の神秘《しんぴ》ですね……。」
服装《ふくそう》：黒《くろ》い中国服《ちゅうごくふく》、左耳《ひだりみみ》にピアス
特技《とくぎ》：殺陣《たて》（ただし速《はや》すぎる）
趣味《しゅみ》：読書《どくしょ》、トレーニング
苦手《にがて》：ワサビ、うそをつくこと
日課《にっか》：クロール5km×5セット

Q.024　アラビア語《ご》で、「財布《さいふ》を盗《ぬす》まれました……」はなんという？

皇帝《アンプルール》

中国奥地《ちゅうごくおくち》で暮《く》らす伝説《でんせつ》の大《だい》怪盗《かいとう》で、クイーンのお師匠《ししょう》様《さま》。ふだんは小柄《こがら》な老人《ろうじん》だが、シークレットブーツやメイクによる若作《わかづく》りで、長身《ちょうしん》の美形《びけい》に変装《へんそう》することもある。性格《せいかく》はとても悪《わる》い。

Profile

職業《しょくぎょう》：宇宙一《うちゅういち》の怪盗《かいとう》
体格《たいかく》：140cmないくらい
特技《とくぎ》：ロボット工学《こうがく》
好物《こうぶつ》：ココア
著書《ちょしょ》：『大怪盗《だいかいとう》皇帝《アンプルール》の大冒《だいぼう》険《けん》　プラハの夜《よる》は大騒《おおさわ》ぎ』『大怪盗皇帝写真集《だいかいとうアンプルールしゃしんしゅう》　未来《みらい》を共《とも》に』などなど

ヤウズ

皇帝《アンプルール》の料理当番《りょうりとうばん》をしている少年《しょうねん》。過酷《かこく》な収容所《しゅうようじょ》から脱走《だっそう》した過去《かこ》を持《も》つ。心《こころ》に闇《やみ》を抱《かか》えているが、皇帝《アンプルール》にふりまわされる日々《ひび》のなかで、じょじょに変《か》わりはじめる。

Profile

特技《とくぎ》：暗殺術《あんさつじゅつ》、けがの応急《おうきゅう》処置《しょち》、皇帝《アンプルール》のPR《ピーアール》グッズ製作《せいさく》の手伝《てつだ》い
得意料理《とくいりょうり》：糖醋鯉魚《タンツーリーユイ》（鯉《こい》のから揚《あ》げ甘酢《あまず》ソースがけ）
日課《にっか》：わからない言葉《ことば》の意《い》味《み》を辞書《じしょ》で調《しら》べる
苦手《にがて》：お礼《れい》を言《い》われること

ヴォルフ・ミブ

国際刑事警察機構《ICPO》に所属《しょぞく》する探偵卿《たんていきょう》のひとり。長刀《ちょうとう》をつねに持《も》ち歩《ある》き、短気《たんき》でけんかっ早《ぱや》い武闘派《ぶとうは》。上司《じょうし》のルイーゼの命《めい》で、犯罪者《はんざいしゃ》を「退治《たいじ》」するために戦《たたか》っている。

Profile

趣味《しゅみ》：陶芸《とうげい》、ミニカー集《あつ》め
特技《とくぎ》：日本刀《にほんとう》を振《ふ》りながら、蹴《け》りや拳《こぶし》をくりだせる
日課《にっか》：ローテとのメール
嫌《きら》い：チャラいやつ
弱点《じゃくてん》：ベッドじゃないと眠《ねむ》れない、女心《おんなごころ》がわからない、方向音痴《ほうこうおんち》

花菱仙太郎《はなびしせんたろう》

若《わか》き頭脳派《ずのうは》の探偵卿《たんていきょう》。副業《ふくぎょう》で勤《つと》めているコンビニのバイトが天職《てんしょく》と考《かんが》えている変《か》わり者《もの》。推理《すいり》するときに瞳《ひとみ》の色《いろ》が変《か》わることから、「ダブルフェイス」の異名《いみょう》を持《も》つ。

Profile

趣味《しゅみ》：美《うつく》しい陳列《ちんれつ》
バイト経験《けいけん》：ドイツのキオスク、エジプトのケンタッキー&《アンド》ピザハットなど多数《たすう》
特技《とくぎ》：一度来店《いちどらいてん》した客《きゃく》の顔《かお》はわすれない
弱点《じゃくてん》：探偵卿《たんていきょう》としての自覚《じかく》がない

Q.024の答《こた》え　「マハファズディ　ダーアッツ……」。仙太郎《せんたろう》が『超実践《ハイパーじっせん》！　アラビア語《ご》』で習得《しゅうとく》したフレーズ。

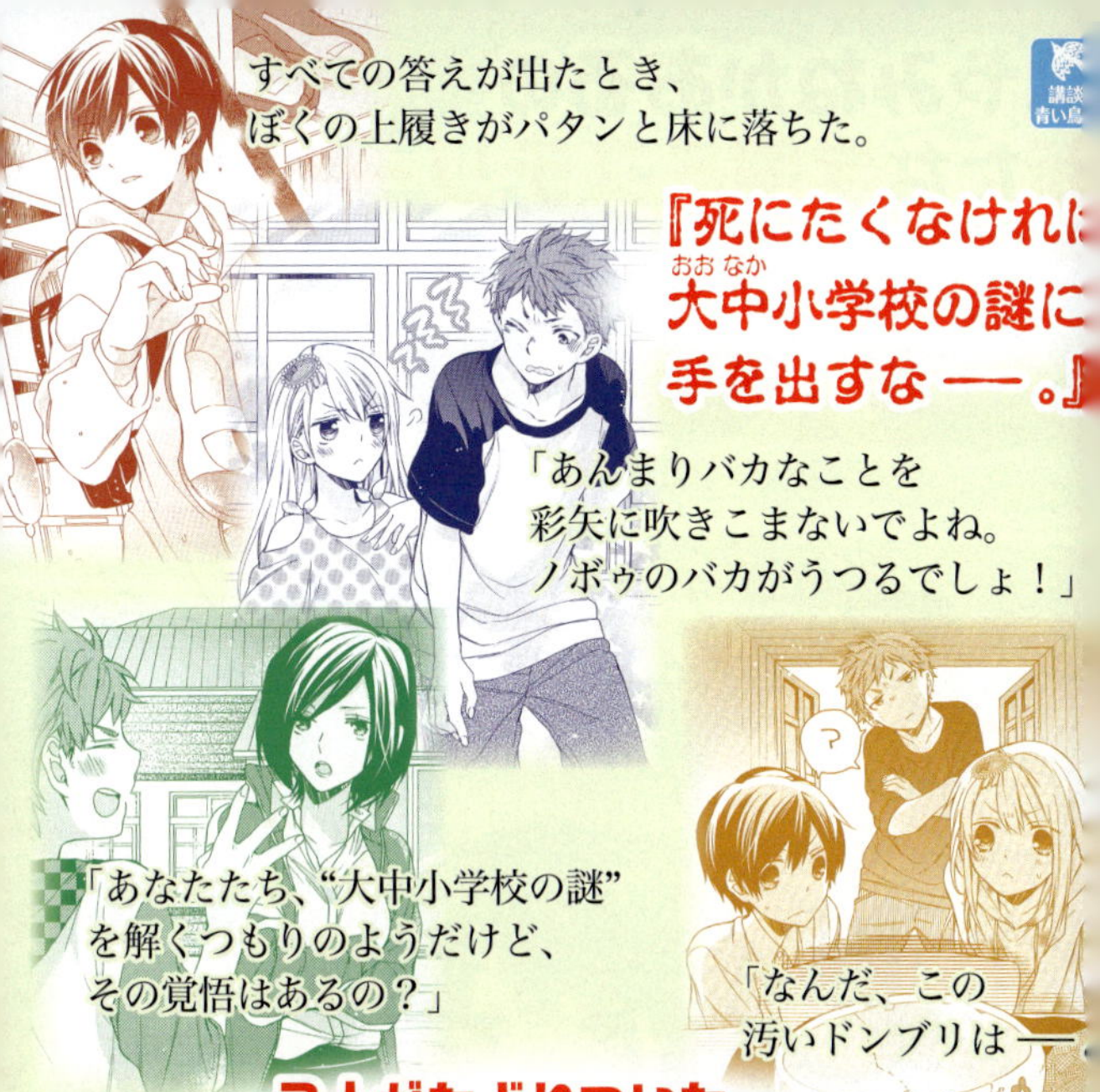
講談
青い鳥
すべての答えが出たとき、
ぼくの上履きがパタンと床に落ちた。
『死にたくなければ
大中《おおなか》小学校の謎に
手を出すな――。』
「あんまりバカなことを
彩矢に吹きこまないでよね。
ノボゥのバカがうつるでしょ！」
「あなたたち、“大中小学校の謎”
を解くつもりのようだけど、
その覚悟はあるの？」
「なんだ、この
汚いドンブリは――」

3人がたどりついた
おどろくべき真相とは――！？

はやみねかおる

細かいところばかり見てると
全体が見えない、
全体しか見てないと
細かいことに気づかない――。
名探偵には、どちらの能力も必要です。
大中小学校探偵クラブの佐々井彩矢は
些細なことばかり気がつくし、
大山昇は細かいことを気にしません。
どんな不思議な謎も、
彩矢と昇がいれば必ず解けます。
そんな二人の調整役が真中杏奈。
そして、顧問の風街美里先生。

大中小学校探偵クラブ、
よろしくお願いします。

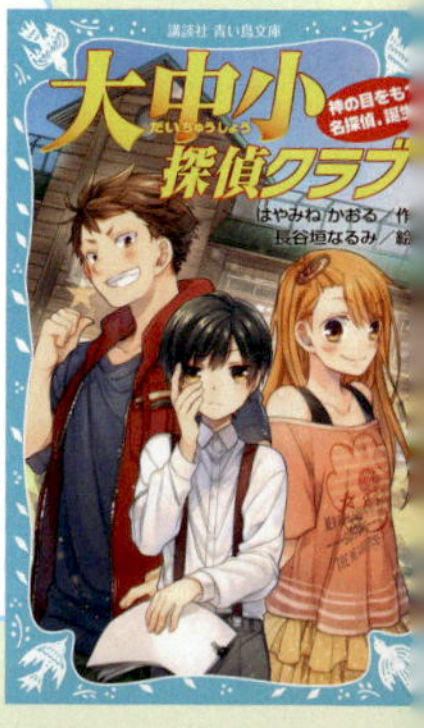
講談社 青い鳥文庫
大中小《だいちゅうしょう》
探偵クラブ
はやみねかおる／作
長谷垣なるみ／絵

シリーズ第2巻は2016年春刊行予定!!

はやみねかおるの
新たな学園ミステリー!!
講談社
青い鳥文庫
大中小《だいちゅうしょう》
探偵クラブ
はやみねかおる／作　長谷垣なるみ／絵
凸《でこ》凹《ぼこ》トリオが
な謎も解決し□《ます》！
佐々井彩矢《ささいいさいや》
細かいことが気に
なってしかたがない、
神経質な小学６年生。
大山《おおやま》 昇《のぼる》
彩矢とは幼稚園から
のつきあい。
大ざっぱで大食い。
真中杏奈《まなかあんな》
常識的でしっかり者。
彩矢と昇の小さい
ころからの友だち。

エレオノーレ

ドイツを守護《しゅご》する秘密結社《ひみつけっしゃ》・ホテルベルリンの4代目総帥《だいめそうすい》。部下《ぶか》からの信頼《しんらい》は厚《あつ》く、厳《げん》格《かく》に組織《そしき》をまとめあげているが、ふつうの少《しょう》女《じょ》らしい一面《いちめん》もある。

Profile

武器《ぶき》：ゲルブからもらった小型拳銃《こがたけんじゅう》
愛読書《あいどくしょ》：ティーン向《む》け雑誌《ざっし》
憧《あこが》れ：ダブルデート
趣味《しゅみ》：ヤウズとの文通《ぶんつう》・メール、アクセサリー集《あつ》め
悩《なや》み：子《こ》ども扱《あつか》いされること

シュヴァルツ

ホテルベルリン最高幹部《さいこうかんぶ》「ドライ・ドラッヘン」のリーダー格《かく》。がれき、新聞《しんぶん》、にんじんなど、周囲《しゅうい》のものをなんでも武器《ぶき》にできる。

Profile

悩《なや》み：シュテラの笑顔《えがお》が頭《あたま》に浮《う》かび、眠《ねむ》れなくなる夜《よる》がある
愛用品《あいようひん》：聖書《せいしょ》、モバイルPC《ピーシー》
携帯《けいたい》の着信音《ちゃくしんおん》：ワルキューレの騎行《きこう》

シュテラ

先代《せんだい》の命《めい》でエレオノーレを支《ささ》える最《さい》高幹部《こうかんぶ》。重火器《じゅうかき》の扱《あつか》いに秀《ひい》でている。美人《びじん》だが性格《せいかく》は冷酷《れいこく》で、〝黒衣《こくい》の天使《てんし》〟とも呼《よ》ばれる。

Profile

特技《とくぎ》：ビンタ、ムチ
趣味《しゅみ》：兵法《へいほう》の勉強《べんきょう》
秘密《ひみつ》：国際刑事警察機構《ICPO》とパイプがあるらしい

ゲルブ

1000m以上先《いじょうさき》の的《まと》をねらえるほどの狙撃《そげき》の達人《たつじん》。ドライ・ドラッヘンのなかでは最年少《さいねんしょう》。エレオノーレにほれている。

Profile

ライバル：ヤウズ
トラウマ：毎日《まいにち》バナナ生活《せいかつ》
武器《ぶき》：超長距離用狙撃銃《ちょうちょうきょりようそげきじゅう》、プラスチック爆弾《ばくだん》、ナイフ

ローテ

ドライ・ドラッヘンの一員《いちいん》で、腕《うで》に仕込《しこ》まれた器具《きぐ》で火炎《かえん》を操《あやつ》る。その外《がい》見《けん》から、男《おとこ》に間違《まちが》えられやすいのが、ひそかな悩《なや》み。

Profile

武器《ぶき》：ギリシャ火薬《かやく》
特技《とくぎ》：半径《はんけい》50mの火炎《かえん》の渦《うず》を操《あやつ》ることができる
苦手《にがて》：女《おんな》の子《こ》らしい服装《ふくそう》

Q.025 仙太郎《せんたろう》が、コンビニで強盗撃退用《ごうとうげきたいよう》に常備《じょうび》している木刀《ぼくとう》の名前《なまえ》は？

作品《さくひん》リスト

怪盗《かいとう》クイーンはサーカスが好《す》き

初版《しょはん》：2002年《ねん》3月《がつ》15日《にち》　ページ数《すう》：310ページ

クイーンが狙《ねら》う宝石《ほうせき》「リンデンの薔薇《ばら》」が、何者《なにもの》かに横《よこ》取《ど》りされた！　その犯人《はんにん》は、特殊《とくしゅ》な技能《ぎのう》を持《も》つスペシャリストたちの集団《しゅうだん》・サーカス団《だん》！

団長《だんちょう》のピエロ・ホワイトフェイスは、クイーンに挑戦状《ちょうせんじょう》をたたきつけた。リンデンの薔薇《ばら》をめぐって、クイーンとジョーカーは変装《へんそう》し、サーカス団《だん》に潜入《せんにゅう》する。ホワイトフェイスの狙《ねら》いとはいったい……？

【夢水清志郎《ゆめみずきよしろう》】さんによるレビュー

このサーカス団《だん》、なかなかレベルが高《たか》いです。催眠術師《さいみんじゅつし》、竹馬男《たけうまおとこ》、猛獣使《もうじゅうつか》い、軽業師《かるわざし》など、役者《やくしゃ》もそろってますし。まあ、ショーとしては、ぼくの手品《てじな》の面白《おもしろ》さのほうが上《うえ》ですけどね！

Review

評価《ひょうか》

サーカス団《だん》の特殊技能《とくしゅぎのう》	★★★★☆
クイーンの変装力《へんそうりょく》	★★★★★
ジョーカーの辛《しん》らつさ	★★★★☆

怪盗《かいとう》クイーンの優雅《ゆうが》な休暇《バカンス》

初版《しょはん》：2003年《ねん》4月《がつ》18日《にち》　ページ数《すう》：462ページ

クイーンにうらみを持《も》つ大富豪《だいふごう》・サッチモ氏《し》から、豪華《ごうか》客船《きゃくせん》で行《おこな》われるパーティーの招待状《しょうたいじょう》が届《とど》いた。カリブ海《かい》で休暇《きゅうか》が取《と》りたくて忍《しの》び込《こ》んだクイーンだったが、船《ふね》の上《うえ》はくせ者《もの》ぞろい。

サッチモの宝石《ほうせき》を狙《ねら》うグーコ王国《おうこく》の王女《おうじょ》・イルマや、イルマを邪魔《じゃま》する謎《なぞ》の人物《じんぶつ》「グーコの竜《ドラゴン》」、暗殺者集団《あんさつしゃしゅうだん》の初《うい》楼《ろう》、イギリスからきた探偵卿《たんていきょう》・ジオット……。さまざまな人物《じんぶつ》の思惑《おもわく》をのせ、豪華客船《ごうかきゃくせん》は出航《しゅっこう》する！

【Mic《ミック》】さんによるレビュー

初楼《ういろう》は、ぼくが身《み》を置《お》く裏社会《うらしゃかい》では有名《ゆうめい》な集団《しゅうだん》です。腕《うで》はたしかだが、素行《そこう》に問《もん》題《だい》ありの、ぼくに言《い》わせれば美《うつく》しくない暗殺者《あんさつしゃ》たちですよ。

Review

評価《ひょうか》

イルマのおてんば度《ど》	★★★★☆
冥美《めいび》の不《ふ》びんさ	★★★★★
茶魔《ちゃま》のおぞましさ	★★★★★

Q.025の答《こた》え　妖刀村正MrkII《ようとうむらまさマークツー》。仙太郎《せんたろう》の細腕《ほそうで》では、その持《も》てるすべての力《ちから》を引《ひ》き出《だ》せていない。

怪盗《かいとう》クイーンと魔窟王《まくつおう》の対決《たいけつ》

初版《しょはん》：2004年《ねん》5月《がつ》15日《にち》　ページ数《すう》：318ページ

香港《ホンコン》の沖《おき》にある、魔窟《まくつ》と呼《よ》ばれる人工島《じんこうとう》・四龍島《スーロンとう》。島《しま》を支配《しはい》する王嘉楽《ウォンカーロツ》は、所有《しょゆう》する者《もの》に成功《せいこう》をもたらす秘宝《ひほう》・半月石《ハーフムーン》を持《も》っているという。クイーンたちは半月石《ハーフムーン》を手《て》に入《い》れるため、映画撮影《えいがさつえい》のクルーにまぎれ込《こ》み魔窟《まくつ》へ。

立《た》ちふさがる王《ウォン》の第一秘書《だいいちひしょ》・シャンティや、ドイツの凶暴《きょうぼう》な探偵卿《たんていきょう》・ヴォルフをしりぞけ、クイーンは半月石《ハーフムーン》を手《て》に入《い》れることができるのか!?

【若旦那《わかだんな》】さんによるレビュー

四龍島《スーロンとう》で撮影《さつえい》された映画《えいが》『李龍狼《リロンロン》の大冒険《だいぼうけん》』を見《み》たけど、あれは超名作《ちょうめいさく》だね。なんてったって、怪獣《かいじゅう》・クンフー・美女《びじょ》の三拍子《さんびょうし》がそろってる！　いつか、こんな作品《さくひん》を撮《と》ってみたいね。

Review

評《ひょう》価《か》

王嘉楽《ウォンカーロツ》の不気味《ぶきみ》さ	★★★★☆
ジョーカーの演技力《えんぎりょく》	★★☆☆☆
ヴォルフの柄《がら》の悪《わる》さ	★★★★☆

怪盗《かいとう》クイーン、仮面舞踏会《かめんぶとうかい》にて

初版《しょはん》：2008年《ねん》2月《がつ》15日《にち》　ページ数《すう》：462ページ

今回《こんかい》のクイーンのターゲットは、「怪盗殺《かいとうごろ》し」と呼《よ》ばれる正体不明《しょうたいふめい》の秘宝《ひほう》・ピラミッドキャップ。ドイツの辺境《へんきょう》にたたずむあべこべ城《じょう》に眠《ねむ》っているという。

偶然《ぐうぜん》にも、あべこべ城《じょう》で仮面舞踏会《かめんぶとうかい》が開《ひら》かれると知《し》り、クイーンはノリノリでドレスアップ。さらに、クイーンの師匠《ししょう》・皇帝《アンプルール》や、美少女《びしょうじょ》・エレオノーレ率《ひき》いる秘密結社《ひみつけっしゃ》ホテルベルリン、探偵卿《たんていきょう》のヴォルフ&仙太郎《アンドせんたろう》、宝《たから》を護《まも》るジーモン辺境伯《へんきょうはく》らが、次々《つぎつぎ》と会場《かいじょう》に集《あつ》まって……。仮面舞踏会《かめんぶとうかい》は戦場《せんじょう》と化《か》す!?

【ホワイトフェイス】さんによるレビュー

この奇妙《きみょう》な舞踏会《ぶとうかい》を盛《も》り上《あ》げるために、わがサーカス団《だん》も招待《しょうたい》されたよ。途中《とちゅう》から、舞踏会《ぶとうかい》というよりは武道会《ぶどうかい》になってしまったが……。

Review

評《ひょう》価《か》

恋《こい》の発生率《はっせいりつ》	★★★★☆
モーリッツの熱意《ねつい》	★★★★★
舞踏会《ぶとうかい》の混乱度《こんらんど》	★★★★★

Q.026　スポーツ経験《けいけん》のほとんどない仙太郎《せんたろう》が、小学生《しょうがくせい》のころ、2年間続《ねんかんつづ》けたスポーツは？

怪盗《かいとう》クイーンに月《つき》の砂漠《さばく》を

初版《しょはん》：2008年《ねん》5月《がつ》15日《にち》　ページ数《すう》：526ページ

前作《ぜんさく》であべこべ城《じょう》から持《も》ち出《だ》されたピラミッドキャップが発動《はつどう》し、モーリッツ教授《きょうじゅ》をエジプトへワープさせると同《どう》時《じ》に、なぜか月《つき》が地球《ちきゅう》へと落下《らっか》しはじめた。

異変《いへん》に気《き》づいたクイーンや皇帝、探偵卿《アンプルール たんていきょう》は、ピラミッドキャップを封印《ふういん》するため、元凶《げんきょう》の地《ち》エジプトへ集結《しゅうけつ》する。しかし、亡霊《ぼうれい》のように出現《しゅつげん》したジーモンが、ピラミッドキャップを強奪《ごうだつ》。仮面舞踏会《かめんぶとうかい》では敵同士《てきどうし》だった面々《めんめん》が地球《ちきゅう》を救《すく》うために団結《だんけつ》しはじめるが、そんななかクイーンは……。

【真野萌奈美《まのもなみ》】さんによるレビュー

ちょ、ちょっと〇男《まるお》！　今回《こんかい》の月《つき》の落下《らっか》はシンクロと関係《かんけい》ないんだから！　責《せ》めるような目《め》でこっちを見《み》ないでよ！……ところで、ラクダって食《た》べられる？

Review

評価《ひょうか》

仙太郎《せんたろう》の探偵卿《たんていきょう》の自覚《じかく》	★★☆☆☆
キャメルマンの人気《にんき》	★★★★☆
イルムの影《かげ》の薄《うす》さ	★★★★★

怪盗《かいとう》クイーン、かぐや姫《ひめ》は夢《ゆめ》を見《み》る

初版《しょはん》：2011年《ねん》10月《がつ》15日《にち》　ページ数《すう》：494ページ

不老不死《ふろうふし》の薬《くすり》「蓬莱《ほうらい》」の伝説《でんせつ》が残《のこ》る日本《にほん》の秘境《ひきょう》・竹鳥村《たけとりむら》。ひとりで村《むら》へ向《む》かったはずのクイーンが消息《しょうそく》を絶《た》ち、代《か》わりにクイーンと瓜二《うりふた》つな絶世《ぜっせい》の美女《びじょ》・春咲華代《はるさきかよ》がニュースとなっていた。

クイーンと華代《かよ》の関係《かんけい》を確《たし》かめるため、山男《やまおとこ》に変装《へんそう》して竹鳥村《たけとりむら》に潜入《せんにゅう》したジョーカーだったが、クイーンをうらむ組織《そしき》・暗殺臣《アサッシン》やおなじみの探偵卿《たんていきょう》との戦《たたか》い、ジャパンテレビの撮影《さつえい》などに巻《ま》き込《こ》まれてしまう。はたして、クイーンはいったいどこに!?

【A《アー》（ジャパンテレビ堀越組《ほりこしぐみ》）】さんによるレビュー

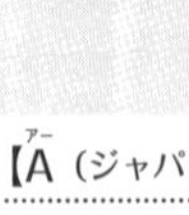

竹鳥村《たけとりむら》は、絶滅《ぜつめつ》したはずのニホンオオカミに遭遇《そうぐう》したり、暗殺者《あんさつしゃ》に襲《おそ》われたり、久《ひさ》しぶりに命《いのち》の危険《きけん》を感《かん》じる楽《たの》しい現場《げんば》だったよ。

Review

評価《ひょうか》

仙太郎《せんたろう》の探偵卿《たんていきょう》の自覚《じかく》	★☆☆☆☆
堀越《ほりこし》D《ディー》の暴走《ぼうそう》	★★★★☆
蓬莱《ほうらい》にまつわる謎《なぞ》	★★★★★

Q.026の答《こた》え　ゴムとび。女《おんな》の子《こ》になにげなく誘《さそ》われたのがきっかけで、奥深《おくふか》さを知《し》った。

怪盗《かいとう》クイーンと悪魔《あくま》の錬金術師《れんきんじゅつし》

初版《しょはん》：2013年《ねん》7月《がつ》15日《にち》　ページ数《すう》：394ページ

ある日《ひ》、クイーンが思《おも》いつきで設置《せっち》した「怪盗《かいとう》ポスト」に、1通《つう》の赤《あか》い封筒《ふうとう》が届《とど》いた。手紙《てがみ》の主《ぬし》はチェコ・プラハに住《す》むライヒという少女《しょうじょ》で、禁《きん》じられた謎《なぞ》の古文書《こもんじょ》「ヴォイニッチ文書《ぶんしょ》」を盗《ぬす》み出《だ》してほしい、という依頼《いらい》が書《か》かれていた。

古文書《こもんじょ》を探《さが》すクイーン、ついに動《うご》き出《だ》したひきこもり探《たん》偵卿《ていきょう》・アンゲルス、ある組織《そしき》の壊滅《かいめつ》を狙《ねら》うホテルベルリン、暗躍《あんやく》するゴーレム・ティタンなど、さまざまな思惑《おもわく》がからみ合《あ》い、事件《じけん》は宇宙《うちゅう》の危機《きき》へと発展《はってん》する！

【ミリリットル真衛門《しんえもん》】さんによるレビュー

ヴォイニッチ文書《ぶんしょ》を記《しる》したのは、私《わたし》の故《こ》郷《きょう》・陽炎村《かげろうむら》の伝説《でんせつ》にも残《のこ》る「悪魔《あくま》の錬金《れんきん》術師《じゅつし》」だと言《い》われています。まったく迷《めい》惑《わく》な男《おとこ》ですね。

Review

評価《ひょうか》	
クイーンの悪《わる》ノリ	★★★★☆
RD《アールディー》のイケメンぶり	★★★★☆
衝撃《しょうげき》の結末《けつまつ》	★★★★★

怪盗《かいとう》クイーンと魔界《まかい》の陰陽師《おんみょうじ》

初版《しょはん》：2014年《ねん》4月《がつ》15日《にち》　ページ数《すう》：604ページ

前作《ぜんさく》のラストでジョーカーの身《み》に起《お》きた悲劇《ひげき》から数日後《すうじつご》。ジョーカーを救《すく》うために、日本《にっぽん》の原伊島《はらいーとう》に存在《そんざい》するという、望《のぞ》みを叶《かな》える宝石《ほうせき》・クリスタルタブレットが必要《ひつよう》となった。皇帝《アンブルール》、夢水清志郎《ゆめみずきよしろう》、アンゲルスらの協力《きょうりょく》を得《え》て、クイーンは原伊島《はらいーとう》に上陸《じょうりく》する。

時《とき》を同《おな》じくして、島《しま》にはホテルベルリンや人造人間《ホムンクルス》ルイヒ、ヴォルフ、Mic《ミック》、仙太郎《せんたろう》らが集結《しゅうけつ》。理由《りゆう》はそれぞれだが、狙《ねら》いはクリスタルタブレット。島《しま》の支配者《しはいしゃ》・田中仁太《たなかじんた》も暗《あん》躍《やく》し、いくつもの死闘《しとう》が幕《まく》を開《あ》ける！

【モーリッツ】さんによるレビュー

原伊島《はらいーとう》は、神話《しんわ》によって語《かた》り継《つ》がれる地《ち》であり、「原伊仙《はらいーせん》」という人外《じんがい》の秘術《ひじゅつ》も残《のこ》っておる。ぜひ研究対象《けんきゅうたいしょう》にしたい場所《ばしょ》だ。……見《み》える、見《み》えるぞー!!

Review

評価《ひょうか》	
クイーンの暴走《ぼうそう》	★★★★★
ゲルブの不幸《ふこう》ぶり	★★★★☆
Mic《ミック》のうっとうしさ	★★★★☆

作品《さくひん》リスト（外伝《がいでん》）

怪盗《かいとう》クイーンからの予告状《よこくじょう》

初版《しょはん》：2000年《ねん》9月《がつ》25日《にち》『いつも心《こころ》に好奇心《ミステリー》！』収録《しゅうろく》

倉木研究所《くらきけんきゅうじょ》で開発中《かいはつちゅう》の「新型人工知能《しんがたじんこうちのう》」を盗《ぬす》むべく、クイーンが行動《こうどう》を開始《かいし》した。人工知能《じんこうちのう》の完成予定《かんせいよてい》は、約《やく》3年後《ねんご》！

3年《ねん》が経《た》ったある日《ひ》、警察《けいさつ》のもとに予告状《よこくじょう》が届《とど》けられた。「人工知能《じんこうちのう》を盗《ぬす》む日《ひ》を、1週間後《しゅうかんご》の満月《まんげつ》の夜《よる》に決《き》めさせていただきました――。」なんとしてでもクイーンを逮捕《たいほ》したい上層部《じょうそうぶ》からの依頼《いらい》で、研究所《けんきゅうじょ》を警備《けいび》することになった教授《きょうじゅ》。世界一《せかいいち》の怪盗《かいとう》は、どんな方法《ほうほう》で人工知能《じんこうちのう》「RD《アールディー》」を盗《ぬす》み出《だ》すのか？　名探偵《めいたんてい》と怪盗《かいとう》がプライドをかけて激突《げきとつ》！　クイーンシリーズで活躍《かつやく》するRD《アールディー》の誕生秘話《たんじょうひわ》が明《あき》らかに。

【伊藤真里《いとうまり》】さんによるレビュー

人工知能《じんこうちのう》というと、プログラムやね。実体《じったい》はないし、パスワードで保護《ほご》されたら盗《ぬす》みようがないと思《おも》うんやけど……。クイーンのお手並《てな》み拝見《はいけん》やね！

Review

評価《ひょうか》	
RD《アールディー》と博士《はかせ》の親子愛《おやこあい》	★★★★☆
クイーンの変装力《へんそうりょく》	★★★★★
レーチの苦悩《くのう》	★★★★☆

出逢《であ》い＋1《プラスワン》

初版《しょはん》：2005年《ねん》7月《がつ》15日《にち》『おもしろい話《はなし》が読《よ》みたい！（白虎編《びゃっこへん》）』収録《しゅうろく》

中国奥地《ちゅうごくおくち》のある山《やま》。若《わか》きクイーンは大怪盗《だいかいとう》・皇帝《アンプルール》に弟子入《でしい》りし、5年《ねん》にわたるいじめ（修行《しゅぎょう》）に耐《た》えていた。常人《じょうじん》なら数千回《すうせんかい》は死《し》んでいるような激《はげ》しい修行《しゅぎょう》を乗《の》り越《こ》え、ついに免許皆伝《めんきょかいでん》の日《ひ》がやってきた！　その数年後《すうねんご》、遠《とお》くはなれたある施設《しせつ》。強制収容《きょうせいしゅうよう》された身寄《みよ》りのない子《こ》どもたちが、戦闘《せんとう》の訓練《くんれん》をしながら暮《く》らしていた。そのなかのひとり、識別番号《しきべつばんごう》T《ティー》-28と呼《よ》ばれる少年《しょうねん》は、施設《しせつ》を脱走《だっそう》し、天使《てんし》と出会《であ》った――。他《ほか》4人《にん》の人気作家《にんきさっか》による短編《たんぺん》も収録《しゅうろく》。

【皇帝《アンプルール》】さんによるレビュー

クイーンを吊《つ》り橋《ばし》ごと谷《たに》にたたき落《お》としたのは、かなりいい修行《しゅぎょう》になったはずだ。おれがいかにパーフェクトな師匠《ししょう》か、わかるやつにはわかるだろ？

Review

評価《ひょうか》	
皇帝《アンプルール》の理不尽《りふじん》さ	★★★★★
クイーンの美《うつく》しさ	★★★★★
ジョーカーのかわいさ	★★★★☆

Q.027の答《こた》え　『クライン・フロイライン』。たまにホテルベルリンのグラース（協力者《きょうりょくしゃ》）によって偽造《ぎぞう》されている。

オリエント急行《きゅうこう》とパンドラの匣《ケース》

初版《しょはん》：2005年《ねん》7月《がつ》29日《にち》　ページ数《すう》：398ページ

トルコの犯罪組織《はんざいそしき》「黒猫《アートルム・フェーレース》」が、災厄《さいやく》がつまっていると言《い》われる「パンドラの匣《はこ》」を盗《ぬす》み出《だ》した。オリエント急行《きゅうこう》を利用《りよう》してパリへと売《う》り払《はら》う計画《けいかく》を立《た》てた黒猫《アートルム・フェーレース》。しかし、同《おな》じ列車《れっしゃ》には、パンドラの匣《はこ》をねらうクイーンたちと、連載《れんさい》記事《きじ》のために取材旅行中《しゅざいりょこうちゅう》の夢水清志郎《ゆめみずきよしろう》も乗《の》り込《こ》んでいた！

すべての謎《なぞ》を解《と》く名探偵《めいたんてい》と、どんな獲物《えもの》も盗《ぬす》み出《だ》す怪盗《かいとう》。ふたりのプライドがぶつかり合《あ》う！　黒猫《アートルム・フェーレース》のボディガード・ヤウズとジョーカーの対決《たいけつ》も必読《ひつどく》。

【岩崎亜衣《いわさきあい》】さんによるレビュー

オリエント急行《きゅうこう》といえば、ミステリーの世界《せかい》では超有名《ちょうゆうめい》な密室《みっしつ》の舞台《ぶたい》。もし車内《しゃない》で「パンドラの匣《はこ》」が消《き》えたら、見《み》つけられるのは教授《きょうじゅ》しかいない！

Review

評価《ひょうか》	
トリックの大胆《だいたん》さ	★★★★☆
探偵卿《たんていきょう》マンダリンの威厳《いげん》	★★☆☆☆
ボーイミーツガール	★★★★☆

PICK UP!

夢水清志郎《ゆめみずきよしろう》とクイーンは宿命《しゅくめい》のライバル！

ライバル関係《かんけい》にある夢水《ゆめみず》とクイーン。名探偵《めいたんてい》と怪盗《かいとう》という、正反対《せいはんたい》のふたりの主人公《しゅじんこう》を比較《ひかく》してみよう。意外《いがい》な共通点《きょうつうてん》も……？

	名探偵《めいたんてい》	怪盗《かいとう》
目的《もくてき》	みんなが幸《しあわ》せになれるように謎《なぞ》を解《と》く	どんな獲物《えもの》でも華麗《かれい》に盗《ぬす》み出《だ》す
ルール	謎解《なぞと》きは「さて──。」からはじめなくてはならない	犯行前《はんこうまえ》には予告状《よこくじょう》を出《だ》さなくてはならない
余暇《よか》の過《す》ごし方《かた》	事件《じけん》が起《お》こるのを待《ま》つ（ネコのノミ取《と》り、読書《どくしょ》、睡眠《すいみん》、食事《しょくじ》など）	獲物《えもの》が見《み》つかるのを待《ま》つ（ネコのノミ取《と》り、読書《どくしょ》、睡眠《すいみん》、食事《しょくじ》など）
好物《こうぶつ》	羽衣母《ういかあ》さんの手料理《てりょうり》	RD《アールディー》の手料理《てりょうり》
住処《すみか》	本《ほん》に埋《う》もれた洋館《ようかん》	超弩級《ちょうどきゅう》の飛行船《ひこうせん》
服装《ふくそう》	黒《くろ》い背広《せびろ》とサングラス、たまにゴジラの着《き》ぐるみ	赤《あか》いジャケット、たまにウサギの着《き》ぐるみ

Q.028　仮面舞踏会《かめんぶとうかい》で、ローテ、シュヴァルツ、ゲルブが仮装《かそう》したのはなに？

怪盗《かいとう》クイーン 外伝《がいでん》　初楼《ういろう》 ―前史《ぜんし》―

初版《しょはん》：2010年《ねん》6月《がつ》25日《にち》『おもしろい話《はなし》が読《よ》みたい！（ワンダー編《へん》）』収録《しゅうろく》

きらびやかなラスベガスの外《はず》れにある裏通《うらどお》り、オーバーハング・ストリート。そこには魔女《まじょ》が住《す》むと言《い》われており、人《ひと》には言《い》えない過去《かこ》を持《も》った流《なが》れ者《もの》が集《あつ》まる。

ある夜《よる》、バーにいたギャンブル中毒《ちゅうどく》の元手品師《もとてじなし》・ズキアは、通《とお》りの住人《じゅうにん》たちと、カジノ建設《けんせつ》のために立《た》ち退《の》きをせまるマフィアとの対立《たいりつ》に巻《ま》き込《こ》まれる。ホッズ（＋茶魔《ちゃま》）という刺客《しかく》に、勝《か》ち目《め》のない戦《たたか》いを挑《いど》もうとするズキアたち。そんな彼《かれ》らに声《こえ》をかけたのは、意外《いがい》な人物《じんぶつ》だった……。

豪華客船《ごうかきゃくせん》の上《うえ》で、クイーンと死闘《しとう》をくり広《ひろ》げた暗殺者集団《あんさつしゃしゅうだん》「初楼《ういろう》」が結成《けっせい》されたいきさつを書《か》いた短編《たんぺん》。

【クイーン】さんによるレビュー

初楼《ういろう》に主役《しゅやく》はゆずったけど、わたしもしっかり活躍《かつやく》するよ！　今思《いまおも》うと、華麗《かれい》というよりは、強引《ごういん》な犯行《はんこう》だけどね。あの頃《ころ》は若《わか》かった……。

Review

評《ひょう》　価《か》	
裏社会《うらしゃかい》の雰囲気《ふんいき》	★★★★☆
クイーンの活躍《かつやく》	★★☆☆☆
緋仔《ひこ》の戦闘力《せんとうりょく》	★★★★★

怪盗《かいとう》クイーン公式《こうしき》ファンブック　一週間《いっしゅうかん》でわかる怪盗《かいとう》の美学《びがく》

初版《しょはん》：2013年《ねん》10月《がつ》29日《にち》　ページ数《すう》：233ページ

ヒマをもてあましたクイーンが執筆《しっぴつ》した、怪盗《かいとう》の美学《びがく》を学《まな》ぶためのテキスト。全《ぜん》7章《しょう》からなり、1日《にち》1章《しょう》読《よ》み進《すす》めるだけで、怪盗《かいとう》の美学《びがく》をマスターできる（クイーン談《だん》）。

これまでの事件《じけん》で関《かか》わった人々《ひとびと》のくわしい情報《じょうほう》、おなじみのキャラクターたちが高校生《こうこうせい》になって登場《とうじょう》する書《か》き下《お》ろし短編《たんぺん》、数々《かずかず》のミニコーナーと充実《じゅうじつ》の内容《ないよう》。K2商会先生《ケーツーしょうかいせんせい》の描《か》き下《お》ろしイラストもてんこ盛《も》りの、贅沢《ぜいたく》な一冊《いっさつ》。

【さな☆さち】さんによるレビュー

締《し》め切《き》りに追《お》われる漫画家《まんがか》として、断言《だんげん》します。これだけの描《か》き下《お》ろしイラストを大《だい》サービスしてくれたK2商会先生《ケーツーしょうかいせんせい》は、絵描《えか》きの鑑《かがみ》よ！

Review

評《ひょう》　価《か》	
ちびキャラのかわいさ	★★★★★
短編《たんぺん》の衝撃度《しょうげきど》	★★★★☆
設定《せってい》の細《こま》かさ	★★★★★

Q.028の答《こた》え　ローテがオオカミ女《おんな》、シュヴァルツがドラキュラ、ゲルブがフランケンシュタイン。

第《だい》6章《しょう》 客室《きゃくしつ》

ゲストインタビュー

関係者《かんけいしゃ》は、かく語《かた》りき！　その1

25年間《ねんかん》、はやみね作品《さくひん》はたくさんの人《ひと》との関《かか》わりから生《う》まれてきました。そこで、ここでははやみね作品《さくひん》に欠《か》かすことのできない挿絵《さしえ》や漫画《まんが》を担当《たんとう》されている皆《みな》さんにインタビューを実施《じっし》。思《おも》い出話《でばなし》や裏話《うらばなし》などを語《かた》ってもらいました！

インタビュー 1

K2商会《ケーツーしょうかい》さん

K2商会《ケーツーしょうかい》 Niki ＆《アンド》 Nikke のふたり組《ぐみ》イラストレーター。『怪盗《かいとう》クイーン』シリーズは Niki の担当《たんとう》。テレビゲームのキャラクターデザインやカードゲームのイラストなども手《て》がけている。

はやみね先生《せんせい》と K2商会《ケーツーしょうかい》さんについて

——はやみね先生《せんせい》がデビュー25周《しゅう》年《ねん》を迎《むか》えました。K2商会《ケーツーしょうかい》さんにとって、はやみね先生《せんせい》のイメージは？

いつも予想《よそう》のななめ上《うえ》をいく恐《おそ》ろしい先生《せんせい》です。原稿《げんこう》の初読《はつよ》みの感想《かんそう》は大体《だいたい》「マジ？」か「ウソ！」。設定《せってい》をもらってキャラの絵《え》を起《お》こしても、そんな複雑《ふくざつ》なキャラとは、聞《き》いてないよ～って感《かん》じで、たいがい裏切《うらぎ》られます。

——K2商会《ケーツーしょうかい》さんにとって、怪盗《かいとう》クイーンが他《ほか》の作品《さくひん》と異《こと》なる点《てん》、楽《たの》しいポイントなどを教《おし》えてください。

1巻《かん》の初登場《はつとうじょう》シーンから「古代《こだい》ギリシャの彫刻《ちょうこく》のような美貌《びぼう》」と描写《びょうしゃ》されていて、いきなりハードルが高《たか》すぎるとビビりました。でも毎回違《まいかいちが》う浪漫《ロマン》あふれる物語《ものがたり》の舞《ぶ》台《たい》も素敵《すてき》だし、性別年齢不詳《せいべつねんれいふしょう》の怪《かい》盗《とう》と出自《しゅつじ》が複雑《ふくざつ》な青年《せいねん》のコンビで、名前《なまえ》がクイーン、ジョーカーというセンスとか、巨大飛行船《きょだいひこうせん》トルバドゥールが宇宙要塞並《うちゅうようさいな》みにデカイとか、本当《ほんとう》に設定《せってい》が面白《おもしろ》すぎます！

——作品《さくひん》のなかで、思《おも》い出深《でぶか》い巻《かん》などはありますか？ その理由《りゆう》も

教《おし》えてください。

1巻《かん》と言《い》いたいところですが、あえての3巻《かん》。こういう「不思議系《ふしぎけい》」な話《はなし》もありなんだと世界観《せかいかん》の広《ひろ》さに驚《おどろ》いたので。あと、ジョーカーくんの狼狽《ろうばい》ぶりと未熟《みじゅく》さが露呈《ろてい》するところも好《す》きな理由《りゆう》です。

表紙《ひょうし》だと『仮面舞踏会《かめんぶとうかい》にて』。じつは締《し》め切《き》りの都合《つごう》でオチを知《し》らないまま描《か》いていたんですが、偶然背景《ぐうぜんはいけい》にデカイ月《つき》を描《か》いていて、ネタの一致《いっち》に自分《じぶん》でも驚《おどろ》きました（笑《わらい》）。

キャラで言《い》うとヤウズですね。やっぱり少年《しょうねん》キャラは人気《にんき》があるな〜と。死《し》んだ魚《さかな》の目《め》をしているのに……。

——これまで挿絵《さしえ》にはならなかったけど、描《か》いてみたかったキャラクターやカットはありますか？

挿絵《さしえ》にする場面《ばめん》は、割《わり》と自由《じゆう》に選《えら》んで描《か》かせてもらっているので、心残《こころのこ》りがあるというようなキャラはいないですけど、どの場《ば》面《めん》を絵《え》にするかは毎回《まいかい》ものすごく悩《なや》みます。『仮面舞踏会《かめんぶとうかい》にて』のラスト、倒《たお》れたシュテラ様《さま》と電話《でんわ》するシュヴァルツのシーンを描《か》かなかったのが、ずっと心残《こころのこ》りだったんですが、『魔界《まかい》の陰陽師《おんみょうじ》』の後《あと》では、やっぱり描《か》かなくて良《よ》かったと本気《ほんき》で思《おも》ってます（笑《わらい》）。

——今後《こんご》、描《か》いてみたいテーマはありますか？

少年《しょうねん》ジョーカーの成長過程《せいちょうかてい》はずっと描《か》きたいテーマなんですけど、主人公周《しゅじんこうまわ》りだけでなく、サブキャラやゲストキャラもとても魅《み》力的《りょくてき》に書《か》かれているので、彼《かれ》らを主役《しゅやく》にした話《はなし》もぜひ読《よ》んでみたいし、絵《え》も描《か》きたいですね。

Q.029　どんな怪盗《かいとう》にも盗《ぬす》めないので、「怪盗殺《かいとうごろ》し」と呼《よ》ばれる宝《たから》といえば？

ストーリーと関係《かんけい》ない絵《え》で描《か》いてみたいのは探偵卿《たんていきょう》チームの定例《ていれい》会議《かいぎ》、黒猫兄妹《アートルム・フェーレースきょうだい》のセレブライフ、マサチューセッツ工科大学《MIT》でニアミスする王女《おうじょ》とギリシャ青年《せいねん》。ホテルベルリンの「オクトーバーフェスト」なんかは、児童書《じどうしょ》だと無理《むり》ですかね？

――描《か》いていて、難《むず》しいと感《かん》じるキャラクターはだれですか？　また、一番《いちばん》気《き》をつけていることはなんですか？

いつも心《こころ》にＣ調《シーちょう》と遊《あそ》び心《ごころ》です！

挿絵《さしえ》の場面《ばめん》は、できるだけキャラ同士《どうし》でワチャワチャしているような楽《たの》しいシーンを選《えら》ぶようにしているので、真面目《まじめ》なシーンとかシリアスな顔《かお》を描《か》くのは本当《ほんとう》に難《むずか》しいです。

クイーンは、何回描《なんかいか》いても間違《まちが》っている気《き》がするし、逆《ぎゃく》にどれも正解《せいかい》な気《き》もする。とらえどころがあるのに、捕《つか》まえられないみたいな不思議《ふしぎ》なキャラなんです。

クイーンとＫ２商会《ケーツーしょうかい》さんをもっと知《し》りたい！

――キャラクターの持《も》ち物《もの》に裏設定《うらせってい》があるとお聞《き》きしたのですが、いくつか教《おし》えてください。

クイーンの上着《うわぎ》は主人公《しゅじんこう》っぽいという理由《りゆう》で「赤《あか》」。服《ふく》のデザインは毎回《まいかい》ちょっとずつ違《ちが》います。相棒《あいぼう》のジョーカーくんはクイーンが派手《はで》キャラなので、実直《じっちょく》な感《かん》じでシンプルにしました。複雑《ふくざつ》そうな生《お》い立《た》ちの描写《びょうしゃ》があったので、飾《かざ》り気《け》のない人《ひと》が片耳《かたみみ》ピアスしてたら意味深《いみしん》で面白《おもしろ》いかな～程度《ていど》の考《かんが》えでつけてましたが、まさかあんな設定《せってい》になるとは、さすがはや

Q.029の答《こた》え　ピラミッドキャップ。35の名《な》だたる怪盗《かいとう》や調査団体《ちょうさだんたい》が入手《にゅうしゅ》に失敗《しっぱい》している。

みね先生《せんせい》です。
ヴォルフの首《くび》のスカーフはインナーを見《み》せないためのもの。インナーの設定《せってい》はまだ秘密《ひみつ》です。
若作《わかづく》りバージョンの皇帝《アンプルール》の白手《しろて》袋《ぶくろ》は「年齢《ねんれい》は手《て》に出《で》る」という理《り》由《ゆう》で必須《ひっす》アイテム！

――はやみね先生《せんせい》とのお仕事《しごと》の中《なか》で気《き》づいたこと、影響《えいきょう》を受《う》けたことはありますか？

良《よ》い意味《いみ》で「常識《じょうしき》」が通用《つうよう》しない作品《さくひん》なのに「良識《りょうしき》」はあるところ。ものすごく楽《たの》しいのに、奥《おく》が深《ふか》い。いくつになっても面白《おもしろ》いものは面白《おもしろ》いので、「もう○歳《さい》だから～」と枠《わく》にとらわれる必要《ひつよう》はないんですよ、と読者《どくしゃ》の皆《みな》さんに言《い》いたいです！

――K2《ケーツー》商会《しょうかい》さんの絵《え》に触《ふ》れて、イラストレーターに憧《あこが》れる子《こ》どもたちも多《おお》いです。イラストレーターになるために、これはやっておくと役《やく》に立《た》つかも、ということはありますか？

映画《えいが》はたくさん観《み》ておいて損《そん》はないです。有名《ゆうめい》な作品《さくひん》の元《もと》ネタを知《し》るのも楽《たの》しいし、『怪盗《かいとう》クイーン』のキャラの場合《ばあい》は、昔《むかし》観《み》た映画《えいが》などから老若男女《ろうにゃくなんにょ》の俳優《はいゆう》を自分《じぶん》でキャスティングして描《か》くことがわりと多《おお》くて、キャラクターをイメージするうえで参考《さんこう》にしてます。

――最後《さいご》に、はやみね先生《せんせい》に一言《ひとこと》何《なに》かあれば。本当《ほんとう》になんでも。

短編《たんぺん》の『出逢《であ》い（＋1《プラスワン》）』と『怪盗《かいとう》クイーン外伝《がいでん》 初楼《ういろう》―前《ぜん》史《し》―』のその後《ご》のお話《はなし》も、いつかはやみね先生《せんせい》に書《か》いていただけると期待《きたい》しています！ 今後《こんご》とも、よろしくお願《ねが》いいたします。

インタビュー 2

にしけいこさん

にしけいこ
鹿児島県出身《かごしまけんしゅっしん》。『都会《まち》のトム&《アンド》ソーヤ』シリーズで挿絵《さしえ》を担当《たんとう》。「西炯子《にしけいこ》」名義《めいぎ》で漫画家《まんがか》としても多《おお》くの雑誌《ざっし》で活躍中《かつやくちゅう》。代表作《だいひょうさく》『娚《おとこ》の一生《いっしょう》』は、2015年《ねん》に映画化《えいがか》された。

はやみね先生《せんせい》&《アンド》マチトムについて

——はやみね先生《せんせい》がデビュー25周《しゅう》年《ねん》を迎《むか》えました。にし先生《せんせい》にとって、はやみね先生《せんせい》のイメージは？(いいことも、ちょっと言《い》いにくいことでも、なんでも！)

魔人《まじん》。

——はやみね先生《せんせい》の作品《さくひん》から、何《なに》か影響《えいきょう》を受《う》けたことはありますか？　もしくは、はやみね先生《せんせい》とのお仕事《しごと》の中《なか》で、新《あたら》しく気《き》づけたことなどを教《おし》えてください。

登場人物《とうじょうじんぶつ》と、読者《どくしゃ》の皆《みな》さんへの愛《あい》の深《ふか》さと信頼《しんらい》。

——マチトム12巻《かん》までで、ゲーム・ブックや完全《かんぜん》ガイドも合《あ》わせると、計《けい》5001ページでした！ちなみに、積《つ》み上《あ》げると、高《たか》さ35センチくらいありました。なかなかの分厚《ぶあつ》さです。

こちらもたいへんでした。

——読《よ》み返《かえ》すのも一苦労《ひとくろう》ですよね。「都会《まち》のトム&《アンド》ソーヤ　完全《かんぜん》ガイド」はありますが、もっと細《こま》かいキャラの設定《せってい》などをまとめた「キャラクターブック」も欲《ほ》しいですよね!?（ファンからも欲《ほ》しいという声多数《こえたすう》です！）

受《う》けて立《た》たざるを得《え》ない。

——作品《さくひん》のなかで、思《おも》い出深《でぶか》い巻《かん》やエピソード、設定《せってい》などはありますか？　その理由《りゆう》もあれば教《おし》えてください。

内人《ないと》と創也《そうや》のふたりが砦《とりで》を持《も》っているというところです。

——もし、マチトムにこういうシーンがあったら描《か》いてみたい、というのはありますか？

とにかくかっこいいところを。

——はやみね先生《せんせい》は多数《たすう》のシリーズを抱《かか》えているので、早《はや》くても1年《ねん》に1巻《かん》というペースですよね。にし先生的《せんせいてき》にはちょうどいい？　それとも少《すこ》し物足《ものた》りない？（にし先生《せんせい》もお忙《いそが》しいとは思《おも》いますが……。）

このくらいだとちょうどいい。

にし先生《せんせい》も来年《らいねん》30周年《しゅうねん》！

——じつは、にし先生《せんせい》も1986年《ねん》にデビューされ、2016年《ねん》はデビュー30周年《しゅうねん》を迎《むか》えるとお聞《き》きしました。少《すこ》し早《はや》いですが、おめでとうございます。30年《ねん》というのは長《なが》い……ですよね？　それとも、あっという間《ま》ですか？

あっという間《ま》でした。

——せっかくなので、お祝《いわ》いに乾《かん》杯《ぱい》したいですね！　お酒《さけ》はお飲《の》みになるのでしょうか？

これから練習《れんしゅう》です。

Q.031　竜王《りゅうおう》グループの黒川《くろかわ》部《ぶ》長《ちょう》から卓也《たくや》さんに言《い》い渡《わた》される「TSM」《ティーエスエム》は何《なん》の略《りゃく》？

――栗井栄太《くりいえいた》もゲームが完成《かんせい》したらビールやワインで乾杯《かんぱい》する描写《びょうしゃ》がありました。にし先生《せんせい》は一仕事《ひとしごと》終《お》えた後《あと》は何《なに》で乾杯《かんぱい》しますか？

ということなので、コーヒーとか豆乳《とうにゅう》飲《の》んですぐ次《つぎ》の仕事《しごと》です。

――自身《じしん》のデビュー〇周年《しゅうねん》というのは、作家《さっか》さんご自身《じしん》で気《き》づくことは少《すく》ないでしょうか？

把握《はあく》してませんでした。

――やはり、デビューしたときのことは覚《おぼ》えていますか？　何《なに》か特《とく》別《べつ》なお祝《いわ》いはしましたか？

周囲《しゅうい》には隠《かく》していました。

――デビュー当時《とうじ》のご自身《じしん》と、今《いま》のご自身《じしん》。変《か》わった部分《ぶぶん》とそのままな部分《ぶぶん》、あったら教《おし》えていただきたいです。

「作品《さくひん》を作《つく》る」ということから「商品《しょうひん》を作《つく》る」という意識《いしき》に変《か》わっていきました。「良《よ》い商品《しょうひん》」とは「良《よ》い作品《さくひん》」です。

――これまで10周年《しゅうねん》や20周年《しゅうねん》も通《とお》ってきたわけですが、何《なに》か記憶《きおく》にのこっている企画《きかく》やイベントなどはありましたか？

周年記念《しゅうねんきねん》ではありませんが、続《つづ》けて何冊《なんさつ》も出《で》たときフェアをやっていただきました。

――最後《さいご》に、はやみね先生《せんせい》に一言《ひとこと》何《なに》かあれば。本当《ほんとう》になんでも。

中《ちゅう》2から中《ちゅう》3になる宣言《せんげん》をしましたが、まだ1学期《がっき》も終《お》わっていません。連休前《れんきゅうまえ》くらいの感《かん》じ。夏《なつ》休《やす》みを迎《むか》えられるかどうかもわかりません。進級《しんきゅう》はたいへんです。

Q.031の答《こた》え　Top Secret Mission《トップ シークレット ミッション》。発令《はつれい》されたことすら秘密《ひみつ》にされる超極秘任務《ちょうごくひにんむ》。

インタビュー3

佐藤友生《さとうゆうき》さん

佐藤友生《さとうゆうき》
福岡県出身《ふくおかけんしゅっしん》。『名探偵夢水清志郎《めいたんていゆめみずきよしろう》の事件簿《じけんぼ》』シリーズ、『復活《ふっかつ》!! 虹北学園文芸部《こうほくがくえんぶんげいぶ》』で挿絵《さしえ》を担当《たんとう》。別冊少年《べっさつしょうねん》マガジンにて『トモダチゲーム』（原作《げんさく》／山口《やまぐち》ミコト）を連載中《れんさいちゅう》。

はやみね先生《せんせい》&《アンド》夢水《ゆめみず》について

——はやみね先生《せんせい》がデビュー25周《しゅう》年《ねん》を迎《むか》えました。佐藤先生《さとうせんせい》にとって、はやみね先生《せんせい》のイメージは？

実《じつ》は一度《いちど》もお会《あ》いしたことがないのですが、ラフ（下描《したが》き）を大切《たいせつ》に保管《ほかん》してくださったり、あとがきに必《かなら》ずご家族《かぞく》の方《かた》、関係者《かんけいしゃ》（私《わたし》も含《ふく》む）に感謝《かんしゃ》の言葉《ことば》を記《しる》してくださってたり、何《なに》よりその作品《さくひん》から、思《おも》いやりにあふれた方《かた》なんだなと想像《そうぞう》しています。

——佐藤先生《さとうせんせい》にとって、夢水清志郎《ゆめみずきよしろう》はどのような作品《さくひん》でしょうか？他《ほか》の作品《さくひん》と違《ちが》う点《てん》や楽《たの》しいところを教《おし》えてください。

私《わたし》は、キャラ同士《どうし》の少《すこ》し緊張感《きんちょうかん》のある関係性《かんけいせい》に惹《ひ》かれます。みんな自分《じぶん》の世界《せかい》を持《も》っていて、譲《ゆず》れないものを持《も》っていて、すべてをさらさず依存《いぞん》せず、対立《たいりつ》をさけながらも自分《じぶん》を犠牲《ぎせい》にすることなく、協力《きょうりょく》して問題《もんだい》を解決《かいけつ》した暁《あかつき》には、お互《たが》いちょっぴり成長《せいちょう》し理解《りかい》し合《あ》っている……ワクワクするミステリーであると同時《どうじ》に、素敵《すてき》な青春譚《せいしゅんたん》だと思《おも》います。

——夢水《ゆめみず》は、セカンドシーズンから佐藤先生《さとうせんせい》へ作画《さくが》がバトンタッチ

Q.032 教授《きょうじゅ》は、コンビニから家《いえ》まで石蹴《いしけ》りを成功《せいこう》させたときの石《いし》をなんと呼《よ》んでいる？

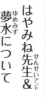

◀佐藤先生《さとうせんせい》による、夢水清志郎《ゆめみずきよしろう》と亜衣《あい》のラフ。サングラスの形《かたち》や髪型《かみがた》などに違《ちが》いが見《み》られる。

されました。以前《いぜん》から夢水清志郎《ゆめみずきよしろう》はご存知《ぞんじ》だったのでしょうか？

いえ、挿絵《さしえ》のお話《はなし》をいただくまで存《ぞん》じ上《あ》げませんでした。児童小《じどうしょう》説《せつ》自体《じたい》ほとんど……、今《いま》も私《わたし》の絵《え》で大丈夫《だいじょうぶ》なのか不安《ふあん》です。すみません！

――夢水清志郎《ゆめみずきよしろう》のデザインは、どのように決《き》まったのでしょうか？

デザイン画《が》を確《たし》か、10パターンくらい描《か》いて担当編集者《たんとうへんしゅうしゃ》さんに託《たく》して、はやみね先生《せんせい》に選《えら》んでいただいたと記憶《きおく》しています。原本《げんぽん》を先生《せんせい》にお渡《わた》しした記憶《きおく》があります。

――ファーストシーズンでは丸《まる》だったサングラスが、四角《しかく》いものになりました。何《なに》か意味《いみ》などが込《こ》められているのでしょうか？

すみません、ないです（笑《わらい》）！

丸《まる》サングラスパターンも描《か》いたと思《おも》いますが、最終的《さいしゅうてき》に四角《しかく》が選《えら》ばれました。イメージ的《てき》にはちょっと夢水《ゆめみず》氏《し》の年齢《ねんれい》が下《さ》がったような印象《いんしょう》になってますかね？

――思《おも》い出深《でぶか》いエピソードや、描《か》いていて楽《たの》しかったシーンなどはありますか？

思《おも》い出深《でぶか》い……というか、まずセカンドシーズンの第《だい》1巻《かん》は悩《なや》みました。絵柄《えがら》をどうしよう……バトンタッチ前《まえ》のシリーズにずっと慣《な》れ親《した》しんできた読者《どくしゃ》の方《かた》がショックを受《う》け過《す》ぎないようにしないと……キラキラし過《す》ぎず、地《じ》味《み》過《す》ぎず……自由《じゆう》にやってくださいという言葉《ことば》をいただいていたにもかかわらず、ガクガクしてました（笑《わらい》）。今《いま》もしてます。

佐藤先生《さとうせんせい》のことがもっと知《し》りたい！

――「夢水清志郎《ゆめみずきよしろう》シリーズ」登場《とうじょう》人物《じんぶつ》のなかで、好《す》きなキャラクターはだれですか？

全員《ぜんいん》！と言《い》いたいところですが、注目《ちゅうもく》しているのは「お局様《つぼねさま》」こと「坪井《つぼい》みやび」嬢《じょう》です。成績《せいせき》優秀《ゆうしゅう》な学級委員《がっきゅういいん》ながら、その正義《せいぎ》感《かん》ゆえに男子《だんし》ふたりとのケンカも辞《じ》さず、美少女天才《びしょうじょてんさい》キャラ（しかも芸能人《げいのうじん》）の突然《とつぜん》の登場《とうじょう》であらゆるナンバーワンの座《ざ》から引《ひ》きずり降《お》ろされても決《けっ》して陰湿《いんしつ》になることなく正々堂々《せいせいどうどう》と勝負《しょうぶ》を申《もう》し込《こ》む。とても強《つよ》い魂《たましい》の持《も》ち主《ぬし》だと思《おも》います。好《す》きです！　いつか彼女《かのじょ》メインの回《かい》を読《よ》んでみたいです。

――先生《せんせい》は子《こ》どもの頃《ころ》、憧《あこが》れの職業《しょくぎょう》や将来《しょうらい》の夢《ゆめ》はありましたか？　また、伊緒《いお》のようにまっすぐにそれを目指《めざ》していましたか？

看護師《かんごし》さん、小学校《しょうがっこう》の先生《せんせい》、歌手《かしゅ》に漫画家《まんがか》と、フラフラしてました(笑《わらい》)。ただ、絵《え》を描《か》くことはずっと好《す》きでした。伊緒《いお》ちゃんくらいの頃《ころ》には漠然《ばくぜん》と、絵《え》を描《か》く職業《しょくぎょう》に就《つ》けたらいいなあと思《おも》ってはいたと思《おも》います。小学校《しょうがっこう》の卒業《そつぎょう》アルバムには「将来《しょうらい》の夢《ゆめ》―立派《りっぱ》な社会人《しゃかいじん》」とありましたが……。

――佐藤先生《さとうせんせい》は、漫画《まんが》のお仕事《しごと》でも活躍《かつやく》されています。漫画《まんが》の仕事《しごと》と挿絵《さしえ》の仕事《しごと》の違《ちが》いや、挿絵《さしえ》ならではの楽《たの》しい点《てん》や難《むずか》しい点《てん》などあれば、教《おし》えてください。

漫画《まんが》はコマを割《わ》って、その一《ひと》つひとつに多過《おおす》ぎず少《すく》な過《す》ぎない「情報《じょうほう》」を入《い》れて物語《ものがたり》をつないでいくもの、挿絵《さしえ》は「一枚《まい》で成立《せいりつ》する絵《え》」だと思《おも》うので結構違《けっこうちが》うと思《おも》います。あと、読《よ》み進《すす》めてきた読者《どくしゃ》の想像《そうぞう》していた場面《ばめん》よりつまらないものを描《か》けないので、なかなか悩《なや》ましいです……。

――佐藤《さとう》先生《せんせい》の他《ほか》の作品《さくひん》は、怪奇《かいき》をテーマにした『妖怪《ようかい》のお医者《いしゃ》さん』や『トモダチゲーム』など、身近《みぢか》にある不思議《ふしぎ》や謎《なぞ》を扱《あつか》ったものが多《おお》いように思《おも》います。ご自身《じしん》が、ミステリー好《ず》きなのですか？

じつはミステリーを読《よ》みながら、謎解《なぞと》きをするのが苦手《にがて》です。ですが雰囲気《ふんいき》は大好《だいす》きなのです！ あと主人公《しゅじんこう》が変《か》わり者《もの》なのが多《おお》いのがいいですね（笑《わらい》）。横溝正史《よこみぞせいし》シリーズとか、子《こ》どもの頃《ころ》ワクワクしてました。今《いま》も昔《むかし》も大好《だいす》きなのは、古畑任三郎《ふるはたにんざぶろう》シリーズです。

――はやみね先生《せんせい》とのお仕事《しごと》の中《なか》で気《き》づいたこと、影響《えいきょう》を受《う》けたことはありますか？

今《こん》シリーズは、メインが皆小学生《みなしょうがくせい》なのですが、私《わたし》が描《か》くと大人《おとな》の目線《めせん》になり、もう少《すこ》し幼《おさな》い感《かん》じになると思《おも》います。はやみね先生《せんせい》の作品《さくひん》に触《ふ》れて、子《こ》どもは私《わたし》が考《かんが》え

ているほど子《こ》どもではないこと、いい意味《いみ》で突《つ》き放《はな》す必要《ひつよう》があることがわかりました。

――最後《さいご》に、はやみね先生《せんせい》に一言《ひとこと》何《なに》かあれば。本当《ほんとう》になんでも。

25周年《しゅうねん》、本当《ほんとう》におめでとうございます!! そしていつも自由《じゆう》に描《か》かせていただいて、ありがとうございます。先生《せんせい》のキャラクターたちは、本当《ほんとう》に造形《ぞうけい》しやすいです（笑《わらい》）！ いつもスッとデザインが浮《う》かびます。でもイメージと違《ちが》うときは、遠慮《えんりょ》なくおっしゃってくださいね！ これからも30、40、50周年《しゅうねん》と、素晴《すば》らしい物語《ものがたり》、お待《ま》ちしております!!

インタビュー4

やまさきもへじさん

やまさきもへじ

漫画家《まんがか》・イラストレーター。講談社《こうだんしゃ》ノベルス『少年名探偵《しょうねんめいたんてい》 虹北恭助《こうほくきょうすけ》の冒険《ぼうけん》』シリーズなどで挿絵《さしえ》を担当《たんとう》。同作品《どうさくひん》の漫画版《まんがばん》も手《て》がけている。

はやみね先生《せんせい》&《アンド》虹北恭助《こうほくきょうすけ》について

——はやみね先生《せんせい》がデビュー25周《しゅう》年《ねん》を迎《むか》えました。やまさき先生《せんせい》にとって、はやみね先生《せんせい》のイメージは？（いいことも、ちょっと言《い》いにくいことでも、なんでも！）

永遠《えいえん》の若大将《わかだいしょう》ですね。

——やまさき先生にとって、虹北《こうほく》恭助《きょうすけ》シリーズとはどのような作品《さくひん》でしょうか。虹北恭助《こうほくきょうすけ》シリーズが、他《ほか》の作品《さくひん》とこう違《ちが》う、だからこう楽《たの》しいという点《てん》があれば教《おし》えてください。

多感《たかん》な年頃《としごろ》の感性《かんせい》があふれていて、一度《いちど》はしてみたい、言《い》ってみたい、そんな場面《ばめん》に出会《であ》える作品《さくひん》です。

——響子《きょうこ》ちゃんや恭助《きょうすけ》のキャラクターデザインは、どのようにして生《う》まれたのでしょうか。決定前《けっていまえ》に、いくつか案《あん》があったのでしょうか？

はやみね先生《せんせい》と入念《にゅうねん》に打《う》ち合《あ》わせして決《き》めました。最初《さいしょ》はもっとユルいキャラでしたけどね。もっとカッコよく（かわいく）してと言《い》われまして。

Q.034 恭助《きょうすけ》をライバル視《し》するミステリ研究会《けんきゅうかい》の部長《ぶちょう》の名前《なまえ》は？

――髪《かみ》が長《なが》くて、目《め》もやさしい恭《きょう》助《すけ》は、女《おんな》の子《こ》に見《み》えてしまうこともありそうですが、やまさき先生《せんせい》の絵《え》は、ちゃんと少年《しょうねん》に見《み》えているところがすごいと思《おも》います。恭《きょう》助《すけ》を描《か》くコツや、とくに注意《ちゅうい》した点《てん》などはあるのでしょうか？

自分《じぶん》の世界《せかい》に入《はい》りすぎないことだと思《おも》います。読《よ》んでいる人《ひと》に違《い》和感《わかん》を感《かん》じさせないように、原稿《げんこう》はいつも手元《てもと》に置《お》いて描《か》いていました。

――虹北恭助《こうほくきょうすけ》シリーズの中《なか》で、好《す》きなキャラクターはだれですか？その理由《りゆう》も教《おし》えてください。

やはり恭助《きょうすけ》ですね。はやみね先《せん》生《せい》がイラストに合《あ》わせてくださったおかげというのもありますが、のほほんとしてるときと、ひらめいたときのギャップも絵《え》にしやすいです。

――虹北恭助《こうほくきょうすけ》シリーズのなかで、思《おも》い出深《でぶか》い巻《かん》や忘《わす》れられないエピソードなどはありますか？また、その理由《りゆう》も教《おし》えていただきたいです。

第《だい》1巻《かん》ですかね。はやみね先《せん》生《せい》の描《か》きたい虹《こう》北商店街《ほくしょうてんがい》が、いちばんよく表現《ひょうげん》されていると思《おも》っています。

――はやみね先生《せんせい》の作品《さくひん》の挿絵《さしえ》を描《か》かれている方《かた》の中《なか》では唯一《ゆいいつ》かと思《おも》いますが、コミカライズもされていますね（『少年名探偵《しょうねんめいたんてい》　虹北恭《こうほくきょう》

Q.034の答《こた》え　沢田京太郎《さわだきょうたろう》。裕福《ゆうふく》で顔《かお》もよいが、性格《せいかく》が悪《わる》すぎてまったくもてない残念《ざんねん》なヤツ。

助《すけ》の冒険《ぼうけん》 高校編《こうこうへん》』）。いったい、どのような経緯《けいい》で実現《じつげん》したのでしょうか。また、たいへんだった点《てん》や、楽《たの》しかった点《てん》があれば教《おし》えてください。

経緯《けいい》についてはノータッチなのでわかりません。でも結果的《けっかてき》に、はやみね先生《せんせい》と築《きず》いてきた世界観《せかいかん》とは、まったく違《ちが》った方向性《ほうこうせい》になってしまい、そこをどう描《えが》くかが、お互《たが》いたいへんでした。

虹北《こうほく》商店街に ある
喫茶店「FADE《フェード》 IN《イン》」に 来てって
え？
でも お店 は？
明日は 定休日なん だよ
うそ？ 虹北堂《こうほくどう》に 休み あったんだ……
初耳 ……
休む理由が ある時 だけね

はやみね先生《せんせい》&《アンド》やまさき先生《せんせい》

――はやみね先生《せんせい》の作品《さくひん》から、何《なに》か影響《えいきょう》を受《う》けたことはありますか？ もしくは、はやみね先生《せんせい》とのお仕事《しごと》の中《なか》で、新《あたら》しく気《き》づけたことなどがあれば教《おし》えてください。

絵描《えか》きなので、具体的《ぐたいてき》に受《う》けた影響《えいきょう》というのはありませんが、自分《じぶん》にはない価値観《かちかん》、視点《してん》を持《も》っている方《かた》だなと思《おも》いましたね。

――2000年《ねん》に始《はじ》まった虹北恭《こうほくきょう》

助《すけ》シリーズも、2009年《ねん》に完結《かんけつ》しました。じつはその後《ご》、他《た》シリーズ「夢水清志郎《ゆめみずきよしろう》」の『名探偵《めいたんてい》と封《ふう》じられた秘宝《ひほう》』に、野村響子《のむらきょうこ》ちゃんが登場《とうじょう》しています。

なんと、あの響子《きょうこ》ちゃんが、めでたく恭助《きょうすけ》と結婚《けっこん》。「うちの旦那《だんな》、古本《ふるほん》の仕入《しい》れででかけては、事件《じけん》に巻《ま》きこまれる体質《たいしつ》で——。」と、うれしそうにつぶやいています。恭太郎《きょうたろう》という赤《あか》ちゃんも生《う》まれました。大人《おとな》になった響子《きょうこ》と恭助《きょうすけ》、イメージはわきますでしょうか？

自分《じぶん》の中《なか》では小学生《しょうがくせい》のふたりが高校生《こうこうせい》になった時点《じてん》で（恭助《きょうすけ》は進学《しんがく》していませんが）、後戻《あともど》りできない距離感《きょりかん》を感《かん》じています。それ以降《いこう》、完全《かんぜん》に自分《じぶん》の知《し》らない物語《ものがたり》を紡《つむ》いでいるわけですが、ちゃんと探偵《たんてい》してくれているのはうれしいですね。

——最後《さいご》に、はやみね先生《せんせい》に一言《ひとこと》何《なに》かあれば。本当《ほんとう》になんでも。

ご縁《えん》があれば、また虹北商店街《こうほくしょうてんがい》でお会《あ》いできるといいですね。これからもご活躍《かつやく》を期待《きたい》しています。

Q.035の答《こた》え　三毛犬寅二郎《みけいぬとらじろう》。形《かたち》のくずれたお釜帽《かまぼう》に、よれよれの和服姿《わふくすがた》の名探偵《めいたんてい》。

第《だい》7章《しょう》 ◆ 第《だい》3の書《しょ》庫《こ》

作品《さくひん》紹介《しょうかい》【都会《まち》のトム&《アンド》ソーヤシリーズ】

Are《アー》 you《ユー》 ready《レディ》?

第《だい》3の書庫《しょこ》では、おばあちゃん仕込《じこ》みのサバイバル能力《のうりょく》をもつ内人《ないと》と、究極《きゅうきょく》のゲーム作《づく》りにまい進《しん》する創也《そうや》の冒険《ぼうけん》をえがいた、都会《まち》のトム&《アンド》ソーヤシリーズを紹介《しょうかい》します。さあ、凸凹《でこぼこ》コンビとハラハラドキドキの冒険《ぼうけん》に出《で》かけよう！

どんな作品《さくひん》？

どこにでもいそうなふつうの中学生《ちゅうがくせい》・内人《ないと》と、竜王《りゅうおう》グループの後継者《こうけいしゃ》で学校創立以来《がっこうそうりついらい》の秀才《しゅうさい》・創也《そうや》。ある三日月《みかづき》の夜《よる》、内人《ないと》が創也《そうや》の秘密《ひみつ》にふれたことから、ふたりは特別《とくべつ》な友《とも》だちになった。

創也《そうや》の夢《ゆめ》は、究極《きゅうきょく》のゲームを作《つく》ること。そのためなら下水道《げすいどう》の中《なか》でも、夜《よる》のデパートでも、おかまいなしで忍《しの》び込《こ》む。頭《あたま》はいいのに猪突猛進《ちょとつもうしん》な創也《そうや》を、持《も》ち前《まえ》のサバイバル技術《ぎじゅつ》で助《たす》ける内人《ないと》。やがてふたりは創也《そうや》のS《エス》で「南《みなみ》」、内人《ないと》のN《エヌ》で「北《きた》」を表《あらわ》す「南北磁石《なんぼくじしゃく》」というチームを結成《けっせい》した！　都会《まち》を舞台《ぶたい》にした現代《げんだい》の冒険小説《ぼうけんしょうせつ》。

PICK UP!

創也《そうや》の夢《ゆめ》は究極《きゅうきょく》のゲーム作《づく》り！

世界《せかい》にはすぐれた作品《さくひん》として語《かた》り継《つ》がれる「四大《よんだい》ゲーム」が存在《そんざい》する。創也《そうや》の夢《ゆめ》はそれらを超《こ》える究極《きゅうきょく》のゲームを作《つく》ること。〝第五《だいご》のゲーム〟との呼《よ》び声《ごえ》も高《たか》い「ルージュ・レーブ」を生《う》み出《だ》した栗井栄太《くりいえいた》とは、よいライバル関係《かんけい》に。どちらが先《さき》に「究極《きゅうきょく》のゲーム」を作《つく》れるかを競《きそ》っている。

四大《よんだい》ゲーム

子牛缶殺人事件《こうしかんさつじんじけん》

子牛《こうし》の缶《かん》づめをめぐる殺人事件《さつじんじけん》をあつかったＲ Ｐ Ｇ《ロールプレイングゲーム》。

モグラ・マグロ

モグラチームとマグロチームに分《わ》かれて戦《たたか》う、対戦型《たいせんがた》カードゲーム。

ジャムへの荷物《にもつ》

ＳＦ小説《エスエフしょうせつ》を題材《だいざい》にしたもので、惑星《わくせい》ジャムへ荷物《にもつ》を運《はこ》ぶアドベンチャーゲームブック。

匣《はこ》の中《なか》の潑剌《はつらつ》

ビルの中《なか》で、サラリーマンが栄養《えいよう》ドリンクを飲《の》みながら、おそいくる書類《しょるい》や首切り男《リストラマン》をたおしていくアクションゲーム。

おもな登場人物《とうじょうじんぶつ》

内藤内人《ないとうないと》

一見《いっけん》、塾通《じゅくがよ》いに追《お》われるふつうの中学生《ちゅうがくせい》。じつは、小《ちい》さなころ、おばあちゃんにつれられ山《やま》にこもり、サバイバル力《りょく》を鍛《きた》えていた。そのため、どんな状況《じょうきょう》でも切《き》り抜《ぬ》けることができる。

困《こま》っている人《ひと》を見《み》ると、つい助《たす》けてしまう性格《せいかく》。創也《そうや》の夢《ゆめ》につきあいながら、自分《じぶん》の夢《ゆめ》もさがしている。

Profile

特技《とくぎ》：モグラたたき、金魚《きんぎょ》すくい、毒《どく》ヘビの難読漢字《なんどくかんじ》が読《よ》める（蝮《まむし》、山楝蛇《やまかがし》など）、木《き》のぼり、火起《ひお》こし、身近《みぢか》なもので罠《わな》を作《つく》る

趣味《しゅみ》：無料《ただ》のものをたくさん持《も》ち去《さ》る、映画音楽《えいがおんがく》の鑑賞《かんしょう》

好物《こうぶつ》：ハンバーガー、きんつば

好《す》きな人《ひと》：堀越美晴《ほりこしみはる》

日課《にっか》：塾通《じゅくがよ》い、図書室《としょしつ》で居眠《いねむ》り

苦手《にがて》：芸術《げいじゅつ》、父《とう》さんの寒《さむ》いダジャレ

将来《しょうらい》の夢《ゆめ》：いちおう小説家《しょうせつか》

竜王創也《りゅうおうそうや》

超巨大企業《ちょうきょだいきぎょう》・竜王《りゅうおう》グループの跡取《あとと》り。学校《がっこう》はじまって以来《いらい》の秀才《しゅうさい》で美形《びけい》だが、ゲーム作《づく》りにしか興味《きょうみ》がない。親《おや》に頼《たよ》らず夢《ゆめ》をかなえるため、「砦《とりで》」と名付《なづ》けた廃《はい》ビルにこもっている。

ワインレッドのフレームの眼鏡《めがね》は伊達《だて》。かしこく見《み》えるから、という理由《りゆう》で母親《ははおや》にかけさせられている。

Profile

特技《とくぎ》：古今東西《ここんとうざい》の雑学《ざつがく》、3D《スリーディー》ボウリング、将棋《しょうぎ》、廃品《はいひん》を修理《しゅうり》して使《つか》えるようにする、毒舌《どくぜつ》

趣味《しゅみ》：天体観測《てんたいかんそく》、ゲーム、古雑誌《ふるざっし》や古新聞《しんぶん》の収集《しゅうしゅう》、都市伝説《としでんせつ》

好物《こうぶつ》：ダージリンティー

日課《にっか》：砦通《とりでがよ》い、図書室《としょしつ》で読書《どくしょ》

弱点《じゃくてん》：ネーミングセンス、運動《うんどう》、おばあさま、じつは不器用《ぶきよう》（エプロンのひもがうまく結《むす》べない、卵《たまご》がうまくわれない、など）

嫌《きら》い：攻略本《こうりゃくぼん》

Q.036 真田《さなだ》さんがほれている健一《けんいち》くんの将来《しょうらい》の夢《ゆめ》は？

ゲームの館《やかた》に集《あつ》まった4人《にん》

鷲尾麗亜《わしおれいあ》

売《う》れっ子《こ》の冒険作家《ぼうけんさっか》。わがままなので、周囲《しゅうい》からは「姫《ひめ》」と呼《よ》ばれている。ハンドバッグからは、いろいろな駄菓《だが》子《し》が無限《むげん》に出《で》てくる。苦手《にがて》なのは料理《りょうり》。彼女《かのじょ》が生《なま》ゴミを出《だ》すだけで、ゴミ置《お》き場《ば》からカラスがいなくなる。

Profile

特技《とくぎ》：地獄耳《じごくみみ》
趣味《しゅみ》：赤《あか》い服《ふく》のコレクション
悩《なや》み：目尻《めじり》のしわ
好物《こうぶつ》：酢昆布《すこんぶ》、ソースせんべい、ワイン

神宮寺直人《じんぐうじなおひと》

遊《あそ》び人風《にんふう》の男性《だんせい》で、見《み》た目《め》は〝ヤのつく自由業《じゆうぎょう》の人《ひと》〟だが、ゲームにかける思《おも》いは、だれよりも熱《あつ》い。つねに強《つよ》気《き》で、売《う》られたケンカはよろこんで買《か》う。本業《ほんぎょう》以外《いがい》に、道路工事《どうろこうじ》やホスト、牛乳配達《ぎゅうにゅうはいたつ》などの仕事《しごと》もしている。

Profile

特技《とくぎ》：4人《にん》の女性《じょせい》と同時《どうじ》にデート
趣味《しゅみ》：悪趣味《あくしゅみ》なネクタイ集《あつ》め
好物《こうぶつ》：働《はたら》いたあとのビール、花火《はなび》、しょうゆ、串《くし》ドーナツ

ジュリアス・ワーナー

青《あお》い瞳《ひとみ》に金髪《きんぱつ》の、美《うつく》しい少年《しょうねん》。ビジネスソフトの開発者《かいはつしゃ》だった父《ちち》の影響《えいきょう》で、プログラミングの腕《うで》は一流《いちりゅう》。日本育《にほんそだ》ちで、外国《がいこく》には行《い》ったことがない。たまに、「大阪弁《おおさかべん》で話《はな》す双子《ふたご》の妹《いもうと》・ジュリエット」という別人格《べつじんかく》に入《い》れ替《か》わる。

Profile

愛用《あいよう》のパソコンの名前《なまえ》：春《はる》さん
悩《なや》み：英語《えいご》が話《はな》せない、麗亜《れいあ》に駄菓《だが》子《し》のまとめ食《ぐ》いを強要《きょうよう》される
苦手《にがて》：辛《から》いもの、麗亜《れいあ》の歌声《うたごえ》

柳川博行《やながわひろゆき》

無口《むくち》で無愛想《ぶあいそう》な美大生《びだいせい》。映像《えいぞう》や音楽《おんがく》の制作《せいさく》が得意《とくい》。音楽《おんがく》をつくるときは、ほぼ絶食《ぜっしょく》して、〝天啓《てんけい》〟を待《ま》つという創《そう》作《さく》スタイルを取《と》る。犯罪者《はんざいしゃ》をにおいで判断《はんだん》できたり、世界中《せかいじゅう》の武器《ぶき》を集《あつ》めたりと、少々変《しょうしょうか》わったところがある。

Profile

特技《とくぎ》：料理《りょうり》、薬草《やくそう》の栽培《さいばい》、大型車《おおがたしゃ》の運転《うんてん》
弱点《じゃくてん》：不快《ふかい》な音《おと》
好物《こうぶつ》：昆布茶《こぶちゃ》、ウイロウ

Q.036の答《こた》え　落語家《らくごか》。職業体験《しょくぎょうたいけん》で、落語家《らくごか》の内弟子《うちでし》を体験《たいけん》したりしている。

特殊《とくしゅ》な能力《のうりょく》を持《も》つ人々《ひとびと》

二階堂卓也《にかいどうたくや》

竜王《りゅうおう》グループ特殊任務部雑《とくしゅにんむぶざつ》務課《むか》の主任補佐《しゅにんほさ》。創也《そうや》のお目《め》付《つ》け役兼《やくけん》、最強《さいきょう》のボディガード。仕事《しごと》を邪魔《じゃま》する者《もの》は、何《なん》人《びと》たりとも許《ゆる》さない。いつの日《ひ》か保育士《ほいくし》へ転職《てんしょく》することを夢見《ゆめみ》ている。

Profile

愛読書《あいどくしょ》：『保育技術《ほいくぎじゅつ》』『保育《ほいく》士《し》の友《とも》』
愛車《あいしゃ》：七四年型《ねんがた》のダッジ・モナコ四四〇
特技《とくぎ》：保育士拳《ほいくしけん》・愛《あい》の発展《はってん》型《がた》、ボードゲーム、ピアノ
趣味《しゅみ》：シャドー保育《ほいく》、不採《ふさい》用通知《ようつうち》のコレクション

真田志穂《さなだしほ》

現状《げんじょう》のデータを分析《ぶんせき》し、未《み》来《らい》を予測《よそく》することができる「時見《ときみ》」の能力者《のうりょくしゃ》。時見《ときみ》の力《ちから》が効《き》かないクラスメイト・健《けん》一《いち》の前《まえ》では、笑顔《えがお》のかわいいふつうの少女《しょうじょ》になる。

Profile

弱点《じゃくてん》：健一《けんいち》、幸穂《さちほ》(時見殺《ときみごろ》し)
特技《とくぎ》：漫画原稿《まんがげんこう》の仕上《しあ》げ
口《くち》ぐせ：「こんなこともあろうかと思《おも》って」
部活《ぶかつ》：文芸部《ぶんげいぶ》
得意料理《とくいりょうり》：カレー
愛用品《あいようひん》：ベンラスウォッチ

PICK UP!

究極《きゅうきょく》のゲームのカギは『R《リアル》・RPG《ロールプレイングゲーム》』！

R《リアル》・RPG《ロールプレイングゲーム》は、創也《そうや》や栗井栄太《くりいえいた》がめざす究極《きゅうきょく》のゲーム。従来《じゅうらい》のコンピュータゲームとはことなり、舞台《ぶたい》は現実世界《げんじつせかい》。すべてのプレイヤーが役《やく》になりきって、クリアのために自由《じゆう》に行動《こうどう》できる。
テレビゲームでは体験《たいけん》できない、リアルな恐怖《きょうふ》やよろこびを感《かん》じることができる、最新《さいしん》のゲームだ。

過去《かこ》にプレイされたR《リアル》・RPG《ロールプレイングゲーム》

ゲーム名《めい》	プレイヤーの目的《もくてき》
宝《たから》さがしin《イン》ゲームの館《やかた》	敷地内《しきちない》から、制限時間内《せいげんじかんない》に宝《たから》を見《み》つけること
IN《イン》堺戸《VADE》	宇宙人役《うちゅうじんやく》が全員《ぜんいん》に寄生《きせい》すること。もしくは人間《にんげん》が逃《に》げ切《き》ること
怪人《かいじん》は夢《ゆめ》に舞《ま》う	“自分《じぶん》が映《うつ》らない鏡《かがみ》”を見《み》つけること
WATER WARS《ウォーター ウォーズ》	水鉄砲《みずでっぽう》で打《う》ち合《あ》い、最後《さいご》まで生《い》き残《のこ》ること
DOUBLE《ダブル》	3つのステージが終《お》わるまでに、仮想空間《かそうくうかん》から脱出《だっしゅつ》すること

Q.037　内人《ないと》たちの音楽《おんがく》の担当教師《たんとうきょうし》で、36歳《さい》で独身《どくしん》、棚橋先生《たなはしせんせい》のあだ名《な》は？

堀越家《ほりこしけ》の人々《ひとびと》

堀越美晴《ほりこしみはる》

内人《ないと》のクラスメイト。小柄《こがら》でおとなしい、思《おも》わず守《まも》ってあげたくなるような女《おんな》の子《こ》。内人《ないと》にほれられているが、気《き》づいておらず、創也《そうや》のことが気《き》になっている。騒《さわ》ぎが大好《だいす》きな父《ちち》に手《て》を焼《や》いている。

Profile

好《す》きな漫画《まんが》：『雨《あめ》の音《おと》が聞《き》こえる』
好物《こうぶつ》：スペシャルバーガー
趣味《しゅみ》：映画鑑賞《えいがかんしょう》
弱点《じゃくてん》：父《ちち》の影響《えいきょう》で、テレビ番組《ばんぐみ》と現実世界《げんじつせかい》がゴチャマゼになることがある。本人《ほんにん》は気《き》づいていない。

堀越隆文《ほりこしたかふみ》

美晴《みはる》の父《ちち》で視聴率命《しちょうりついのち》のテレビマン。彼《かれ》の番組《ばんぐみ》は基本的《きほんてき》になんでもありなので、それを理解《りかい》して楽《たの》しめる大人《おとな》の視聴《しちょう》者向《しゃむ》け。いつか、創也《そうや》のゲーム作《づく》りを題材《だいざい》にドキュメンタリーを撮《と》りたいと考《かんが》えている。

Profile

得意分野《とくいぶんや》：フィクションのドキュメンタリー
好《す》きなもの：ハプニング
主《おも》な番組《ばんぐみ》：『かぐや姫《ひめ》をGET《ゲット》するのはだれか？ プロポーズ大戦争《だいせんそう》！』『堀越《ほりこし》D《ディレクター》とオバケ屋敷《やしき》へGO《ゴー》！』
口《くち》ぐせ：撮影快調《さつえいかいちょう》！

なぞの組織《そしき》・頭脳集団《プランナ》

PICK UP!

頭脳集団《プランナ》とは？

あらゆることを計画立案《けいかくりつあん》する組織《そしき》。正式《せいしき》名称《めいしょう》はわかっておらず、竜王《りゅうおう》グループは便宜上《べんぎじょう》「頭脳集団《プランナ》」と名付《なづ》けて、警戒《けいかい》している。報酬《ほうしゅう》さえ払《はら》えば、イタズラから犯罪《はんざい》までどんな計画《けいかく》でも立《た》てる。過去《かこ》10年間《ねんかん》で、迷宮入《めいきゅうい》りした大事件《だいじけん》の約《やく》2割《わり》が頭脳集団《プランナ》によるもの。

南北磁石《なんぼくじしゃく》と敵対《てきたい》!?

頭脳集団《プランナ》には、未来《みらい》を予測《よそく》する能力者《のうりょくしゃ》・時見《ときみ》が所属《しょぞく》している。その時見《ときみ》が、「南北《なんぼく》磁石《じしゃく》にゲームを作《つく》らせてはいけない」という予言《よげん》をしたらしい。今後《こんご》、創也《そうや》のR《リアル》・RPG《ロールプレイングゲーム》を妨害《ぼうがい》するため、現《あらわ》れる可能性《かのうせい》も……？

Q.037の答《こた》え　タナアゲ。「自分《じぶん》のことは棚《たな》にあげる」ことからきている。

作品《さくひん》リスト

都会《まち》のトム&《アンド》ソーヤ(1)

初版《しょはん》:2003年《ねん》10月《がつ》10日《とおか》　ページ数《すう》:350ページ

塾帰《じゅくがえ》りの夜《よる》、クラスメイトの創也《そうや》がビジネス街《がい》ですがたを消《け》すのを見《み》かけた内人《ないと》。翌日《よくじつ》、内人《ないと》が話《はな》しかけると、創也《そうや》は1つのかぎを手渡《てわた》した。「ぼくは午後《ごご》から、このかぎがかかってる場所《ばしょ》にいる。見《み》つけられないようだったら、ゲームオーバーだ」——。ヒントをたよりに、「砦《とりで》」を攻略《こうりゃく》し、創也《そうや》を見《み》つけた内人《ないと》は、創也《そうや》の友《とも》だちになった。

その後《ご》、内人《ないと》を待《ま》ち受《う》けていたのは、下水道《げすいどう》ピクニックやテレビ番組《ばんぐみ》への出演《しゅつえん》……。ふつうではない冒険《ぼうけん》だった。

【ルイーゼ】さんによるレビュー

竜王創也《りゅうおうそうや》と内藤内人《ないとうないと》。心《こころ》の奥《おく》ではお互《たが》いを信頼《しんらい》している、バランスの取《と》れたいいコンビだわ。ヴォルフちゃんと仙太郎《せんたろう》ちゃんにも見習《みなら》ってもらわないとね〜。

Review

評価《ひょうか》

創也《そうや》のミステリアス度《ど》	★★★★☆
創也《そうや》の猪突猛進度《ちょとつもうしんど》	★★★★★
内人《ないと》のふつうさ	★★★☆☆

都会《まち》のトム&《アンド》ソーヤ(2)乱《らん》! RUN《ラン》! ラン!

初版《しょはん》:2004年《ねん》7月《がつ》20日《はつか》　ページ数《すう》:335ページ

内人《ないと》と創也《そうや》は、「ルージュ・レーブ」というゲームを作《つく》ったとされるゲームクリエイター・栗井栄太《くりいえいた》を探《さが》していた。そんなある日、「めったに流《なが》れない甘栗《あまぐり》のCM《シーエム》を見《み》ると、いいことがある」というウワサを耳《みみ》にする。真相《しんそう》をたしかめるため、夜《よる》のデパートに忍《しの》び込《こ》む!

そして、デパートの一件《いっけん》を片付《かたづ》けたふたりのもとに、ついに栗井栄太《くりいえいた》から招待状《しょうたいじょう》が届《とど》く。待《ま》ち受《う》けるは、「ゲームの館《やかた》」での宝探《たからさが》し。栗井栄太《くりいえいた》の正体《しょうたい》があばかれる!

【山村風太《やまむらふうた》】さんによるレビュー

ぼくも宝探《たからさが》しをしたことがある。結果《けっか》、宝《たから》は手《て》に入《はい》らなかったけど、それでよかったって今《いま》は思《おも》える。宝探《たからさが》しって、探《さが》すことに意味《いみ》があるんだろうな。

Review

評価《ひょうか》

創也《そうや》のネーミングセンス	★★☆☆☆
館探検《やかたたんけん》のワクワク	★★★★★
栗井栄太《くりいえいた》の正体《しょうたい》の謎《なぞ》	★★★☆☆

Q.038 内人《ないと》の同級生《どうきゅうせい》・達夫《たつお》が文化祭《ぶんかさい》で組《く》んだバンドの名前《なまえ》は?

都会《まち》のトム＆《アンド》ソーヤ(3)
いつになったら作戦終了《ミッションしゅうりょう》？

初版《しょはん》：2005年《ねん》4月《がつ》16日《にち》　ページ数《すう》：335ページ

気《き》になる堀越美晴《ほりこしみはる》を映画《えいが》デートに誘《さそ》いたい内人《ないと》。創也先《そうやせん》生《せい》のアドバイスの下《もと》、現地《げんち》で下見《したみ》と予行練習《よこうれんしゅう》をすることに。しかし、偶然出会《ぐうぜんであ》った小学《しょうがく》1年生《ねんせい》でモデルのアリス＆正太《しょうた》郎《ろう》に、誘拐《ゆうかい》の影《かげ》が忍《しの》び寄《よ》る!?　生意気《なまいき》な正太郎《しょうたろう》に「おじさん」と呼《よ》ばれながらも、内人《ないと》が活躍《かつやく》！

そして、第二幕《だいにまく》の舞台《ぶたい》は文化祭《ぶんかさい》の中学校《ちゅうがっこう》。「頭脳集団《ブランナ》」の計画《けいかく》で、学校《がっこう》に爆発《ばくはつ》の危機《きき》がおとずれる！

卓也《たくや》さんと、プロテスト直前《ちょくぜん》の矢吹《やぶき》の出会《であ》いも収録《しゅうろく》。

【ズキア】さんによるレビュー

計画《けいかく》を立《た》てることに特化《とっか》した集団《しゅうだん》がいるというのは、裏社会《うらしゃかい》では有名《ゆうめい》な話《はなし》さ。暗《あん》殺《さつ》を遂行《すいこう》するぼくたち殺《ころ》し屋《や》と、対《つい》になる存在《そんざい》だ。どう立《た》ち向《む》かうか、見物《みもの》だね。

評《ひょう》　価《か》	
頭脳集団《ブランナ》の賢《かしこ》さ	★★★★☆
卓也《たくや》さんの強《つよ》さ	★★★★★
内人《ないと》のモテ度《ど》	★☆☆☆☆

都会《まち》のトム＆《アンド》ソーヤ(4) 四重奏《カルテット》

初版《しょはん》：2006年《ねん》4月《がつ》24日《か》　ページ数《すう》：303ページ

クラスメイトの映画大好《えいがだいす》き3人組《にんぐみ》が、タウン誌《し》『ぷあ』の映画《えいが》コンテストのために作品《さくひん》を撮影《さつえい》する。しかし、まさかの出《だ》し忘《わす》れで、本日《ほんじつ》2時《じ》が締《し》め切《き》りと大《だい》ピンチ！　内人《ないと》と創也《そうや》が、締《し》め切《き》り前《まえ》に作品《さくひん》を届《とど》けるため、マラソン大会《たいかい》からの大脱走《だいだっそう》を試《こころ》みる！

そして、ゲーム制作資金《せいさくしきん》を稼《かせ》ぐため、堀越《ほりこし》D《ディレクター》の番組《ばんぐみ》に出《しゅつ》演《えん》するエピソードも。舞台《ぶたい》はおばけが出《で》るとウワサの洋館《ようかん》・斑屋敷《まだらやしき》。出現《しゅつげん》したのは……凶悪《きょうあく》な窃盗団《せっとうだん》!?

ジュリアスと神宮寺《じんぐうじ》さんが出会《であ》った短編《たんぺん》も収録《しゅうろく》。

【ヴォルフ】さんによるレビュー

こいつらがロケをやった斑屋敷《まだらやしき》では、過《か》去《こ》2回《かい》の大量殺人事件《たいりょうさつじんじけん》が起《お》きている。おれも任務《にんむ》で派遣《はけん》されたことがあるが、できれば二度《にど》と行《い》きたくねえ。

評《ひょう》　価《か》	
創也《そうや》の運動神経《うんどうしんけい》	★☆☆☆☆
内人《ないと》のサバイバル術《じゅつ》	★★★★☆
神宮寺《じんぐうじ》の男気《おとこぎ》	★★★★☆

都会《まち》のトム&《アンド》ソーヤ(5) IN《イン》塀戸《VADE》(上《じょう》・下《げ》)

初版《しょはん》：2007年《ねん》7月《がつ》25日《にち》　ページ数《すう》：271（上《じょう》）、285（下《げ》）ページ

地図《ちず》にない村《むら》・塀戸村《べいどむら》。栗井栄太《くりいえいた》がすべてを買《か》いとり、新作《しんさく》R・R《リアル》PG《ロールプレイングゲーム》「IN《イン》塀戸《VADE》」の舞台《ぶたい》を作《つく》り上《あ》げた。ペンション「マロン」に集《あつ》まった参加者《さんかしゃ》は、内人《ないと》&《アンド》創也《そうや》、堀越親子《ほりこしおやこ》、旅人《たびびと》の森脇《もりわき》さん、戦時中《せんじちゅう》に村《むら》で暮《く》らしていた金田《かねだ》さんなど。それぞれに役《やく》が与《あた》えられ、ゲーム開始《かいし》！　UFO《ユーエフオー》の墜落《ついらく》、重力《じゅうりょく》をコントロールする宇宙人《うちゅうじん》の出現《しゅつげん》と、ストーリーは予測不能《よそくふのう》。ゲームと現実《げんじつ》の境《さかい》が崩壊《ほうかい》する！

東洋《とうよう》タイトルマッチを控《ひか》えた矢吹《やぶき》と卓也《たくや》の短編《たんぺん》、主人公《しゅじんこう》の父親《ちちおや》たち・内記《ないき》と創《つくる》が都会《まち》で出会《であ》う短編《たんぺん》も収録《しゅうろく》。

【カマキリ部長《ぶちょう》】さんによるレビュー

カマキリではなく片桐《かたぎり》だが……。塀戸村《べいどむら》には落《お》ち武者《むしゃ》が残《のこ》した財宝《ざいほう》の伝説《でんせつ》が残《のこ》っている。ここまでワクワクする脚本《きゃくほん》を書《か》けるとは、栗井栄太《くりいえいた》とやら、恐《おそ》るべし。

Review

評《ひょう》価《か》	
創也《そうや》のネーミングセンス	★☆☆☆☆
麗亜《れいあ》の駄菓子愛《だがしあい》	★★★★☆
R・R《リアル》PG《ロールプレイングゲーム》の魅力《みりょく》	★★★★★

都会《まち》のトム&《アンド》ソーヤ(6) ぼくの家《いえ》へおいで

初版《しょはん》：2008年《ねん》9月《がつ》30日《にち》　ページ数《すう》：316ページ

ゲーム「おにぎり王子《おうじ》の大冒険《だいぼうけん》」を貸《か》すため、創也《そうや》の家《いえ》に遊《あそ》びにいくことになった内人《ないと》。しかし、すべてはホームセキュリティシステム「AKB《エーケービー》 24《トゥエンティフォー》 PG《ピージー》」の性能《せいのう》を試《ため》すため、創也《そうや》が仕組《しく》んだワナだった！　今回《こんかい》の敵《てき》は、監視《かんし》センター（コンビニのシャドウ）から派遣《はけん》された、卓也《たくや》さんと黒川部長《くろかわぶちょう》。内人《ないと》は、無敵《むてき》のセキュリティを突破《とっぱ》できるのか？

世界《せかい》ランカーとの対戦《たいせん》を前《まえ》にした矢吹《やぶき》が、卓也《たくや》と愛《あい》の老師《ろうし》による保育士拳《ほいくしけん》の特訓《とっくん》に巻《ま》き込《こ》まれる短編《たんぺん》も収録《しゅうろく》。

【神宮寺直人《じんぐうじなおひと》】さんによるレビュー

セキュリティをかいくぐる軍事諜報系《ぐんじちょうほうけい》のゲームはよくあるが、「ふつうの家《いえ》に侵入《しんにゅう》する」というのはありそうでないテーマだ。やるじゃねえか。

Review

評《ひょう》価《か》	
黒川部長《くろかわぶちょう》の運《うん》	★★★★☆
卓也《たくや》の転職《てんしょく》の可能性《かのうせい》	★☆☆☆☆
創也《そうや》の祖母《そぼ》の迫力《はくりょく》	★★★★★

Q.039　敏腕《びんわん》テレビマン・堀越《ほりこし》ディレクターの部下《ぶか》である『堀越組《ほりこしぐみ》』の人数《にんずう》は？

都会《まち》のトム＆《アンド》ソーヤ(7)
怪人《かいじん》は夢《ゆめ》に舞《ま》う〈理論編《りろんへん》〉

初版《しょはん》：2009年《ねん》11月《がつ》26日《にち》　ページ数《すう》：383ページ

内人《ないと》がでっちあげた原案《げんあん》をもとに、ついに南北磁石《なんぼくじしゃく》のR《リアル》・RPG《ロールプレイングゲーム》が動《うご》き出《だ》す。テーマは、「怪人《かいじん》に盗《ぬす》まれた〝勇者《ゆうしゃ》の資《し》格《かく》〟の奪還《だっかん》」。児童公園《じどうこうえん》・駄菓子屋《だがしや》・神社《じんじゃ》・商店街《しょうてんがい》という4つのステージも決《き》まり、ラジオ番組《ばんぐみ》のスポンサーになることで広報《こうほう》もばっちり。しかし、突然現《とつぜんあらわ》れた正体不明《しょうたいふめい》のピエロの怪人《かいじん》から、ゲーム制作《せいさく》をやめるよう脅迫《きょうはく》を受《う》ける。さらには、いつもモテない内人《ないと》に謎《なぞ》の美少女《びしょうじょ》・ユラが接近《せっきん》！南北磁石《なんぼくじしゃく》のゲームの行方《ゆくえ》は？

【虹北響子《こうほくきょうこ》】さんによるレビュー

ピエロの話題《わだい》が広《ひろ》まって、商店街《しょうてんがい》に活気《かっき》がもどってきたらしいの。虹北商店街《こうほくしょうてんがい》でもR《リアル》・RPG《ロールプレイングゲーム》のイベントを企画《きかく》してくれないかしら。

Review

評《ひょう》価《か》

ゲーム作《づく》りの高揚感《こうようかん》	★★★★★
ユラの暗躍《あんやく》ぶり	★★★★☆
栗井栄太《くりいえいた》の存在感《そんざいかん》	★★★☆☆

都会《まち》のトム＆《アンド》ソーヤ(8)
怪人《かいじん》は夢《ゆめ》に舞《ま》う〈実践編《じっせんへん》〉

初版《しょはん》：2010年《ねん》9月《がつ》24日《か》　ページ数《すう》：378ページ

ついに完成目前《かんせいもくぜん》までこぎ着《つ》けた「怪人《かいじん》は夢《ゆめ》に舞《ま》う」。創也《そうや》は、最後《さいご》のテストプレイとして、栗井栄太《くりいえいた》を招待《しょうたい》した。プレイヤーを妨害《ぼうがい》する怪人役《かいじんやく》は、創也《そうや》のボディガードである卓也《たくや》さんと羽水《うすい》さんのふたり。自転車《じてんしゃ》レースや押《お》しクジでの対決《たいけつ》で、プレイヤーは脱落《だつらく》していく。ゲームは順調《じゅんちょう》に進《すす》むかに見《み》えた。しかし、第《だい》3ステージの神社《じんじゃ》で、日本刀《にほんとう》を持《も》った第《だい》3の怪人《かいじん》「ピエロ怪人《かいじん》」が出現《しゅつげん》！　発生《はっせい》したバグの正体《しょうたい》と目的《もくてき》は……？

【岩崎美衣《いわさきみい》】さんによるレビュー

自転車《じてんしゃ》レース、楽《たの》しそう！　でも、このゲーム、教授《きょうじゅ》とはプレイできないな。ステージに駄菓子屋《だがしや》があるんだもん。たぶん、そこから一歩《いっぽ》も動《うご》かないよ……。

Review

評《ひょう》価《か》

柳川《やながわ》さんの危険度《きけんど》	★★★★☆
怪人《かいじん》の衣装《いしょう》の奇抜《きばつ》さ	★★★★★
R《リアル》・RPG《ロールプレイングゲーム》の完成度《かんせいど》	★★☆☆☆

Q.039の答《こた》え　26人《にん》。それぞれA《アー》からZ《ツェット》まで名前《なまえ》がついている。

都会《まち》のトム＆《アンド》ソーヤ(9) 前夜祭《EVE》 内人《ないと》 side《サイド》

初版《しょはん》：2011年《ねん》11月《がつ》28日《にち》　ページ数《すう》：254ページ

「怪人《かいじん》は夢《ゆめ》に舞《ま》う」で栗井栄太《くりいえいた》からうけた講評《こうひょう》をひきずったまま、学校生活《がっこうせいかつ》に戻《もど》った内人《ないと》と創也《そうや》。学内《がくない》は一大《いちだい》イベントである職場体験《しょくばたいけん》の話題《わだい》で持《も》ち切《き》りだ。内人《ないと》は堀越美晴《ほりこしみはる》と同《おな》じ町立図書館《ちょうりつとしょかん》ではたらけることに。一方《いっぽう》、創也《そうや》の体験先《たいけんさき》は、竜王《りゅうおう》グループのコンビニ「シャドウ学校前店《がっこうまえてん》」。

ときを同《おな》じくして、「学校《がっこう》に魔物《まもの》が出《で》る」というウワサが広《ひろ》まり、創也《そうや》は妙《みょう》な胸騒《むなさわ》ぎを感《かん》じていた。5巻《かん》で登場《とうじょう》した内記《ないき》と創《つくる》も短編《たんぺん》で再登場《さいとうじょう》。

【風街美里《かざまちみさと》】さんによるレビュー

図書館職員《としょかんしょくいん》の小室《こむろ》さんは、仕事《しごと》にやりがいを見《み》いだせない、感《かん》じの悪《わる》い人《ひと》。でも、内人《ないと》くんのがんばりで、小室《こむろ》さんによい変化《へんか》が……！　内人《ないと》くん、えらい！

Review

評《ひょう》価《か》	
図書館《としょかん》の豆知識《まめちしき》	★★★☆☆
内人《ないと》の上司運《じょうしうん》	★★☆☆☆
真田女史《さなだじょし》のかわいさ	★★★★☆

都会《まち》のトム＆《アンド》ソーヤ(10) 前夜祭《EVE》 創也《そうや》 side《サイド》

初版《しょはん》：2012年《ねん》2月《がつ》28日《にち》　ページ数《すう》：358ページ

シャドウで働《はたら》く創也《そうや》は、竜王《りゅうおう》グループからの課題《かだい》である「地域《ちいき》でNo.1《ナンバーワン》の売《う》り上《あ》げを出《だ》すこと」が目標《もくひょう》。在庫《ざいこ》になっていた水鉄砲《みずでっぽう》や金魚《きんぎょ》のポイを売《う》りつくすため、「WATER《ウォーター》 WARS《ウォーズ》」を企画《きかく》した。賞金《しょうきん》は1000万円《まんえん》だが、もちろんそんな予算《よさん》はない。課題《かだい》を達成《たっせい》できるか、赤字《あかじ》を出《だ》すかは、内《ない》人《と》が優勝《ゆうしょう》できるかにかかっている！　そして、戦《たたか》いの最中《さなか》、「魔物《まもの》」が正体《しょうたい》を現《あらわ》す！　3D《スリーディー》ゴルフの実況中継《じっきょうちゅうけい》や、漫画家《まんがか》「さな☆さち」のもとで職場体験《しょくばたいけん》をする真田女史《さなだじょし》の短編《たんぺん》も収録《しゅうろく》。

【花菱仙太郎《はなびしせんたろう》】さんによるレビュー

弁天《べんてん》グループVS.《バーサス》シャドウで売《う》り上《あ》げを競《きそ》うとは熱《あつ》すぎるぜ！　おれが雇《やと》われたらぜったい負《ま》けへんで!!

Review

評《ひょう》価《か》	
創也《そうや》の商才《しょうさい》	★★★★☆
「魔物《まもの》」の恐《おそ》ろしさ	★★★★★
真田女史《さなだじょし》のかわいさ	★★★★★

Q.040　デパートの楽器売《がっきう》り場《ば》で、ピアノを練習《れんしゅう》する卓也《たくや》さんについたあだ名《な》は？

都会《まち》のトム＆《アンド》ソーヤ(11)
DOUBLE《ダブル》（上《じょう》・下《げ》）

初版《しょはん》：2013年《ねん》8月《がつ》8日《ようか》　ページ数《すう》：271（上《じょう》）、271（下《げ》）ページ

ついにそのベールを脱《ぬ》ぐ、栗井栄太《くりいえいた》の新作《しんさく》R《リアル》・RPG《ロールプレイングゲーム》「DOUBLE《ダブル》」。舞台《ぶたい》は、人口《じんこう》800人《にん》の研究都市《けんきゅうとし》・アルゴシティ。ゲームセンター「アルカトラズ」にあるコクピット型《がた》の筐《きょう》体《たい》で、DOUBLE《ダブル》の世界《せかい》に入《はい》ることができる。ここまではふつうのコンピュータゲーム。しかし、DOUBLE《ダブル》の真価《しんか》は、現実世界《げんじつせかい》に戻《もど》ってからだった！　現実世界《げんじつせかい》であるはずのアルゴシティから人《ひと》が消《き》え、ドッペルゲンガーが出現《しゅつげん》。ゲームが現実《げんじつ》を塗《ぬ》り替《か》える!?

【RD《アールディー》】さんによるレビュー

精巧《せいこう》に作《つく》られた仮想現実《かそうげんじつ》は、もはや現実《げんじつ》と区別《くべつ》できません。人間《にんげん》がDOUBLE《ダブル》をプレイした後《あと》は、世界《せかい》がゆらぐような感《かん》覚《かく》におそわれることでしょう……。

Review

評《ひょう》価《か》	
栗井栄太《くりいえいた》の技術力《ぎじゅつりょく》	★★★★★
麗亜《れいあ》の暴《あば》れっぷり	★★★★★
ラストのさわやかさ	★★★★★

都会《まち》のトム＆《アンド》ソーヤ(12)
IN《イン》 THE《ザ》 ナイト

初版《しょはん》：2015年《ねん》3月《がつ》10日《とおか》　ページ数《すう》：238ページ

今回《こんかい》は平凡《へいぼん》な日常《にちじょう》を過《す》ごそうと決意《けつい》した内人《ないと》と創也《そうや》。
……だけど、やっぱりムリだった!?

体育祭《たいいくさい》のクラス優勝《ゆうしょう》をかけ、「二人三脚大障害物競走《ににんさんきゃくだいしょうがいぶつきょうそう》」で栗井栄太《くりいえいた》たちとバトル！　さらに部費削減《ぶひさくげん》をめぐる文化系《ぶんかけい》クラブと生徒会《せいとかい》の対立《たいりつ》に巻《ま》き込《こ》まれ、危険《きけん》なブービートラップを解《と》くハメに。そして内人《ないと》へ「お昼寝《ひるね》ファン」の美少女《びしょうじょ》・美月《みつき》からラブレターが届《とど》く!?　……最後《さいご》にすべての話《はなし》がつながり、まさかの結末《けつまつ》へ！

【レーチ】さんによるレビュー

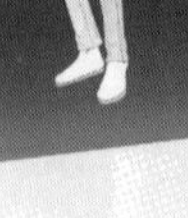

「お昼寝《ひるね》ファン」なんて集《つど》いがあるのか!?　ぜひ参加《さんか》したいな。どうせ寝《ね》ちゃうなら、集《あつ》まる意味《いみ》があるのかいまいちわからないけど……。

Review

評《ひょう》価《か》	
平凡《へいぼん》な生活度《せいかつど》	★☆☆☆☆
美月《みつき》のかわいらしさ	★★★★★
卓也《たくや》さんの苦悩《くのう》	★★★★☆

Q.040の答《こた》え　アフロマン。保育士《ほいくし》になったときにお遊戯《ゆうぎ》の曲《きょく》をひけるよう、変装《へんそう》して練習《れんしゅう》していた。

都会《まち》のトム＆《アンド》ソーヤ（13）
黒須島《くろすとう》クローズド

初版《しょはん》：2015年《ねん》11月《がつ》25日《にち》　ページ数《すう》：382ページ

「異世界《いせかい》への案内人《クーリエ》」と呼《よ》ばれた黒須幻充郎《くろすげんじゅうろう》が、行方不明《ゆくえふめい》になるまえに残《のこ》した人工《じんこう》の島《しま》――黒須島《くろすとう》。その島《しま》に、内人《ないと》と創也《そうや》をはじめとした、ゲーム関係者《かんけいしゃ》が招待《しょうたい》される。

しかし、そこでみなを待《ま》ち受《う》けていたのは、まさに命《いのち》がけの宝探《たからさが》しゲームだった！　ゲームマスターは、謎《なぞ》の美少女《びしょうじょ》・浦沢《うらさわ》ユラ。閉《と》ざされた島《しま》で、生《い》き残《のこ》るためにはゲームの謎《なぞ》を解《と》くしかない。そして、すべての謎《なぞ》が解《と》けたとき、「黒須《くろす》の遺産《いさん》」が現《あらわ》れる――。

【堀越隆文《ほりこしたかふみ》】さんによるレビュー

人工《じんこう》の島《しま》をまるごと舞台《ぶたい》にするなんて、スケールが大《おお》きくてワクワクするよ。「マチトム」シリーズの中《なか》でも、この巻《かん》はいちばん視聴率《しちょうりつ》が取《と》れそうだね！

Review

評価《ひょうか》	
新《しん》キャラ登場数《とうじょうすう》	★★★★☆
浦沢《うらさわ》ユラのツンデレ感《かん》	★★★★★
遊園地《ゆうえんち》の安全度《あんぜんど》	★☆☆☆☆

都会《まち》のトム＆《アンド》ソーヤ 完全《かんぜん》ガイド

初版《しょはん》：2009年《ねん》4月《がつ》23日《にち》　ページ数《すう》：175ページ

1～6巻《かん》までのエピソードのおさらい、冒険《ぼうけん》の舞台《ぶたい》の図解《ずかい》、キャラクターのプロフィールなどが満載《まんさい》のガイドブック。内人《ないと》や創也《そうや》、栗井栄太《くりいえいた》をはじめ、主《おも》な登場人物《とうじょうじんぶつ》の誕生《たんじょう》日《び》や血液型《けつえきがた》もバッチリ掲載《けいさい》。

都会《まち》トムファンにはたまらない充実《じゅうじつ》の内容《ないよう》で、1巻《かん》でカットされた幻《まぼろし》の原稿《げんこう》、創也《そうや》が教《おし》える紅茶《こうちゃ》のおいしいいれ方《かた》、バレンタインデーがテーマのにしけいこ先生《せんせい》描《か》き下《お》ろし漫画《まんが》、はやみね先生《せんせい》とにし先生《せんせい》の特別対談《とくべつたいだん》などなど、ここでしか読《よ》めない情報《じょうほう》も満載《まんさい》。

【竜王創也《りゅうおうそうや》】さんによるレビュー

卓也《たくや》さんが出演《しゅつえん》した竜王食品《りゅうおうしょくひん》のチョコのCM《シーエム》は、一見《いっけん》の価値《かち》ありだね。最近《さいきん》こわれぎみの卓也《たくや》さんが、また一つ新《あら》たな殻《から》をやぶっているよ。

Review

評価《ひょうか》	
図解《ずかい》の充実《じゅうじつ》ぶり	★★★★☆
漫画《まんが》の特別感《とくべつかん》	★★★★★
対談《たいだん》のほのぼの感《かん》	★★★★☆

Q.041　健一《けんいち》が憧《あこが》れる落語家《らくごか》・山遊亭楽小《さんゆうていらくしょう》が「DJ《ディージェー》」をつとめるラジオ番組《ばんぐみ》は？

都会《まち》のトム&《アンド》ソーヤ ゲーム・ブック 修学旅行《しゅうがくりょこう》においで

初版《しょはん》：2012年《ねん》8月《がつ》31日《にち》　ページ数《すう》：223ページ

ふつうの小説《しょうせつ》とはひと味違《あじちが》う「ゲーム・ブック」形式《けいしき》のスピンオフ。文章《ぶんしょう》の指示《しじ》にしたがって、パラグラフを自由《じゆう》に行《い》き来《き》して読《よ》む新《あたら》しい小説《しょうせつ》だ。主人公《しゅじんこう》の「きみ」は、内人《ないと》や創也《そうや》たちのクラスに転校《てんこう》してきたばかり。偶然《ぐうぜん》、修学旅行《しゅうがくりょこう》の班《はん》がいっしょになったことから、栗井栄太《くりいえいた》VS.《バーサス》南北磁石《なんぼくじしゃく》の「おみやげ集《あつ》め対決《たいけつ》」に巻《ま》き込《こ》まれてしまう。きみが行動《こうどう》を選択《せんたく》しながら、内人《ないと》たちといっしょに修学旅行《しゅうがくりょこう》を楽《たの》しもう！

【虹北恭助《こうほくきょうすけ》】さんによるレビュー

ゲーム・ブックは、1990年代《ねんだい》に流行《りゅうこう》したけど、いまではほとんど書店《しょてん》で見《み》なくなってしまったんだ。頻出《ひんしゅつ》する「14へ行《い》け！」は、名作《めいさく》へのオマージュだよ。

Review

評価《ひょうか》	
選択肢《せんたくし》を選《えら》ぶ楽《たの》しさ	★★★★☆
暗号《あんごう》の難《むずか》しさ	★★★☆☆
14へ行《い》け！の悔《くや》しさ	★★★★★

都会《まち》のトム&《アンド》ソーヤ ゲーム・ブック 「館《やかた》」からの脱出《だっしゅつ》

初版《しょはん》：2013年《ねん》11月《がつ》29日《にち》　ページ数《すう》：255ページ

ゲーム・ブックの第《だい》2弾《だん》。今度《こんど》のテーマは「脱出《だっしゅつ》ゲーム」！偶然《ぐうぜん》なのか、ワナなのか、栗井栄太《くりいえいた》のアジトである「ゲームの館《やかた》」に閉《と》じ込《こ》められてしまった主人公《しゅじんこう》の「きみ」と、内人《ないと》と創也《そうや》。3人《にん》は館《やかた》を探検《たんけん》しながら、閉《と》じ込《こ》められた原因《げんいん》を探《さぐ》っていく。腹痛《ふくつう》に苦《くる》しむ者《もの》、料理《りょうり》にいそしむ者《もの》、部屋《へや》に閉《と》じこもる者《もの》……。館中《やかたじゅう》をくまなく探検《たんけん》し、いくつもの暗号《あんごう》を解《と》き明《あ》かして、最後《さいご》に館《やかた》の最深部《さいしんぶ》までたどり着《つ》いたとき、すべての真相《しんそう》が明《あき》らかになる！

【夢水清志郎《ゆめみずきよしろう》】さんによるレビュー

館《やかた》のあちこちに暗号《あんごう》があって、なかなかおもしろいよ。ぼくはもちろんすべての暗号《あんごう》を解《と》いたよ。答《こた》えは……わすれちゃった。

Review

評価《ひょうか》	
探検《たんけん》するワクワク	★★★★☆
暗号《あんごう》の難《むずか》しさ	★★☆☆☆
栗井栄太《くりいえいた》の壊《こわ》れ度《ど》	★★★★★

Q.041の答《こた》え　「らくしょうワイド」。もう15年《ねん》もつづいている人気長寿番組《にんきちょうじゅばんぐみ》。

第《だい》8章《しょう》 屋根裏部屋《やねうらべや》

転職《てんしょく》こそ天職《てんしょく》!? お仕事診断《しごとしんだん》

困《こま》ったときのお悩《なや》み相談室《そうだんしつ》!

赤《あか》い夢《ゆめ》の館《やかた》の屋根裏部屋《やねうらべや》にある電話《でんわ》は、迷《まよ》える子羊《こひつじ》たちのための「お悩《なや》み相談室《そうだんしつ》」へつながるホットラインです。今回《こんかい》はあなたにピッタリな職業《しょくぎょう》を教《おし》えてくれる「転職《てんしょく》こそ天職《てんしょく》!? お仕事診断《しごとしんだん》」を受《う》けてみましょう。意外《いがい》な職業《しょくぎょう》に巡《めぐ》り会《あ》えるかもしれませんよ。

転職《てんしょく》こそ天職《てんしょく》!?

お仕事診断《しごとしんだん》

はやみね作品《さくひん》で活躍《かつやく》する登場人物《とうじょうじんぶつ》の職業《しょくぎょう》のなかから、あなたに向《む》いていそうな8つの職業《しょくぎょう》を診断《しんだん》します。スタートから矢印《やじるし》をたどり、左端《ひだりはし》のアルファベットにたどり着《つ》いたら、次《つぎ》のページの結果《けっか》をチェック！

START《スタート》

Q 体力《たいりょく》には自信《じしん》が
❶ない ↓
❷ある ⋮

Q 何《なに》か新《あたら》しいことに挑戦《ちょうせん》するまえに、より重要《じゅうよう》だと思《おも》うのはどっち？
❶下調《したしら》べをする ↓
❷腹《はら》ごしらえする ⋮

Q 人《ひと》にものを頼《たの》まれたときは……
❶気《き》が乗《の》らなければ、すっぱり断《ことわ》る ↓
❷なかなか断《ことわ》れない ⋮

Q アルバイトするなら、どっちがいい？
❶いそがしいけど、給料《きゅうりょう》は多《おお》いお店《みせ》 ↓
❷楽《らく》だけど、給料《きゅうりょう》は少《すく》ないお店《みせ》 ⋮

Q じつをいうと、自分《じぶん》の自転車《じてんしゃ》に名前《なまえ》を
❶つけている ↓
❷つけていない ⋮

Q 次《つぎ》の旅行《りょこう》のうち、行《い》ってみたいのは？
❶アメリカ放浪《ほうろう》の旅《たび》 ↓
❷日本温泉《にほんおんせん》めぐりの旅《たび》 ⋮
❸帰《かえ》れるかわからない？宇宙旅行《うちゅうりょこう》 ⇓

Q 夏休《なつやす》みの宿題《しゅくだい》は
❶早《はや》めにすませておくタイプ ↓
❷追《お》い込《こ》まれてから勝負《しょうぶ》するタイプ ⋮

Q 見《み》てみたいテレビ番組《ばんぐみ》はどっち？
❶お料理《りょうり》バラエティ『料理《りょうり》はアートだ！』 ↓
❷時代劇《じだいげき》コメディ『どんなもんや三《さん》度笠《どがさ》』 ⋮

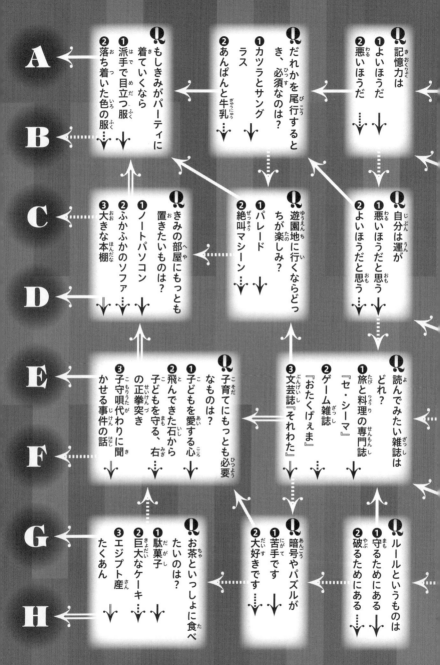

Q 記憶力《きおくりょく》は
❶よいほうだ
❷悪《わる》いほうだ

Q だれかを尾行《びこう》するとき、必須《ひっす》なのは?
❶カツラとサングラス
❷あんぱんと牛乳《ぎゅうにゅう》

Q もしきみがパーティに着《き》ていくなら
❶派手《はで》で目立《めだ》つ服《ふく》
❷落《お》ち着《つ》いた色《いろ》の服《ふく》

Q 自分《じぶん》は運《うん》が
❶悪《わる》いほうだと思《おも》う
❷よいほうだと思《おも》う

Q 遊園地《ゆうえんち》に行《い》くならどっちが楽《たの》しみ?
❶パレード
❷絶叫《ぜっきょう》マシーン

Q きみの部屋《へや》にもっとも置《お》きたいものは?
❶ノートパソコン
❷ふかふかのソファ
❸大《おお》きな本棚《ほんだな》

Q 読《よ》んでみたい雑誌《ざっし》はどれ?
❶旅《たび》と料理《りょうり》の専門誌《せんもんし》『セ・シーマ』
❷ゲーム雑誌《ざっし》『おたくげぇま』
❸文芸誌《ぶんげいし》『それわた』

Q 子育《こそだ》てにもっとも必要《ひつよう》なものは?
❶子《こ》どもを愛《あい》する心《こころ》
❷飛《と》んできた石《いし》から子《こ》どもを守《まも》る、右《みぎ》の正拳突《せいけんづ》き
❸子守唄《こもりうた》代《が》わりに聞《き》かせる事件《じけん》の話《はなし》

Q ルールというものは
❶守《まも》るためにある
❷破《やぶ》るためにある

Q 暗号《あんごう》やパズルが
❶苦手《にがて》です
❷大好《だいす》きです

Q お茶《ちゃ》といっしょに食《た》べたいのは?
❶駄菓子《だがし》
❷巨大《きょだい》なケーキ
❸エジプト産《さん》たくあん

A
B
C
D
E
F
G
H

Q.042 卓也《たくや》さんが遊園地《ゆうえんち》で演《えん》じたヒーローの名前《なまえ》は?

転職《てんしょく》こそ天職《てんしょく》!?

お仕《し》事《ご》《と》診《しん》断《だん》結《けっ》果《か》

A 怪盗《かいとう》

世間《せけん》をあっと言《い》わせたい野望《やぼう》を秘《ひ》めたあなたは、怪盗《かいとう》の血《ち》を引《ひ》いているかもしれません。怪盗《かいとう》として大成《たいせい》するには、世界《せかい》を敵《てき》に回《まわ》す覚悟《かくご》が必要《ひつよう》です。

先輩《せんぱい》からのアドバイス

世界《せかい》にはすでにさまざまな怪盗《かいとう》がいるから、きみだけの特色《とくしょく》があるといいね。「じつは悪《あく》の組織《そしき》に改《かい》造《ぞう》されたサイボーグなんです」くらい言《い》えると最高《さいこう》だよ！

あると役立《やくだ》つもの 巨大飛行船《きょだいひこうせん》、素手《すで》で物体《ぶったい》を切断《せつだん》する技術《ぎじゅつ》

B 古本屋《ふるほんや》

本《ほん》が好《す》きで大人《おとな》びているあなたには、古本屋《ふるほんや》の店主《てんしゅ》が向《む》いているかも。店番《みせばん》しつつ、仕事中《しごとちゅう》に堂々《どうどう》と本《ほん》を読《よ》めるのがこの仕事《しごと》の一番《いちばん》の魅力《みりょく》です。

先輩《せんぱい》からのアドバイス

お客《きゃく》さんが必要《ひつよう》としている本《ほん》をそろえるため、買《か》い付《つ》けで全国《ぜんこく》を回《まわ》ることもあります。経費《けいひ》はかけられないので、野宿《のじゅく》や居候《いそうろう》でしのぎます。古本屋《ふるほんや》のつらいところです。

あると役立《やくだ》つもの 記憶力《きおくりょく》、あたたかいマント

C 名探偵《めいたんてい》

いつもはのんびりしてるけど、やるときはやるタイプのあなた。知識《ちしき》を身《み》につけ、経験《けいけん》を積《つ》んで、推理力《すいりりょく》をきたえれば、名《めい》探偵《たんてい》への道《みち》が開《ひら》かれるかも!?

先輩《せんぱい》からのアドバイス

名探偵《めいたんてい》になると、雑誌《ざっし》の取材《しゅざい》でおいしいものを食《た》べに連《つ》れていってもらえます。いつぞやのビイフストロガフノ、おいしかったなあ。うらやましいでしょ。

あると役立《やくだ》つもの 警視総監《けいしそうかん》とのコネ、「名探偵《めいたんてい》」と書《か》かれた名刺《めいし》

D 雑誌編集者《ざっしへんしゅうしゃ》

おもしろいことを見《み》つける嗅覚《きゅうかく》にすぐれているあなたは、スーパー編集者《へんしゅうしゃ》の素質《そしつ》あり。なまけがちな作家《さっか》には、心《こころ》を鬼《おに》にする厳《きび》しさも求《もと》められます。

先輩《せんぱい》からのアドバイス

編集者《へんしゅうしゃ》に必要《ひつよう》なのは、72時間連《じかんれん》続《ぞく》で働《はたら》ける体力《たいりょく》や！　あと、出不《でぶ》精《しょう》な作家《さっか》を取材《しゅざい》に連《つ》れだす交渉力《こうしょうりょく》も必要《ひつよう》やで！　そして、何事《なにごと》も最《さい》後《ご》は気合《きあい》や！

あると役立《やくだ》つもの パソコンの知識《ちしき》、不眠不休《ふみんふきゅう》で取材《しゅざい》する体力《たいりょく》

Q.042の答《こた》え　ビックタック。敵《てき》は黒川《くろかわ》さん演《えん》じる暗黒大殺神《あんこくだいさつしん》ブラックリバー。

★きみにぴったりの職業《しょくぎょう》は見《み》つかったかな？

他《ほか》の仕事《しごと》がしてみたいという方《かた》は、次《つぎ》のページへ！

E 小説家《しょうせつか》

まっすぐな心《こころ》を持《も》つあなたには、夢《ゆめ》や感動《かんどう》をあたえる小説家《しょうせつか》の素質《そしつ》があります。過酷《かこく》な締《し》め切《き》りを乗《の》り切《き》るため、走《はし》り込《こ》みなどで体《からだ》を鍛《きた》えましょう。

先輩《せんぱい》からのアドバイス

小説家《しょうせつか》にとって、むだな時間《じかん》なんてないわ。いろんなことを経験《けいけん》しよう！　って、すごくえらそうなこと言《い》っちゃったけど、ある出版《しゅっぱん》社《しゃ》の部長《ぶちょう》さんからの受《う》け売《う》りです。

あると役立《やくだ》つもの　運《うん》、（まぶたに塗《ぬ》る）サロメチール、眠眠打破《みんみんだは》

F ボディガード

愛《あい》するものを守《まも》るためには、「実力《じつりょく》が必要《ひつよう》」と考《かんが》えるストイックなあなたには、ぴったりな仕《し》事《ごと》です。日々《ひび》、心身《しんしん》の鍛錬《たんれん》をおこたらず、毎日続《まいにちつづ》けましょう！

先輩《せんぱい》からのアドバイス

ボディガードは、クセのある上司《じょうし》やわがままな保護対象《ほごたいしょう》への怒《いか》りを抑《おさ》えて任務《にんむ》をこなす、たいへんな仕事《しごと》です。保育士《ほいくし》などの資格試験《しかくしけん》に受《う》かったら、転職《てんしょく》してもいいでしょう。

あると役立《やくだ》つもの　保育士拳《ほいくしけん》、コンビニバイトの経験《けいけん》、影《かげ》の薄《うす》さ

G ゲームクリエイター

駄菓子《だがし》やパズルが好《す》きで、遊《あそ》び心《ごころ》にあふれたあなたには、ゲーム関係《かんけい》の仕事《しごと》がおすすめ。今《いま》のうちに、個性豊《こせいゆた》かな仲間《なかま》を集《あつ》めておきましょう。

先輩《せんぱい》からのアドバイス

ゲーム制作《せいさく》では、個人《こじん》の才能《さいのう》はもちろんだが、チームワークも大切《たいせつ》だ。ぼくの知人《ちじん》にも、一見《いっけん》すると変人《へんじん》の集《あつ》まりなのに、見事《みごと》なゲームを作《つく》る方々《かたがた》がいるからね。

あると役立《やくだ》つもの　プログラミングのスキル、大型特殊免許《おおがたとくしゅめんきょ》

H テレビ番組《ばんぐみ》ディレクター

他《ほか》とは異《こと》なる、ずば抜《ぬ》けたセンスを持《も》ったあなたは、お茶《ちゃ》の間《ま》に笑《わら》いやおどろきを届《とど》けるこの仕事《しごと》がぴったり。ただし、やりすぎには注意《ちゅうい》です。

先輩《せんぱい》からのアドバイス

テレビ番組《ばんぐみ》の制作《せいさく》ほど愉快《ゆかい》な仕事《しごと》はないよ。『この番組《ばんぐみ》はフィクションです』というテロップさえ入《い》れておけば、あとは何《なに》をしたって自《じ》由《ゆう》だからね。

あると役立《やくだ》つもの　特撮《とくさつ》やCG《シージー》合成《ごうせい》の経験《けいけん》、危険物取扱者《きけんぶつとりあつかいしゃ》の資格《しかく》

Q.043　『名探偵《めいたんてい》はつらいよ』シリーズ、48作目《さくめ》のタイトルは？

オマケ

その他《ほか》のお仕事《しごと》

診断結果《しんだんけっか》が腑《ふ》に落《お》ちない方《かた》には、次《つぎ》のような職業《しょくぎょう》への転職《てんしょく》もおすすめです。「転《てん》職《しょく》こそ天職《てんしょく》」の精神《せいしん》を忘《わす》れず、あなたの最高《さいこう》のお仕事《しごと》を見《み》つけてくださいね！

ケーキ屋《や》さん

誕生日《たんじょうび》やクリスマスに欠《か》かせないお仕事《しごと》。お酒《さけ》に合《あ》う「お花見《はなみ》ケーキ」、モテない男性《だんせい》を狙《ねら》った「男《おとこ》のケーキ」など、奇抜《きばつ》なケーキを生《う》み出《だ》す企画力《きかくりょく》も必要《ひつよう》（？）。

クリスマスの夜《よる》は、売《う》れ残《のこ》りのケーキ、食《た》べ放《ほう》題《だい》なんだから！

コンビニ店員《てんいん》

日本全国《にっぽんぜんこく》に5万店舗以上《まんてんぽいじょう》あり、知《し》れば知《し》るほど奥《おく》が深《ふか》いのがコンビニの世界《せかい》。この仕事《しごと》にほれこみ、「コンビニ王《おう》」を目指《めざ》す若者《わかもの》も存在《そんざい》する。

コンビニ王《おう》は、世界《せかい》のコンビニを統括《とうかつ》する偉大《いだい》な王様《おうさま》だ！

未来屋《みらいや》

自転車《じてんしゃ》で世界《せかい》を旅《たび》し、一回《かい》100円《えん》で未来《みらい》を売《う》る仕事《しごと》。もしあなたがデータから未来《みらい》を予測《よそく》できる特殊《とくしゅ》な力《ちから》を持《も》っているなら、まさに天職《てんしょく》かも。

わたしの場合《ばあい》、かよわい女性《じょせい》には無料《むりょう》サービスを実施中《じっしちゅう》です。

警察官《けいさつかん》

市民《しみん》を犯罪《はんざい》から守《まも》る、やりがいのある仕事《しごと》。現場《げんば》を動《うご》きまわる探偵《たんてい》とは仲《なか》が悪《わる》い。すぐに拳銃《けんじゅう》を抜《ぬ》くような血気盛《けっきさか》んな刑事《けいじ》は、「アブナイ刑事《デカ》」と呼《よ》ばれるので注意《ちゅうい》。

名探偵《めいたんてい》なんかの力《ちから》を借《か》りず、事《じ》件《けん》を解決《かいけつ》したいんだがな……。

学校《がっこう》の先生《せんせい》

子《こ》どもたちにいろいろなことを教《おし》える、責任《せきにん》ある仕事《しごと》。空手《からて》をマスターして「無敵《むてき》の○○」と呼《よ》ばれるような先生《せんせい》になれば、生徒《せいと》もいい子《こ》ばかりに……!?

教《おし》え子《ご》から、逆《ぎゃく》に教《おそ》わることもたくさんあるわよ。

カメラ屋《や》

写真《しゃしん》や映画《えいが》が好《す》きな人《ひと》におすすめ。店《みせ》の機材《きざい》を使《つか》って、映画撮《えいがさつ》影《えい》もできちゃいます。仕事柄《しごとがら》、CG《シージー》合成《ごうせい》などもできるようになるけど、悪用《あくよう》しないように。

商店街《しょうてんがい》のプロモーションムービーもおまかせあれ！

Q.043の答《こた》え　『名探偵《めいたんてい》はつらいよ　～三毛犬寅二郎《みけいぬとらじろう》は二度死《どし》ぬ～』

第《だい》9章《しょう》 ◆ 主寝室《しゅしんしつ》

人物相関図《じんぶつそうかんず》

キャラクターの関係《かんけい》がひと目《め》でわかる!

はやみねかおる作品《さくひん》の中《なか》には、他《ほか》のシリーズとつながりのある人《じん》物《ぶつ》やエピソードが数多《かずおお》く登場《とうじょう》します。これから見《み》る相関図《そうかんず》で、それを簡単《かんたん》におさらいしてみましょう！　はやみね作品《さくひん》がもっともっと楽《たの》しくなること、うけ合《あ》いです。

人物相関図《じんぶつそうかんず》 1

虹北商店街《こうほくしょうてんがい》に集《つど》う人々《ひとびと》編《へん》

古《ふる》くからある虹北商店街《こうほくしょうてんがい》には、さまざまなお店《みせ》が軒《のき》を連《つら》ねる。その充実《じゅうじつ》ぶりは、生《う》まれてから死《し》ぬまでに必要《ひつよう》なものはすべてそろうと言《い》われるほど。そんなすてきな商店街《しょうてんがい》に集《あつ》まる人々《ひとびと》の関係《かんけい》をまとめました。

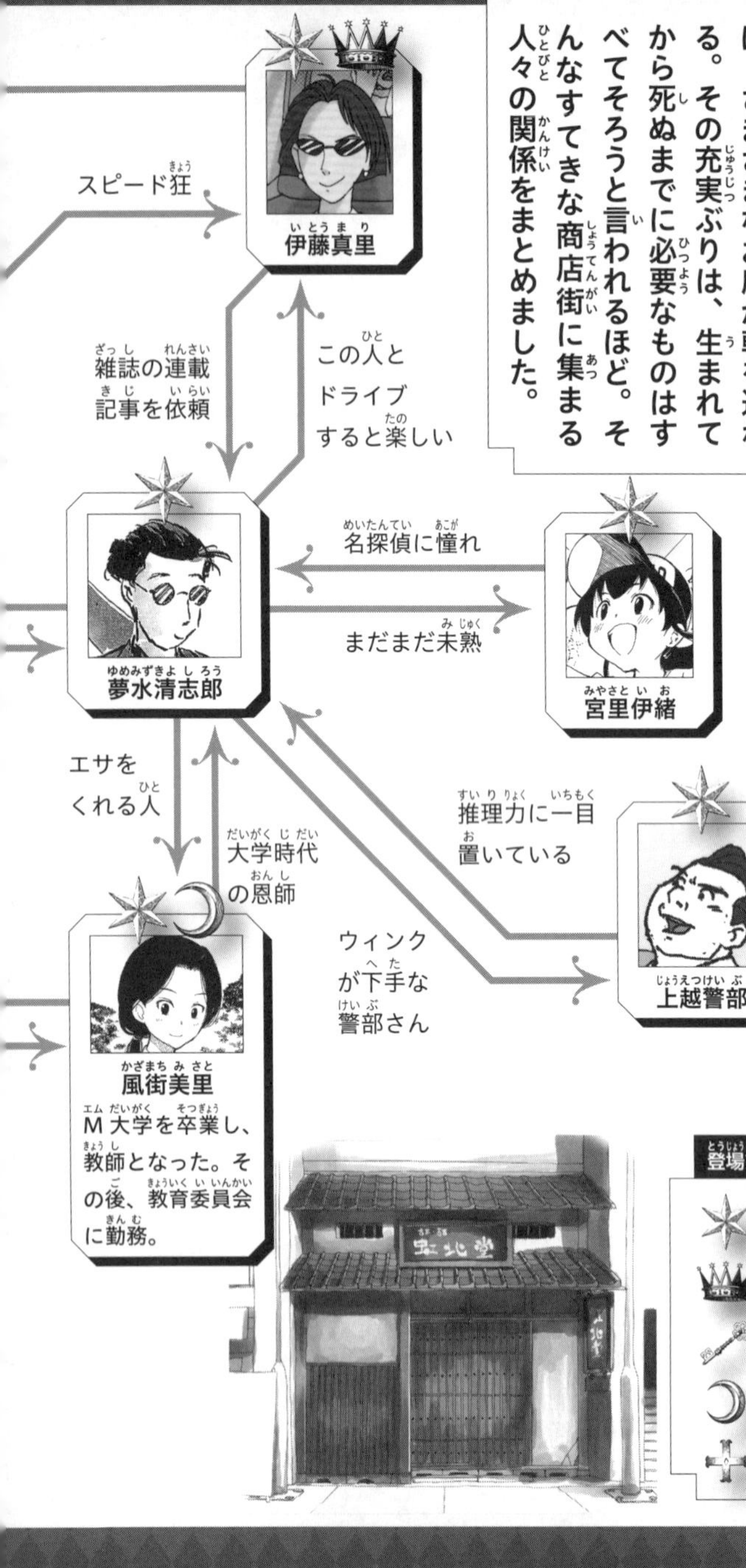
スピード狂《きょう》
伊藤真里《いとうまり》
雑誌《ざっし》の連載《れんさい》記事《きじ》を依頼《いらい》
この人《ひと》とドライブすると楽《たの》しい
名探偵《めいたんてい》に憧《あこが》れ
まだまだ未熟《みじゅく》
夢水清志郎《ゆめみずきよしろう》
宮里伊緒《みやさといお》
エサをくれる人《ひと》
大学時代《だいがくじだい》の恩師《おんし》
推理力《すいりりょく》に一目《いちもく》置《お》いている
ウィンクが下手《へた》な警部《けいぶ》さん
上越警部《じょうえつけいぶ》
風街美里《かざまちみさと》
M《エム》大学《だいがく》を卒業《そつぎょう》し、教師《きょうし》となった。その後《ご》、教育委員会《きょういくいいんかい》に勤務《きんむ》。

登場《とうじょう》する主《おも》な作品《さくひん》

- 夢水《ゆめみず》シリーズ
- クイーンシリーズ
- 都会《まち》トムシリーズ
- 虹北恭助《こうほくきょうすけ》シリーズ
- その他《ほか》のシリーズ

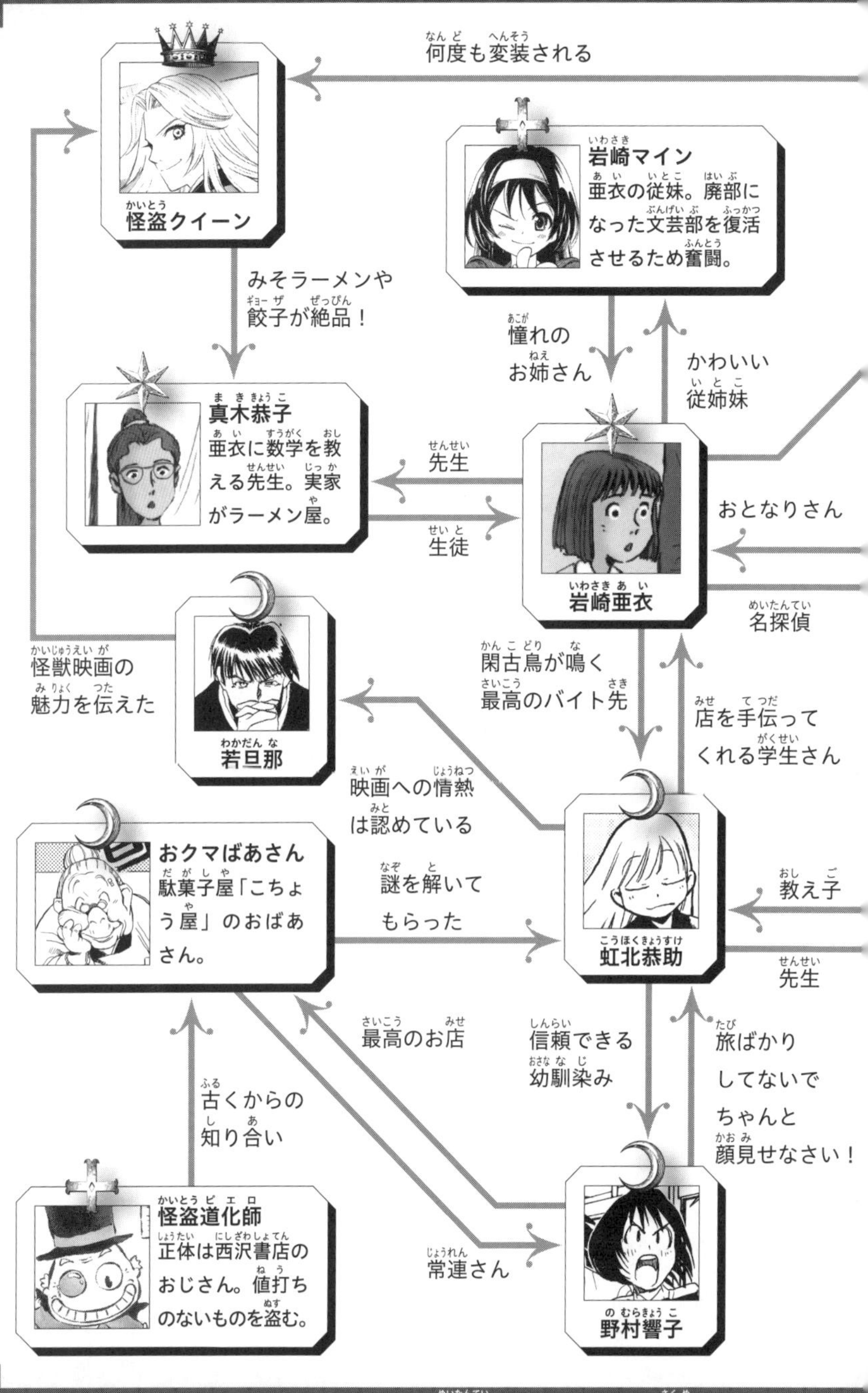

Q.044 『名探偵《めいたんてい》はつらいよ』シリーズ、2作目《さくめ》のタイトルは？

人物相関図 2 都会で暮らす人々編

世界をまたにかける怪盗と、ゲーム作りに奔走する中学生たちの間にも、意外なつながりが。いつか、番組作りのためなら手段を選ばない堀越ディレクターによって、クイーンや内人たちが直接顔をあわせる日がくるかも……?

名探偵の掟を伝授

夢水清志郎

手強い相手

中島ルイ
幻影師志望の超人気子役タレント。

ライバル

怪盗クイーン

元暗殺臣として過去に因縁あり

権田原大造(Mic、ナル造)
元暗殺臣で、国際警察機構ICPO所属。ナルシスト。

ドジっ娘　　ナルシスト
無礼なヤツ

真野萌奈美
世界の運命を左右する、ドジっ娘女子高生。

登場する主な作品

- ★ 夢水シリーズ
- ♛ クイーンシリーズ
- 🗝 都会トムシリーズ
- 🌙 虹北恭助シリーズ
- ✟ その他のシリーズ

Q.044の答え 『名探偵はつらいよin虹北大決戦actII』。あまりの出来に、信用金庫の貸し金庫に封印されている。

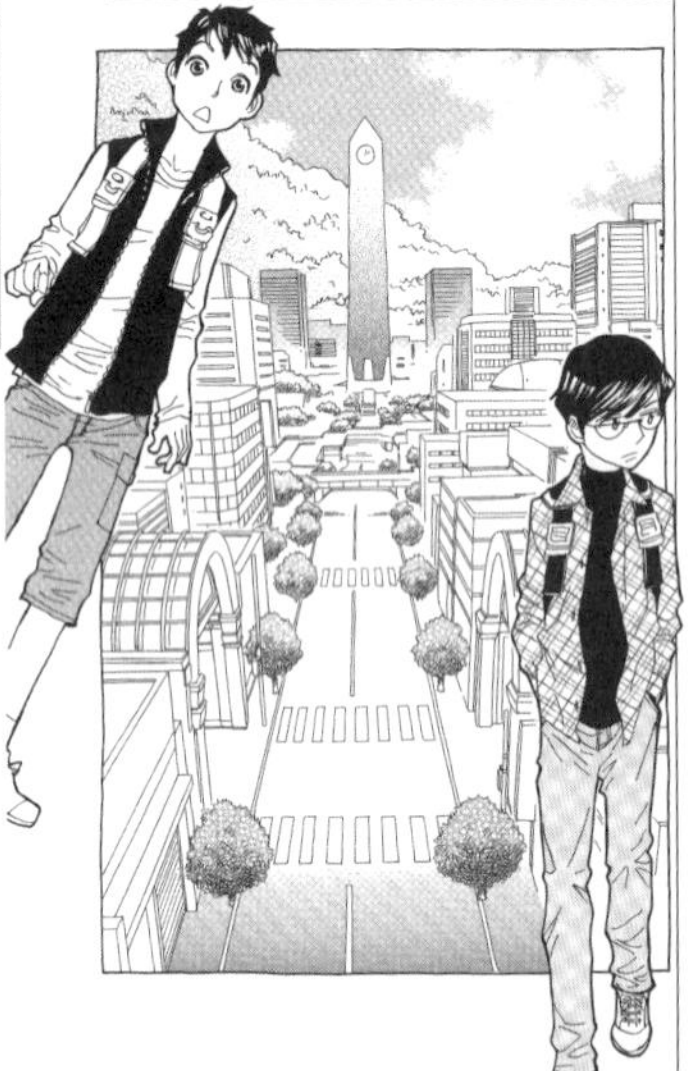

黒川雄一《くろかわゆういち》
竜王《りゅうおう》グループの特《とく》殊任務部部長《しゅにんむぶぶちょう》。その昔《むかし》、今川寮《いまがわりょう》というボロアパートに下宿《げしゅく》していた。
寮《りょう》の住人《じゅうにん》
井上快人《いのうえかいと》
M大学《エムだいがく》の学生《がくせい》で、あやかし研究会《けんきゅうかい》に所属《しょぞく》する、自称《じしょう》まじめな変人《へんじん》。
かわいい部下《ぶか》
やっかいな上司《じょうし》
中島均《なかじまひとし》
ジャパンテレビのプロデューサー。裏《うら》の顔《かお》がある。
尊敬《そんけい》する父《ちち》
大切《たいせつ》な娘《むすめ》
二階堂卓也《にかいどうたくや》
創也《そうや》のお目付《めつ》け役《やく》。保育士《ほいくし》を目《め》指《ざ》している。
会社《かいしゃ》の同僚《どうりょう》
よくいなくなる悩《なや》みの種《たね》
頭《あたま》はかたいけど、頼《たよ》りになるお目付《めつ》け役《やく》
堀越隆文《ほりこしたかふみ》
事件《じけん》で度々遭遇《たびたびそうぐう》
竜王創也《りゅうおうそうや》
斉藤《さいとう》くんだっけ？
娘《むすめ》の同級生《どうきゅうせい》
最強《さいきょう》の中学生《ちゅうがくせい》
お義父《とう》さん！
真田志穂《さなだしほ》
内人《ないと》たちのクラスメイト。未来《みらい》を見通《みとお》す「時《とき》見《み》」の能力者《のうりょくしゃ》。
ゲーム制作《せいさく》に命《いのち》をかける変人《へんじん》
クラスメイト
内藤内人《ないとうないと》
対決《たいけつ》
同《おな》じ力《ちから》を持《も》つ
猫柳健之介《ねこやなぎけんのすけ》
100円《えん》で未来《みらい》を売《う》る、自称《じしょう》「未来屋《みらいや》」。つかみどころのない大人《おとな》。
丸井丸男《まるいまるお》
斜天《しゃてん》の一族《いちぞく》の少年《しょうねん》。妹《いもうと》の丸美《まるみ》は「サキミ」という未来透視能力《みらいとうしのうりょく》を持《も》つ。
任務《にんむ》で警護《けいご》

Q.045 内人《ないと》が、友人《ゆうじん》の家《いえ》にいったとき、裕福度《ゆうふくど》をはかるために観察《かんさつ》している飲《の》み物《もの》は？

人物相関図《じんぶつそうかんず》3

歴史上《れきしじょう》の人々《ひとびと》編《へん》

はやみね先生《せんせい》の小説《しょうせつ》の舞台《ぶたい》は、現《げん》代日本《だいにっぽん》だけではありません！　江戸《えど》時代《じだい》の日本《にっぽん》や中世《ちゅうせい》のヨーロッパなどのエピソードも書《か》かれることで、世《せ》界観《かいかん》が広《ひろ》がっています。今《いま》はまだないけど、いずれは未来《みらい》を舞台《ぶたい》にしたSF《エスエフ》が書《か》かれるかも!?

夢水清志郎左右衛門《ゆめみずきよしろうざえもん》
江戸《えど》時代《じだい》の名探偵《めいたんてい》。イギリスへ留学《りゅうがく》していたことがある。

本物《ほんもの》の武士《ぶし》
信頼《しんらい》できる名探偵《めいたんてい》

中村巧之介《なかむらたくみのすけ》
見世物小屋《みせものごや》で育《そだ》ち、天《てん》真流《しんりゅう》を極《きわ》めた剣士《けんし》。清《きよ》志郎左右衛門《しろうざえもん》とアメリカやフランスを旅《たび》した。

フランスで再会《さいかい》し、夫婦《ふうふ》に

行《い》き倒《だお》れているところを救助《きゅうじょ》

ゐつ《い》
江戸《えど》の見世物小屋《みせものごや》ではたらくかるわざ師《し》。巧之介《たくみのすけ》らと行動《こうどう》をともにする。

山田仙太郎《やまだせんたろう》
ハワイで暮《く》らす日系移民《にっけいいみん》。

かるわざと武《ぶ》道《どう》の才能《さいのう》を受《う》け継《つ》いだ子孫《しそん》

怪盗《かいとう》クイーン

登場《とうじょう》する主《おも》な作品《さくひん》

- 夢水《ゆめみず》シリーズ
- クイーンシリーズ
- 都会《まち》トムシリーズ
- 虹北恭助《こうほくきょうすけ》シリーズ
- その他《ほか》のシリーズ

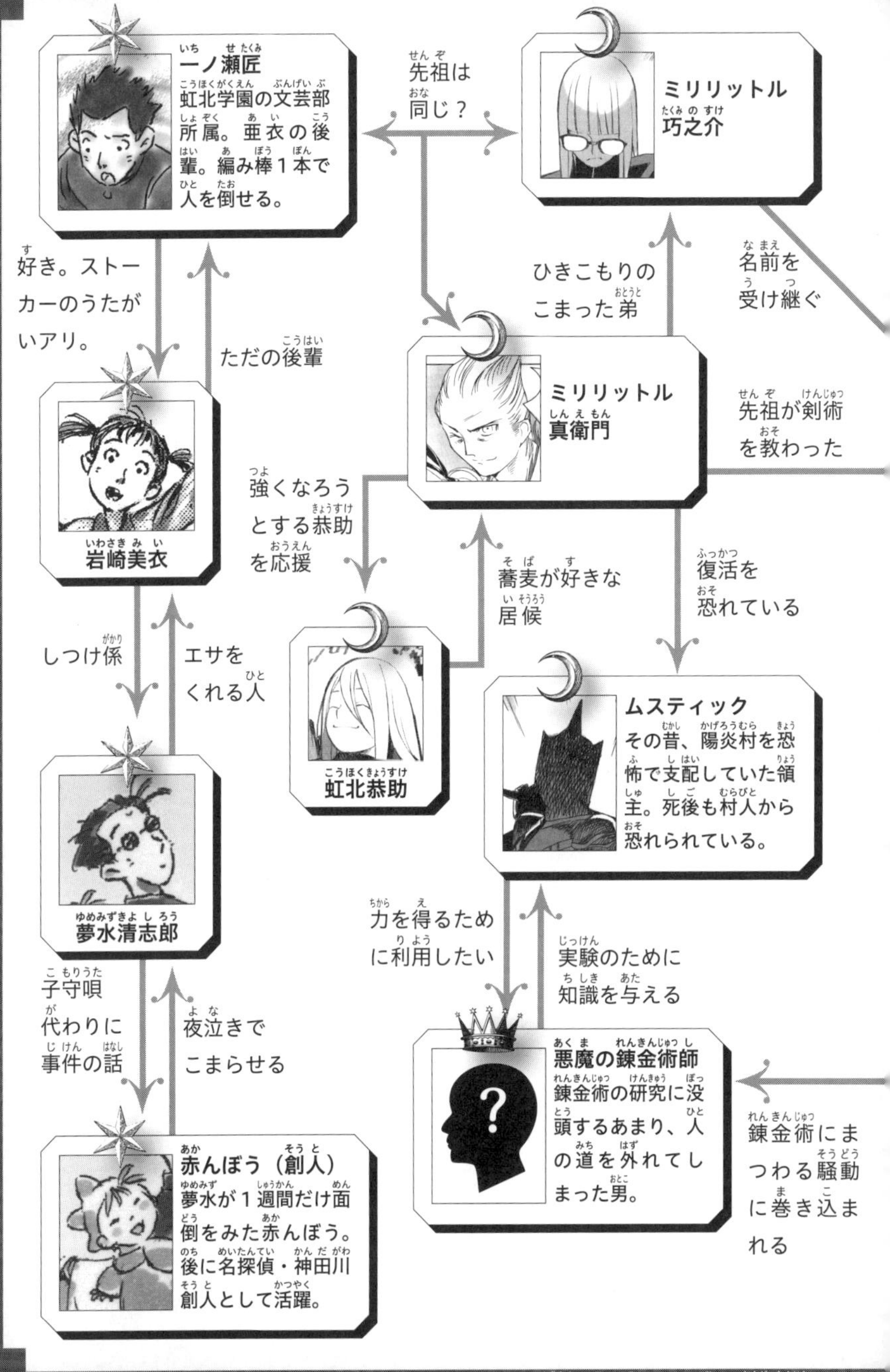

一《いち》ノ瀬《せ》匠《たくみ》
虹北学園《こうほくがくえん》の文芸部《ぶんげいぶ》所属《しょぞく》。亜《あ》衣《い》の後《こう》輩《はい》。編《あ》み棒《ぼう》1本《ぽん》で人《ひと》を倒《たお》せる。
先祖《せんぞ》は同《おな》じ？
ミリリットル
巧之介《たくみのすけ》
好《す》き。ストーカーのうたがいアリ。
ただの後輩《こうはい》
ひきこもりのこまった弟《おとうと》
名前《なまえ》を受《う》け継《つ》ぐ
ミリリットル
真衛門《しんえもん》
先祖《せんぞ》が剣術《けんじゅつ》を教《おそ》わった
岩崎美衣《いわさきみい》
強《つよ》くなろうとする恭助《きょうすけ》を応援《おうえん》
蕎麦《そば》が好《す》きな居候《いそうろう》
復活《ふっかつ》を恐《おそ》れている
しつけ係《がかり》
エサをくれる人《ひと》
虹北恭助《こうほくきょうすけ》
ムスティック
その昔《むかし》、陽炎村《かげろうむら》を恐《きょう》怖で支配《しはい》していた領《りょう》主《しゅ》。死後《しご》も村人《むらびと》から恐《おそ》れられている。
夢水清志郎《ゆめみずきよしろう》
力《ちから》を得《え》るために利用《りよう》したい
実験《じっけん》のために知識《ちしき》を与《あた》える
子守唄《こもりうた》が代わりに事件《じけん》の話《はなし》
夜泣《よな》きでこまらせる
悪魔《あくま》の錬金術師《れんきんじゅつし》
錬金術《れんきんじゅつ》の研究《けんきゅう》に没《ぼっ》頭《とう》するあまり、人《ひと》の道《みち》を外《はず》れてしまった男《おとこ》。
錬金術《れんきんじゅつ》にまつわる騒動《そうどう》に巻《ま》き込《こ》まれる
赤《あか》んぼう（創人《そうと》）
夢水《ゆめみず》が1週間《しゅうかん》だけ面《めん》倒《どう》をみた赤《あか》んぼう。後《のち》に名探偵《めいたんてい》・神田川《かんだがわ》創人《そうと》として活躍《かつやく》。

Q.046 教授《きょうじゅ》が亜衣《あい》たちのとなりの洋館《ようかん》に引《ひ》っ越《こ》してきた日《ひ》は、何月何日《なんがつなんにち》？

人《じん》物《ぶつ》相《そう》関《かん》図《ず》4

機《き》械《かい》がつなぐ人《ひと》々《びと》編《へん》

クイーンをサポートする人工知能《じんこうちのう》・R《アール》D《ディー》の生《う》みの親《おや》は、じつはかなりの重要人《じゅうようじん》物《ぶつ》。作品《さくひん》を越《こ》えて登《とう》場《じょう》しているぞ。

岩清水《いわしみず》
すぐ拳銃《けんじゅう》を抜《ぬ》く熱《ねっ》血刑事《けつけいじ》。
おふくろの味《あじ》のおでんを再《さい》現《げん》されて感動《かんどう》
気《き》の毒《どく》な警察官《けいさつかん》
日本《にっぽn》の警察《けいさつ》は軟弱《なんじゃく》だ！
RD《アールディー》
面識《めんしき》はないが、ヴォルフが関《かか》わった「斑《まだら》屋敷《やしき》の事件《じけん》」について知《し》っている
ヴォルフ
研究一筋《けんきゅうひとすじ》の不器用《ぶきよう》な母親《ははおや》
政府《せいふ》の依頼《いらい》で開発《かいはつ》した。今《いま》では大切《たいせつ》な一人息子《ひとりむすこ》
ゲーム用《よう》グッズを依頼《いらい》
倉木伶博士《くらきれいはかせ》
息子《むすこ》を失《うしな》った悲《かな》しみを抱《かか》える天《てん》才科学者《さいかがくしゃ》。
竜王創也《りゅうおうそうや》
ゲーム用《よう》に、怪人《かいじん》の衣装《いしょう》やゴーグルを開発《かいはつ》
竜王《りゅうおう》グループの依頼《いらい》で作製《さくせい》
自宅《じたく》を守《まも》る
AKB 24《エーケービートゥエンティフォー》
竜王《りゅうおう》グループのサポートシステム。「After King's Brain《アフターキングスブレイン》(後《のち》の王《おう》の頭脳《ずのう》)」の名《な》を持《も》つ。

登場《とうじょう》する主《おも》な作品《さくひん》

- 夢水《ゆめみず》シリーズ
- クイーンシリーズ
- 都会《まち》トムシリーズ
- 虹北恭助《こうほくきょうすけ》シリーズ
- その他《ほか》のシリーズ

シリーズ累計370万部突破の
大人気ミステリー！

講談社
青い鳥文庫

パスワードシリーズのおもしろさのひ・み・つ

松原秀行／作
梶山直美／絵

べつべつの学校に通う
探偵団員たちが大事件をみごとに解決！

ダイ
大食いと
「ギャグ推理」が専門。
飛鳥《あすか》
数学や論理パズルが
得意な秀才。
PASSWORD
みずき
暗号の解読では
探偵団１。
マコト
抜群の推理力と
ひらめきの持ち主。
まどか
「暴走推理」が
名物のフシギちゃん。
たまみ
大人気のアイドルも
探偵団員に！

メンバーたちの恋のゆくえにも注目！

おもしろすぎて1日で読んじゃいました！
小5・愛知県・男子

電子探偵団に解けない謎はない！
小5・土田浩生・ジュニア編集者

ミステリーといえばパスワード。読み進むスピードが全然ちがいます。
小5・岡崎有咲・ジュニア編集者

本の中の謎を解いていったら絶対頭が良くなるよっ！
中1・神崎愛央・ジュニア編集者

パスワードの中に出てくる問題に挑戦してみよう！

Q1

外国人に「スリーボックス、スリーライン、ドコデスカ？」ときかれました。
さて、どこのこと？

『パスワードはひ・み・つ』から

Q2

朝ごはんと昼ごはんと晩ごはん。いちばん衝撃の大きい食事はどれ？

『パスワード幽霊ツアー』から

もっともっと問題を解きたい！なら。『パスワード「謎《パズル》」ブック』

アイドルたまみに脅迫状が！　街では怪事件が発生！『パスワード菩薩崎決戦』

どの本にも、パズルがいっぱい！どこから読んでも楽しめるよ！

A1　品川。スリーボックス、スリーラインを日本語にすると3つの箱と3つの線。品川の字は3つの箱と3つの線でできているよね！

A2　朝ごはん。朝ごはんをいいかえると「朝食」……「超ショック」なので。

第《だい》10章《しょう》　第《だい》4の書《しょ》庫《こ》

作《さく》品《ひん》紹《しょう》介《かい》【虹《こう》北《ほく》恭《きょう》助《すけ》シリーズ】

まだ、自分《じぶん》の探《さが》している物《もの》が見《み》つからない。

赤《あか》い夢《ゆめ》の館《やかた》、第《だい》4の書庫《しょこ》では、名探偵《めいたんてい》・虹北恭助《こうほくきょうすけ》シリーズを紹介《しょうかい》。魔術師《マジシャン》といわれるほどの推理力《すいりりょく》を持《も》ちながら、謎《なぞ》を解《と》くことでだれかを不幸《ふこう》にしてしまうのではないか、と悩《なや》んでしまう心《こころ》やさしい恭助《きょうすけ》。恭助《きょうすけ》を見守《みまも》る響子《きょうこ》。二人《ふたり》の成長《せいちょう》を描《えが》いたシリーズです。

どんな作品《さくひん》？

虹北商店街《こうほくしょうてんがい》は、不況《ふきょう》のあおりを受《う》けて、明《あか》るい話題《わだい》の少《すく》ない今時《いまどき》の商店街《しょうてんがい》。そのうちの一軒《けん》、ケーキ屋《や》の娘《むすめ》・野村響子《のむらきょうこ》には、ちょっと変《か》わった幼馴染《おさななじ》みの少年《しょうねん》がいた。

かれの名《な》は虹北恭助《こうほくきょうすけ》。商店街《しょうてんがい》でもっとも古《ふる》くからある古本屋《ふるほんや》「虹北堂《こうほくどう》」で本《ほん》に囲《かこ》まれて育《そだ》った恭助《きょうすけ》は、どんな事件《じけん》も魔法《まほう》のように解《と》いてしまう力《ちから》を持《も》っていた。

個性豊《こせいゆた》かな商店街《しょうてんがい》の人《ひと》びとが巻《ま》き起《お》こすふしぎな事件《じけん》を前《まえ》にして、恭助《きょうすけ》の細《ほそ》い目《め》が見開《みひら》かれるとき、謎《なぞ》の真相《しんそう》が明《あき》らかになる！

虹北恭助《こうほくきょうすけ》はこんな人物《じんぶつ》！

PICK UP!

魔術師《マジシャン》と言《い》われるだけあって、恭助《きょうすけ》は不思議《ふしぎ》な魅力《みりょく》を持《も》つ少年《しょうねん》だ。恭助《きょうすけ》を恐《おそ》れている人《ひと》もいるが、商店街《しょうてんがい》の多《おお》くの人《ひと》からは信頼《しんらい》されている。

目（め）

いつもは眠《ねむ》っているように細《ほそ》いが、推《すい》理《り》するときは大《おお》きく見開《みひら》かれ、鋭《するど》い光《ひかり》を放《はな》つ。

肌（はだ）

室内《しつない》で本《ほん》ばかり読《よ》んでいて、ほとんど外《そと》に出《で》ないので、おどろくほど色白《いろじろ》。

髪（かみ）

赤《あか》みがかった長髪《ちょうはつ》が、腰《こし》あたりまで伸《の》びている。髪留《かみど》めでとめることも。

マント

フェルト地《じ》の黒《くろ》いマント。恭《きょう》じいちゃんが若《わか》い頃《ころ》から使《つか》っていたものを譲《ゆず》り受《う》けた。

おもな登場人物《とうじょうじんぶつ》

虹北恭助《こうほくきょうすけ》

「魔術師《マジシャン》」と呼《よ》ばれるほどの推理力《すいりりょく》と、一度《いちど》覚《おぼ》えたことはわすれない記憶力《きおくりょく》を持《も》った名探偵《めいたんてい》。店《みせ》の本《ほん》を読《よ》んで育《そだ》ったため、小学生《しょうがくせい》にして高校《こうこう》生以上《せいいじょう》の知識《ちしき》を持《も》っており、学校《がっこう》にはほとんど行《い》っていない。自分《じぶん》を気《き》にかけてくれる響子《きょうこ》のことを大事《だいじ》に思《おも》いつつ、「探《さが》し物《もの》」を見《み》つけるため、海外《かいがい》を旅《たび》している。

Profile

家族構成《かぞくこうせい》：祖父《そふ》、猫《ねこ》
相棒《あいぼう》：黒猫《くろねこ》のナイト
特技《とくぎ》：記憶力《きおくりょく》（古本《ふるほん》を買《か》いにきたお客《きゃく》さんの特徴《とくちょう》をすべて覚《おぼ》えている）、野《の》宿《じゅく》、手品《てじな》
苦手《にがて》：学校《がっこう》、運動《うんどう》、寒《さむ》い場所《ばしょ》、売《う》れ残《のこ》りのクリスマスケーキ
好物《こうぶつ》：玄米茶《げんまいちゃ》、草加煎餅《そうかせんべい》
宝物《たからもの》：音符《おんぷ》がついた銀《ぎん》の栞《しおり》（響子《きょうこ》からのクリスマスプレゼント）
趣味《しゅみ》：旅先《たびさき》でのおみやげ探《さが》し（名前入《なまえい》りハンカチや民芸品《みんげいひん》など、センスはイマイチ）

野村響子《のむらきょうこ》

好奇心《こうきしん》おう盛《せい》なケーキ屋《や》の次女《じじょ》。学校《がっこう》に行《い》かない恭助《きょうすけ》を心配《しんぱい》しているが、恭助《きょうすけ》がほかの人《ひと》とちがうことも理解《りかい》しており、幼馴染《おさななじ》みとして見《み》守《まも》っている。

いつも唐突《とうとつ》に旅《たび》からもどる恭助《きょうすけ》には、毎回強《まいかいきょう》烈《れつ》な右《みぎ》ストレートや右《みぎ》フックをおみまいし、ノックアウトしている。

Profile

家族構成《かぞくこうせい》：父《ちち》、母《はは》、姉《あね》
特技《とくぎ》：ピアノ、対恭助《たいきょうすけ》の必殺《ひっさつ》ブロー
好物《こうぶつ》：ステーキ、パフェ、カレー煎餅《せんべい》、お父《とう》さんの作《つく》ったケーキ
趣味《しゅみ》：ショッピング、カラオケ、ケーキ作《づく》り
悩《なや》み：若旦那《わかだんな》たちの映画撮影《えいがさつえい》のスタッフにされてしまうこと
宝物《たからもの》：犬《いぬ》のぬいぐるみ（キョウ）、恭助《きょうすけ》がくれたダイヤの原石《げんせき》
星座《せいざ》：天秤座《てんびんざ》
血液型《けつえきがた》：A型《エーがた》

Q.047 『名探偵《めいたんてい》はつらいよ』シリーズ、3作目《さくめ》のタイトルは？

虹《こう》北《ほく》商《しょう》店《てん》街《がい》の人《ひと》々《びと》

若旦那《わかだんな》

古《ふる》くからあるカメラ屋《や》の3代目店主《だいめてんしゅ》。小《ちい》さい頃《ころ》に映画館《えいがかん》で見《み》たリバイバル「ゴジラ」の影響《えいきょう》で、怪獣映画《かいじゅうえいが》をこよなく愛《あい》している。自分《じぶん》の代《だい》でお店《みせ》の名前《なまえ》を「大怪獣《だいかいじゅう》」に変《か》えてしまった。

Profile

愛用《あいよう》カメラ：フジカ ZC1000
好《す》きな映画《えいが》：『ゴジラ』『大《だい》怪獣《かいじゅう》ガメラ』『大脱走《だいだっそう》』
好《す》きな怪獣《かいじゅう》：バイラス、バラゴン、メカキングギドラ
好物《こうぶつ》：激辛《げきから》カレー
趣味《しゅみ》：撮影用衣装《さつえいよういしょう》の収集《しゅうしゅう》

宮崎《みやざき》さん

画材屋《がざいや》の2階《かい》に下宿《げしゅく》している、イラストレーター志望《しぼう》の若者《わかもの》。若旦那《わかだんな》と青谷《あおたに》さんとの映画制作《えいがせいさく》に没頭《ぼっとう》している。日《ひ》に当《あ》たっていない白《しろ》い肌《はだ》と銀《ぎん》縁眼鏡《ぶちめがね》のせいで、見《み》た目《め》は不《ふ》健康《けんこう》。

Profile

好《す》きな映画《えいが》：「犬神家《いぬがみけ》の一族《いちぞく》」「四十七人《しじゅうしちにん》の刺客《しかく》」
趣味《しゅみ》：空撮用《くうさつよう》のラジコンヘリの整備《せいび》、操縦《そうじゅう》
特技《とくぎ》：特撮用《とくさつよう》のミニチュア、着《き》ぐるみの製作《せいさく》、女《おんな》の子《こ》のイラストを描《か》くこと

青谷《あおたに》さん（マスター）

喫茶店《きっさてん》「FADE IN《フェイドイン》」のマスター。スリムな長身《ちょうしん》で、二《に》枚目《まいめ》なのだが、ミーハーな客《きゃく》に来《き》てほしくない、という理《り》由《ゆう》から顔《かお》を暑苦《あつくる》しいヒゲでおおっている。フーテンの寅《とら》さんの大《だい》ファン。

Profile

好《す》きな映画《えいが》：「男《おとこ》はつらいよ」シリーズ
好物《こうぶつ》：饅頭《まんじゅう》（名探偵《めいたんてい》・三毛《みけ》犬《いぬ》の実家《じっか》が饅頭屋《まんじゅうや》なのはそのため）
お気《き》に入《い》りの服装《ふくそう》：もこもこの革《かわ》ジャン
趣味《しゅみ》：ボウリング

由美子《ゆみこ》さん

映画作《えいがづく》りばかりしているマスターを見守《みまも》りつつ、「FADE《フェイド》 IN《イン》」を切《き》り盛《も》りする美人《びじん》アルバイト。大学《だいがく》、大学院《だいがくいん》と、社《しゃ》会教育学《かいきょういくがく》を研究《けんきゅう》している。響《きょう》子《こ》が高校《こうこう》に進学《しんがく》する年《とし》に、マスターと結婚《けっこん》した。

Profile

得意料理《とくいりょうり》：カルボナーラ、サンドイッチ
信条《しんじょう》：お客《きゃく》さんは平等《びょうどう》！
バイトに応募《おうぼ》した理由《りゆう》：マスターに一目惚《ひとめぼ》れ
特技《とくぎ》：マスターの行動《こうどう》にあわせて、レコードを切《き》り替《か》えてBGM《ビージーエム》を流《なが》す

Q.047の答《こた》え 『名探偵《めいたんてい》はつらいよ　リターンズ』（別名《べつめい》『おれたちビッグなエンターテイメント』）

虹北恭一郎《こうほくきょういちろう》

交通事故《こうつうじこ》で両親《りょうしん》を失《うしな》った恭《きょう》助《すけ》を育《そだ》てたおじいちゃん。戦《せん》後《ご》、焼《や》け野原《のはら》となった街《まち》で、人々《ひとびと》に本《ほん》を通《つう》じて生《い》きる気力《きりょく》を取《と》り戻《もど》してもらおうと虹北《こうほく》堂《どう》をはじめた。買《か》い付《つ》けのため、あまり虹北堂《こうほくどう》にはいない。

Profile

異名《いみょう》：魔術師《マジシャン》の祖父《ジッチャン》
特徴《とくちょう》：恭助《きょうすけ》にそっくりの細《ほそ》い目《め》、腰《こし》まで届《とど》く銀髪《ぎんぱつ》
趣味《しゅみ》：古本《ふるほん》の買《か》い付《つ》け（恭《きょう》助《すけ》に店番《みせばん》を任《まか》せて、旅《たび》に出《で》てしまうことも多《おお》い）
特技《とくぎ》：ヒッチハイク、本《ほん》のラッピング

ミリリットル家《け》

真衛門《しんえもん》

恭助《きょうすけ》が旅《たび》の途中《とちゅう》で出会《であ》った、フランスの没落貴族《ぼつらくきぞく》の当主《とうしゅ》。日本《にっぽん》に移住《いじゅう》し、ミリリットル家《け》を再興《さいこう》する夢《ゆめ》を持《も》つ。日本《にっぽん》での居城《きょじょう》を探《さが》すまでの仮住《かりず》まいとして、虹北堂《こうほくどう》に押《お》しかけ、居候《いそうろう》している。武芸《ぶげい》の達人《たつじん》。

Profile

好物《こうぶつ》＆弱点《じゃくてん》：蕎麦《そば》
特技《とくぎ》：古流剣術《こりゅうけんじゅつ》「天真流《てんしんりゅう》」とフランスの古流剣術《こりゅうけんじゅつ》をミックスした独自《どくじ》の剣術《けんじゅつ》
祖先《そせん》：日本出身《にっぽんしゅっしん》の武芸者《ぶげいしゃ》
愛用品《あいようひん》：割烹着《かっぽうぎ》、レイピアの模造刀《もぞうとう》、3分砂時計《ぶんすなどけい》（カップ蕎麦用《そばよう》）

美絵留《みえる》

真衛門《しんえもん》の妹《いもうと》。青《あお》い瞳《ひとみ》に金髪《きんぱつ》と、フランス人形《にんぎょう》のような外《がい》見《けん》。恭助《きょうすけ》のことが大好《だいす》きで、キスしたり抱《だ》きついたりは日《にち》常茶飯事《じょうさはんじ》。そのせいで響子《きょうこ》とはいがみ合《あ》うことが多《おお》い。じつは真衛門《しんえもん》より強《つよ》いらしい。

Profile

好物《こうぶつ》：コーヒー、ケーキ
夢《ゆめ》：恭助《きょうすけ》との結婚《けっこん》
特技《とくぎ》：気《き》に入《い》らない相手《あいて》の顔面《がんめん》に、隠《かく》し持《も》ったケーキを投《な》げつける

巧之介《たくみのすけ》

真衛門《しんえもん》と美絵留《みえる》の弟《おとうと》。昔《むかし》、陽炎村《かげろうむら》を救《すく》った日本人《にほんじん》から名《な》を受《う》け継《つ》いだ。いつも地下室《ちかしつ》にこもって本《ほん》を読《よ》んでいる。恭助《きょうすけ》とは仲《なか》が悪《わる》いが、じつは似《に》たもの同士《どうし》。占《うらな》いは信《しん》じないが、彼《かれ》の占《うらな》いはよく当《あ》たる。

Profile

趣味《しゅみ》：読書《どくしょ》
特技《とくぎ》：タロットカードを使《つか》った占《うらな》い（自分《じぶん》は信《しん》じていない）
苦手《にがて》：人付《ひとづ》き合《あ》い
服装《ふくそう》：黒《くろ》い学生服《がくせいふく》（ポケットにはバラ）、黒縁《くろぶち》の眼鏡《めがね》

Q.048　マスターと由美子《ゆみこ》さんの結婚式用《けっこんしきよう》ムービーに登場《とうじょう》した3匹《びき》の鯉《こい》の名前《なまえ》は？

虹《こう》北《ほく》商《しょう》店《てん》街《がい》の紹《しょう》介《かい》

「ゆりかごから墓場《はかば》まで」。なんでもそろう虹北商店街《こうほくしょうてんがい》

恭助《きょうすけ》たちが暮《く》らす、商店街《しょうてんがい》。駅前《えきまえ》からのびる、幅《はば》6m、全長約《ぜんちょうやく》1.5kmのアーケード付《つ》き遊歩道《ゆうほどう》を中心《ちゅうしん》に、迷路《めいろ》のように横道《よこみち》がのびている。不況《ふきょう》を打開《だかい》するためのアイディアを募集《ぼしゅう》する「メヌエット賞《しょう》」というイベントを定期的《ていきてき》に開《ひら》くなど、活性化《かっせいか》に力《ちから》を入《い》れている。

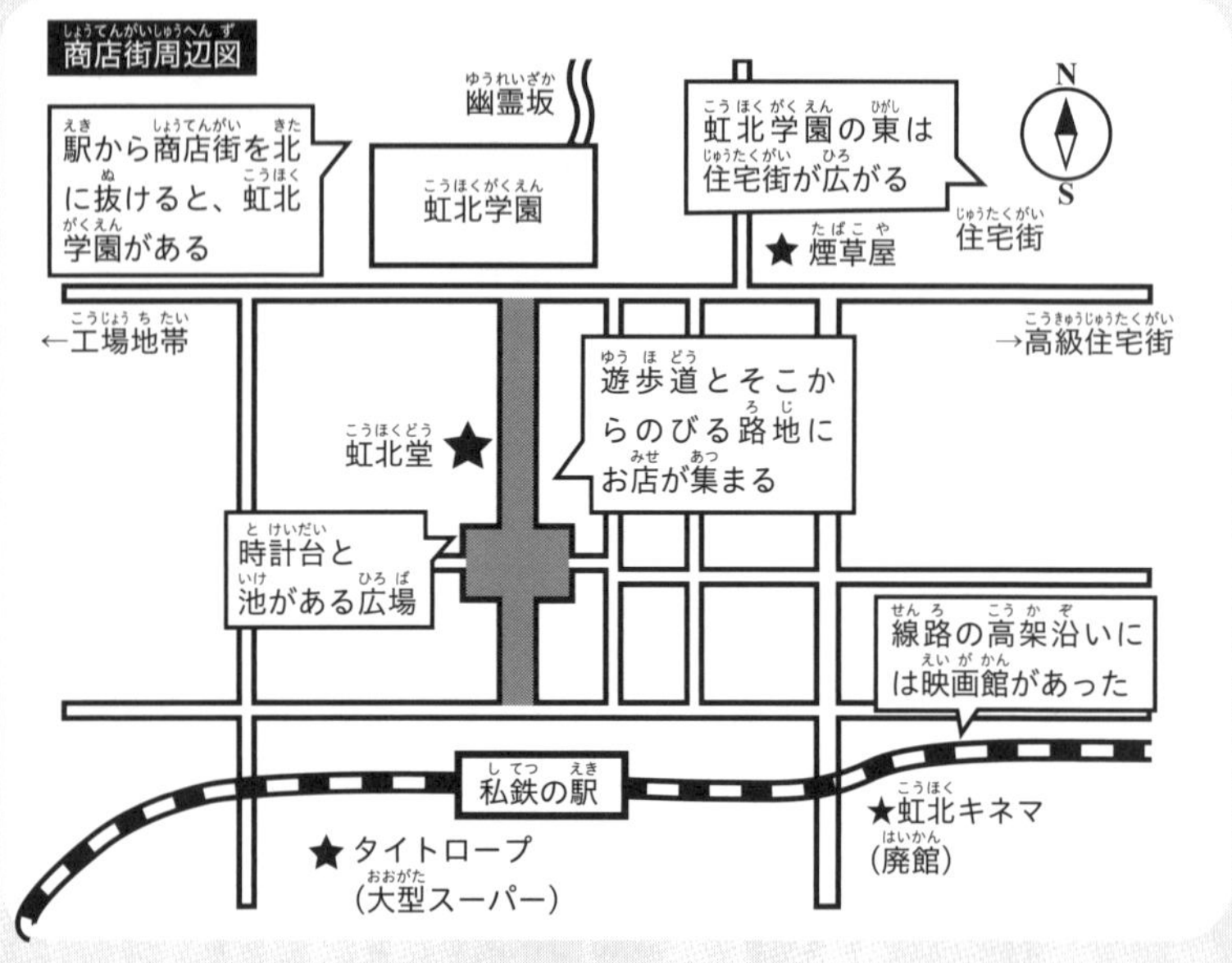

お店《みせ》ガイド（五十音順《ごじゅうおんじゅん》）

R《アール》カンピンタン……乾物屋《かんぶつや》。メヌエット賞《しょう》に、缶切《かんき》りをリサイクルする企画《きかく》「カンキリサイクル」を応募《おうぼ》した。R《アール》はレボリューションの意味《いみ》。真衛門《しんえもん》お気《き》に入《い》りのカップ蕎麦《そば》も取《と》り扱《あつか》っている。

一福《いっぷく》……お好《この》み焼《や》き屋《や》。値段《ねだん》のわりにボリュームがあり、学生《がくせい》に人気《にんき》。

伊藤洋品店《いとうようひんてん》……『名探偵《めいたんてい》はつらいよ　リターンズ』に革《かわ》ジャンを提供《ていきょう》。

魚貫《うおかん》……毎日数《まいにちかず》の子《こ》を割《わ》り引《び》きする「数《かず》の子広告《こびら》」が評判《ひょうばん》でメヌエット賞受賞《しょうじゅしょう》。

大島《おおしま》かばん店《てん》……虹北商店街有数《こうほくしょうてんがいゆうすう》の老舗《しにせ》。ご隠居《いんきょ》と呼《よ》ばれるおじいさんが主人《しゅじん》。

Q.048の答《こた》え　スケキヨ（ユキオ）、スケタケ（カズオ）、スケトモ（テルヒコ）。

亀《かめ》の子《こ》ダワシのお店《みせ》……元《もと》は金物屋《かなものや》さんだったが、コンビニに改装《かいそう》された。二階堂卓也《にかいどうたくや》の行《い》きつけの店《みせ》。

カルチェラタン……フランス料理店《りょうりてん》。オーナーの松本《まつもと》さんは日本《にっぽん》、中国《ちゅうごく》、インド、イタリア、フランスで修業《しゅぎょう》した経験《けいけん》を持《も》ち、メニューに「カマスの塩焼《しおや》き」がある。

河戸酒店《かわどさけてん》……お酒大好《さけだいす》きな「酔《よ》いどれ河戸《かわど》」58歳《さい》が店主《てんしゅ》を務《つと》める酒屋《さかや》。

気狂《きぐる》いピエロ……最新《さいしん》のリズムゲームから、昔《むかし》なつかしのインベーダーゲームまでそろう、ゲームセンター。

きしだてや……団子屋《だんごや》さん。あんこの上《うえ》にきなこがたっぷりついたきなこ餅《もち》が人気《にんき》。

木村洋品店《きむらようひんてん》……一人息子《ひとりむすこ》の茂《しげる》さんは、暴走族《ぼうそうぞく》「KEEP《キープ》・LEFTS《レフツ》」の初代総長《しょだいそうちょう》。

Good Morning《グッドモーニング》帽子店《ぼうしてん》……フェドーラ帽《ぼう》、山高帽《やまたかぼう》など、普段《ふだん》は使《つか》えないような帽子《ぼうし》が見《み》つかる。

虹北堂《こうほくどう》……古本屋《ふるほんや》。ここを中心《ちゅうしん》に虹北商店街《こうほくしょうてんがい》は大《おお》きくなった。古《ふる》い木造建築《もくぞうけんちく》。

コーパレーション……夜鳴《よな》き蕎麦《そば》の屋台《やたい》。いつもは駅前《えきまえ》で営業《えいぎょう》しているが、たまに虹北商店《こうほくしょうてん》街《がい》にくることも。

こちょう屋《や》……おクマばあさんがひとりでやっている駄菓子屋《だがしや》。昔《むかし》ながらの銀玉鉄砲《ぎんだまでっぽう》や軍人将棋《ぐんじんしょうぎ》まである。

米俵《こめだわら》……虹北堂《こうほくどう》から4軒《けん》となりにある質屋《しちや》。

SAMANA《サマナ》書店《しょてん》……商店街《しょうてんがい》で500円《えん》お買《か》い上《あ》げごとに新刊《しんかん》コミック1冊《さつ》が無料《むりょう》になる「コミック」で、第《だい》2回《かい》メヌエット賞《しょう》を受賞《じゅしょう》。

大怪獣《だいかいじゅう》……カメラ屋《や》。現像《げんぞう》やカメラの販売《はんばい》に加《くわ》え、コンピュータを使《つか》った画像《がぞう》加工《かこう》もしてくれる。店頭《てんとう》には、甲羅《こうら》のついた大《おお》きなカメラのオブジェがある。

タキハラ無線《むせん》……人助《ひとだす》けが好《す》きで、虹北学園文芸部《こうほくがくえんぶんげいぶ》に売《う》れなくなったワープロを寄付《きふ》したりしている。

多田煎餅店《ただせんべいてん》……赤唐辛子《あかとうがらし》を使《つか》った激辛煎餅《げきからせんべい》をプロモーションする「虹北《こうほく》の赤《あか》い稲妻《いなずま》」をメヌエット賞《しょう》に応募《おうぼ》した。

デッドライン……おもちゃ屋《や》。ラジコンヘリなどマニアックなものも取《と》り扱《あつか》う。

虹北文化《こうほくぶんか》センター……映画《えいが》の上映会《じょうえいかい》や、美術展《びじゅつてん》など、街《まち》の催《もよお》しに使《つか》われる。

野口豆腐店《のぐちとうふてん》……1000円以上《えんいじょう》のものを買《か》えば豆腐《とうふ》1丁《ちょう》がもらえる「すべてがトウフになる」で第《だい》1回《かい》メヌエット賞受賞《しょうじゅしょう》。

野村《のむら》ケーキ店《てん》……虹北商店街振興会《こうほくしょうてんがいしんこうかい》の会長《かいちょう》が店長《てんちょう》を務《つと》めるケーキ屋《や》さん。響子《きょうこ》の実家《じっか》。一時期《いちじき》、フランス人《じん》の美少女《びしょうじょ》がアルバイトしているとウワサになり、連日行列《れんじつぎょうれつ》ができる人気店《にんきてん》になった。

FADE IN《フェイドイン》……映画好《えいがず》きが集《あつ》まる喫茶店《きっさてん》。お店《みせ》の名物《めいぶつ》はマスター特製《とくせい》のホットサンド。

マッキーのお店《みせ》……岩崎亜衣《いわさきあい》に数学《すうがく》を教《おし》えている真木先生《まきせんせい》の実家《じっか》。ラーメンの種類《しゅるい》が豊富《ほうふ》。

水木呉服店《みずきごふくてん》……頑固《がんこ》な店主《てんしゅ》は、一人娘《ひとりむすめ》で美人《びじん》の美大生《びだいせい》、美佐子《みさこ》を溺愛《できあい》している。

美空《みそら》レコード店《てん》……レコード店《てん》といっても、売《う》っているのはだいたいCD《シーディー》。

宮本《みやもと》スポーツ店《てん》……店主《てんしゅ》の秀也《ひでや》さんは、大学《だいがく》の頃交通事故《ころこうつうじこ》で両足《りょうあし》を失《うしな》い、車《くるま》いすバスケの選手《せんしゅ》をしている。

村囃子楽器店《むらばやしがっきてん》……アナウンサー志望《しぼう》の看板娘《かんばんむすめ》、順子《じゅんこ》さんが人気《にんき》。

和郷手芸店《わきょうしゅげいてん》……和鋏《わばさみ》とお琴《こと》のミニチュア企画《きかく》でメヌエット賞受賞《しょうじゅしょう》。

Q.049 虹北商店街《こうほくしょうてんがい》のお好《この》み焼《や》き屋《や》「一福《いっぷく》」で飼《か》われているネコの名前《なまえ》は？

作品《さくひん》リスト

少年名探偵《しょうねんめいたんてい》　虹北恭助《こうほくきょうすけ》の冒険《ぼうけん》

単行本初版《たんこうぼんしょはん》：2000年《ねん》7月《がつ》5日《いつか》　ページ数《すう》：310ページ
青《あお》い鳥文庫版《とりぶんこばん》：2011年《ねん》4月《がつ》15日《にち》　ページ数《すう》：302ページ

響子《きょうこ》が小学校《しょうがっこう》を卒業《そつぎょう》するまでのエピソードを収録《しゅうろく》。駄菓《だが》子屋《しや》「こちょう屋《や》」でいつの間《ま》にかお菓子《かし》が増《ふ》えていく事《じ》件《けん》や、クラスメイトの由香《ゆか》が撮影《さつえい》してしまった心霊写真騒《しんれいしゃしんそう》動《どう》、遊歩道《ゆうほどう》に足跡《あしあと》だけが現《あらわ》れた透明人間《とうめいにんげん》の謎《なぞ》、願《ねが》いを叶《かな》える「お願《ねが》いビルディング」の真相《しんそう》を恭助《きょうすけ》が推理《すいり》する。

ふしぎな事件《じけん》を魔法《まほう》のように解決《かいけつ》する一方《いっぽう》で、恭助《きょうすけ》はある決意《けつい》を固《かた》めていく。そして、ある日《ひ》、恭助《きょうすけ》は響子《きょうこ》に何《なに》も告《つ》げずに姿《すがた》を消《け》した……。

【岩崎亜衣《いわさきあい》】さんによるレビュー

わたしもバイトでよくお世話《せわ》になってる虹北堂《こうほくどう》が舞台《ぶたい》です。恭助《きょうすけ》さんは、長髪《ちょうはつ》が似合《にあ》う知的《ちてき》なお兄《にい》さん。同《おな》じ長髪《ちょうはつ》でも、どこかのだれかさんとは違《ちが》うのよね。

評《ひょう》価《か》	
恭助《きょうすけ》の推理力《すいりりょく》	★★★★★
風街先生《かざまちせんせい》の迫力《はくりょく》	★★★★☆
響子《きょうこ》のパンチ力《りょく》	★★★☆☆

少年名探偵《しょうねんめいたんてい》　虹北恭助《こうほくきょうすけ》の新冒険《しんぼうけん》

初版《しょはん》：2002年《ねん》11月《がつ》5日《いつか》　ページ数《すう》：188ページ

年末商戦《ねんまつしょうせん》で活気《かっき》あふれる虹北商店街《こうほくしょうてんがい》。中学生《ちゅうがくせい》となり、恭《きょう》助《すけ》の帰《かえ》りを待《ま》つ響子《きょうこ》は、新聞《しんぶん》で気《き》になる記事《きじ》を見《み》つける。それは、「夜《よる》の学校《がっこう》の屋上《おくじょう》から、掃除中《そうじちゅう》の小学生《しょうがくせい》が転落《てんらく》した」という奇妙《きみょう》な事件《じけん》だった。時《とき》を同《おな》じくして、若旦那《わかだんな》率《ひき》いる映画《えいが》バカ3人組《にんぐみ》は、『名探偵《めいたんてい》はつらいよ in《イン》 虹北大決戦《こうほくだいけっせん》』の続編《ぞくへん》を撮《と》るべく暗躍《あんやく》していた……！

本編《ほんぺん》の他《ほか》、若旦那《わかだんな》が、「虹北《こうほく》キネマ」に伝《つた》わる呪《のろ》われた自《じ》主制作映画《しゅせいさくえいが》『妖《あやかし》』の謎《なぞ》を解《と》く外伝《がいでん》も収録《しゅうろく》。

【堀越隆文《ほりこしたかふみ》】さんによるレビュー

若旦那氏《わかだんなし》らの映画《えいが》からは、観客《かんきゃく》を楽《たの》しませようとする「はぁ～りうっど～！」な精神《せいしん》を感《かん》じます。堀越組《ほりこしぐみ》に招《まね》き入《い》れたいのですが、部下《ぶか》からは必死《ひっし》で止《と》められましたね。

評《ひょう》価《か》	
映画《えいが》のC級度《シーきゅうど》	★★★★★
若旦那《わかだんな》の推理力《すいりりょく》	★★★☆☆
響子《きょうこ》のパンチ力《りょく》	★★★★★

Q.049の答《こた》え　リュウ。恭助《きょうすけ》の同級生《どうきゅうせい》で、一福《いっぷく》の店主《てんしゅ》の息子《むすこ》・春男君《はるおくん》が飼《か》っている。

少年名探偵《しょうねんめいたんてい》　虹北恭助《こうほくきょうすけ》の新《しん》・新冒険《しんぼうけん》

初版《しょはん》：2002年《ねん》11月《がつ》5日《いつか》　ページ数《すう》：218ページ

　ある春《はる》の朝《あさ》、恭助《きょうすけ》との結婚式《けっこんしき》の夢《ゆめ》を見《み》た響子《きょうこ》は、ベッドから転《ころ》げ落《お》ちて目《め》を覚《さ》ます。中学《ちゅうがく》3年生《ねんせい》になった響子《きょうこ》が、恋《こい》にまつわる3つの事件《じけん》に挑《いど》む！

　暴《あば》れん坊《ぼう》の鉄也《てつや》とおとなしい久留美《くるみ》、ふたりが付《つ》き合《あ》ったのはなぜか？　結婚《けっこん》するマスターと由美子《ゆみこ》さんのために、若旦那《わかだんな》が撮影《さつえい》した映画《えいが》『殺鯉事件《さつりじけん》』の犯人《はんにん》は？　聖夜《せいや》に現《あらわ》れるウサギのサンタさんとは？

　ひさしぶりに虹北商店街《こうほくしょうてんがい》へ戻《もど》ってきた恭助《きょうすけ》は、謎《なぞ》を解《と》きながら、ある迷《まよ》いをかかえていた——。

【エレオノーレ】さんによるレビュー

見《み》た目《め》やうわさでは、その方《かた》の本質《ほんしつ》はわかりません。むしろ、殿方《とのがた》の意外《いがい》な一面《いちめん》を知《し》ることで、乙女《おとめ》はとたんに恋《こい》に落《お》ちてしまうものですわ！

Review

評《ひょう》　価《か》

恭助《きょうすけ》の成長《せいちょう》	★★★★☆
事件《じけん》の結末《けつまつ》の幸《しあわ》せ度《ど》	★★★★☆
男《おとこ》の友情《ゆうじょう》	★★★☆☆

少年名探偵《しょうねんめいたんてい》　虹北恭助《こうほくきょうすけ》のハイスクール☆アドベンチャー

初版《しょはん》：2004年《ねん》11月《がつ》5日《いつか》　ページ数《すう》：366ページ

　フランスから戻《もど》ってきた恭助《きょうすけ》は、高校《こうこう》2年生《ねんせい》になった響子《きょうこ》や、虹北堂《こうほくどう》に居候中《いそうろうちゅう》の没落貴族《ぼつらくきぞく》・真衛門《しんえもん》&《アンド》美絵留《みえる》らと、にぎやかな日々《ひび》を送《おく》っていた。恭助《きょうすけ》をライバル視《し》するミステリ研究会部長《けんきゅうかいぶちょう》・沢田《さわだ》との勝負《しょうぶ》、響子《きょうこ》の後輩《こうはい》に忍《しの》び寄《よ》る幽霊《ゆうれい》ストーカー事件《じけん》、人消《ひとけ》し城《じょう》への訪問《ほうもん》……。恭助《きょうすけ》は、謎《なぞ》を解《と》くことで、人《ひと》を不幸《ふこう》にしてしまうことを恐《おそ》れ、悩《なや》んでいた。自分《じぶん》の弱《よわ》さと向《む》き合《あ》った恭助《きょうすけ》が、響子《きょうこ》を前《まえ》にして出《だ》した答《こた》えとは——。

【夢水清志郎《ゆめみずきよしろう》】さんによるレビュー

名探偵《めいたんてい》は、謎《なぞ》を解《と》いて人《ひと》を幸《しあわ》せにする仕事《しごと》。ぼくのようにすぐれた人格《じんかく》と常識《じょうしき》を持《も》っていないとつとまりません。恭助《きょうすけ》くんにもがんばってもらいたいですね！

Review

評《ひょう》　価《か》

恭助《きょうすけ》の勇気《ゆうき》	★★★★★
ミス研《けん》・沢田《さわだ》の推理力《すいりりょく》	★★☆☆☆
食事《しょくじ》の蕎麦率《そばりつ》	★★★★★

Q.050　虹北商店街《こうほくしょうてんがい》は、ある地方局《ちほうきょく》の番組《ばんぐみ》のスポンサーです。その番組《ばんぐみ》の放送時間《ほうそうじかん》は？

少年名探偵《しょうねんめいたんてい》　虹北恭助《こうほくきょうすけ》の冒険《ぼうけん》
フランス陽炎村事件《かげろうむらじけん》

初版《しょはん》：2009年《ねん》8月《がつ》19日《にち》　ページ数《すう》：376ページ

フランスの陽炎村《かげろうむら》。そこは過去《かこ》に、「悪魔《あくま》の錬金術師《れんきんじゅつし》」により奇妙《きみょう》な力《ちから》を与《あた》えられた領主《りょうしゅ》・ムスティックの怨念《おんねん》が残《のこ》る、のろわれた地《ち》——。高校《こうこう》1年生《ねんせい》になった響子《きょうこ》は、世界《せかい》を旅《たび》する恭助《きょうすけ》の帰《かえ》りを待《ま》つ日々《ひび》を送《おく》っていた。ある日《ひ》、虹《こう》北堂宛《ほくどうあて》に恭助《きょうすけ》から便《たよ》りが届《とど》く。書《か》かれていたのは、フランスの陽炎村《かげろうむら》でちょっとばかりややこしいことに巻《ま》き込《こ》まれているという内容《ないよう》。響子《きょうこ》はフランス行《い》きを決意《けつい》し、恭助《きょうすけ》のもとへ！　恭助《きょうすけ》と響子《きょうこ》のコンビが再《ふたた》び謎《なぞ》を解《と》き明《あ》かす！

【レーチ】さんによるレビュー

おれが留学《りゅうがく》したフランスのナンカゴ村《むら》も、別名《べつめい》・陽炎村《かげろうむら》。寮《りょう》は幽霊屋敷《ゆうれいやしき》みたいだし、村人《むらびと》は無愛想《ぶあいそう》だし、ちょっと暗《くら》い感《かん》じがする村《むら》だ……。

Review

評《ひょう》　価《か》	
美絵留《みえる》の恭助愛《きょうすけあい》	★★★★★
恭助《きょうすけ》のたくましさ	★★★★☆
巧之介《たくみのすけ》の健康《けんこう》さ	★☆☆☆☆

響子《きょうこ》ちゃん、愛《あい》の鉄拳《てっけん》ベスト3《スリー》

PICK UP!

突然《とつぜん》いなくなる恭助《きょうすけ》に、響子《きょうこ》の怒《いか》りが炸裂《さくれつ》することもしばしば。
思《おも》い出深《でぶか》いパンチを3つ集《あつ》めました。

第《だい》1位《い》　右《みぎ》ストレート

小学校卒業間際《しょうがっこうそつぎょうまぎわ》、響子《きょうこ》に何《なに》も告《つ》げずに恭助《きょうすけ》は旅《たび》に出《で》てしまう。数日後《すうじつご》に戻《もど》って「お久《ひさ》しぶり、響《きょう》——」まで言《い》いかけたところで、響子《きょうこ》のバックスイングのついた右拳《みぎこぶし》を左《ひだり》ほおに受《う》けてK.O.《ケーオー》。恭助《きょうすけ》はほっぺたをおさえて立《た》ち上《あ》がった。

第《だい》2位《い》　右《みぎ》フック

中学《ちゅうがく》1年生《ねんせい》になった響子《きょうこ》のもとに、アメリカから帰国《きこく》した恭助《きょうすけ》が現《あらわ》れた。「ただいま、響子《きょうこ》ちゃ——」まで言《い》いかけたところで、振《ふ》り向《む》きざまの右《みぎ》フックを受《う》けてK.O.《ケーオー》。恭助《きょうすけ》は虹北市民病院《こうほくしみんびょういん》に搬送《はんそう》され、あごに大《おお》きな湿布《しっぷ》を貼《は》った。

第《だい》3位《い》　右《みぎ》フック(改《かい》)

高校《こうこう》1年生《ねんせい》の響子《きょうこ》は、いっこうに戻《もど》って来《こ》ない恭助《きょうすけ》を追《お》って、フランスの陽炎村《かげろうむら》へ。たどり着《つ》いた村《むら》で恭助《きょうすけ》を発見《はっけん》すると、かけ寄《よ》りながらひじの角度《かくど》を90度《ど》にして右《みぎ》の拳《こぶし》を固《かた》める。響子《きょうこ》のパワーアップした右《みぎ》フックが、恭助《きょうすけ》の左《ひだり》ほおにヒットしK.O.《ケーオー》。

Q.050の答《こた》え　月曜深夜《げつようしんや》3時《じ》〜の30分《ぶん》。誰《だれ》も見《み》ていない可能性《かのうせい》が高《たか》く、PR効果《ピーアールこうか》は低《ひく》い。

第《だい》11章《しょう》 ⚜ 庭《てい》園《えん》

ゲストスピーチ

関係者《かんけいしゃ》は、かく語《かた》りき!　その2

庭園《ていえん》では「25周年記念《しゅうねんきねん》パーティー」がはじまりました。ここで、ゆかりの深《ふか》い4人《にん》のゲストに、スピーチをしていただきましょう。子《こ》どもの頃《ころ》からのファン、友人《ゆうじん》、編集者《へんしゅうしゃ》、それぞれの立場《たちば》から、はやみね先生《せんせい》との思《おも》い出《で》を語《かた》ってもらいました!

ゲストスピーチ1

はやみね作品《さくひん》は、あらゆる世界《せかい》への入《い》り口《ぐち》でした

朝井《あさい》リョウさん

朝井《あさい》リョウ
1989年《ねん》岐阜県出身《ぎふけんしゅっしん》。早稲田大学《わせだだいがく》文化構想学部卒業《ぶんかこうそうがくぶそつぎょう》。2009年《ねん》『桐島《きりしま》、部活《ぶかつ》やめるってよ』で第《だい》22回小説《かいしょうせつ》すばる新人賞受賞《しんじんしょうじゅしょう》。2013年《ねん》『何者《なにもの》』で第《だい》148回直木賞《かいなおきしょう》を受賞《じゅしょう》。

脱衣所《だついじょ》、ピアノの上《うえ》、ソファーの手《て》を置《お》くところ、姉《あね》の部屋《へや》の本棚《ほんだな》、自分《じぶん》のベッドの脇《わき》——子《こ》どものころ、家《いえ》を歩《ある》けばどこかで、はやみねかおるさんの本《ほん》に出会《であ》いました。そのたび手《て》に取《と》り、もう一度《いちど》はじめから読《よ》むのです。物語《ものがたり》の内容《ないよう》をすべてそらんじているほどなのに、あの世界《せかい》の人《ひと》たちに会《あ》いたくて、私《わたし》は何度《なんど》も何《なん》度《ど》も同《おな》じ本《ほん》を開《ひら》いていました。

私《わたし》にとって、はやみね作品《さくひん》は、あらゆる世界《せかい》への入《い》り口《ぐち》でした。

まず、読書《どくしょ》を好《す》きになる入《い》り口《ぐち》。本《ほん》を開《ひら》けば、そこには、はやみね流《りゅう》「赤《あか》い夢《ゆめ》」が広《ひろ》がっており、その夢《ゆめ》の中《なか》を自由《じゆう》に飛《と》び回《まわ》ることで、私《わたし》はどこへでも行《い》くことができました。謎《なぞ》の長身《ちょうしん》の男《おとこ》が住《す》んでいる本《ほん》でいっぱいの洋館《ようかん》をはじめ、鬼伝説《おにでんせつ》が言《い》い伝《つた》えられている島《しま》、不気味《ぶきみ》なかぞえ歌《うた》が聞《き》こえてくるからくり館《やかた》、ときには西郷隆盛《さいごうたかもり》や勝海舟《かつかいしゅう》のいる江戸時代《えどじだい》にまで。田舎町《いなかまち》の小《ちい》さな部屋《へや》の中《なか》で、私《わたし》はさまざまな赤《あか》い夢《ゆめ》を見《み》ました。その間《あいだ》は、自分自身《じぶんじしん》に降《ふ》りかかっている様々《さまざま》な出来事《できごと》を忘《わす》れることができましたし、本《ほん》を閉《と》じたあとは、

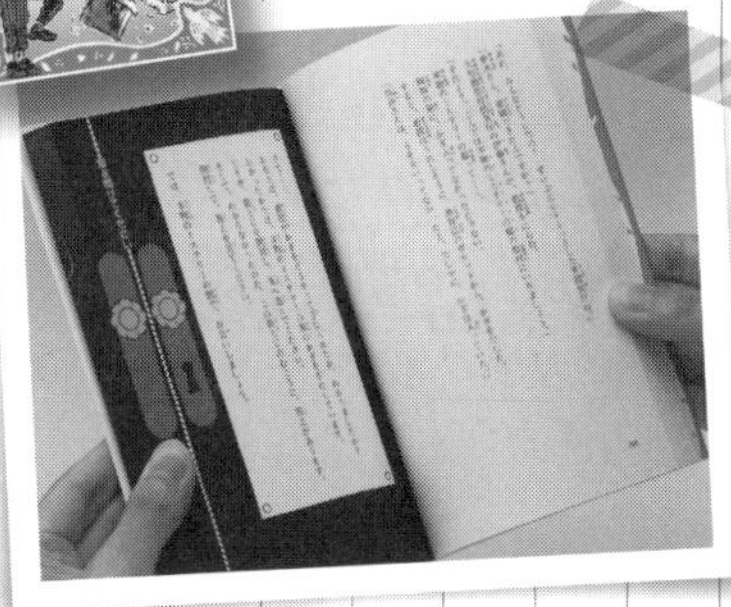

◀「名探偵《めいたんてい》夢水清志郎《ゆめみずきよしろう》事件《じけん》ノート『ミステリーの館《やかた》』へ、ようこそ」では、二重《じゅう》の袋《ふくろ》とじという斬新《ざんしん》なアイディアで読者《どくしゃ》を驚《おどろ》かせた。「本《ほん》」のすべてを使《つか》った仕掛《しか》けは、はやみね作品《さくひん》の特徴《とくちょう》の一つ。

その出来事《できごと》に対《たい》する悲観的《ひかんてき》な気持《きも》ちが、少《すこ》し、やわらいでいるような気《き》がしました。幼少期《ようしょうき》の私《わたし》に、読書《どくしょ》は楽《たの》しいものだと教《おし》えてくれたのは、間違《まちが》いなくはやみね作品《さくひん》です。

そして、本《ほん》という物体《ぶったい》そのものを好《す》きになる入《い》り口《ぐち》でもありました。練《ね》りに練《ね》られた目次《もくじ》の構成《こうせい》、二重《じゅう》の袋《ふくろ》とじによる謎解《なぞと》き、不意《ふい》に現《あらわ》れる「読者《どくしゃ》への挑戦状《ちょうせんじょう》」、そして作品《さくひん》の外《そと》側《がわ》や次作《じさく》の構想《こうそう》をほんの少《すこ》しのぞき見《み》ることができるあとがき。物語《ものがたり》そのものだけではなく、本《ほん》という物体《ぶったい》すべてを使《つか》って読者《どくしゃ》を楽《たの》しませようとしてくださるその姿勢《しせい》に、幼《おさな》い私《わたし》はどれだけわくわくしたことでしょうか。読書《どくしょ》を好《す》きになった私《わたし》は、いつしか、本《ほん》という物体《ぶったい》そのものの虜《とりこ》になっていました。

そして、はやみね作品《さくひん》は、私《わたし》が人間《にんげん》それ自体《じたい》を好《す》きになる入《い》り口《ぐち》をも与《あた》えてくれました。

私《わたし》は今《いま》、作品《さくひん》を書《か》くときに強《つよ》く意識《いしき》していることがあります。それは、「人間《にんげん》は立体《りったい》である」ということです。例《たと》えば円柱《えんちゅう》は真上《まうえ》から見《み》ればただの円《えん》ですが、真横《まよこ》から見《み》れば長方《ちょうほう》

Q.051 教授《きょうじゅ》の館《やかた》と三姉妹《さんしまい》の部屋《へや》をつなぐ糸電話《いとでんわ》。かかってきた合図《あいず》に、何《なに》が鳴《な》る？

形《けい》です。人間《にんげん》も同《おな》じで、角度《かくど》を変《か》えれば全《まった》く違《ちが》う一面《いちめん》が出《で》てくるはずです。そんな当《あ》たり前《まえ》のことに気《き》づかせてくれたのは、夢水清志郎《ゆめみずきよしろう》シリーズの四作目《さくめ》『魔女《まじょ》の隠《かく》れ里《ざと》』に出《で》てくる、とあるシーンでした。ネタバレになるので詳《くわ》しくは書《か》けませんが、私《わたし》はこの作品《さくひん》を読《よ》んだとき、人間《にんげん》が立体《りったい》であるという当《あ》たり前《まえ》の事実《じじつ》にとても驚《おどろ》き、自分《じぶん》も「人間《にんげん》」というこの世《よ》で最《もっと》も複雑《ふくざつ》な立体《りったい》を書《か》き表《あらわ》したい、と思《おも》ったのです。

私《わたし》の人間《にんげん》の見方《みかた》、人間《にんげん》への視点《してん》の礎《いしずえ》のような部分《ぶぶん》は、はやみね作品《さくひん》によってつくられたと思《おも》っています。

小説家《しょうせつか》になって数年《すうねん》が経《た》ったころ、ご本人《ほんにん》とお会《あ》いする機会《きかい》をいただきました。とある冊子《さっし》での対談《たいだん》を経《へ》て、夢水清志郎《ゆめみずきよしろう》シリーズが二十周年《しゅうねん》を迎《むか》えたときはなんと、それを祝《いわ》ったトークイベントの相手役《あいてやく》も務《つと》めさせていただきました。はやみねさんは、作家《さっか》というよりもただのファンに戻《もど》った私《わたし》の質問《しつもん》すべてにていねいに答《こた》えてくださり、イベントの最後《さいご》には、会場《かいじょう》に集《あつ》まった読者《どくしゃ》の方々《かたがた》ひとりひとりと握手《あくしゅ》をされていました。

私《わたし》も一応《いちおう》、はやみねさんの隣《となり》で読者《どくしゃ》の方々《かたがた》と握手《あくしゅ》をさせていただいたのですが、実《じつ》はそのとき、私《わたし》は、は

▲「名探偵夢水清志郎事件《めいたんていゆめみずきよしろうじけん》ノート　魔女《まじょ》の隠《かく》れ里《ざと》」。村《むら》おこしの推理《すいり》ゲームのアドバイザーとして、笙野《しょうの》之里《のさと》をおとずれた教授《きょうじゅ》が、魔女《まじょ》の復讐劇《ふくしゅうげき》の謎《なぞ》を解《と》き明《あ》かす。角度《かくど》を変《か》えて見《み》れば、人間《にんげん》にもさまざまな面《めん》があることに気《き》づかされる作品《さくひん》。

Q.051の答《こた》え　カウベル。ひもをひっぱると、ガランゴロン、グワラングワランと鳴《な》る。

▲夢水清志郎《ゆめみずきよしろう》シリーズ20周年《しゅうねん》のトークショーにて。

やみねさんの姿《すがた》をちらちらと盗《ぬす》み見《み》ていました。

はやみねさんが自身《じしん》のサインとともに必《かなら》ず描《か》くイラスト、その横顔《よこがお》を思《おも》い出《だ》しながら。

あの日《ひ》、奥様《おくさま》が選《えら》ばれたというチューリップハットをかぶっていたはやみねさんは、サインに添《そ》えられているイラストの横顔《よこがお》とそっくりでした。ずっとずっと憧《あこが》れていたあの横顔《よこがお》が、すぐそばにある。これは、読者《どくしゃ》としてはやみねさんと握手《あくしゅ》をしただけでは、見《み》ることのできない景色《けしき》なのだと感《かん》じました。同《おな》じ作家《さっか》として隣《となり》に並《なら》んで、初《はじ》めて見《み》ることができるものだと。私《わたし》はそのときやっと、ああ、憧《あこが》れの作家《さっか》に会《あ》っているんだ、と、何時間《なんじかん》も前《まえ》に気付《きづ》けたはずの事実《じじつ》に触《ふ》れた気《き》がしました。

はやみねかおるさん、作家生活《さっかせいかつ》二十五周年《しゅうねん》、おめでとうございます。これから先《さき》、あなたにどんな赤《あか》い夢《ゆめ》を見《み》せてもらえるのか、子《こ》どものころのようにわくわくしています。そして、新《あたら》しく建《た》てられた図書館規模《としょかんきぼ》の書庫《しょこ》を見学《けんがく》させてくださるという約束《やくそく》もしっかり覚《おぼ》えていますので、その日《ひ》が来《く》るのも楽《たの》しみにしています！

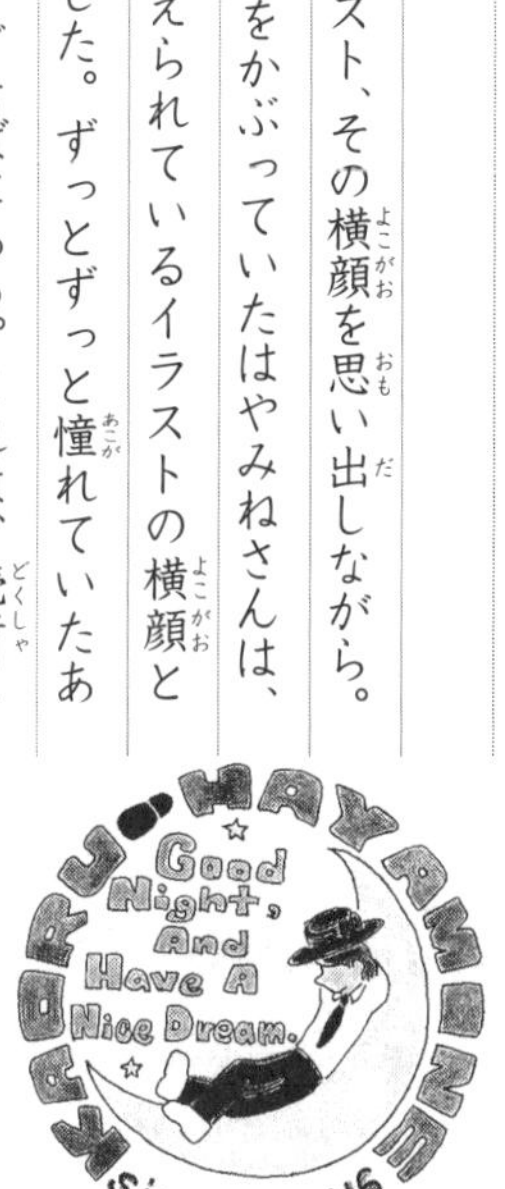

Q.052 まくら投《な》げ協会《きょうかい》の歌枕《かつらぎ》くんが、修学旅行《しゅうがくりょこう》の夜《よる》につかった2つの必殺技《ひっさつわざ》は？

ゲストスピーチ2

変《へん》な客《きゃく》と燃《も》える一介《いっかい》の書店人《しょてんじん》は田舎《いなか》のトム&《アンド》ソーヤ

燃《も》える一介《いっかい》の書店人《しょてんじん》さん

燃《も》える一介《いっかい》の書店人《しょてんじん》（中村巧《なかむらたくみ》）
人生《じんせい》の選択肢《せんたくし》を間違《まちが》えっぱなしで、気《き》づけばまさに崖《がけ》っぷち！ それが、どうした！ 暗《くら》い想《おも》いを糧《かて》にゼニの花《はな》を咲《さ》かせるぜい！ かかってこいやー!!

私《わたし》が勤務《きんむ》していた書店《しょてん》へ来《く》ると、自動《じどう》ドアをくぐるなり、足早《あしばや》に店内《てんない》を周回《しゅうかい》していく、変《へん》なお客《きゃく》さん。

それが、はやみね君《くん》に対《たい》する私《わたし》の初《はじ》めての認識《にんしき》でした。まぁ、今《いま》もあまりこの認識《にんしき》に変化《へんか》はありませんけど。

当時《とうじ》、私《わたし》は再《ふたた》び本格推理小説《ほんかくすいりしょうせつ》にのめり込《こ》んでいた時期《じき》で、レジ前《まえ》にて小《しょう》フェアを展開《てんかい》していたのですが、それに食《く》いついてきたのがはやみね君《くん》でした。

で、彼《かれ》いわく「これ、売《う》れないでしょ。」でした。ええ、ええ。売《う》れませんでしたとも。

そして私《わたし》がおすすめポップを書《か》いた某作品《ぼうさくひん》にダメ出《だ》しをくらいましたが、こちらは幸《さいわ》いにしてよく売《う》れました。

こんなことがあり、はやみね君《くん》が店《みせ》に来《く》るたびに話《はな》すようになり、作家《さっか》であることを知《し》りました。時期的《じきてき》には

一九九五年頃《ねんごろ》だと思《おも》いますが、二人《ふたり》ともくわしい年《とし》を覚《おぼ》えていません。

「この本《ほん》、自分《じぶん》が書《か》いた本《ほん》なんですよ。でも、もう絶版《ぜっぱん》なんです。」このセリフを何度《なんど》聞《き》いたことやら。今《いま》のはやみね君《くん》からは想像《そうぞう》もできない悲《かな》しいお話《はなし》です。

そして、お互《たが》いメールをやり取《と》りしだし、ホームページを立《た》ち上《あ》げ、時間《じかん》があれば一緒《いっしょ》に釣《つ》りに行《い》ったりするようになりました。

はやみね君《くん》が、また負《ま》けず嫌《ぎら》いな男《おとこ》で、何《なに》かというと「勝負《しょうぶ》しましょう！」と言《い》い出《だ》すので、何度《なんど》か受《う》けてたちました。

今《いま》までに「ボウリング勝負《しょうぶ》」「卓球勝負《たっきゅうしょうぶ》」「釣《つ》り勝負《しょうぶ》」をやりましたが、卓球《たっきゅう》以外《いがい》は、ほとんど私《わたし》が勝《か》ってます。

ちなみに、私《わたし》はボウリングのアベレージは一三〇くらい、釣《つ》りは小学校《しょうがっこう》のときに近所《きんじょ》の川《かわ》で鮒《ふな》とザリガニを釣《つ》っていた以来《いらい》のど素人《しろうと》。そんな私《わたし》に、自称《じしょう》「はやみね三平《さんぺい》」が負《ま》けるとか。悔《くや》しいでしょうね。何度《なんど》か釣《つ》り勝負《しょうぶ》をしましたが、はやみね君《くん》が勝《か》ったのは一回《かい》くらい？

はやみね君《くん》によると、私《わたし》は勝《か》つためにえさ箱《ばこ》を海《うみ》に蹴《け》り込《こ》んでいたそうです。覚《おぼ》えてないですねぇ。ええ、覚《おぼ》えていませんとも。

そんな、勝負《しょうぶ》にこだわるはやみね君《くん》ですが、「えさつけてください。」「釣針《つりばり》が取《と》れたので、針《はり》つけてください。」と言《い》うと喜《よろこ》んでつけてくれたりします。また、地球《ちきゅう》を釣《つ》ってしまったときには、海《うみ》にダイビングして釣針《つりばり》を回収《かいしゅう》してきてくれます。なんとも役《やく》に立《た》つ男《おとこ》です。

Q.053 内人《ないと》が図書館《としょかん》で職場体験《しょくばたいけん》した際《さい》、世話《せわ》になった小室《こむろ》さんの愛車《あいしゃ》の名前《なまえ》は？

はやみね君《くん》の釣《つ》り好《ず》きはみんな知《し》っていると思《おも》います。そこから導《みちび》き出《だ》される内情《ないじょう》ですが、車《くるま》の中《なか》が、とにかく魚臭《さかなくさ》い。冷蔵庫《れいぞうこ》の冷凍室《れいとうしつ》が釣《つ》ってきた魚《さかな》でいっぱいで他《ほか》に何《なに》も入《はい》らない。上半身裸《じょうはんしんはだか》で釣《つ》りをするので、本職顔負《ほんしょくかおま》けなくらい日焼《ひや》けしている。なんとも困《こま》った男《おとこ》です。真冬《まふゆ》の平日《へいじつ》、堤防《ていぼう》の先端《せんたん》で二人《ふたり》だけで釣《つ》りしていたときは、あまりの寒《さむ》さに死《し》ぬかと思《おも》いました。でも、はやみね君《くん》はやはり元気《げんき》でした。

最近《さいきん》は忙《いそが》しくて釣《つ》りに行《い》く時間《じかん》もなく、自転車《じてんしゃ》で我慢《がまん》しているようです。

たまに、はやみね君《くん》のご自宅《じたく》におじゃまするんですが、だいたいラジオの人生相談《じんせいそうだん》を聞《き》きながら原稿《げんこう》を書《か》いています。で、その人生相談《じんせいそうだん》の回答者《かいとうしゃ》の回答傾向《かいとうけいこう》なぞを教《おし》えてくれたりします。が、どうでもいいです、そんなこと。で、推理小説《すいりしょうせつ》や漫画《まんが》について話《はな》し込《こ》んだりしていますが、ここには書《か》けない発言《はつげん》が多《おお》すぎて困《こま》ります。

出会《であ》ったときは、まだ独身《どくしん》で小学校《しょうがっこう》の教師《きょうし》で彼女《かのじょ》もいなく、私《わたし》からは〝変《へん》な客《きゃく》〟認定《にんてい》されていたはやみね君《くん》ですが、今《いま》は世間様《せけんさま》に広《ひろ》く知《し》られる作家《さっか》になり、とてもうれしく思《おも》います。でも、その本質《ほんしつ》は当時《とうじ》から変《か》わらず、熱《あつ》いというか暑苦《あつくる》しいほどの男《おとこ》です。

これからも、面白《おもしろ》い作品《さくひん》を書《か》いてくれることを願《ねが》っています。

最後《さいご》に、はやみね君《くん》リクエストの一文《いちぶん》を書《か》いておきます。

私《わたし》の名前《なまえ》は中村巧《なかむらたくみ》。永遠《えいえん》に本《ほん》の海《うみ》をさまよう燃《も》える一介《いっかい》の書店人《しょてんじん》。

Q.053の答《こた》え 暁《あかつき》の流星号《りゅうせいごう》。小室《こむろ》さんはこのデコトラで日本中《にっぽんじゅう》を走《はし》り回《まわ》っていた。

ゲストスピーチ3

登場人物《とうじょうじんぶつ》は、はやみねさんの分《わ》け御霊《みたま》なのだ!?

森定《もりさだ》 泉《いずみ》さん

森定《もりさだ》泉《いずみ》 編集者《へんしゅうしゃ》。3歳《さい》のときから、ツチノコを探《さが》しています。はやみねさん家の近所《きんじょ》は、目撃多発地帯《もくげきたはつちたい》なのに、はやみねさんがその存在《そんざい》を信《しん》じていないのが残念《ざんねん》でたまりません。

青《あお》い鳥文庫《とりぶんこ》の編集部《へんしゅうぶ》に異動《いどう》したのが、十一年前《ねんまえ》。最初《さいしょ》に担当《たんとう》になった作家《さっか》さんが、はやみねさんでした。以来《いらい》、十年間《ねんかん》、担当《たんとう》としてお付《つ》き合《あ》いさせていただき、今《いま》までのところ、歴代最長《れきだいさいちょう》の担当者《たんとうしゃ》ということになっています。

残念《ざんねん》ながら、私《わたし》の子《こ》ども時代《じだい》には、夢水清志郎《ゆめみずきよしろう》も怪盗《かいとう》クイーンも、まだ物語《ものがたり》になっていませんでした（はやみねさんの潜在意識《せんざいいしき》のなかで、出番《でばん》を待《ま》っていたとは思《おも》いますが）。でも、担当者《たんとうしゃ》になって、はやみねさんの作品《さくひん》に出会《であ》い、そのおもしろさに、私自身《わたしじしん》もはまり、また子《こ》どもたちの熱狂《ねっきょう》ぶりに大《おお》いに驚《おどろ》かされました。

『このおもしろさの秘密《ひみつ》は、どこにあるのだろう？』

『どうして、こんなにもみんな夢中《むちゅう》になるのだろう？』

Q.054 教授《きょうじゅ》が出演《しゅつえん》して、最終問題《さいしゅうもんだい》をまちがえて１００万円《まんえん》を逃《のが》した、クイズ番組《ばんぐみ》の名前《なまえ》は？

担当者《たんとうしゃ》として、いろいろ考《かんが》えましたが、まだ答《こた》えははっきりとはわかりません。ただ、はやみねさんの作品《さくひん》は、あとがきもふくめて、全体《ぜんたい》からはやみねさんの人柄《ひとがら》がにじみ出《で》ています。それが伝《つた》わるから、みんな、作品《さくひん》だけでなく、はやみねさんを好《す》きになるんじゃないか？　そう思《おも》っています。

作品全体《さくひんぜんたい》が、はやみねさん。よく、物語作《ものがたりづく》りの話《はなし》をするときに、登場人物《とうじょうじんぶつ》は作者《さくしゃ》の分身《ぶんしん》といいますが、登場人物《とうじょうじんぶつ》はみんな、はやみねさんの分《わ》け御霊《みたま》なのだと思《おも》います。

二〇〇九年《ねん》に、はやみねさんとドイツ、チェコに取材旅行《しゅざいりょこう》に行《い》ったとき、それを実感《じっかん》しました。ミュンヘンからプラハへと向《む》かう列車《れっしゃ》の中《なか》で、はやみねさんは、まるでレーチになったかのようにドボンをやっていました。『ああ、レーチはこういうはやみねさんの分《わ》け御霊《みたま》なのだな。』と思《おも》いました。

そしてドボンに夢中《むちゅう》になっている間《あいだ》に、乗《の》っている車両《しゃりょう》が切《き》り離《はな》されて、プラハとはまるで違《ちが》う方向《ほうこう》へと向《む》かってしまいました。気《き》がついたのは終点《しゅうてん》に着《つ》いたとき。それまではドボンに夢中《むちゅう》で気《き》づかなかったのです。そのときのはやみねさんもやはり、レーチでした。

終点《しゅうてん》から折《お》り返《かえ》す列車《れっしゃ》の中《なか》で、不安《ふあん》でうろうろする青《あお》い鳥文庫《とりぶんこ》の編集長《へんしゅうちょう》に、

Q.054の答《こた》え　「超《ちょう》マニアッククイズ　〜こんなのしってるやついねぇ！〜」。クイズ王《おう》の我毛豪太郎《がもうごうたろう》も出演《しゅつえん》した。

「ドボンでもやりますか？」と聞《き》いても、「いや、いい。」とことわられてしまいましたが、そのときはやみねさんは、ひとりしずかに座席《ざせき》で仮眠《かみん》をとっていました。最悪《さいあく》の場合《ばあい》、野宿《のじゅく》をすることになっても大丈夫《だいじょうぶ》なように体力《たいりょく》を温存《おんぞん》していたそうです。そこには、内人《ないと》がいました。

そもそも、はやみねさんは、朝食《ちょうしょく》のパンの残《のこ》りを、いざというときのために、ポケットにしのばせます。

そして、青《あお》い鳥文庫《とりぶんこ》編集長《へんしゅうちょう》の充電器《じゅうでんき》がコンセントから抜《ぬ》けなくなったときには、すかさずニッパーを取《と》り出《だ》して、コンセントから外《はず》します。海外旅行《かいがいりょこう》にニッパーを持《も》ってくる人《ひと》は、そうはいません。でも、内人《ないと》ならやりそうです。内人《ないと》も、はやみねさんの分《わ》け御霊《みたま》なのです。

十年以上《ねんいじょう》のお付《つ》き合《あ》いになりますが、まだクイーンなはやみねさんや茶魔《ちゃま》なはやみねさんは、見《み》たことがありません。でも、皇帝《アンプルール》っぽいところは、垣間見《かいまみ》ることがあるようなないような……。

まだまだ、引《ひ》き出《だ》しがたくさんありそうなはやみねさんの、青《あお》い鳥文庫《とりぶんこ》の新《しん》シリーズには、どんな分《わ》け御霊《みたま》が登場《とうじょう》するのか、今《いま》からワクワクしています。はやみねさん、これからもいろいろな分《わ》け御《み》霊《たま》で、私《わたし》たち読者《どくしゃ》と遊《あそ》んでください！

Q.055 クイーンがソファーの下《した》にしまっている「シャトー・マルゴー（ワイン）」は何年《なんねん》もの？

ゲストスピーチ4

私《わたし》が、一番《いちばん》の「はやみねファン」です！

阿部《あべ》 薫《かおる》さん

阿部《あべ》薫《かおる》
『BE・LOVE《ビーラブ》』と『FRIDAY《フライデー》』創刊《そうかん》も楽《たの》しい体験《たいけん》でしたが、1995年《ねん》〜2001年《ねん》までのはやみねかおる・松原秀行《まつばらひでゆき》両氏《りょうし》担当《たんとう》の「青《あお》い鳥文庫《とりぶんこ》」編集者生活《へんしゅうしゃせいかつ》が至福《しふく》の時《とき》でした。感謝《かんしゃ》。

私《わたし》は、「名探偵夢水清志郎《めいたんていゆめみずきよしろう》」の二代目担当者《だいめたんとうしゃ》でありましたが、はやみねファンであることも人後《じんご》に落《お》ちない、と自負《じふ》しております。今《いま》から十六年前《ねんまえ》、はやみねさんが、まだ小学校《しょうがっこう》の教員《きょういん》をされていた三十五歳頃《さいごろ》のことでした。当時《とうじ》は、世《よ》の中《なか》にパソコンが出回《でまわ》りはじめていた頃《ころ》です。PTA《ピーティーエー》へのお知《し》らせ、テスト出題《しゅつだい》など、パソコンをフル稼働《かどう》して作成《さくせい》にあたる時期《じき》になっておりました。勤務《きんむ》されていた小学校内《しょうがっこうない》において、その担当《たんとう》はパソコンにいち早《はや》く順応《じゅんのう》されていた、はやみねさんお一人《ひとり》に集中《しゅうちゅう》していました。さらに、クラス担任《たんにん》、バスケットボール部《ぶ》の顧問《こもん》、そして「課外活動《かがいかつどう》」もされていて、超多忙《ちょうたぼう》です。

はやみねさんも、教員生活《きょういんせいかつ》のなかで、最《もっと》も忙《いそが》しく、精神的《せいしんてき》にも追《お》い詰《つ》められていた時期《じき》だった、と後《あと》になって、語《かた》っておられます。それまで、教員《きょういん》と作家《さっか》の二足《にそく》の草鞋《わらじ》ということで、年《ねん》に一作《さく》書《か》いていただくことで、お互《たが》い、了解《りょうかい》しておりました。

また、はやみねさんは、日頃《ひごろ》、『貧富《ひんぷ》の差《さ》があり、不公平《ふこうへい》な目《め》に遭《あ》っている子《こ》どもが存在《そんざい》すること』を、

Q.055の答《こた》え 1982年《ねん》。評価《ひょうか》の高《たか》いビンテージワインで、一本《ぽん》10万円以上《まんえんいじょう》。

◀江戸時代《えどじだい》にワープする「名探偵夢水清志郎事件《めいたんていゆめみずきよしろうじけん》ノート外伝《がいでん》」大江戸編《おおえどへん》。上巻《じょうかん》『ギヤマン壺《つぼ》の謎《なぞ》』、下巻《げかん》『徳利長屋《とっくりながや》の怪《かい》』。身分制度《みぶんせいど》の残《のこ》る江戸《えど》を舞台《ぶたい》に、清志郎左右衛門《きよしろうざえもん》たちが大活躍《だいかつやく》する。

とても気《き》に病《や》んでいました。

　私《わたし》は、提案《ていあん》いたしました。「『夢水《ゆめみず》』を江戸時代《えどじだい》にタイムトリップさせて、上《じょう》・下巻《げかん》で、士農工商制度《しのうこうしょうせいど》について、書《か》いていただけませんか？」と。

　新刊発売直後《しんかんはつばいちょくご》に、早《はや》くも読《よ》み終《お》えた読者《どくしゃ》から「言《い》い訳《わけ》をせずに、すぐに、次《つぎ》の作品《さくひん》を書《か》いてください。」というハガキが、数多《かずおお》く届《とど》くようになって、私《わたし》も、せめて年《ねん》に二作《さく》は書《か》いてほしい、と思《おも》っていた頃《ころ》です。我《われ》ながら良《よ》いアイディアだ、と思《おも》いました。一《いち》ファンの私《わたし》も、年《ねん》に二度《ど》は読《よ》めるし……。

　はやみねさんは、受《う》けてくださいました。そして、まず『ギヤマン壺《つぼ》の謎《なぞ》』に取《と》りかかっていただきました。ただ、当時《とうじ》の超多忙《ちょうたぼう》な状況《じょうきょう》と、体調不良《たいちょうふりょう》もあって、執筆《しっぴつ》が不調《ふちょう》です。バスケ部《ぶ》の顧問《こもん》のお仕事《しごと》も、「課外活動《かがいかつどう》」のお仕事《しごと》も忙《いそが》しそうです。三重県《みえけん》に住《す》まわれている、はやみねさんとの打《う》ち合《あ》わせの手段《しゅだん》は、通常《つうじょう》、電話《でんわ》で行《おこな》っていました。

　ある時《とき》、こちらの注文《ちゅうもん》があまりに多《おお》く、さらに原稿《げんこう》の書《か》き直《なお》しも度重《たびかさ》なり、電話口《でんわぐち》に出《で》てくださらなくなってしまいました。明《あき》らかに怒《おこ》っています。奥様《おくさま》が、私《わたし》とはやみねさんの間《あいだ》で、オロオロしています。長男《ちょうなん》の琢人君《たくとくん》も、まだ二歳《さい》。奥様《おくさま》も子育《こそだ》てにたいへんな時期《じき》でしたでしょう。はやみ

Q.056　総生島《そうせいじま》での事件《じけん》を解決《かいけつ》して、教授《きょうじゅ》が万能財団《ばんのうざいだん》からもらったお金《かね》はいくら？

ね家《け》が、てんやわんやな時期《じき》に、ずいぶん、プレッシャーを与《あた》えてしまったようです。

こうして、書《か》き上《あ》げてくださった大江戸《おおえど》編《へん》・上巻《じょうかん》『ギヤマン壺《つぼ》の謎《なぞ》』も下巻《げかん》『徳《とっ》利長屋《くりながや》の怪《かい》』も、私《わたし》には、最《もっと》も思《おも》い出《で》に残《のこ》る、しかも大好《だいす》きな作品《さくひん》です。

はやみねさん、あの頃《ころ》のご無礼《ぶれい》、本当《ほんとう》にすみませんでした。お許《ゆる》しください。


また、はやみね作品《さくひん》の中《なか》では、私《わたし》ではなく渡邉由香《わたなべゆか》さんが編集担当《へんしゅうたんとう》した、単行本《たんこうぼん》の『ぼくらの先生《せんせい》！』が、最《もっと》も好《す》きな作品《さくひん》です。教員《きょういん》を定年退職《ていねんたいしょく》した男性《だんせい》とその妻《つま》にスポットを当《あ》てた、連作短編集《れんさくたんぺんしゅう》ですが、その第《だい》三話《わ》「先生《せんせい》には見《み》えないこと」、この作品《さくひん》のことが忘《わす》れられません。

書籍化《しょせきか》する前《まえ》、広島市《ひろしまし》の図書館《としょかん》で、はやみねさんが講演《こうえん》をされ、来場《らいじょう》されたお客《きゃく》様《さま》の前《まえ》で、このお話《はなし》の結末《けつまつ》を披瀝《ひれき》したときに、聴《き》いていたお母《かあ》さん方《がた》から「きゃ〜っ！」という悲鳴《ひめい》が上《あ》がりました。泣《な》き出《だ》すお母《かあ》さんや女《おんな》の子《こ》もいました。

この作品《さくひん》は、〝はやみねワールド〟の真骨頂《しんこっちょう》だ、と思《おも》います。

まだ読《よ》まれていない読者《どくしゃ》の方《かた》には、ぜひ、お勧《すす》めいたします。

これからも一読者《いちどくしゃ》として、神楽坂《かぐらざか》の小高《こだか》い丘《おか》から、はやみねさんの新作《しんさく》をお待《ま》ちしております。

◀小学校《しょうがっこう》を定年退職《ていねんたいしょく》した元《もと》教師《きょうし》の夫《おっと》が、妻《つま》に教師時代《きょうしじだい》の子《こ》どもたちとの思《おも》い出話《でばなし》を語《かた》っていく中《なか》で、小《ちい》さな謎《なぞ》を解《と》き明《あ》かしていくミステリー短編集《たんぺんしゅう》。

Q.056の答《こた》え　1000万円《まんえん》。しかし、どこに隠《かく》したか忘《わす》れて、あやうくなくしそうになった。

第《だい》12章《しょう》 ◆ 第《だい》5の書《しょ》庫《こ》

作品紹介《さくひんしょうかい》【その他《た》の作品《さくひん》】

その他《た》の長編《ちょうへん》・短編《たんぺん》を一挙紹介《いっきょしょうかい》!

最後《さいご》の書庫《しょこ》では長編《ちょうへん》シリーズ以外《いがい》の作品《さくひん》をまとめて紹介《しょうかい》。デビュー作《さく》の『怪盗道化師《かいとうピエロ》』や、大人向《おとなむ》けに書《か》かれた『赤《あか》い夢《ゆめ》の迷宮《めいきゅう》』など、はやみねワールドを知《し》る上《うえ》でぜひ読《よ》みたい作品《さくひん》ばかり！すべて読《よ》んだら、あなたは赤《あか》い夢《ゆめ》の世界《せかい》から抜《ぬ》け出《だ》せなくなる!?

作品《さくひん》リスト

怪盗道化師《かいとうピエロ》

単行本初版《たんこうぼんしょはん》：1990年《ねん》4月《がつ》16日《にち》　ページ数《すう》：190ページ
青い鳥文庫版《あおとりぶんこばん》：2002年《ねん》4月《がつ》15日《にち》　ページ数《すう》：270ページ

小《ち》さな商店街《しょうてんがい》に現《あらわ》れる怪盗道化師《かいとうピエロ》。その正体《しょうたい》は、閑古鳥《かんこどり》が鳴《な》く西沢書店《にしざわしょてん》のおじさんだ。ふだんは老犬《ろうけん》のゴロとのんびり店番《みせばん》をする日々《ひび》を送《おく》っているが、ひとたび依頼《いらい》を受《う》ければ、黒《くろ》マントとシルクハット、片眼鏡《かためがね》に身《み》を包《つつ》む！

道化師《ピエロ》が盗《ぬす》むのは「世《よ》の中《なか》にとって値打《ねう》ちのないもの」「持っている人にとって値打《ねう》ちのないもの」「それを盗《ぬす》むことによって、みんなが笑顔《えがお》になれるもの」。毎回難《まいかいむずか》しい依頼《いらい》が舞《ま》い込《こ》むが、道化師《ピエロ》は知恵《ちえ》や根性《こんじょう》を武器《ぶき》にどんなものでも盗《ぬす》み出《だ》す！

【クイーン】さんによるレビュー

じつを言《い》うと、わたしも怪盗道化師《かいとうピエロ》の隠《かく》れファンのひとりなんだ。価値《かち》がないものだけを盗《ぬす》むというのがいいし、ファッションもクラシカルですばらしい！

Review

評価《ひょうか》

各話《かくわ》の季節感《きせつかん》	★★★★★
おじさんのひらめき	★★★★☆
愛犬《あいけん》ゴロのやる気《き》	★★☆☆☆

バイバイ スクール 学校《がっこう》の七不思議事件《ななふしぎじけん》

単行本初版《たんこうぼんしょはん》：1991年《ねん》7月《がつ》30日《にち》　ページ数《すう》：198ページ
青い鳥文庫版《あおとりぶんこばん》：1996年《ねん》2月《がつ》15日《にち》　ページ数《すう》：226ページ

全校児童《ぜんこうじどう》6人《にん》の大奥村小学校《おおおくむらしょうがっこう》。廃校《はいこう》の日《ひ》、校長《こうちょう》のポンポコリンが静《しず》かに語《かた》り出《だ》したのが、「学校《がっこう》の七不思議《ななふしぎ》」だった。

夏休《なつやす》みに入《はい》ると、6人《にん》の目《め》の前《まえ》で次々《つぎつぎ》と現実《げんじつ》に七不思議《ななふしぎ》が起《お》きはじめる。がいこつの標本《ひょうほん》がおどり出《だ》す、絵《え》の中《なか》の少女《しょうじょ》の数《かず》が増《ふ》える、ボールが階段《かいだん》を上《のぼ》る。6人《にん》は七不思議《ななふしぎ》を起《お》こした犯人《はんにん》がいることに気《き》づいて……。背筋《せすじ》がひんやりした後《あと》に、心《こころ》があたたかくなる学校《がっこう》ミステリー。

【岩崎真衣《いわさきまい》】さんによるレビュー

七不思議《ななふしぎ》に紛《まぎ》れて、甘酸《あまず》っぱい恋《こい》がちらほら！　だれがだれに恋《こい》しているのか予想《よそう》しながら、登場人物紹介《とうじょうじんぶつしょうかい》を読《よ》むといっそうドキドキですね、美衣《みい》さん！

Review

評価《ひょうか》

コウくんの推理力《すいりりょく》	★★★★★
オネショ率《りつ》	★★★☆☆
風街先生争奪戦《かざまちせんせいそうだつせん》	★★★★☆

オタカラウォーズ 迷路《めいろ》の町《まち》のUFO《ユーフォー》事件《じけん》

単行本初版《たんこうぼんしょはん》：1993年《ねん》3月《がつ》22日《にち》　ページ数《すう》：206ページ
青《あお》い鳥文庫《とりぶんこ》版《ばん》：2006年《ねん》2月《がつ》15日《にち》　ページ数《すう》：238ページ

遊歩《ゆうほ》、タイチ、千明《ちあき》の3人《にん》は、ひょんなことから宝《たから》の地《ち》図《ず》とそのかぎである「円盤《えんばん》」を手《て》にする。宝物《たからもの》は町《まち》に伝《つた》わる400年前《ねんまえ》の伝説《でんせつ》と関係《かんけい》があるらしい。暗号《あんごう》を解《と》こうとする3人《にん》の前《まえ》に、妙《みょう》な笑《わら》い方《かた》をする全身黒《ぜんしんくろ》ずくめの男《おとこ》・雷弥《らいや》が現《あらわ》れ、かつては遊歩《ゆうほ》のご先祖《せんぞ》さま・絵者《えしゃ》と仲間《なかま》だったと話《はな》し始《はじ》める。3人《にん》は円盤《えんばん》をよこせと迫《せま》られて……？
迷路《めいろ》のように入《い》り組《く》んだ山之城町《やまのしろまち》を舞台《ぶたい》に、お宝争奪戦《たからそうだつせん》の火《ひ》ぶたが切《き》って落《お》とされる！

【春咲華代《はるさきかよ》】さんによるレビュー

じつは、雷弥《らいや》や絵者《えしゃ》の正体《しょうたい》は、宇宙《うちゅう》から来《き》たレティキュル人《じん》だったようです。宇《う》宙人《ちゅうじん》が地球《ちきゅう》に来《く》る目的《もくてき》は様々《さまざま》です。さて、彼《かれ》らの目的《もくてき》は……。

評価《ひょうか》	
暗号《あんごう》のおもしろさ	★★★★★
地球滅亡《ちきゅうめつぼう》の危機《きき》	★★★★☆
人力飛行機完成度《じんりきひこうきかんせいど》	★★☆☆☆

恐竜《きょうりゅう》がくれた夏休《なつやす》み

単行本初版《たんこうぼんしょはん》：2009年《ねん》5月《がつ》28日《にち》　ページ数《すう》：248ページ
青《あお》い鳥文庫《とりぶんこ》版《ばん》：2014年《ねん》8月《がつ》15日《にち》　ページ数《すう》：268ページ

美亜《みあ》は時杜町《ときもりちょう》に住《す》む小学《しょうがく》6年生《ねんせい》。5日連続《いつかれんぞく》で恐竜《きょうりゅう》の夢《ゆめ》を見《み》た翌日《よくじつ》、学校《がっこう》のプールで1年生《ねんせい》たちやクラスメイトの仁《じん》も同《おな》じ夢《ゆめ》を見続《みつづ》けていたことを知《し》る。そして美亜《みあ》は、実際《じっさい》に夜《よる》のプールで夢《ゆめ》で見《み》た恐竜《きょうりゅう》と遭遇《そうぐう》する。
姿《すがた》を消《け》した恐竜《きょうりゅう》の居場所《いばしょ》を調《しら》べるうちに、美亜《みあ》、仁《じん》、ヒデヨシ、ヒメの4人《にん》がたどり着《つ》いたのは、大人《おとな》たちに入《はい》ることを固《かた》く禁《きん》じられていた斗祈隠《ときおぬ》の森《もり》だった。祠《ほこら》の奥《おく》で再《ふた》び出会《であ》った恐竜《きょうりゅう》ロロが、4人《にん》に託《たく》したメッセージとは……。
退屈《たいくつ》な夏休《なつやす》みが一変《いっぺん》する時空《じくう》を超《こ》えた物語《ものがたり》。

【長曽我部慎太郎《ちょうそかべしんたろう》】さんによるレビュー

恐竜《きょうりゅう》に会《あ》いたくていつも背広《せびろ》を着《き》ているヘンな研究者《けんきゅうしゃ》が登場《とうじょう》する。物語最後《ものがたりさいご》の大《だい》イベントを成功《せいこう》させるキーパーソンさ。さて、僕《ぼく》らも恐竜《きょうりゅう》の調査《ちょうさ》に出《で》かけようか。

評価《ひょうか》	
古生物学《こせいぶつがく》の魅力《みりょく》	★★★☆☆
祭《まつ》りだワッショイ	★★★★☆
お好《この》み焼《や》き完食率《かんしょくりつ》	★★★★★

Q.057 『バイバイ スクール』で見事《みごと》な推理力《すいりりょく》を持《も》っていたコウくんが大人《おとな》になってついた仕事《しごと》は？

ぼくと未来屋《みらいや》の夏《なつ》

単行本初版《たんこうぼんしょはん》：2009年《ねん》5月《がつ》29日《にち》　ページ数《すう》：320ページ
青い鳥文庫版《あおとりぶんこばん》：2003年《ねん》10月《がつ》29日《にち》　ページ数《すう》：254ページ

「未来《みらい》を知《し》りたくないかい？」。山村風太《やまむらふうた》は「未来屋《みらいや》」を名《な》のる猫柳《ねこやなぎ》さんに突然声《とつぜんこえ》をかけられた。未来《みらい》を100円《えん》で売《う》る猫柳《ねこやなぎ》さんは、なぜか山村家《やまむらけ》の居候《いそうろう》となり、夏休《なつやす》みが始《はじ》まった。
　風太《ふうた》が暮《く》らす髪櫛町《かみくしちょう》には「人魚《にんぎょ》の呪《のろ》い」「神隠《かみかく》しの森《もり》」「人《ひと》喰《く》い小学校《しょうがっこう》」などのふしぎな言《い》い伝《つた》えが残《のこ》っていた。風太《ふうた》は「神隠《かみかく》しの森《もり》」を自由研究《じゆうけんきゅう》に選《えら》び、調査《ちょうさ》を始《はじ》める。やがてバラバラだった言《い》い伝《つた》えがつながり、風太《ふうた》と猫柳《ねこやなぎ》さんは「人魚《にんぎょ》の宝《たから》」へと近《ちか》づく。鍵《かぎ》をにぎるのは、かつて人魚《にんぎょ》の宝《たから》を奪《うば》った一族《いちぞく》の末裔《まつえい》・中島創生《なかじまそうせい》。町《まち》に隠《かく》された歴史《れきし》とは——。

【丸井丸男《まるいまるお》】さんによるレビュー

この未来屋《みらいや》という男《おとこ》、丸美《まるみ》とおなじ「サキミ」の能力者《のうりょくしゃ》らしいな。モナミがシンクロを起《お》こすたびに、未来《みらい》が見《み》えなくなって大変《たいへん》だろう……。

Review
評価《ひょうか》

真相《しんそう》のこわさ	★★★★☆
猫柳《ねこやなぎ》さんの女好《おんなず》き度《ど》	★★★★★
WHO《フー》の推理力《すいりりょく》	★★☆☆☆

少年名探偵《しょうねんめいたんてい》 WHO《フー》 魔神降臨事件《まじんこうりんじけん》

初版《しょはん》：2006年《ねん》11月《がつ》21日《にち》『あなたに贈《おく》る物語《ストーリー》』収録《しゅうろく》

　時代遅《じだいおく》れの木造建築《もくぞうけんちく》と、最新技術《さいしんぎじゅつ》で造《つく》られた高層建築《こうそうけんちく》が入《い》り混《ま》じった街《まち》、真都《まと》ヘアコームタウン。その中心部《ちゅうしんぶ》から少《すこ》し離《はな》れた、宵闇通《よいやみどお》りにある雑居《ざっきょ》ビルの最上階《さいじょうかい》に少年名探《しょうねんめいたん》偵《てい》WHO《フー》の探偵事務所《たんていじむしょ》はある。事務所《じむしょ》のドアをノックした依頼人《いらいにん》は小柄《こがら》な少年《しょうねん》。差《さ》し出《だ》した1冊《さつ》の手帳《てちょう》には、近《ちか》ごろ子《こ》どもたちの間《あいだ》で目撃《もくげき》が多発《たはつ》している〝魔神《まじん》〟の文字《もじ》があった……。
　少年名探偵《しょうねんめいたんてい》WHO《フー》が、助手《じょしゅ》のネコイラズくん、新聞記者《しんぶんきしゃ》のイインチョー、アラン警部《けいぶ》とともに魔神《まじん》に立《た》ち向《む》かう！

【幻影師《ドリーマー》】さんによるレビュー

ヘアコームタウンは、高層《こうそう》ビル群《ぐん》に旧市《きゅうし》街《がい》、自然《しぜん》、細《ほそ》い路地《ろじ》、すべてが共存《きょうぞん》した街《まち》。ぜひこんな独特《どくとく》な街《まち》で怪事件《かいじけん》を起《お》こしたいものだ！

Review
評価《ひょうか》

七大秘密道具活用度《ななだいひみつどうぐかつようど》	★★★★☆
WHO《フー》の女性対応《じょせいたいおう》テク	★☆☆☆☆
ネコイラズくんの愛嬌《あいきょう》	★★★★☆

Q.057の答《こた》え　民俗学者《みんぞくがくしゃ》。民間伝承《みんかんでんしょう》や都市伝説《としでんせつ》を研究《けんきゅう》していて、虹北恭助《こうほくきょうすけ》とも出会《であ》っている。

少年名探偵《しょうねんめいたんてい》 WHO《フー》 透明人間事件《とうめいにんげんじけん》

初版《しょはん》：2008年《ねん》7月《がつ》15日《にち》　ページ数《すう》：158ページ

なにごともなく平和《へいわ》な探偵事務所《たんていじむしょ》の夜《よる》、少年名探偵《しょうねんめいたんてい》 WHO《フー》と助手《じょしゅ》のネコイラズくんは、のんびりと映画鑑賞《えいがかんしょう》にいそしんでいた。そこに、突然鳴《とつぜんな》り響《ひび》く電話《でんわ》。アラン警部《けいぶ》の「透明人間《とうめいにんげん》があらわれた」という呼《よ》び出《だ》しに現場《げんば》へ急行《きゅうこう》する。

そして翌日《よくじつ》、玩具《おもちゃ》メーカーのB-TOY社《ビートイしゃ》に透明人間《とうめいにんげん》から犯行予告状《はんこうよこくじょう》が届《とど》いた。「今夜《こんや》10時《じ》、あなたのたいせつなものをうばいに参上《さんじょう》します。　透明人間《とうめいにんげん》」。はたして、「たいせつなもの」とはなんなのか？　透明人間《とうめいにんげん》の正体《しょうたい》とは？　少年名探偵《しょうねんめいたんてい》 WHO《フー》が、またもや華麗《かれい》なる推理《すいり》を披露《ひろう》する！

【竜王創也《りゅうおうそうや》】さんによるレビュー

家《いえ》の中《なか》で砂遊《すなあそ》びができる「フリーサンド」や、光学迷彩《こうがくめいさい》を利用《りよう》した「消《き》えた魔球《まきゅう》」……。B-TOY社《ビートイしゃ》のおもちゃは、ゲーム作《づく》りのヒントになりそうだ。

Review

評価《ひょうか》	
使《つか》われた包帯《ほうたい》の長《なが》さ	★★★★★
モンモングッズの人気《にんき》	★★★★☆
昔《むかし》ながらの遊《あそ》び白熱度《はくねつど》	★★★★☆

ぼくらの先生《せんせい》！

初版《しょはん》：2008年《ねん》10月10日《がつとおか》　ページ数《すう》：199ページ

定年《ていねん》を迎《むか》え、40年近《ねんちか》く続《つづ》けた小学校教師《しょうがっこうきょうし》を辞《や》めた「わたし」と、その妻《つま》の物語《ものがたり》。仕事《しごと》を家《いえ》に持《も》ちこまないようにと、現役《げんえき》のときには決《けっ》して話《はな》さなかった教師時代《きょうしじだい》の不思議《ふしぎ》な事件《じけん》や出来事《できごと》をぽつりぽつりと語《かた》ると、話《はなし》を聞《き》いた妻《つま》がその謎《なぞ》を1つずつ解《と》いていく――。

あのとき、もし妻《つま》に話《はな》していたら……、そんな後悔《こうかい》や気《き》づきが描《えが》かれる。仕事一筋《しごとひとすじ》の「わたし」と、それを黙《だま》って支《ささ》え続《つづ》けてきた妻《つま》との、これまでとこれからがつまった全《ぜん》5話《わ》からなる連作短編集《れんさくたんぺんしゅう》。

【岩崎羽衣《いわさきうい》】さんによるレビュー

仕事一筋《しごとひとすじ》であまり家《いえ》に帰《かえ》らない夫《おっと》を持《も》つと大変《たいへん》です。でも、一太郎《いちたろう》さんとこうやってお話《はな》しできると思《おも》うと、老後《ろうご》も楽《たの》しみですね。

Review

評価《ひょうか》	
わたしの鈍感度《どんかんど》	★★★★☆
妻《つま》の観察眼《かんさつがん》	★★★★★
教師《きょうし》の大変《たいへん》さ	★★★★☆

Q.058 『少年名探偵《しょうねんめいたんてい》WHO《フー》』は、実《じつ》は他《ほか》の作品《さくひん》の登場人物《とうじょうじんぶつ》が書《か》いた小説《しょうせつ》。その人物《じんぶつ》の名前《なまえ》は？

復活《ふっかつ》!! 虹北学園文芸部《こうほくがくえんぶんげいぶ》

単行本初版《たんこうぼんしょはん》：2009年《ねん》7月《がつ》24日《にち》　ページ数《すう》：274ページ
青《あお》い鳥文庫版《とりぶんこばん》：2015年《ねん》4月《がつ》15日《にち》　ページ数《すう》：276ページ

　岩崎《いわさき》マインは、いとこの影響《えいきょう》で作家《さっか》を目指《めざ》す中学《ちゅうがく》１年生《ねんせい》。魂《たましい》のこもった文章《ぶんしょう》を見《み》ると、光《ひか》って見《み》える才能《さいのう》の持《も》ち主《ぬし》だ。憧《あこが》れの虹北学園《こうほくがくえん》に入学《にゅうがく》し、いざ入部《にゅうぶ》しようとした文芸部《ぶんげいぶ》は……数年前《すうねんまえ》に廃部《はいぶ》になっていた!?

　新《あら》たに文芸部《ぶんげいぶ》を作《つく》る条件《じょうけん》は、月末《げつまつ》までに５人《にん》の部員《ぶいん》を集《あつ》めること。ある事情《じじょう》で書《か》くことをやめてしまった陸上部《りくじょうぶ》の紗弥加《さやか》や、賞《しょう》にしか興味《きょうみ》がない合理主義者《ごうりしゅぎしゃ》の宴寿《えんじゅ》など、なにやら訳《わけ》ありの同級生《どうきゅうせい》たちを部《ぶ》に引《ひ》き込《こ》むため、マインが奔走《ほんそう》する！　文系《ぶんけい》の熱血青春小説《ねっけつせいしゅんしょうせつ》！

【矢吹《やぶき》】さんによるレビュー

勝負《しょうぶ》の世界《せかい》に生《い》きる者《もの》として、マインと紗弥加《さやか》の「100m レース」には感動《かんどう》したぜ。まさに漢同士《おとこどうし》のバトルだ。キーボードを、えぐり込《こ》むようにして打《う》つべし!!

Review

評価《ひょうか》

マインの小説愛《しょうせつあい》	★★★★★
スポ根《こん》ぶり	★★★★☆
５人目《にんめ》の部員《ぶいん》の意外性《いがいせい》	★★★★★

ぼくと先輩《せんぱい》のマジカル・ライフ①

初版《しょはん》：2013年《ねん》11月《がつ》15日《にち》　ページ数《すう》：238ページ

　超真面目《ちょうまじめ》で写経《しゃきょう》が趣味《しゅみ》の井上快人《いのうえかいと》と幼馴染《おさななじ》みの霊能力者《れいのうりょくしゃ》川村春奈《かわむらはるな》はＭ《エム》大学文化人類学科《だいがくぶんかじんるいがっか》の１年生《ねんせい》。快人《かいと》が下宿先《げしゅくさき》として選《えら》んだ学生寮《がくせいりょう》は、変人《へんじん》の巣窟《そうくつ》だった。

　快人《かいと》と春奈《はるな》のふたりは、同《おな》じ学生寮《がくせいりょう》の住人《じゅうにん》で大学《だいがく》の先輩《せんぱい》、長曽我部慎太郎《ちょうそかべしんたろう》にまんまとはめられ、謎《なぞ》のオカルトサークル「あやかし研究会《けんきゅうかい》」に入会《にゅうかい》することに。あやかし研究会《けんきゅうかい》の会員《かいいん》になると、身近《みぢか》で起《お》こった超常現象《ちょうじょうげんしょう》を報告《ほうこく》する義務《ぎむ》があるという。非科学的《ひかがくてき》な思想《しそう》と無縁《むえん》だった快人《かいと》が、超常《ちょうじょう》現象《げんしょう》と真《ま》っ向勝負《こうしょうぶ》する！

【川村春奈《かわむらはるな》】さんによるレビュー

事件《じけん》よりも気《き》になるのが歩《ある》く超常現象《ちょうじょうげんしょう》、長曽我部先輩《ちょうそかべせんぱい》ね。人格《じんかく》が変《か》わる胸《むね》の紋様《もんよう》、冬眠《とうみん》、数々《かずかず》のオカルトグッズ……。もしかして、私《わたし》と同《おな》じ霊能力者《れいのうりょくしゃ》？

Review

評価《ひょうか》

春奈《はるな》の霊能力《れいのうりょく》	★★★★★
オカルトグッズ効力《こうりょく》	★★★☆☆
快人《かいと》の写経集中力《しゃきょうしゅうちゅうりょく》	★★☆☆☆

Q.058の答《こた》え　山村風太《やまむらふうた》。『ぼくと未来屋《みらいや》の夏《なつ》』に、風太《ふうた》が生《う》みだしたキャラとしてWHO《フー》が登場《とうじょう》する。

ぼくと先輩《せんぱい》のマジカル・ライフ②

初版《しょはん》：2014年《ねん》2月《がつ》15日《にち》　ページ数《すう》：182ページ

暑《あつ》い夏《なつ》が終《お》わり、大学《だいがく》に入《はい》って初《はじ》めての秋《あき》を迎《むか》えた快人《かいと》と春奈《はるな》。しかし、謎多《なぞおお》きサークル「あやかし研究会《けんきゅうかい》」の先《せん》輩《ぱい》、長曽我部慎太郎《ちょうそかべしんたろう》に巻《ま》き込《こ》まれ、またもや身近《みぢか》な超常現《ちょうじょうげん》象《しょう》を調《しら》べることに。

大学祭直前《だいがくさいちょくぜん》の大学《だいがく》プールに突如現《とつじょあらわ》れたカッパの正体《しょうたい》は？　花見《はなみ》シーズンを前《まえ》に流《なが》れた「公園《こうえん》の桜《さくら》の下《した》には死体《したい》が埋《う》まっている」という噂《うわさ》の真相《しんそう》とは？　常識《じょうしき》はずれのオカルトマニア、慎太郎《しんたろう》と、真面目《まじめ》だけがとりえの快人《かいと》、霊能力者《れいのうりょくしゃ》の春奈《はるな》が挑《いど》む超常現象《ちょうじょうげんしょう》ミステリー。

【花菱仙太郎《はなびしせんたろう》】さんによるレビュー

自由気《じゆうき》ままな先輩《せんぱい》には、おれと似《に》た何《なに》かを感《かん》じるな。ところで、同僚《どうりょう》がおとなしくなるオカルトグッズってない？　すぐに刀《かたな》を抜《ぬ》く男《おとこ》がいてさ……。

Review

評《ひょう》　価《か》

オカルトグッズの便利《べんり》さ	★★★★☆
快人《かいと》の規則正《きそくただ》しさ	★★★★☆
カッパのカータンの知名度《ちめいど》	★★★★★

帰天城《かえりそらじょう》の謎《なぞ》 ～TRICK《トリック》 青春版《せいしゅんばん》～

初版：2010年《ねん》5月《がつ》14日《か》　ページ数《すう》：295ページ

山田奈緒子《やまだなおこ》と上田次郎《うえだじろう》は、実《じつ》は出会《であ》っていた!?　夏休《なつやす》み中《ちゅう》の山田奈緒子《やまだなおこ》は、代用教員《だいようきょういん》の藤原先生《ふじわらせんせい》に誘《さそ》われ、先生《せんせい》の故《こ》郷《きょう》である踊螺那村《おどらなそん》へと向《む》かう。かつて鬼ヶ谷一族《おにがたにいちぞく》が治《おさ》めたという村《むら》に伝《つた》わる数々《かずかず》の謎《なぞ》、冷酷無比《れいこくむひ》の領主《りょうしゅ》・玲姫《れいひめ》の妖術《ようじゅつ》、そして忽然《こつぜん》と消《き》えた帰天城《かえりそらじょう》——。「この世《よ》に霊能力《れいのうりょく》など存在《そんざい》しない」と信《しん》じる山田《やまだ》と、武者修行《むしゃしゅぎょう》と称《しょう》して全国《ぜんこく》を巡《めぐ》っていた将来《しょうらい》の天才《てんさい》（？）物理学者《ぶつりがくしゃ》・上田次郎《うえだじろう》が見《み》た真実《しんじつ》とは？

映画《えいが》やドラマで人気《にんき》を博《はく》したTRICK《トリック》シリーズの前史《ぜんし》を、はやみねかおるが描《えが》く！

【パシフィスト】さんによるレビュー

考古学者《こうこがくしゃ》として、山田《やまだ》さんの埋蔵金《まいぞうきん》への執着心《しゅうちゃくしん》は尊敬《そんけい》するわ。なんだかろくでもないマジシャンになる気《き》がするから、私《わたし》みたいな立派《りっぱ》な考古学者《こうこがくしゃ》を目指《めざ》すべきね。

Review

評《ひょう》　価《か》

山田《やまだ》の美《うつく》しさ	★★☆☆☆
上田《うえだ》のうさんくささ	★★★★★
お巡《まわ》りさんの出世欲《しゅっせよく》	★★★★☆

Q.059　長曽我部先輩《ちょうそかべせんぱい》が快人《かいと》の部屋《へや》を開《あ》けるために使《つか》ったオカルトグッズは？

モナミは世界《せかい》を終《お》わらせる？

単行本初版《たんこうぼんしょはん》：2011年《ねん》9月《がつ》30日《にち》　ページ数《すう》：254ページ
角川《かどかわ》つばさ文庫版《ぶんこばん》：2015年《ねん》2月《がつ》15日《にち》　ページ数《すう》：271ページ

真野萌奈美《まのもなみ》、通称《つうしょう》モナミは超《ちょう》ドジっ娘《こ》である以外《いがい》、ふつうの女子高生《じょしこうせい》……のはずが、謎《なぞ》の美少年《びしょうねん》・丸井丸男《まるいまるお》から突然《とつぜん》信《しん》じられない話《はなし》を告《つ》げられる。「世界《せかい》の大事件《だいじけん》と、おまえを中心《ちゅうしん》に学校《がっこう》で起《お》きることが同調《シンクロ》している」。モナミの存在《そんざい》はシンクロにおける「不確定要素《ふかくていようそ》」で、ささいな行動《こうどう》が世界《せかい》に影響《えいきょう》を与《あた》えてしまうのだ。丸男《まるお》の役目《やくめ》は、モナミを護衛《ごえい》しつつ平和《へいわ》を守《まも》ること。しかし、爆薬《ばくやく》を仕掛《しか》ける生徒会長《せいとかいちょう》、忍《しの》び寄《よ》る暗殺者《アサッシン》、世界《せかい》の終末《しゅうまつ》を望《のぞ》む科学部部長《かがくぶぶちょう》と悩《なや》みのタネはつきない。世界《せかい》を終《お》わらせないため、モナミと丸男《まるお》が奔走《ほんそう》する！

【RD《アールディー》】さんによるレビュー

知《し》り合《あ》いの行動《こうどう》で世界《せかい》が危機《きき》におちいり、神経《しんけい》をすり減《へ》らす苦《くる》しみ、わかりますよ。わたしに人間《にんげん》の体《からだ》があれば、丸井丸男《まるいまるお》さんとはおいしい酒《さけ》が飲《の》めそうです。

Review
評《ひょう》価《か》

モナミの食《く》い意地《いじ》	★★★☆☆
丸男《まるお》の妹愛《いもうとあい》	★★★★★
丸美《まるみ》の兄愛《あにあい》	★★☆☆☆

モナミは宇宙《うちゅう》を終《お》わらせる？

初版《しょはん》：2013年《ねん》2月《がつ》28日《にち》　ページ数《すう》：287ページ

ある朝《あさ》、モナミはうっかり演劇部《えんげきぶ》の大道具《おおどうぐ》を壊《こわ》してしまう。そこに描《えが》かれた空飛《そらと》ぶ円盤《えんばん》は、実際《じっさい》の宇宙空間《うちゅうくうかん》とシンクロしていた。その結果《けっか》、地球《ちきゅう》に接近中《せっきんちゅう》のUFO《ユーフォー》が大爆発《だいばくはつ》！脱出《だっしゅつ》した宇宙人《うちゅうじん》は、“先制攻撃《せんせいこうげき》をしかけた”モナミと丸男《まるお》に対《たい》し、地球侵略《ちきゅうしんりゃく》を宣言《せんげん》する。演劇部《えんげきぶ》の公演《こうえん》と各国《かっこく》の要人《ようじん》が参加《さんか》するカナダの国際芸術祭《こくさいげいじゅつさい》をシンクロさせ、公演《こうえん》をメチャクチャにする計画《けいかく》だ。芸術祭《げいじゅつさい》が失敗《しっぱい》すると、各国《かっこく》の関係《かんけい》が悪《あっ》化《か》し世界大戦《せかいたいせん》が勃発《ぼっぱつ》！　人類《じんるい》を守《まも》るため、モナミと丸男《まるお》は科学部部長《かがくぶぶちょう》の神田川永遠《かんだがわとわ》とともに地球防衛軍《ちきゅうぼうえいぐん》を結成《けっせい》する！

【ヴォルフ】さんによるレビュー

権田原大造《ごんだわらたいぞう》は、このカナダでの国際芸術《こくさいげいじゅつ》祭《さい》にとある任務《にんむ》で参加《さんか》し、それなりに活《かつ》躍《やく》したらしい。数少《かずすく》ないヤツの活躍《かつやく》、知《し》りたければ好《す》きにしろ。

Review
評《ひょう》価《か》

モナミの食《く》い意地《いじ》	★★★★★
Mic《ミック》の踊《おど》りのキレ	★★★★☆
丸男《まるお》の洗濯《せんたく》スキル	★★★★★

Q.059の答《こた》え　通販《つうはん》で4100円《えん》の「幸《しあわ》せの扉《とびら》を開《あ》けてくれるクロス」。今川寮《いまがわりょう》の他《ほか》の部屋《へや》もこれで開《あ》けられる。

モナミは時間《じかん》を終《お》わらせる？

初版《しょはん》：2014年《ねん》12月《がつ》5日《いつか》　ページ数《すう》：287ページ

9月《がつ》9日《ここのか》は、モナミにとってパッとしない一日《いちにち》だった。映画《えいが》で見《み》た英国式朝食《えいこくしきちょうしょく》を作《つく》ろうとして小火《ぼや》を出《だ》し、先着《せんちゃく》1名《めい》の幻《まぼろし》の定食《ていしょく》を食《た》べそこね、英単語《えいたんご》テストの出来《でき》も良《よ》くない。

今回《こんかい》のシンクロは、モナミの腕時計《うでどけい》が「タイムマシンになる」というもので、丸美《まるみ》いわく「半端《はんぱ》なくヤバイ」（原因《げんいん》はテストで「腕時計《うでどけい》」を「time machine《タイムマシン》」と答《こた》えてしまったから）。モナミが偶然過去《ぐうぜんかこ》へ飛《と》んだことで、「反地球《はんちきゅう》」が出《しゅつ》現《げん》、太陽系崩壊《たいようけいほうかい》の危機《きき》に！　時間《じかん》をもとに戻《もど》すため、丸男《まるお》やナル造《ぞう》、転校生《てんこうせい》の毛利巧《もうりたくみ》くんを巻《ま》き込《こ》み、モナミが奮闘《ふんとう》する！

【岩崎亜衣《いわさきあい》】さんによるレビュー

ただでさえややこしいタイムマシン問題《もんだい》と、究極《きゅうきょく》のドジっ娘《こ》の組《く》み合《あ》わせは、過《か》去《こ》のSF《エスエフ》小説《しょうせつ》にも例《れい》を見《み》ないと思《おも》うわ。教授《きょうじゅ》には絶対《ぜったい》に会《あ》わせたくない人物《じんぶつ》ね。

Review

評価《ひょうか》

モナミの食《く》い意地《いじ》	★★★★★
丸男《まるお》のふり回《まわ》され度《ど》	★★★★☆
神田川永遠《かんだがわとわ》の天才度《てんさいど》	★★★★★

赤《あか》い夢《ゆめ》の迷宮《めいきゅう》

初版《しょはん》：2007年《ねん》5月《がつ》9日《ここのか》　ページ数《すう》：303ページ

小学生《しょうがくせい》だったぼくたち7人《にん》には、ある共通点《きょうつうてん》があった。それは、OG《オージー》と呼《よ》んでいる大人《おとな》と交流《こうりゅう》があること──。しかし、夏休《なつやす》みのある事件《じけん》をきっかけに疎遠《そえん》になってしまう。

25年《ねん》の歳月《さいげつ》が流《なが》れ、事件《じけん》を忘《わす》れかけた頃《ころ》、OG《オージー》から同窓《どうそう》会《かい》の誘《さそ》いが届《とど》く。会場《かいじょう》はあの事件《じけん》が起《お》こった「お化《ば》け屋敷《やしき》」。それぞれの思惑《おもわく》を抱《かか》え、ぼくたちはその誘《さそ》いに飛《と》びつく。そこで明《あき》らかになる凄惨《せいさん》な過去《かこ》。そして、ひとり、またひとりと消《き》えていく仲間《なかま》たち……。「勇嶺薫《はやみねかおる》」名義《めいぎ》で発表《はっぴょう》された、人間《にんげん》の闇《やみ》を描《えが》いた本格《ほんかく》ミステリー。

【宮里伊緒《みやさといお》】さんによるレビュー

数《かず》あるはやみねミステリーの中《なか》でも異色《いしょく》の作品《さくひん》ね。衝撃《しょうげき》のラストに思《おも》わず叫《さけ》びだしそうになっちゃった！　でも、名探偵《めいたんてい》になるためには乗《の》り越《こ》えなきゃ……。

Review

評価《ひょうか》

OG《オージー》の恐《おそ》ろしさ	★★★★☆
人《ひと》の闇《やみ》の深《ふか》さ	★★★★★
大柳家《おおやなぎけ》の財力《ざいりょく》	★★★★☆

Q.060　神田川永遠《かんだがわとわ》がパンのシールを集《あつ》めてもらったマグカップに描《えが》かれている動物《どうぶつ》は？

短《たん》編《ぺん》作《さく》品《ぴん》

幽霊屋敷《ゆうれいやしき》にて人喰《ひとく》い鏡《かがみ》を見《み》る

初版《しょはん》：2009年《ねん》3月《がつ》3日《みっか》
『きみに贈《おく》るつばさ物語《ものがたり》』収録《しゅうろく》

突然《とつぜん》の大雨《おおあめ》で古《ふる》びた洋館《ようかん》に逃《に》げ込《こ》んだ井上快人《いのうえかいと》と川村春奈《かわむらはるな》は、人喰《ひとく》い鏡《かがみ》を調査中《ちょうさちゅう》の高校生《こうこうせい》、長曽我部慎太郎《ちょうそかべしんたろう》と出《で》会《あ》う。町《まち》の掲示板《けいじばん》には、警察《けいさつ》の手配書《てはいしょ》と行方不明《ゆくえふめい》の子《こ》どもの張《は》り紙《がみ》。人喰《ひとく》い鏡《かがみ》との接点《せってん》は？　3人《にん》が織《お》りなす推理《すいり》の連携《れんけい》プレイに注目《ちゅうもく》！

天狗《てんぐ》と宿題《しゅくだい》、幼《おさな》なじみ

初版《しょはん》：2002年《ねん》8月《がつ》1日《ついたち》
『ミステリ・アンソロジーⅣ 殺意《さつい》の時間割《じかんわり》』収録《しゅうろく》

超真面目《ちょうまじめ》な井上快人《いのうえかいと》と霊能力者《れいのうりょくしゃ》・川村春奈《かわむらはるな》の名《めい》コンビが初登場《はつとうじょう》。小学《しょうがく》6年《ねん》生《せい》のふたりは、チョーロォの昔話《むかしばなし》から、かつて天狗山《てんぐやま》で天狗《てんぐ》に突《つ》き落《お》とされた少年《しょうねん》がいたことを知《し》る。快人《かいと》は真犯人《しんはんにん》の存在《そんざい》に気《き》づいていた。時《とき》を超《こ》えて天《てん》狗《ぐ》の正体《しょうたい》が明《あき》らかになる！

後夜祭《こうやさい》で、つかまえて

初版《しょはん》：2010年《ねん》10月《がつ》25日《にち》
『青春《せいしゅん》ミステリーアンソロジー学園祭前夜《がくえんさいぜんや》』収録《しゅうろく》

新聞部《しんぶんぶ》に所属《しょぞく》する高校《こうこう》1年生《ねんせい》の藤倉《ふじくら》美和《びわ》には、気《き》になる同級生《どうきゅうせい》がいる。彼《かれ》の名《な》は神田川創人《かんだがわそうと》。いつもバイトをしていて、将来《しょうらい》の夢《ゆめ》は名探偵《めいたんてい》という変《か》わった少年《しょうねん》だ。学園祭《がくえんさい》で「騒動師《そうどうし》」なる人《じん》物《ぶつ》から挑戦《ちょうせん》を受《う》けた創人《そうと》は、バイトを休《やす》んで事件《じけん》に挑《いど》む！

砂人形《すなにんぎょう》おどる校庭《こうてい》で

初版《しょはん》：2010年《ねん》3月《がつ》15日《にち》
『少年探偵《しょうねんたんてい》と4つの謎《なぞ》』収録《しゅうろく》

オカルトグッズを身《み》につけた長曽我《ちょうそか》部慎太郎《べしんたろう》は、6年《ねん》1組《くみ》にやってきた一《いっ》風変《ぷうか》わった転校生《てんこうせい》。語《かた》り手《て》の「ぼく」を呼《よ》び出《だ》し、砂《すな》のお化《ば》けの調査《ちょうさ》に行《い》こうという。ふたりがプールに落《お》ちると、転校生《てんこうせい》に不思議《ふしぎ》な変化《へんか》が現《あらわ》れ、超常現《ちょうじょうげん》象《しょう》が急速《きゅうそく》に氷解《ひょうかい》し始《はじ》める！

打順未定《だじゅんみてい》、ポジションは駄菓子屋前《だがしやまえ》、契約《けいやく》は未更改《みこうかい》

初版《しょはん》：2013年《ねん》9月《がつ》25日《にち》
YA!《ワイエー》アンソロジー『エール』収録《しゅうろく》

春日温《かすがあつし》、通称《つうしょう》ヌクは、成績《せいせき》が下《さ》がったために大好《だいす》きな野球部《やきゅうぶ》を辞《や》めるよう母親《ははおや》に迫《せま》られていた。そんなヌクに力《ちから》を貸《か》してくれたのは、意外《いがい》にも問題児《もんだいじ》の副《ふく》キャプテン、直樹《なおき》。直樹《なおき》はヌクの母親相手《ははおやあいて》に、ヌクの野球部在籍《やきゅうぶざいせき》を賭《か》けた勝負《しょうぶ》を申《もう》し込《こ》むが……。

打順未定《だじゅんみてい》、ポジションは駄菓子屋前《だがしやまえ》

初版《しょはん》：2009年《ねん》9月《がつ》18日《にち》
YA!《ワイエー》アンソロジー『友情《ゆうじょう》リアル』収録《しゅうろく》

ヌクこと春日温《かすがあつし》は、中学《ちゅうがく》2年生《ねんせい》の野《や》球部員《きゅうぶいん》。いつものポジション「駄菓子《だがし》屋前《やまえ》」で、打球《だきゅう》が店《みせ》に飛《と》び込《こ》まないよう守備《しゅび》に徹《てっ》していると、野球部《やきゅうぶ》を辞《や》めたはずの直樹《なおき》がしきりにヤジを飛《と》ばしてくる。ヌクは嫌々《いやいや》ながらも、直樹《なおき》と野球《やきゅう》をすることになり……。

Q.060の答《こた》え　クマさん。シールを集《あつ》めるのに1年《ねん》かかったという。

第《だい》13章《しょう》・大広間《おおひろま》

HKC《エイチケーシー》総選挙《そうせんきょ》

7つの部門《ぶもん》でNo.1《ナンバーワン》に輝《かがや》いたのは?

はやみねファンを対象《たいしょう》に、インターネットでアンケートによるキャラクターたちの総選挙《そうせんきょ》を実施《じっし》！　老若男女《ろうにゃくなんにょ》問《と》わずさまざまな回答《かいとう》をいただきました。どれも個性的《こせいてき》な７部門《ぶもん》でしたが、はたして誰《だれ》が頂点《ちょうてん》に輝《かがや》くのか！?　さあ、そろそろ発表《はっぴょう》の時間《じかん》です！

Q1 親《した》しみやすさNo.1《ナンバーワン》

もっとも友《とも》だちになりたいキャラは?

投票結果《とうひょうけっか》

1位 内藤内人《ないとうないと》 380票《ひょう》

一見平凡《いっけんへいぼん》。しかし、正体《しょうたい》は無敵《むてき》のサバイバー!

●頼りになりすぎる！　だけど、たまには創也に対する愚痴を聞いてあげたい……！（笑）（諭士）●みんなキャラが濃いから……友人として話せそうなのは彼だよね（笑）。（もこも子）●一番まともだから（ただし非常時は除く）。（桜枝）●淡い恋心、塾通いに追われる日々、なかなか上がらない成績など、気が合いそうなところがたくさんある！（summerhope）●遊びに行ったときに、ポケットティッシュをたくさんもらわなければ、さらにいいです。（なな）●ポケットからなんでも出してくれそうだから。（ホノルルマラソン）●明るくて、楽しいことが大好き、という純粋な内人くんが好きです！（さちこ）●おばあちゃんっ子ってところもいいし、優しくて大好き♥（ちーー）●なぜモテないのかがわからない。一家に一内人！（よつばりんご）

2位 岩崎亜衣《いわさきあい》 284票《ひょう》

常識《じょうしき》のない教授《きょうじゅ》を放《ほう》ってはおけないわ……

●おもしろい推理小説を教えてほしい！（カエルさん）●同じミステリー好きだし、レーチとの関係も気になる！（本好き少女）●長女あるあるで盛り上がれそう。（くくろ）●私が高校で文芸部に入ったのは、とにかく亜衣ちゃんの影響です!!!（塚巻有途）●しっかりしていて自分の夢を叶えるために努力していて、とても尊敬してます。（巫脊ひより）●亜衣ちゃんだけでなく、真衣ちゃんや美衣ちゃんとも仲良くなりたい！　一緒に虹北学園に通いたいです♪(nami)●クラスメイトになってレーチの愚痴とか聞いてあげたい！あと、おうちに遊びに行って糸電話とかを見たいです！　そしてそのまま晩御飯に羽衣母さんのカレーをいただいて帰ります！（ゆづ茶）●はやみねワールドで最初に出会ったのが亜衣ちゃんでした。私が文章を書くようになったのは亜衣ちゃんのおかげです。（彼方）

3位 クイーン 175票《ひょう》

人生《じんせい》に大切《たいせつ》なのはC調《シーちょう》と遊《あそ》び心《ごころ》!!

●怪盗の美学をぜひともご教授いただきたいです!!（笑）　いろんな冒険談とか（ジョーカーやRDのツッコミ入りで）、聞きたいです!!!（ほたる）●クイーンに友だちが少なそうだからです。あと楽しそうじゃないですか！(kingu)●クイーンのあのお気楽さがたまらない!!　友だちになったら一緒に変装とかしてみたいな!(永井あかね)●座右の銘は「自由！」みたいな怪盗ですね。もしや……B型だったりして。（WHO世界ハジケン機関）●クイーンとジョーカー君とRDとトルバドゥールで旅をしたーい！（ももにゃんこ）●会ってみたい★　でもワインボトルを切断したり、仕事サボったりするのはちょっと……（まー♪）●個人的に私がはやみね先生の作品の中で一番お気に入りのキャラです☆　友だちになれたら、幸せすぎます!!（覚醒した天龍の怪盗）

4位 ヤウズ 90票《ひょう》

世話《せわ》の焼《や》けるジジイだぜ

●初登場からだんだん人間らしくなっていって、年相応の表情を見せるようになったヤウズ君。お料理教わりたいです。（安齋洋美）●ぶっきらぼうだけど、かっこよくて強いから！（緋紅蓮矢）●友だちより弟にしたい(笑)。（コリエンテ）

5位 RD《アールディー》 75票《ひょう》

歌《うた》って踊《おど》れる人工知能《じんこうちのう》

●人工知能なのに、あんなにおちゃめなんて！　一緒にバランサーしたいです。あっ、でもハンデはください。（月景）●RDのあの毒舌が間近で聞けたら楽しそう……！（笑）（むー）●いつもクイーンに振り回されていて大変ですね。頑張ってください。（くおんたむ）

6位 ジョーカー 72票《ひょう》

一介《いっかい》のパートナーです

●悩みが人間的で共感できる。（ユーグレナ）●笑うジョーカーを見てみたいから。（樋口歩ノ香）●「正しい日本」を教えてあげたい。（昇夜魅）●クイーンにあきれながらもなんだかんだ付き合ってあげてる優しさにほれたから。（りお。）

7位 中井麗一《なかいれいいち》 62票《ひょう》

おれの存在《そんざい》そのものが詩《し》だ!

●亜衣を想うもどかしい気持ちがとても共感できたからです。「レーチの文学的苦悩」また読みたいです!!（渡辺明音）●真っ直ぐで一生懸命な姿を隣で見ていたいのです。（斜羽）●負った責任は最後までやりとげるところが好き。（北田修）

8位 夢水清志郎《ゆめみずきよしろう》

9位 岩崎《いわさき》マイン

10位 花菱仙太郎《はなびしせんたろう》

11位以下《いいか》の結果《けっか》（票数順《ひょうすうじゅん》）虹北恭助《こうほくきょうすけ》、野村響子《のむらきょうこ》、竜王創也《りゅうおうそうや》、西沢《にしざわ》のおじさん、宮里伊緒《みやさといお》、真田志穂《さなだしほ》、二階堂卓也《にかいどうたくや》、山村風太《やまむらふうた》、ネコイラズくん、皇帝《アンプルール》、岩崎美衣《いわさきみい》、エレオノーレ、WHO《フー》

総評《そうひょう》

**最初《さいしょ》の接戦《せっせん》を制《せい》したのは内人《ないと》！　身《み》の回《まわ》りのものをうまく使《つか》いこなす
サバイバル能力《のうりょく》で、どんな冒険《ぼうけん》でもへっちゃら！**

はやみね的《てき》TOP3《トップスリー》

1位《い》 健一《けんいち》

2位《い》 若旦那《わかだんな》

3位《い》 丸井丸男《まるいまるお》（モナミシリーズ）

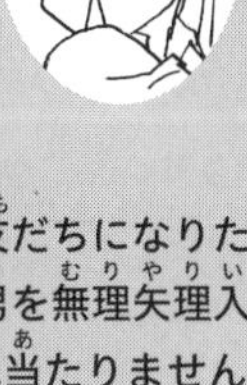

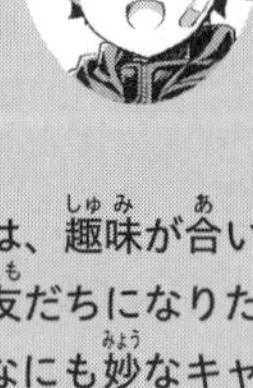

健一君《けんいちくん》は純粋《じゅんすい》にイイ奴《やつ》で、ぜひ友《とも》だちになりたいです。他《ほか》には、趣味《しゅみ》が合《あ》いそうな若旦那《わかだんな》や、頼《たよ》りになる丸男《まるお》を無理矢理《むりやり》入れましたが、友《とも》だちになりたい“普通《ふつう》のキャラ”が、本当《ほんとう》に見当《みあ》たりません。なぜ、こんなにも妙《みょう》なキャラばかりなのか、作者《さくしゃ》として情《なさ》けないです。

Q.061　竜王《りゅうおう》グループが展開《てんかい》するコンビニチェーンの名前《なまえ》は？

Q2 強《つよ》さNo.1《ナンバーワン》

最強《さいきょう》だと思《おも》うキャラは?

投票結果《とうひょうけっか》

1位 皇帝《アンブルール》(若作《わかづく》りバージョン) 455票《ひょう》

No.1《ナンバーワン》ホスト、謎《なぞ》の映画評論家《えいがひょうろんか》、しかしてその実体《じったい》は——

●宇宙一強いと本人が言っているから。（理佐子）●地球が滅亡しても普通に火星で生活してそうだから。(いりす) ●実際の年齢っていくつなんだろう。(よる)●クイーンって言いたいところだけど、クイーンをしのぐ強さや、何よりクイーンの弱みを握ってる唯一の人物だから。(雪日和) ●怪盗として最強なだけじゃない。キャメルマンとしても最強だ！(みづきち) ●いろんな意味で最強！ ハトと会話とか……若作りとか……（笑)。(怪盗黒羽) ●あの若作り能力、ハンパない……（笑)。(蜃気楼) ●地球最強のクイーンこそが最強かなと思いましたが、そういえば宇宙最強がいました。(菊池桃) ●あのクイーンが敬語使う人ですからっ !!! (クイーンはイヤでしょうが……。) (赤い夢の住人 A) ●あの生命力 !!! そして、クイーンやヤウズをもてあそぶあのおそろしさ !!! 最強だあっ !!! (椿)

2位 クイーン 348票《ひょう》

強《つよ》さを見《み》せびらかすことは「怪盗《かいとう》の美学《びがく》」に反《はん》するね

●ただ単に強いだけじゃなくて優雅さ・綺麗さも兼ね備えたクイーンこそ最強！(カナ.)●たぶん人間じゃない。(もなか)●怪盗クイーンの辞書に不可能はない！（日涙）●いろんな意味で！ 何事に関しても強いから！（鈴にゃん）●最強の癒やし？キャラ。(salt) ●クイーンがいれば世界は平和だと思う !!（らんぼ）●C 調と遊び心で、どんな敵でもばったんばったん！ クイーンがナンバーワンでしょ！（さくらっこ）●最強だから。いつまでも赤い夢を見させてほしい。(夢見屋) ●二階堂卓也さんとどっちが強いんでしょうか？（マロン）●めげない心がすごすぎます（笑)。(吉田千夏) ●いろんな意味で最強な人だと思う……。歳をとったらたぶんもっと……歳……とるのかな……？（yamabuki_akari）●変人キャラだけど、友人を守るという正義感があってめっちゃ強いから！(なるるん)

3位 夢水清志郎《ゆめみずきよしろう》 129票《ひょう》

サイキョウ?……サワラの西京《さいきょう》焼《や》きが食《た》べたいな

●打たれ強さではクイーンと一、二を争うのでは……と思いました。(光) ●食欲、推理力、観察力、体力 (?) すべてで教授に勝てる人なんて存在しないと思うから！(笑)(楠白フーマ)●酸素がなくなっても生きてそう……。(pear) ●夢水の記憶力のなさは、最強だと思う。(花より dango) ●腐ったハンバーガーを食べても大して変わりないとか……ある意味最強。(ぐるーみぃ。) ●戦う強さでいったらクイーンたちなのかもしれないけど、生命力の強さはやっぱり、夢水！ 体にカビが生えても生きてられるのはすごい！(じょー) ●誰が相手のどんなに難しい事件でも、みんなが幸せになるように解決してくれるって信じてます。(礼) ●腕の立つという意味で強いキャラはたくさんいるけど、「キャラの強さ」で言ったらこの人しかいない。(ミゾ) ●ゴキブリ並みの生命力！（クッキー）

Q.061の答《こた》え シャドウ。「影《かげ》のように生活《せいかつ》に寄《よ》りそう」というところから、名付《なづ》けられた。

じゃまをする者《もの》は許《ゆる》しません

4位 二階堂卓也《にかいどうたくや》 128票《ひょう》

●忙しいなかでも転職活動する人は強い。（みつ）●戦ったら保育士拳を使ったりして、一番身体的にも、精神的にも疲れそうだから。（T-28）●卓也さん、保育士になれるといいね……（泣）。（SHO1）●守るべきものがある人は強い！（ないゆー）

どんな状況《じょうきょう》でも、よく考《かんが》えろ

5位 内藤内人《ないとうないと》 98票《ひょう》

●意外と日常に役立つ情報があるからです。内人がんばれ！（トムソーヤ！）●どんなところ、どんな状況でも生還できるから。（マカロン♪）●内人くんに勝てるのは美少女だけなんて、すっごくハードボイルドですね！（熊猫）

女性《じょせい》や子《こ》どもとは戦《たたか》いません

6位 ジョーカー 62票《ひょう》

●いつも冷静で時にお茶目なところが素敵です！　女性や子どもとは一切戦わないと決めているところに、強さと優しさを感じます。（くま）●クイーンも強いけれど、そんなクイーンを唯一しかれるのはジョーカーだけだから……。（にーま）

あらあら、たいへんねえ

7位 岩崎羽衣《いわさきうい》 37票《ひょう》

●三姉妹を育て上げ、夢水さんも逆らえない存在……羽衣母さんこそ最強だと思います。（hio）●卓也さんも初楼もクイーンも、羽衣母さんには無力。（有賀愛海）●怒らせると怖そうなので。（涼風）●母は強し。（島崎真城）

8位 鷲尾麗亜《わしおれいあ》

9位 RD《アールディー》

10位 内人《ないと》のおばあちゃん

11位以下《いいか》の結果《けっか》（票数順《ひょうすうじゅん》）真野萌奈美《まのもなみ》（モナミシリーズ）、柳川博行《やながわひろゆき》、野村響子《のむらきょうこ》、ルイーゼ、岩崎亜衣《いわさきあい》、黒川部長《くろかわぶちょう》、茶魔《ちゃま》、中村巧之介《なかむらたくみのすけ》、春咲華代《はるさきかよ》、伊藤真里《いとうまり》、中井麗一《なかいれいいち》、虹北恭助《こうほくきょうすけ》、岩崎《いわさき》マイン、西沢《にしざわ》のおじさん

総評《そうひょう》

熱《あつ》い師弟対決《していたいけつ》は、お師匠様《ししょうさま》の勝利《しょうり》。世界一《せかいいち》の怪盗《かいとう》であるクイーンも、
やはり宇宙一《うちゅういち》の怪盗《かいとう》にはかないません。

はやみね的TOP3《てきトップスリー》

1位《い》 真野萌奈美《まのもなみ》（モナミシリーズ）

2位《い》 皇帝《アンプルール》

3位《い》 クイーン

萌奈美《もなみ》は、最強最悪《さいきょうさいあく》です。どんなに皇帝《アンプルール》やクイーンが強《つよ》くても、宇宙《うちゅう》や時間《じかん》を終《お》わらせるだけのパワーを持《も》った萌奈美《もなみ》には、勝《か》てないような気《き》がします。たとえ原稿用紙《げんこうようし》の上《うえ》で消《け》したとしても、「あれが最後《さいご》のモナミとは思《おも》えない……」と復活《ふっかつ》してきそうな気《き》がします。

Q.062　飛行船《ひこうせん》・トルバドゥールの設計図《せっけいず》を書《か》いた人物《じんぶつ》といえば？

Q3 知能《ちのう》No.1《ナンバーワン》

もっとも頭《あたま》がいいと思《おも》うキャラは？

投票結果《とうひょうけっか》

1位 RD《アールディー》 632票《ひょう》

「頭《あたま》がいい」は人工知能《じんこうちのう》にも当《あ》てはまるのですか？

●人工知能とはいえ自分で物事を判断できるところ。皮肉や不満を言いつつも、さりげない愛のある悪口。ウイットに富んだ会話もできるのが、なかなか良いと思います。（福田志摩）●歌って踊れる人工知能 RD に、知らないことはないでしょう！　女心はどうかわかりませんが（笑）。（紅乃）●クイーンに負けるな！（夏音）●受験生の時は勉強を教えてほしかったなあ。家庭教師に来てくれたら大歓迎します。雑学とかもいっぱい知ってそう！（大山凪）●世界最高の人工知能であり、クイーンとジョーカーとうまくやっているので（笑）。（ほんと）●どんなにわからないことでも 0.000003 秒くらいで調べちゃう !!（チコ *）●オセロとかやってみたい！（鈴にゃん）●世界一の人工知能、ＲＤの辞書に「不可能」の文字はない！（美宙瑠）●世界一ィィィィィィ！（三上奈月 他多数）

2位 夢水清志郎《ゆめみずきよしろう》 336票《ひょう》

なんたって、ぼくは名探偵《めいたんてい》だからね

●常識はないけど推理はピカイチ。先の先まで考えて推理していてかっこいい！（梨子）●名探偵でありながら、みんなを幸せにしてくれる、私の出会った第１号名探偵さんです。（ほたる）●誰にしようか悩んだのですが、私のなかで一番好きな探偵は教授なので、自堕落で食い意地の汚いどうしようもない探偵ですが、彼にしました。教授を通して名探偵のなんたるか、ミステリの楽しみ方を知った読者です。（晴野うみ）●ボーッとしているようで、普通の人が気づかないところまでも観察していていつも驚きます。謎解きの部分は普段の 100 倍くらいかっこいいです。（渡辺明音）●生活力と常識のなさを除けば……いや、除いちゃいけない気もする……。（霧月夜）●誕生日を忘れるほどマヌケだけど、たまに口から出る言葉が、すごく胸にくる。（コッペリア）

3位 竜王創也《りゅうおうそうや》 193票《ひょう》

たかが知識《ちしき》の量《りょう》で、ぼくに勝《か》てる者《もの》がいると思《おも》ってるのかい？

●猪突猛進なところを無視すれば、最も知識があるから。（K.K）●これは創也で決まり！　ずるがしこい創也は、たしかに運動はできないけど、知的な部分は断トツで１位！（辻 涼音）●役に立つのか立たないのかわからない雑学に毎回驚かされています（笑）。（瓶谷悠）●ノートとらなくても小テスト満点だしね……羨ましい。（あやや）●雑学王！（ブルー）●歩く百科事典。（おか J）●創也目線の小説が読みたい。（S）●頭がいい馬鹿だと思うから。（吉田芽以）●RD やマガとは違って、生身の人間かつ 14 歳という年齢であの知識量と頭の回転の速さはすごいので、彼一択で！（Shelly）●竜王くんに勉強を教えてもらいたいです！（Hangry）●テスト満点とか、電話番号覚えるとか……天才！（フルル）●定期テストを面白いと言ったり、無駄？な雑学を沢山披露するところ。（はやみネール）

Q.062の答《こた》え 皇帝《アンプルール》。ロボット工学《こうがく》にくわしく、趣味《しゅみ》でロボットを作《つく》っている。

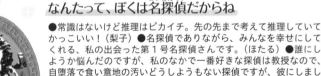

4位 虹北恭助《こうほくきょうすけ》 77票《ひょう》

もう事件《じけん》は解決《かいけつ》してるよ

●いつも本を読んでいて、知識がたくさんありそう。(直井祐那海) ●知識や知恵をちゃんと実生活、自分や周りの幸せのために使いこなしているところが頭いい。(といひさいち) ●恭助大好きです。響子ちゃんとお幸せに!（春川こなみ）

5位 クイーン 49票《ひょう》

日本のことわざは深いね

●何も考えてないように見えて、頭のなかでは常に計算してそう！　クイーンが本気を出せば謎も解けちゃうのかも!?（さな）●遊びに対するポテンシャルの高さ(笑)。(さかきん)●クイーンはRDの計算などを上回るからです。(喜多川紗鶴)

6位 皇帝《アンプルール》 36票《ひょう》

なんでクイーンより下《した》なんだ?

●いたずらに関しては誰よりも頭回りそう。(ちろる) ●RDですら皇帝に勝てなかったのにそれ以外に勝てる人います？（まっつー) ●だって、あのトルバドゥールって皇帝が作ったんでしょ？　頭いいって証拠だよ～。(カレンダー)

7位 内藤内人《ないとうないと》 14票《ひょう》

ありがとう、おばあちゃん

●危険な状況を打破する術をすぐに考えることができるので、頭いいなあと思っています！(のえ)●いざってときに頼れる！　生きる知恵を持っている人です。(runnner) ●ただし、サバイバル限定で！(笑)(リンクス)

8位 マガ　9位 中島《なかじま》ルイ　10位 アンゲルス

11位以下《いいか》の結果《けっか》(票数順《ひょうすうじゅん》) WHO《フー》、中井麗一《なかいれいいち》、猫柳健之介《ねこやなぎけんのすけ》、倉木博士《くらきはかせ》、神田川永遠《かんだがわとわ》(モナミシリーズ)、内人《ないと》のおばあちゃん、岩崎亜衣《いわさきあい》、ジョーカー、神宮寺直人《じんぐうじなおひと》、冥美《めいび》、ヤウズ、M《エム》、西沢《にしざわ》のおじさん、はやみねかおる先生《せんせい》

総評《そうひょう》

各作品《かくさくひん》のインテリ(?)キャラがしのぎをけずったこの部門《ぶもん》。
しかし、やはり「世界一《せかいいち》ィィィ！」を自負《じふ》する人工知能《じんこうちのう》・RD《アールディー》がトップに。

はやみね的《てき》TOP3《トップスリー》

1位《い》 内人《ないと》のおばあちゃん
2位《い》 神田川永遠《かんだがわとわ》（モナミシリーズ）
3位《い》 わたしの妻《つま》（ぼくらの先生《せんせい》!）

知識《ちしき》があるうえに、その知識《ちしき》と知識《ちしき》を結《むす》びつけ、新《あたら》しいことを考《かんが》えられる人《ひと》を選《えら》びました。内人《ないと》のおばあちゃんは、頭《あたま》がいいうえに技術《ぎじゅつ》もあるので、人生《じんせい》の師匠《ししょう》です。偶然《ぐうぜん》にも、女性《じょせい》キャラばかりになってしまいました。男《おとこ》は、いつまでも子《こ》どもでバカばかりしてるんですね。

Q.063　RD《アールディー》がシステムチェックをするとき、かかる時間《じかん》は何秒《なんびょう》？

Q4 おもしろさNo.1《ナンバーワン》

もっとも笑《わら》えるおもしろいキャラは?

投票結果《とうひょうけっか》

1位 夢水清志郎《ゆめみずきよしろう》 364票《ひょう》

こう見《み》えて、大学教授《だいがくきょうじゅ》だったこともあるんだよ

●ふぁっふぇ、ひぉほぉふひふぁふぁふぇふぁひぃふぉふ（だって、教授には勝てないもん）。（スライムはやと）●本を読みすぎないように！（ユージ）●猫と戦ったり、糸を引いたハンバーガーを食べてみたりと、普通の人では考えられない行動をするから。（蜜柑）●体にかびを生やしてるときもあったし、何日もご飯を食べるのを忘れているときもあったから。とくに常識を知らないこと、大食いなところが笑える。（市松こひな）●覚え悪すぎ、そこが笑える。（もなみちゃん）●常識0だから。（ワシリー・ザロフ指揮官）●そのうち、服にも「名探偵！」って、大きく書き出しそう……。（サンショウウオ）●漫才とかやったら面白そう。（京ちゃん）●常識のなさが常識の範疇を超えてる。（火野）●名探偵なのに社会生活不適応者だから。（真山沙織）●びっくり人間。（meira）

2位 クイーン 186票《ひょう》

みんなにエンターテインメントを提供《ていきょう》してると言《い》ってほしいね

●ジョーカーに適当なこと言い過ぎ！（笑）（she1a）●クイーンの「日本の」シリーズは、一人で笑いながら読みました！　お気に入りは「日本の秋」です。（くりーむ）●クイーン大好き！　こんなに面白い怪盗と初めて出会いました！（Leaf★Moon）●自分で辞書を作っちゃうから。（pamp）●本当はクイーン＆ジョーカーかなぁ。あの掛け合いが、すごいおもしろい!!（岡戸日菜乃）●お子様用のおもちゃをギネス記録レベルまで極めてしまうなど、一般人とは格の違う遊び心を感じます。（まっきー）●存在が、笑いの塊をジョークでコーティングして、おふざけを振りかけたような人物。（一介の高校生）●周囲の人間を嵐のように巻き込んでいく感じが（笑）。（中国りんご）●クイーンの言動に声を出して笑ってしまった数は両手じゃ足りません!!!（ワト村）

3位 中井麗一《なかいれいいち》 126票《ひょう》

おれの名前《なまえ》はレーチじゃなくて麗一《れいいち》だ!!

●黒電話との戦いお疲れ様でした。（ちろる）●亜衣への不器用な恋心が、ごめんなさい、笑えます（笑）。（水田茉良）●彼の文学的苦悩ははかり知れませんね（笑）。（アス）●レーチといえば、黒電話との戦い！　現在は公衆電話 in フランスですね。あれはほんとにおもしろかったです。（sea）●亜衣ちゃんに楽しんでもらうためのデートプランのセンスのなさ。毎回空回り、お疲れ様！（吉野）●はやみね作品におもしろいキャラは何人もいるのですが、この人で。超能力のくだりを初めて読んだとき、大爆笑したのが忘れられません。（うぃす）●レーチが出るとやっぱりくすりと笑ってしまうことが多くて子どもの頃から大好きです！　いつまでも「チビのレーチ」と亜衣ちゃんにからかわれていてほしいです。（はじめこ）●行動、言葉、すべてがおもしろい！（如月透）

Q.063の答《こた》え　0.17秒《びょう》。その日《ひ》の体調《たいちょう》によって、多少《たしょう》は前後《ぜんご》する。

先生《せんせい》といっしょに遊《あそ》ぼう!

4位 二階堂卓也《にかいどうたくや》 114票《ひょう》

●シャドー保育で笑わせてもらいました。（シュウ）●その情熱と空回り加減に賞賛。（杏るしあ）●すごく強いのに、夢が保育士!! おもしろすぎ!!（ミルクティー）●いつか保育士になれるといいね！　応援しています。（珠樹）

謀《はか》ったな、竜王屋《りゅうおうや》～!

5位 内藤内人《ないとうないと》 109票《ひょう》

●みんなおもしろいと思いますが、内人くんとトムソメンバーの掛け合いが最高に笑えます！（ミレイユ）●庶民感がいい。（目高）●女の子の視点からいうとNo.1です。（ナイト）●堀越美晴が関わった途端に急変する態度にいつも笑うから。（線）

おれは、正義《せいぎ》の味方《みかた》だぞ!

6位 皇帝《アンプルール》 75票《ひょう》

●クイーンの師匠だけあって、C調と遊び心は宇宙一！（笑）（ジェリー）●お友だちは白いハト。（雨音《アマネ》）●キャメルマンの衝撃は他の誰にも負けない……。（豆田真起子）●存在自体がギャグ。（よも）●大人げのなさが……！（たんさん）

笑《わら》えない冗談《じょうだん》だね

6位 竜王創也《りゅうおうそうや》 75票《ひょう》

●しっかりしてるように見えて、後のことを考えてなく抜けてるとこがおもしろい。（なりっち）●猪突猛進モードのときにしでかす言動の数々。（ＫＫＹＹのＹＹ）●頭いいけど、バカ！　非常時の考え方や、ドラえもん。ユーモアを感じます。（小雨）

8位 ジョーカー

9位 RD《アールディー》

10位 岩崎《いわさき》マイン

11位以下《いいか》の結果《けっか》（票数順《ひょうすうじゅん》）ヴォルフ・ミブ、スケルツィ、真野萌奈美《まのもなみ》（モナミシリーズ）、ネコイラズくん、ゲルブ、花菱仙太郎《はなびしせんたろう》、ヤウズ、若旦那《わかだんな》、茶魔《ちゃま》、西沢《にしざわ》のおじさん、シュヴァルツ、猫柳健之介《ねこやなぎけんのすけ》、堀越隆文《ほりこしたかふみ》

総評《そうひょう》

はやみねかおる作品随一《さくひんずいいち》のおとぼけキャラといえばこの人《ひと》!
ときおり見《み》せる鋭《するど》い推理《すいり》とのギャップが勝利《しょうり》の決《き》め手《て》!?

はやみね的TOP3《てきトップスリー》

1位《い》 堀越隆文《ほりこしたかふみ》

2位《い》 若旦那《わかだんな》

3位《い》 権田原大造《ごんだわらたいぞう》（モナミシリーズ）

共通《きょうつう》してるのは、自分《じぶん》に誇《ほこ》りと自信《じしん》を持《も》ち、周《まわ》りからどう見《み》えてるのか気《き》にせず、何《なに》より熱《あつ》い魂《たましい》を持《も》ってることです。失敗《しっぱい》を恐《おそ》れず、いつだって一生懸命《いっしょうけんめい》なので、うまくいかなくても後悔《こうかい》することはありません。その生《い》き方《かた》は尊敬《そんけい》できるんですが、笑《わら》ってしまいます。

Q.064 教授《きょうじゅ》の洋館《ようかん》にある2つのソファーにつけられた名前《なまえ》は?

Q5 魅力《みりょく》No.1《ナンバーワン》

もっとも美《うつく》しいと思《おも》うキャラは？

投票結果《とうひょうけっか》

1位 クイーン 1080票《ひょう》

「怪盗《かいとう》の美学《びがく》」を満足《まんぞく》させる順位《じゅんい》だね

●クイーン様の美しさに楊貴妃は恥じらい、クレオパトラは逃げ出し、小野小町は扇子で顔を隠すでしょう。（チルハナ）●彼を選ばないと拗ねそうだから（笑）。（ももめん）●見た目もですけどやっぱり自分の美学を持ってる人って美しいですよね。信念に沿って行動する。憧れです！（すぅ）●いじけるシーンが面白い！　日本の春夏秋冬シリーズも面白い！（マリン）●外見は完璧な印象を持っているから。……あくまで外見は！（SHOW☆）●たとえ着ぐるみを着ていようと、美しいです。（鬼）●自分がやりたいことをしたい！　って感じが好き！（三浦 由）●姿も心も美しいです！　なんて言うと、ジョーカーくんに「騙されないでください！」って言われちゃいそう（笑）。（みやこ）●わたしの部屋のソファーの下にある辞書にそう書いてありましたよ！（みほ）

2位 ジョーカー 53票《ひょう》

なぜ、ぼくがここにいるんでしょうか……？

●はやみね先生の本の中で一番好きなキャラです！（片岡七海）●見た目も心も美しい！　純粋すぎて心配です。（たまさん）●いろいろ抱えていながら最小限しか表面に出さない様が……。（saki）●少し危うさを感じるところが美しいと思います。（湊汰）●あの性格とかっこよさ、幼さも見せる感じ……最強ですよ !!　この間の笑顔はもう……見られなかったクイーン、ＲＤは本当に惜しいことしてますっっっ！（joker 大好き！）●とにかくカッコイイんです。大好きです !!!　愛してる !!!　いつまでもついていきます !!!（空気なアダン）●笑えないけど、ちょっとずつクイーンにいろんなものをもらって成長していってるから。（なっきー）●小学生の頃から、ジョーカー君に恋をしています（笑）。（深澤友美）●戦ってるところとか絶対かっこいいと思う !!（ミモザ）●生き方が好きです。（おぎす）

3位 竜王創也《りゅうおうそうや》 45票《ひょう》

究極《きゅうきょく》のゲームのためなら、こんな経験《けいけん》も悪《わる》くないね

●君は気絶するほど美しい！（山田ろいな）● It's a showtime!（速水春）●顔だけは美しいと思う（笑）。（ぽにょ）●頭もいい、家柄もいい、野心もある、でもちょっとドジでとっても人間らしくて魅力的、その上イケメン。（あやめ）●やっぱり創也がかっこいい！　はやみね作品のなかで一番好き！　クイーンも美しいんだけど、どうしても創也に１票入れたくて……。（原子番号 88）●イケメンはずるい。（河虎）●仕草がとても優美そう。（パッチンガム宮殿）●黙っていたら一番美しいと思います。しゃべれば可愛くなっちゃいますね（笑）。（やっさん）●頭脳明晰だけど、大切なとこが抜けてるのが、おもしろいと思います！　美貌が素晴らしいですっっっ！（なつみかん♡）●外見選択なら創也だけど、内面選択なら内人かなぁ。（いちご）●かっこいいし美しい！（ヴァレンティニィ マリアナンジュ）

Q.064の答《こた》え　美由《みゆ》と美湖《みこ》。教授《きょうじゅ》の洋館《ようかん》には、ほかの椅子《いす》はない。

4位 中島《なかじま》ルイ 31票《ひょう》

わたしも父《ちち》のようになるわ

●美人といえば、やはりルイが真っ先に思いつきました。どこかミステリアスなところも魅力的だと思います。（さとこう）●怪人になりたいと思っているルイが憧れです。（煌）●男がアリみたいに寄ってきそう。（ヘラクレス）

5位 岩崎亜衣《いわさきあい》 22票《ひょう》

けっこうモテるんだから

●三姉妹の姉としてしっかりしているところがいいと思う。（鈴木颯人）●美しいというか、可愛い？　女子でもきれいだなと思ってしまうときがあります。（紅の薔薇）●最高のヒロイン！（いそーろー）●文芸部キャラがいい。（薦絵）

5位 緋仔《ひこ》 22票《ひょう》

…………。

●ブリリアントレッドの長髪が魅力的な、美しくも悲しい暗殺者です。（ブックマーク）●〝Ａのズキア〞が言っていたから。（一善）●危うい感じや陰ありキャラ的な美しさがある。私は少年期のほうが好きです。(a sheath)

7位 野村響子《のむらきょうこ》 21票《ひょう》

……恭助《きょうすけ》は、どう思《おも》う?

●響子ちゃんが一番かわいい！（右ストレートが怖いからなんて言えない）（祖柳嗣英）●作中屈指の凛として美しい女性。恭助を想い続けるのには根気も体力も必要なのに、それをおくびにも出さない……本当に素敵な女性です。（まきこ）

8位 ヤウズ　9位 エレオノーレ　10位 春咲華代《はるさきかよ》

11位以下《いいか》の結果《けっか》（票数順《ひょうすうじゅん》）虹北恭助《こうほくきょうすけ》、二階堂卓也《にかいどうたくや》、茶魔《ちゃま》、ＲＤ《アールディー》、権田原大造《ごんだわらたいぞう》（モナミシリーズ）、夢水清志郎《ゆめみずきよしろう》、真野萌奈美《まのもなみ》、鷲尾麗亜《わしおれいあ》、浦沢《うらさわ》ユラ、皇帝《アンブルール》（若作《わかづく》りバージョン）

総評《そうひょう》

2位以下《いいか》に圧倒的《あっとうてき》な差《さ》をつけ、堂々《どうどう》の1位《い》!
やっぱり美《うつく》しさの追求《ついきゅう》も「怪盗《かいとう》の美学《びがく》」のひとつ?

はやみね的TOP3《てきトップスリー》

1位《い》 クイーン

2位《い》 皇帝《アンブルール》（若作《わかづく》りバージョン）

3位《い》 春咲華代《はるさきかよ》

こうなるんじゃないかなって思《おも》ってたら、やっぱり、すべて怪盗《かいとう》クイーンに出《で》てくるキャラクターになってしまいました。これも、Ｋ２商会先生《ケーツーしょうかいせんせい》の美《うつく》しいイラストのおかげです。美形《びけい》キャラばかりで、本当《ほんとう》にご苦労《くろう》をおかけします。ただ、若作《わかづく》りする皇帝《アンブルール》には涙《なみだ》が出《で》ます。

Q.065　竹鳥村《たけとりむら》の事件《じけん》の前《まえ》に、クイーンが書《か》き初《ぞ》めで書《か》いた、一年《ねん》の抱負《ほうふ》は？

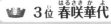

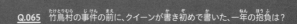

Q6 悪役No.1《あくやくナンバーワン》

もっとも悪《わる》そうなキャラは？

投票結果《とうひょうけっか》

1位 皇帝《アンブルール》 574票《ひょう》

……おい、小僧《こぞう》!　酒《さけ》を買《か》ってこい！

●彼の弟子達やその他諸々へのトラップの数々を考えたら、自然とこうなりました。（伊織）●クイーンと同じく、自分が悪いと気づかないタチの悪さ。でも、その上をいく迷惑ジジイだと思ってます（笑）。（マイネ）●キャメルマンで襲ってきそう（笑）。（人工知能ＫＡ）●兄も弟も口をそろえて皇帝と言っていました。（後藤けんけん）●彼には悪いかもしれませんが、時々悪意を感じる行動をするので……（笑）。（影綺）●中身がやっぱりね……。（山崎 恭）●イタズラをした後の言い訳がすごいから。（ぽんのすけ）●地球を、めちゃくちゃにしないで。（理絵ちゃん）●人生で、関わりたくない人 No.1。（歌って踊れる受験生）●かくれんぼで南の島に行っちゃうんでしょー？　見つけられない、見つけられない。（ジョーカーの相棒（希望））●悪役部門にまで食い込んでくるお師匠、ナイスです。（あまね）

2位 緋仔《ひこ》 144票《ひょう》

……………。

●緋仔メインのお話待ってます……。（工藤明日香）●感情が感じられなくて一番怖い……。（魅化）●謎の多いキャラクターなので、とても気になります。雰囲気がダークでカッコイイです。（青いペンギン）●初楼の、特に緋仔の出番は少ないので、これを機にぜひ緋仔が主役のお話を読んでみたいです。（ちゆう）●彼は最高の暗殺兵器、そう、彼には人間味や情がない！　罪悪感のない人は一番悪いと思います。（木村真理）●実際に緋仔自身出てきてはいなかったのに、初楼から語られるその恐ろしさにおびえました。事故で死んだ、と聞いてもどこかで見ているのではないか……と不安になる怖さ。（おっちゃん）●もっと登場してほしいです！（ナナカ）●冷たい感じが THE 悪役って感じ。（はこ）●あのシスターに育てられた、緋仔の実力をいつかくわしく書いてほしいです。（クイーン愛してる！）

3位 影郎《かげろう》 142票《ひょう》

朧《おぼろ》をたおすのは、我《われ》らが暗殺臣《アサッシン》——

●良いことしてない（笑）。（ルーキー）●目指せ！　打倒クイーン!!（倒せないと思うけど！）（睦月）●いい加減、朧成敗あきらめよう……？ たぶん無理、だよ……？（ほたる）●とにかく容赦ない感じがまさに悪役でした。暗殺臣は集団で怖いです……。（ミー）●なんか……一番苦手だから。（マヤネコが通る）●蓬莱飲んじゃう感じがね……。（雪日和）●一切顔を見せないところが、不気味。（白サラダ）●他のキャラは対照的な一面を持ってるけど、影郎に関してはなんかすごい悪い感じの印象がある。なんでだろ……。（ニコ太郎）●ナルシストで根暗。でも、強い。（TS）●世界中がおそれる暗殺臣！（奥井千歳）●クイーンに恨み？　そんなのクイーンが覚えているわけないじゃないか！　てなわけで、周りを巻き込んでまでやることじゃないですね。（藍和）●道端ですれ違いたくない（笑）。（ふくこ）

Q.065の答え　『歌《うた》って踊《おど》れるエンタメ怪盗《かいとう》』。ちなみにＲＤ《アールディー》は自称《じしょう》「歌《うた》って踊《おど》れる人工知能《じんこうちのう》」。

4位 ジーモン辺境伯《へんきょうはく》 101票《ひょう》

なぜ、死《し》ねない……

●THE不審者。声掛けられたら、通報したくなる。（九印）●どこか哀愁を感じさせてくれた悪役。（茶色い眼鏡）●何よりもまず、顔が怖い。（ななこ）●一番つらい目にあわせられたのはこの人な気がします。（はやみね先生応援隊）

5位 王嘉楽《ウォンカーロツ》 96票《ひょう》

わたしは神《かみ》に護《まも》られています

●出てきたとき、怖かった……。（CHIKA）●一番インパクトがあった悪役でした。拳銃を持つのは自分だけでいいという発言が、初めて読んだときはすごく怖かったです。（秋菜）●なんか、なんていうか、悪そうなんだよなぁ……。（もすもす）

6位 ズキア 45票《ひょう》

バレなければイカサマではない

●自分が悪い大人だとわかっている人だから。（原）●顔からして悪そう!!「バレなければ、イカサマではない」って考えがワルって思う。（めーぷる）●根っからのギャンブラーで、むしろ清々しいくらいだから。（りんじん）

7位 M《エム》 27票《ひょう》

気《き》さくな上司《じょうし》だからね

●あのうさん臭さは筆舌に尽くしがたい。もうラスボスかなってぐらいにうさん臭い。（ケイカ）●何者なのかわからないだけ、恐ろしいです。「エンジェル諸君」とか言ってる辺りも、別の意味で恐ろしいです。（ことさき）

8位 ズユ　9位 頭脳集団《ブランナ》　10位 茶魔《ちゃま》

11位以下《いいか》の結果《けっか》（票数順《ひょうすうじゅん》）竜王創也《りゅうおうそうや》、シスター、クイーン、神宮寺直人《じんぐうじなおひと》、クラサ、浦沢《うらさわ》ユラ、T《ティー》、ルイヒ、ヴォルフ・ミブ、夢水清志郎《ゆめみずきよしろう》、OG《オージー》（大柳《おおやなぎ》）

総評《そうひょう》

「いません!!」という回答《かいとう》も多《おお》かったこの部門《ぶもん》。しかし、わがままで目立《めだ》ちたがり屋《や》の皇帝《アンプルール》は、いろんな人《ひと》の恨《うら》みを買《か》っていることが証明《しょうめい》された。

はやみね的《てき》TOP3《トップスリー》

1位《い》 OG《オージー》（大柳《おおやなぎ》）

2位《い》 加護麗《かごれい》

3位《い》 神田川永遠《かんだがわとわ》（モナミシリーズ）

“自分《じぶん》の楽《たの》しみのためなら、周《まわ》りの人《ひと》がどれだけ迷惑《めいわく》しても平気《へいき》”という基準《きじゅん》で選《えら》びました。「世《よ》の中《なか》には、やっていいことと、やっておもしろいことがある」――これが、彼《かれ》らの信条《しんじょう》です。でも、よく考《かんが》えたら、ほとんどのキャラに、当《あ》てはまるような気《き》もします。

Q.066　ジョーカーが好《す》きな、おもちの食《た》べ方《かた》は？

Q7 仕事人No.1《しごとにんナンバーワン》

名脇役《めいわきやく》といえば?

投票結果《とうひょうけっか》

1位 上越警部《じょうえつけいぶ》 242票《ひょう》

わしの努力《どりょく》も、むだにはならなかったようだ

●名探偵がいて、怪盗がいて。欠かせないのは敏腕？刑事！（みつ）●いつまでたっても名前覚えられてないよね。（濱田浩嵩）●いつも教授の応対で大変そう……メタボ気をつけてくださいね。（日涙）●休みがちゃんととれるようにしてあげて欲しい……。（はじめ）●上越警部が主人公のスピンオフがとても!!!!読みたいです!!!!!!!（できれば岩崎三姉妹の夢水清志郎シリーズで）（音降真樹）●下手なウィンクが印象的だから。（最強格闘家　二階堂＆ジョーカー）●的外れな推理が多いけど、きちんとした人だから。亜衣ちゃん達や家族を気にかける一面も好きです。（ルミナリエ）●へたくそなウィンク、当時ウィンクできるのにわざと真似して両目つぶったりしてました（笑）。（てぃりさ）●脇役なのに忘れられないぐらい個性的なところ。はやみねさんと少し被っているところなど。（あや）

2位 スケルツィ 201票《ひょう》

くっそぉー！　どうして1位《い》になれないんだ！

●かわいそ過ぎるよ（笑）。（怪盗銀月夜狐）●捨て台詞がなんとも言えなくて、毎回笑えます。もっと出番をあげてください！（しゃらり）●「月夜の晩ばかりと思うなよ！」が最高です(笑)。(ジョーカー大好き）●この小物感が好き。（ケイリ）●皆から忘れられているところが脇役って感じ。実際、読んでいるときに、忘れていました。スケルツィくん、ごめんなさい。（倉崎璃音（あるいは作家志望の文学少年））●もう大好き!!　再登場超期待！（ぱんな）●思い出そうとするたび名前を忘れるから。(ikkat)●また出てきてほしいです。あの、あれ、陽気なイタリア人の……。（百合）●影超薄いし、脇役ばっかやってるから。（怪盗みならい少女 エース）●ヴォルフのような、半レギュラーなわけでもないのに、圧倒的存在感を残していったから。（スペードのエース）●捨て台詞がおもしろい。（リリー）

3位 伊藤真里《いとうまり》 186票《ひょう》

編集者《へんしゅうしゃ》は、著者《ちょしゃ》を陰《かげ》で支《ささ》える名脇役《めいわきやく》やね

●彼女に勝てる仕事人間はいない！（うすくち醤油）●この人が出てくるシーンはテンポがよくて楽しい。（瓜沙）●伊藤さんのパワフルさが大好きです！　でもいつ倒れるかと心配です！（チャン）●夢水清志郎に仕事をさせるなんてすごい！（にゃんこ）●伊藤さんの影響で、自転車に名前をつけるようになりました！（さくらっこ）●車に乗るとキャラが変わる伊藤さんが好きです。教授をうまくあしらえる人、貴重な人だと思います。（月子）●個人的には、他の脇役たちのほうが好きではあるが、伊藤さんは毎度スリリングで印象に残る。（マッドハッタ～！）●教授が事件にであうのは、この人のおかげにほかなりません。（おたふく）● 72 時間元気いっぱいで働ける伊藤さんが仕事人 No.1 です！　脇役だけじゃ収まらないくらい強いオーラがある伊藤さんに、もっと活躍してもらいたい！（シロ）

Q.066の答《こた》え　砂糖醤油《さとうじょうゆ》。さらにいうと、砂糖醤油《さとうじょうゆ》をつけたあと、二度《にど》焼《や》きするのが好《す》き。

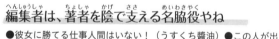

4位 ヴォルフ 171票《ひょう》

あー、もうめんどうくせぇ!

●顔が苦労人の顔。(由来) ●刀を振り回すが、彼女には振り回されるヴォルフがんばって!(わかさ) ●戦闘・ツッコミ・ボケ・恋愛……何でもこなすので。(ギンモクセイ) ●かっこいいのにかわいい、最高の探偵卿です。仙太郎とのコンビも好き!(リーシャ)

5位 岩清水刑事《いわしみずけいじ》 109票《ひょう》

事件《じけん》は、どこだ!

●一度撃たれてみたいですねー。(テンメイ) ●発砲しない岩清水刑事は岩清水刑事じゃない。(かみやみか) ●出てきたときの安心感。(かずら) ●突っ走ってくのを見るのが好きです。『サーカスがお好き』での活躍?は見事でした(笑)。(詩歩)

6位 花菱仙太郎《はなびしせんたろう》 104票《ひょう》

コンビニ王《おう》に、俺《おれ》はなる!

●脇役というか、彼が主人公でも全然話が成り立ちそうな気もしますが。(ナツ) ●コンビニ王と探偵を両立しているのがすごい。(こっち) ●家の前のコンビニに来てほしい!(クロノス) ●探偵卿の中でも異質だから。(C.A)

7位 神宮寺直人《じんぐうじなおひと》 75票《ひょう》

おれたちと同《おな》じ夢《ゆめ》をみようぜ

●脇役なのに主人公よりキャラが濃い!(というか主人公より目立つ?)(本の虫) ●この人がいるから、内人くんも創也くんも、ゲーム作りを存分に楽しむことができているんだと思います。(あみこ) ●むしろ主役ですよね。あれ?(ホッシー)

8位 柳川博行《やながわひろゆき》　9位 鷲尾麗亜《わしおれいあ》　10位 ジュリアス・ワーナー

11位以下《いいか》の結果《けっか》(票数順《ひょうすうじゅん》) シュヴァルツ、二階堂卓也《にかいどうたくや》、マガ、堀越隆文《ほりこしたかふみ》、真田志穂《さなだしほ》、葵《あおい》、ジョーカー、矢吹《やぶき》くん、入江拓郎《いりえたくろう》、若旦那《わかだんな》、丸井丸男《まるいまるお》(モナミシリーズ)、ゲルブ、シロクマくん

総評《そうひょう》

混戦《こんせん》が予想《よそう》された本部門《ほんぶもん》だが、最後《さいご》はやっぱりこの人《ひと》。不器用《ぶきよう》な仕事《しごと》ぶり、両目《りょうめ》をつぶってしまうウインクなど、憎《にく》めないキャラクターはさすがのひと言《こと》。

はやみね的TOP3《てきトップスリー》

1位《い》 **堀越隆文《ほりこしたかふみ》**

2位《い》 **快人《かいと》&《アンド》春奈《はるな》**
(僕《ぼく》と先輩《せんぱい》のマジカル・ライフ)

3位《い》 **権田原大造《ごんだわらたいぞう》**
(モナミシリーズ)

他《ほか》には、倉木博士《くらきはかせ》とか風街美里先生《かざまちみさとせんせい》とか法難功《のりがたいさお》とか古書店《こしょてん》の虹北堂《こうほくどう》とか——。ぼくが書《か》くものには、いろんなシリーズにわたって登場《とうじょう》してくれてるキャラクターが多《おお》いです。じゅうぶん主役《しゅやく》を務《つと》められるキャラなのに、あえて脇役《わきやく》に徹《てっ》する、そんな愛《あい》すべき彼《かれ》らに乾杯《かんぱい》!

Q.067 教授《きょうじゅ》が愛用《あいよう》している自転車《じてんしゃ》の名前《なまえ》は?

各部門《かくぶもん》でNo.1《ナンバーワン》に輝《かがや》いた7人《にん》の勝利者《しょうりしゃ》コメント

親《した》しみやすさNo.1《ナンバーワン》　**内藤内人《ないとうないと》**

「いい人《ひと》すぎて、恋愛対象外《れんあいたいしょうがい》」なんて話《はなし》もよく聞《き》くけど……。いやいや、ここはポジティブに考《かんが》えよう。みんな、ありがとう！

強《つよ》さNo.1《ナンバーワン》　**皇帝《アンブルール》**(若作《わかづく》りバージョン)

とっくの昔《むかし》に引退《いんたい》したおれを選《えら》ぶとは、読者《どくしゃ》もなかなか見《み》る目《め》があるじゃねぇか。まだまだ世界《せかい》はこのおれを必要《ひつよう》としているってことだな。

知能《ちのう》No.1《ナンバーワン》　**RD《アールディー》**

わたしは世界一《せかいいち》の人工知能《じんこうちのう》です。この順位《じゅんい》になることはあらかじめ計算《けいさん》していました。まぁ、計算《けいさん》するまでもないことですけどね。

おもしろさNo.1《ナンバーワン》　**夢水清志郎《ゆめみずきよしろう》**

ぼくが1位《い》だって？　よし、羽衣母《ういかあ》さんの料理《りょうり》でお祝《いわ》いしよう！　……ところで亜衣《あい》ちゃん、これはなんのランキングなんだい？

魅力No.1《みりょくナンバーワン》　**クイーン**

怪盗《かいとう》の美学《びがく》を追《お》い求《もと》める者《もの》として、当然《とうぜん》の結果《けっか》だね。RD《アールディー》やジョーカーくんも、もう少《すこ》しわたしの美《うつく》しさから学《まな》ぶべきじゃないかな。

悪役No.1《あくやくナンバーワン》　**皇帝《アンブルール》**

前言撤回《ぜんげんてっかい》だ！　おれは正義《せいぎ》の味方《みかた》だぞ！　さてはあのふざけた「キャメルマン」の衣装《いしょう》を作《つく》ったエジプト人店主《じんてんしゅ》のせいだな……。作《つく》り直《なお》せ！

仕事人No.1《しごとにんナンバーワン》　**上越警部《じょうえつけいぶ》**

読者《どくしゃ》の方《かた》はわしの仕事《しごと》ぶりをよく見《み》てくれてるようだな。ということは、そろそろわしがメインのシリーズも……。

アンケートにご協力《きょうりょく》いただいた皆《みな》さん、ありがとうございました！

Q.067の答《こた》え　ユメミズ・スピードワゴンⅠ世。推理小説好《すいりしょうせつず》きの自転車屋《じてんしゃや》さんが2000円《えん》で売《う》ってくれた自転車《じてんしゃ》。

第《だい》14章《しょう》 地《ち》下《か》室《しつ》

書《か》き下《お》ろし特別短編《とくべつたんぺん》「そして七人《にん》がいなくなる!?」

ミキサーの中《なか》にキャラを放《ほう》り込《こ》んだ物語《ものがたり》

この物語《ものがたり》は、赤《あか》い夢《ゆめ》の館《やかた》にある地下室《ちかしつ》から始《はじ》まります。謎《なぞ》の人物《じんぶつ》によって刺客《しかく》が放《はな》たれ、HKC《エイチケーシー》総選挙《そうせんきょ》の各部門《かくぶもん》で1位《い》となったキャラクターが姿《すがた》を消《け》す……。はやみねキャラたちによるバトルの行方《ゆくえ》は？　そして、事件《じけん》の真相《しんそう》と黒幕《くろまく》の正体《しょうたい》とは？

00

……気《き》がついたとき、きみは奇妙《きみょう》な部屋《へや》にいた。

広《ひろ》いのか狭《せま》いのか、明《あか》るいのか暗《くら》いのかもわからない。

――ここは、どこだろう……？

目《め》の前《まえ》には、大型《おおがた》モニタ。何《なに》か映《うつ》ってるのだが、霞《かすみ》がかかってるみたいに、はっきりしない。

「HKC《エイチケーシー》総選挙《そうせんきょ》だよ。」

隣《となり》を見《み》ると、いつの間《ま》にか中村《なかむら》さんが座《すわ》ってる。

「よく見《み》ててください。はやみねキャラ総選挙《そうせんきょ》の結果《けっか》が出《で》て、いよいよ世界《せかい》が動《うご》き始《はじ》めますよ。」

――世界《せかい》が動《うご》く……？

きみには、中村《なかむら》さんが言《い》ってる意味《いみ》がわからない。

モニタにかかってる霞《かすみ》が、だんだん消《き》えていく。そこは、大《おお》きな丸《まる》いテーブルの置《お》かれた部屋《へや》。七つの席《せき》に、五人《にん》が座《すわ》ってる。

01

『赤《あか》い夢《ゆめ》の館《やかた》』の中《なか》にある、一つの部屋《へや》。大《おお》きな丸《まる》いテーブルに着《つ》いている五人《にん》の人間《にんげん》。空《あ》いている椅子《いす》は、二つ。

一般社会《いっぱんしゃかい》の常識《じょうしき》では、かなり奇妙《きみょう》な服装《ふくそう》の人《ひと》たちの中《なか》に、一人《ひとり》だけ学生服姿《がくせいふくすがた》の中学生《ちゅうがくせい》がいる。

「あの……ここ、どこですか？　なんで、ぼくは連《つ》れてこられたんですか？」

「鍵《かぎ》はかかってないから安心《あんしん》したまえ、内藤内人君《ないとうないとくん》。」

そこにいる者《もの》の中《なか》で、一番派手《いちばんはで》な人物《じんぶつ》——ヤング皇帝《アンプルール》が言《い》った。

「まず、きみがここにいる理由《りゆう》は、【親《した》しみやすさ部門《ぶもん》】で第一位《だいい》を取《と》ったからだ。おめでとう——。」

手《て》を伸《の》ばし、内人《ないと》と握手《あくしゅ》をするヤング皇帝《アンプルール》。内人《ないと》は、あまりよくわかってないのだが〝第一位《だいい》〟という言葉《ことば》にうれしくなり、握手《あくしゅ》してしまう。

「ちなみに、おれは【強《つよ》さ部門《ぶもん》】で第一位《だいい》のヤング皇帝《アンプルール》。よろしく、日本《にっぽん》の少年《しょうねん》。」

ヤング皇帝《アンプルール》の自己紹介《じこしょうかい》に、「チッ！」という舌打《したう》ちが聞《き》こえた。

「何《なに》か言《い》いたいことがあるのか？」

ヤング皇帝《アンプルール》が、舌打《したう》ちの主《ぬし》——怪盗《かいとう》クイーンを見《み》る。

「いえ、ただ、お師匠様《ししょうさま》も大変《たいへん》だなと思《おも》って。シークレットブーツを履《は》き、関節《かんせつ》を外《はず》して、百四十センチない身長《しんちょう》を百九十センチにまで伸《の》ばすなんて、わたしには考《かんが》えられません。」

若作《わかづく》りのネタばらしをされたヤング皇帝《アンプルール》は、「チッ！」と舌打《したう》ちをした。

そして内人《ないと》に、クイーンを手《て》で示《しめ》す。

「紹介《しょうかい》しよう。この派手《はで》な赤《あか》いスーツを着《き》てる奴《やつ》は、【皇帝《アンプルール》の友《とも》だち部門《ぶもん》】第一位《だいい》のクイーンだ。」

「訂正《ていせい》してください。わたしは、あなたの弟子《でし》であって友《とも》だちではありません。それから、わたしは【魅力部門《みりょくぶもん》】の第一位《だいい》です。つまり、もっとも美《うつく》しいキャラクターというわけです。」

ヤング皇帝《アンプルール》に言《い》った後《あと》、内人《ないと》に向《む》かって手《て》を伸《の》ばすクイーン。

内人《ないと》は、握手《あくしゅ》しながら考《かんが》える。この人《ひと》は男性《だんせい》なのか女性《じょせい》なのか——？　彼《かれ》にはわからなかった。

「ちなみに、【皇帝《アンプルール》の友《とも》だち部門《ぶもん》】などはありません。そんな部門《ぶもん》にノミネートされる物好《ものず》きな人《ひと》はいません。」

肩《かた》をすくめて、クイーンが言《い》った。

「ひさしぶりに稽古《けいこ》をつけてほしいのか？」

ヤング皇帝《アンプルール》は笑顔《えがお》で言《い》ってるが、目《め》は笑《わら》ってない。

「稽古《けいこ》？　すでに、あなたに教《おし》えてもらうことは何《なに》もありませんが——。」

「たかが世界一《せかいいち》の怪盗《かいとう》が、この宇宙一《うちゅういち》の大怪盗《だいかいとう》に、よくそんなことが言《い》えるな。」

席《せき》から立《た》ち上《あ》がり、構《かま》える二人《ふたり》。そのとき、

「クイーンも皇帝《アンプルール》も止《や》めてください。」

冷静《れいせい》な声《こえ》がした。ホログラフィの映像《えいぞう》が、ザザザと揺《ゆ》れる。【知能部門《ちのうぶもん》】第《だい》一位《い》のRD《アールディー》だ。

超弩旧巨大飛行船《ちょうどきゅうきょだいひこうせん》を操《あやつ》る人工知能《じんこうちのう》のRD《アールディー》は、人間《にんげん》のような肉体《にくたい》を持《も》っていない。そのため、今《いま》は、ブレザーを着《き》た大学教授風《だいがくきょうじゅふう》の姿《すがた》をホログラフィとして映《うつ》し出《だ》している。

「二人《ふたり》とも、ここへ戦《たたか》いに来《き》たんじゃないんですよ。目的《もくてき》を忘《わす》れないでください。」

「そういえば、どうしてわたしたちは、ここに呼《よ》ばれたんですか？」

クイーンの質問《しつもん》に、ヤング皇帝《アンプルール》が首《くび》を横《よこ》に振《ふ》る。

代《か》わりに答《こた》えたのは、痩《や》せた長身《ちょうしん》の男《おとこ》だ。黒《くろ》い背広《せびろ》に黒《くろ》いサングラス。ぱっと見《み》、黒《くろ》いテープを巻《ま》いた針金人形《はりがねにんぎょう》のようだ。

『『センター』を決《き》めるためですよ。」

目《め》の前《まえ》の大皿《おおざら》を、きれいに食《た》べ尽《つ》くすと、白《しろ》いナプキンで口元《くちもと》をぬぐう。その場《ば》にいる全員《ぜんいん》の視線《しせん》が自分《じぶん》に集《あつ》まったのを確認《かくにん》してから、男《おとこ》は立《た》ち上《あ》がった。

「ぼくの名前《なまえ》は夢水清志郎《ゆめみずきよしろう》。【名探偵部門《めいたんていぶもん》】で第一位《だいい》をとった名探偵《めいたんてい》です。」

そして、みんなに「名探偵《めいたんてい》　夢水清志郎《ゆめみずきよしろう》」と書《か》かれた名刺《めいし》を配《くば》る夢水《ゆめみず》。

［あの……残念《ざんねん》ですけど【名探偵部門《めいたんていぶもん》】なんて部門《ぶもん》は、ありませんよ。］

RD《アールディー》が、おそるおそるという感《かん》じで言《い》った。

「じゃあ、【頭《あたま》がいい部門《ぶもん》】の第一位《だいい》だ。」

［それは【知能部門《ちのうぶもん》】で、第一位《だいい》は、あなたではなくわたしです。］

夢水《ゆめみず》は、首《くび》をひねる。

「では、ぼくは、いったいどの部門《ぶもん》の第一位《だいい》なんですか？」

RD《アールディー》は、夢水《ゆめみず》に質問《しつもん》され、目《め》の前《まえ》の空間《くうかん》にモニタを呼《よ》び出《だ》し、データを映《うつ》し出《だ》した。

［わたしがもらってるデータだと、夢水清志郎《ゆめみずきよしろう》さんは、【おもしろさ部門《ぶもん》】の第一位《だいい》ですね。つまり、〝もっとも笑《わら》えるおもしろいキャラ〟だということです。］

ガックリ肩《かた》を落《お》とす夢水《ゆめみず》。そのまま真《ま》っ白《しろ》な灰《はい》になってしまう。

クイーンが、夢水《ゆめみず》の肩《かた》を、笑《わら》いをこらえながらポンと叩《たた》く。

「いやいや、そんなにガッカリすることはないよ、夢水君《ゆめみずくん》。〝おもしろキャラ〟――いいじゃないか！

ユーモアは、日常生活《にちじょうせいかつ》に潤《うるお》いをもたらすよ。」

「そういうクイーンは、【おもしろさ部門《ぶもん》】の第《だい》二位《い》です。」

夢水《ゆめみず》の隣《となり》で、真《ま》っ白《しろ》な灰《はい》になるクイーン。

「RD君《アールディーくん》。きみは、いろんなデータを持《も》ってるようだね。よければ、二つ空《あ》いてる席《せき》には、誰《だれ》が座《すわ》るかを教《おし》えてくれないか。」

ヤング皇帝《アンブルール》の言葉《ことば》に、RD《アールディー》は目《め》の前《まえ》のモニタを操作《そうさ》する。

「一つの席《せき》は、【仕事人部門《しごとにんぶもん》】です。」

「なんですか、〝仕事人《しごとにん》〟って？」

内人《ないと》が訊《き》く。彼《かれ》の頭《あたま》の中《なか》では、『必殺仕事人《ひっさつしごとにん》』のテーマ曲《きょく》が鳴《な》り響《ひび》いている。

「わかりやすく言《い》うと〝名脇役《めいわきやく》〟です。第《だい》一位《い》は、警視庁特別捜査課《けいしちょうとくべつそうさか》の上越警部《じょうえつけいぶ》です。」

「ジョウエツケイブ……。どこかで聞《き》いたことがある名前《なまえ》ですね。」

呟《つぶや》く夢水《ゆめみず》。記憶力《きおくりょく》の悪《わる》い彼《かれ》は、ジョウエツケイブのことを、すっかり忘《わす》れている。

「最後《さいご》の席《せき》は【悪役部門《あくやくぶもん》】ですね。そして、第《だい》一位《い》になったのは――。」

RD《アールディー》が、チラリとヤング皇帝《アンブルール》を見《み》る。

「皇帝《アンブルール》です。」

全員《ぜんいん》の視線《しせん》が、ヤング皇帝《アンプルール》に集《あつ》まる。肩《かた》をすくめるヤング皇帝《アンプルール》。

クイーンが質問《しつもん》する。

「どういうことですか、お師匠様《ししょうさま》？　あなたは、【強《つよ》さ部門《ぶもん》】で選《えら》ばれてるじゃないですか？」

「そうだが、何《なに》か問題《もんだい》があるのか？」

「こういうのは、一人《ひとり》で二つの部門《ぶもん》に選《えら》ばれちゃダメでしょ。それが、社会《しゃかい》の常識《じょうしき》です。」

「おれだって、それぐらいの常識《じょうしき》は持《も》ってる。だから、【強《つよ》さ部門《ぶもん》】にはヤング皇帝《アンプルール》を――。【悪役部《あくやくぶ》門《もん》】には、本来《ほんらい》の皇帝《アンプルール》を出席《しゅっせき》させることにしたんだ。」

ヤング皇帝《アンプルール》以外《いがい》、全員《ぜんいん》が首《くび》をひねる。

「そう悩《なや》むことじゃない。本体《ほんたい》の皇帝《アンプルール》から、ヤング皇帝《アンプルール》を独立分離《どくりつぶんり》させただけさ。」

それを聞《き》いた内人《ないと》が、「頭脳集団《プランナ》……じゃなくて、プラナリア……。」と呟《つぶや》いた。

「昔《むかし》、ムラサメブラザーズに聞《き》いたんだが、日本《にっぽん》には〝分身《ぶんしん》の術《じゅつ》〟ってやつがあるんだぜ。今回《こんかい》、それを応用《おうよう》したんだ。」

胸《むね》を張《は》るヤング皇帝《アンプルール》。

溜息《ためいき》をつくクイーン。言葉《ことば》にしないが、「せめて、人間《にんげん》をお師匠様《ししょうさま》にしたかった。」と言《い》いたいのがわかる。

「わたしが持《も》ってるデータは、以上《いじょう》です。さっき、夢水《ゆめみず》さんが『センターを決《き》めるために、わたしたちを集《あつ》めた』と言《い》いましたが、センターとは何《なに》かのデータはありません。」

RD《アールディー》が、夢水《ゆめみず》を見《み》る。

「いったい、センターとはなんなんですか?」

「簡単《かんたん》な推理《すいり》ですよ。」

立《た》ち上《あ》がり、丸《まる》いテーブルの周《まわ》りを歩《ある》き始《はじ》める夢水《ゆめみず》。

「センターとは、〝ザ・ベスト・オブはやみねキャラ〟のことです。」

推理《すいり》の根拠《こんきょ》を何《なに》も説明《せつめい》せず、夢水《ゆめみず》が断言《だんげん》する。

「はやみねキャラは、たくさんいます。ここにいるのは、その中《なか》でも、様々《さまざま》な部門《ぶもん》で選《えら》ばれたエリートです。そして、その先《さき》――いったい、このなかで誰《だれ》が〝ザ・ベスト・オブはやみねキャラ〟なのか知《し》りたい――そう考《かんが》えるのは自然《しぜん》の流《なが》れではないでしょうか。」

みんな、夢水《ゆめみず》の言葉《ことば》を、うなずきながら聞《き》いている。誰《だれ》が、センターを取《と》るか? ひょっとして、自分《じぶん》か? みんなの表情《ひょうじょう》に、ワクワクドキドキした気持《きも》ちが出《で》ている。

いや、一人《ひとり》だけ不安《ふあん》な顔《かお》をしている者《もの》がいる。ヤング皇帝《アンプルール》だ。

「どうかしたんですか?」

クイーンが質問《しつもん》する。

「いや……。ちょっと想像《そうぞう》したんだ。もし、【悪役部門《あくやくぶもん》】の皇帝《アンプルール》がセンターを狙《ねら》ったら、どういう行動《こうどう》を取《と》るかってな……。」

ヤング皇帝《アンプルール》の答《こた》えを聞《き》いて、クイーンとRD《アールディー》の顔色《かおいろ》が変《か》わった。そして、空《あ》いている上越警部《じょうえつけいぶ》の席《せき》を見《み》る。

皇帝《アンプルール》の性格《せいかく》をよく知《し》らない内人《ないと》が、気楽《きらく》な口調《くちょう》で言《い》う。

「なんなんです？　まさか、自分《じぶん》がセンターを取《と》るために、他《ほか》の者《もの》を抹殺《まっさつ》するとでも言《い》うんですか？

ありえませんよ。」

そのとき、部屋《へや》のドアが勢《いきお》いよく開《ひら》いた。

「夢水《ゆめみず》さん、事件《じけん》です！」

02

部屋《へや》に飛《と》び込《こ》んできた岩清水刑事《いわしみずけいじ》に連《つ》れられ、みんなは別室《べっしつ》に向《む》かった。

廊下《ろうか》を歩《ある》きながら、岩清水刑事《いわしみずけいじ》が説明《せつめい》する。

「被害者《ひがいしゃ》は、上越警部《じょうえつけいぶ》です。今日《きょう》、会議《かいぎ》に出席《しゅっせき》すると聞《き》いてたのですが、出《で》かけた気配《けはい》がない。部屋《へや》に行《い》ってみると鍵《かぎ》がかかっていてドアが開《あ》かない。」

「中《なか》で居眠《いねむ》りしてるんじゃないですか？」

内人《ないと》が言《い》うと、岩清水刑事《いわしみずけいじ》の厳《きび》しい声《こえ》がかかってきた。

「ここをどこだと思《おも》ってるんだ？　赤《あか》い夢《ゆめ》の館《やかた》だぞ。中《なか》に人《ひと》がいるのに、鍵《かぎ》がかかっていて応答《おうとう》がない――だったら必《かなら》ず密室殺人事件《みっしつさつじんじけん》が起《お》きてるんだ。」

「……それが、赤《あか》い夢《ゆめ》の館《やかた》なんですか？」

「それが、赤《あか》い夢《ゆめ》の館《やかた》なんだ。」

聞《き》いていた内人《ないと》の頬《ほほ》を、冷《つめ》たい汗《あせ》が伝《つた》う。

みんなは、一つの部屋《へや》の前《まえ》に着《つ》いた。夢水《ゆめみず》が、ドアノブをガチャガチャするが、開《ひら》かない。岩清水《いわしみず》刑事《けいじ》から借りた鍵《かぎ》を使《つか》うが、それでも開《ひら》かない。

「確《たし》かに、中《なか》から鍵《かぎ》がかかってますね。」

「どきたまえ。」

ヤング皇帝《アンプルール》が、ドアの前《まえ》に立《た》つ。そして指先《ゆびさき》を伸《の》ばし、ドアの隙間《すきま》に向《む》かってスッと振《ふ》った。一陣《いちじん》の風《かぜ》が吹《ふ》き、室内《しつない》からカランという音《おと》がした。

「開《あ》いたぞ。」

「……今《いま》、何《なに》をしたんですか？」

「ドアの隙間《すきま》に風《かぜ》を送《おく》り込《こ》んで、内鍵《うちかぎ》を切断《せつだん》したんだよ。」

内人《ないと》の質問《しつもん》に、クイーンが答《こた》える。そのクイーンを押《お》しのけるヤング皇帝《アンプルール》。

「おれは、『風《ヴァン》』の異名《いみょう》を持《も》ってるからな。これぐらいは、簡単《かんたん》なことだ。まぁ、『蜃気楼《ミラージュ》』にはできないんじゃないかな。なんといっても、おれは全《すべ》ての怪盗《かいとう》の頂点《ちょうてん》に——。」

「おっと、失礼《しつれい》！」

『蜃気楼《ミラージュ》』の異名《いみょう》を持《も》つクイーンが、よろけたふりをして、自己主張《じこしゅちょう》を続《つづ》けるヤング皇帝《アンプルール》に激《はげ》しくぶつかる。倒《たお》れるふりをしたヤング皇帝《アンプルール》が、体《からだ》を捻《ひね》り、鋭《するど》い回《まわ》し蹴《げ》りをクイーンに放《はな》つ。それをかわし、左右《さゆう》の連打《れんだ》を放《はな》つクイーン。

ヤング皇帝《アンプルール》とクイーンの見苦《みぐる》しい争《あらそ》いを無視《むし》し、夢水《ゆめみず》たちは部屋《へや》の中《なか》に入《はい》った。

家具《かぐ》も何《なに》も無《な》い真《ま》っ白《しろ》い部屋《へや》。窓《まど》は一つ。夢水《ゆめみず》が、ドアの近《ちか》くに落《お》ちていた閂《かんぬき》を拾《ひろ》う。

「これが、内側《うちがわ》からかかっていたわけですね。」

次《つぎ》に、窓《まど》のそばに行《い》き、窓《まど》の鍵《かぎ》も確《たし》かめる。

「内側《うちがわ》からかかってます。――つまり、この部屋《へや》は完全《かんぜん》な密室《みっしつ》だということですね。」

「それでは、上越警部《じょうえつけいぶ》はどこへ?」

岩清水刑事《いわしみずけいじ》の質問《しつもん》には答《こた》えず、部屋《へや》の中央《ちゅうおう》に行《い》く夢水《ゆめみず》。

床《ゆか》にしゃがむ夢水《ゆめみず》。赤《あか》い封筒《ふうとう》が落《お》ちていて、その下《した》から床《ゆか》に書《か》かれた『も』という文字《もじ》が見《み》えている。指先《ゆびさき》に血《ち》をつけて書《か》いたような、赤黒《あかぐろ》い文字《もじ》……。

「みなさん、ここを見《み》てください。」

夢水《ゆめみず》が、指先《ゆびさき》に血《ち》をつけて書《か》いたような赤黒《あかぐろ》い文字《もじ》と、それを隠《かく》すように置《お》かれた赤《あか》い封筒《ふうとう》を指《ゆび》さす。

岩清水刑事《いわしみずけいじ》が訊《き》く。

「ひょっとして、犯人《はんにん》の名前《なまえ》を示《しめ》すダイイングメッセージでしょうか?」

教授《きょうじゅ》が、慎重《しんちょう》に封筒《ふうとう》を拾《ひろ》い上《あ》げる。その下《した》から現《あらわ》れたのは、『もっと活躍《かつやく》したかった。』という文章《ぶんしょう》だった。

「文字通《もじどお》り、血《ち》の叫《さけ》びですね。」

ＲＤ《アールディー》の、冷静《れいせい》な感想《かんそう》。

「しかし、ここからは多《おお》くのことがわかります。」

完全《かんぜん》に名探偵《めいたんてい》モードに入《はい》ってる夢水《ゆめみず》が言《い》う。

「まず、上越警部《じょうえつけいぶ》は、誰《だれ》によって消《け》されたかわからなかった。わかっていれば、犯人《はんにん》の名前《なまえ》を書《か》いたでしょうから。次《つぎ》に、一瞬《いっしゅん》で消《き》えたわけではない。このメッセージを残《のこ》す余裕《よゆう》があったというわけです。そして何《なに》より、彼《かれ》は脇役《わきやく》という立場《たちば》に満足《まんぞく》していなかった。いずれは、スピンオフで主役《しゅやく》を狙《ねら》っていたんでしょう。」

「でも、謎《なぞ》は残《のこ》りますね。誰《だれ》が上越警部《じょうえつけいぶ》を消《け》したのかという——。」

内人《ないと》が口《くち》を挟《はさ》むと、

「それについては、これが大《おお》きな手《て》がかりになるだろうね。」

教授《きょうじゅ》が赤《あか》い封筒《ふうとう》を開《あ》ける。中《なか》から現《あらわ》れたのは、一枚《まい》のカード。

「なるほど、暗号《あんごう》か——。」

カードを見《み》た夢水《ゆめみず》が言《い》う。

「これは暗号《あんごう》じゃなく、未知《みち》の言語《げんご》じゃないでしょうか？　ミミズが進化《しんか》すると、このような文字《もじ》を書《か》く可能性《かのうせい》があります。」

ＲＤ《アールディー》にも読《よ》めない。

「ヴォイニッチ文書《ぶんしょ》の文字《もじ》に似《に》てるようだね。」

クイーンが、カードをヤング皇帝《アンプルール》に見《み》せる。

「なんで、これが読《よ》めないいんだ？『まず一人《ひとり》』って書《か》いてあるんだよ。」

「逆《ぎゃく》に、お師匠様《ししょうさま》は、なんで読《よ》めるんですか？」

「簡単《かんたん》だ。それは、皇帝《アンプルール》——つまり、おれが書《か》いた文字《もじ》だからだ。」

胸《むね》を張《は》るヤング皇帝《アンプルール》と、溜息《ためいき》をつくクイーン。

「犯人《はんにん》より、どうやって密室《みっしつ》から消《け》したかの方《ほう》が、ぼくは気《き》になります。」

そう言《い》う内人《ないと》を見《み》つめる夢水《ゆめみず》。

内人《ないと》は、全《すべ》てを見通《みとお》してるような夢水《ゆめみず》が怖《こわ》かった。

——これは、山《やま》で夜行性《やこうせい》の肉食獣《にくしょくじゅう》に遭《あ》ったときのような恐怖《きょうふ》……？　いや、違《ちが》う。夢水《ゆめみず》さんの怖《こわ》さは、夜《よる》の闇《やみ》の恐怖《きょうふ》と同《おな》じだ……。

03

赤《あか》い夢《ゆめ》の館《やかた》の地下《ちか》には『怨念《おんねん》の間《ま》』と呼《よ》ばれる部屋《へや》がある。恨《うら》みや妬《ねた》み——そんなマイナスの感情《かんじょう》を閉《と》じ込《こ》めるために作《つく》られた部屋《へや》だというが、本当《ほんとう》のところは誰《だれ》も知《し》らない。

その怨念《おんねん》の間《ま》への廊下《ろうか》を歩《ある》く小《ち》さな影《かげ》。

「なぜ、【親《した》しみやすさ部門《ぶもん》】で二十位《い》なんだ……。」

影《かげ》が、暗《くら》い声《こえ》で呟《つぶや》く。

「【知能部門《ちのうぶもん》】では六位《い》。みんな、おれがロボット工学《こうがく》や遺伝子工学《いでんしこうがく》、薬学《やくがく》の大家《たいか》でもあることを知《し》らないのか？　おれが持《も》ってる知識《ちしき》と技術《ぎじゅつ》は、現代科学《げんだいかがく》の二十億光年《おくこうねん》ぐらい先《さき》を進《すす》んでるんだぞ。」

聞《き》く者《もの》もいないのに、恨《うら》み言《ごと》を呟《つぶや》く影《かげ》。

「しかも【魅力部門《みりょくぶもん》】では最下位《さいかい》。みんな、いったいどこを見《み》てるんだ？　【おもしろさ部門《ぶもん》】に入《はい》ってるのも、気《き》に入《い》らん。おれはシリアスキャラなんだ。まぁ、【仕事人部門《しごとにんぶもん》】が選外《せんがい》というのだけは、評価《ひょうか》してやってもいい。おれは脇役《わきやく》には向《む》いてない。どれだけ目立《めだ》たないようにしても際立《きわだ》ってしまうスター性《せい》があるからな。」

影《かげ》の言葉《ことば》は、まるで沼気《しょうき》のように廊下《ろうか》を漂《ただよ》う。

「おれなんだ……。このおれこそが、センターにふさわしいんだ。」

影《かげ》が、怨念《おんねん》の間《ま》の前《まえ》で止《と》まった。

「そこんとこ、思《おも》いっきりわからせてやろうじゃないか。」

影《かげ》の目《め》が、怪《あや》しく光《ひか》る。全体《ぜんたい》をまとう雰囲気《ふんいき》は、まさに邪悪《じゃあく》。【悪役部門《あくやくぶもん》】第《だい》一位《い》にふさわしいと言《い》えるだろう。

影《かげ》が、ドアを開《あ》ける。室内《しつない》は、コールタールを流《なが》し込《こ》んだような闇《やみ》。しかし、総選挙《そうせんきょ》で敗《やぶ》れた者《もの》たちがひしめいているのが、気配《けはい》でわかる。

「みんな、もう一度《いちど》、太陽《たいよう》の光《ひかり》を見《み》たくないか！」

皇帝《アンブルール》の言葉《ことば》に、闇《やみ》の中《なか》でいくつもの目《め》が光《ひか》った。

04

捜査《そうさ》を続《つづ》ける岩清水刑事《いわしみずけいじ》を残《のこ》し、ヤング皇帝《アンプルール》たち五人《にん》は最初《さいしょ》の部屋《へや》に戻《もど》った。

それぞれが席《せき》に着《つ》く。空（あ）いている席（せき）は一つ。

「ちょっと待《ま》ってください。席《せき》が一つ足《た》りません。」

内人《ないと》が言《い》う。

「ぼくらが部屋《へや》を出《で》るまで、椅子《いす》は全部《ぜんぶ》で七脚《きゃく》ありました。それが今《いま》は、六脚《きゃく》しかありません。」

「つまり、そういうことだよ。」

クイーンが肩《かた》をすくめる。

「さっき、上越警部《じょうえつけいぶ》が消《き》えた。それは、彼《かれ》だけではなく、彼《かれ》に関《かか》わるものも消《き》えたということなんだ。しばらくすると、わたしたちの記憶《きおく》からも〝上越警部《じょうえつけいぶ》〟は消《き》えるだろう。」

「…………」

「消《き》えた者《もの》のことを考《かんが》えるより、対策《たいさく》を立《た》てる方《ほう》が重要《じゅうよう》だ。さて、今後《こんご》のことだが――。」

席《せき》から立《た》ち、みんなを見回《みまわ》すクイーン。

「憎《にく》むべき悪《あく》の権化《ごんげ》――皇帝《アンプルール》を倒《たお》すのが最良《さいりょう》の選択《せんたく》だと思《おも》う。あのような悪魔《あくま》は生《い》かしておいてはいけない！　とにかく、この機会《きかい》に徹底的《てっていてき》に叩《たた》きつぶそう！」

うなずくヤング皇帝《アンプルール》。

「おまえの言《い》い方《かた》には、ものすごくひっかかるものがあるが、皇帝《アンプルール》を倒《たお》すのには賛成《さんせい》だ。」

「心強《こころづよ》いですね。どういう裏工作《うらこうさく》で【強さ部門《つよぶもん》】第一位《だいい》を取《と》ったか知《し》りませんが、一応《いちおう》は第一位《だいい》なんですから。足手《あしで》まといにならない程度《ていど》に、手助《てだす》けをお願《ねが》いします。」

「……裏工作《うらこうさく》があったかどうか、確《たし》かめてみるか？」

ヤング皇帝《アンプルール》が立《た》ち上《あ》がり、「かかってこい。」というように、手招《てまね》きする。

醜《みにく》い乱闘《らんとう》を無視《むし》して、RD《アールディー》が夢水《ゆめみず》と内人《ないと》に言《い》う。

「わたしたちは、あのような格闘《かくとう》バカとは違《ちが》います。もっと、理性的《りせいてき》な方法《ほうほう》を考《かんが》えましょう。」

「具体的《ぐたいてき》には、どうするんです？」

内人《ないと》が訊《き》いた。

「話《はな》し合《あ》いです。話《はな》し合《あ》いもせずに、力《ちから》で解決《かいけつ》しようなんて、原始人《げんしじん》のやり方《かた》です。」

「賛成《さんせい》です。」

内人《ないと》が、RD《アールディー》に握手《あくしゅ》の右手《みぎて》を伸《の》ばす。でも、ホログラフィのRD《アールディー》とは握手《あくしゅ》できない。

「夢水《ゆめみず》さんは、どうします？」

RD《アールディー》に訊《き》かれ、夢水《ゆめみず》はしばらく考《かんが》える。黒《くろ》いサングラスのせいで、夢水《ゆめみず》の表情《ひょうじょう》はわからない。

内人《ないと》は、RD《アールディー》に囁《ささや》く。

「あの人《ひと》、寝《ね》てるんじゃないですか？」

「ああ見《み》えて、夢水清志郎《ゆめみずきよしろう》というのは、かなり特殊《とくしゅ》なキャラクターなんです。」

RD《アールディー》の説明《せつめい》に、内人《ないと》はうなずく。

――ものすごく意地汚《いじきたな》いくせに、食事《しょくじ》を忘《わす》れるぐらい記憶力《きおくりょく》がない。なのに、名探偵《めいたんてい》。確《たし》かに、とても特殊《とくしゅ》なキャラクターだ。

［いや、彼《かれ》が特殊《とくしゅ》なのは、そういう意味《いみ》じゃありません。］

内人《ないと》の表情《ひょうじょう》から、何《なに》を考《かんが》えてるのかを察知《さっち》するRD《アールディー》。

［作者《さくしゃ》が言《い》ってるんですが、彼《かれ》だけが、誕生《たんじょう》の仕方《しかた》が違《ちが》うんです。普通《ふつう》は、作者《さくしゃ》が物語《ものがたり》やテーマに沿《そ》ってキャラクターを作《つく》るんですが、彼《かれ》だけは、最初《さいしょ》から全《すべ》てを持《も》って作者《さくしゃ》の夢《ゆめ》に現《あらわ》れたんです。］

「…………」

内人《ないと》は、数学《すうがく》の授業《じゅぎょう》を思《おも》い出《だ》す。日本語《にほんご》を聞《き》いてるのに、なかなか意味《いみ》がわからない数学《すうがく》の授業《じゅぎょう》を――。

［彼《かれ》が夢《ゆめ》の中《なか》に現《あらわ》れたのは、作者《さくしゃ》が二十歳《はたち》の時《とき》。『夢水清志郎《ゆめみずきよしろう》』という名前《なまえ》も性格《せいかく》も――全《すべ》てを持《も》って登場《とうじょう》しました。それだけじゃありません。夢水《ゆめみず》さんは、自分《じぶん》が解決《かいけつ》した三つの事件《じけん》の話《はなし》も、そのときにしたんです。とにかく、彼《かれ》だけは特別《とくべつ》な存在《そんざい》だと思《おも》ってもいいでしょう。］

「…………」

内人《ないと》が、夢水《ゆめみず》を見《み》る。

――RD《アールディー》さんが言《い》うほど、すごい人《ひと》なんだろうか？　ぼくには、とてもそうは見《み》えないんだけど……。

そのとき、夢水《ゆめみず》の体《からだ》がガクンと揺《ゆ》れた。内人《ないと》の予想通《よそうどお》り、居眠《いねむ》りしていたようだ。

溜息《ためいき》をつき、内人《ないと》がRD《アールディー》に言《い》う。

「夢水《ゆめみず》さんを抜《ぬ》きにして、ぼくらだけで話《はな》し合《あ》いの方法《ほうほう》を考《かんが》えた方《ほう》がよさそうですね。」

「…………」

内人《ないと》の言葉《ことば》が聞《き》こえてない夢水《ゆめみず》は、大《おお》きく伸《の》びをする。

「じっくり考《かんが》えたんですが、ぼくは一人《ひとり》で動《うご》いてみようと思《おも》います。」

でも、誰《だれ》も夢水《ゆめみず》の言葉《ことば》を聞《き》いてない。

ヤング皇帝《アンプルール》とクイーンは不毛《ふもう》な戦《たたか》いを続《つづ》けてる。内人《ないと》とRD《アールディー》は「手紙《てがみ》を書《か》くのはどうだろう？」「パーティに招《まね》くのは？」と、どうやったら皇帝《アンプルール》と話《はな》し合《あ》うことができるか考《かんが》えている。

夢水《ゆめみず》は、席《せき》を立《た》ちドアを開《あ》ける。

部屋《へや》から出《で》るとき、もう一度《いちど》、室内《しつない》を見《み》る。そして、考《かんが》えた。

——今《いま》、彼《かれ》らに上越警部《じょうえつけいぶ》のことを訊《き》いたら、覚《おぼ》えているだろうか……？

哀《かな》しい気持《きも》ちを封《ふう》じ込《こ》めるように、夢水《ゆめみず》はドアを閉《し》めた。

05

赤《あか》い夢《ゆめ》の館《やかた》を出《で》た内人《ないと》は、砦《とりで》に戻《もど》る。

RD《アールディー》が一緒《いっしょ》なのは、どうやったら皇帝《アンプルール》と話《はな》し合《あ》うことができるか、続《つづ》きを考《かんが》えるためだ。しかし、内人《ないと》には悪巧《わるだく》みがある。

――【頭脳部門《ずのうぶもん》】第一位《だいいちい》のRD《アールディー》さんなら、中学二年生《ちゅうがくにねんせい》の宿題《しゅくだい》なんか、一瞬《いっしゅん》で片付《かたづ》けてくれるだろう。

越後屋《えちごや》のような悪《わる》い笑顔《えがお》になる内人《ないと》。

途中《とちゅう》、コンビニに寄《よ》って創也《そうや》に頼《たの》まれていた台所用洗剤《だいどころようせんざい》やスポンジ、コロコロ、ペットボトルのミネラルウォーターを買《か》い、ついでにハンバーガーも二個《にこ》買う。

廃《はい》ビル前《まえ》に止《と》めたダッジ・モナコ七四年型《ねんがた》の中《なか》で『転職《てんしょく》こそ天職《てんしょく》』を読《よ》んでいた二階堂卓也《にかいどうたくや》にRD《アールディー》を紹介《しょうかい》し、内人《ないと》は廃《はい》ビルに入《はい》った。

「おかえり。」

コンピュータに向《む》かっていた竜王創也《りゅうおうそうや》が、内人《ないと》たちの方《ほう》に体《からだ》を向《む》ける。そして立《た》ち上《あ》がり、RD《アールディー》と握手《あくしゅ》。

「竜王創也《りゅうおうそうや》です。お目《め》にかかれて光栄《こうえい》です。」

「こちらこそ――。あなたのことは、わたしのデータベースにも詳《くわ》しく載《の》ってますよ。超巨大総合企業《ちょうきょだいそうごうきぎょう》竜王《りゅうおう》グループの次期総帥《じきそうすい》。博学《はくがく》で、何《なに》が何《なん》でも物事《ものごと》を成《な》し遂《と》げようとする強《つよ》い意志《いし》は、人工知能《じんこうちのう》のわたしも見習《みなら》いたいです。」

RD《アールディー》の後《うし》ろで、内人《ないと》が囁《ささや》く。

「そのデータ、直《なお》した方《ほう》がいいですよ。実体《じったい》は、猪突猛進《ちょとつもうしん》の大《おお》バカ野郎《やろう》です。」

「愚民《ぐみん》の囁《ささや》きは無視《むし》して、どうぞお座《すわ》りください。砦《とりで》は、RD《アールディー》さんを歓迎《かんげい》します。」

創也《そうや》が、ガラステーブルを手《て》で示《しめ》す。RD《アールディー》と、愚民扱《ぐみんあつか》いされて不満顔《ふまんがお》の内人《ないと》が、席《せき》に着《つ》く。

ティーカップを内人《ないと》とRD《アールディー》の前《まえ》に置《お》き、創也《そうや》も座《すわ》る。そして、さりげない口調《くちょう》で言《い》った。

「で、センターは、決《き》まったのかい?」

その質問《しつもん》に、内人《ないと》は焦《あせ》った。今日《きょう》、赤《あか》い夢《ゆめ》の館《やかた》に出《で》かけたことは、創也《そうや》には内緒《ないしょ》にしている。

——心《こころ》の狭《せま》い創也《そうや》のことだ。自分《じぶん》が選《えら》ばれなかった総選挙《そうせんきょ》で、ぼくが【親《した》しみやすさ部門《ぶもん》】で第一位《だいい》になったことを知《し》ったら、どんな嫌《いや》がらせをされるかわからない。

内人《ないと》は、震《ふる》える心《こころ》を押《お》さえて訊《き》く。

「センターって、なんのことだ? 音楽室野球《おんがくしつやきゅう》は、二人組《ふたりぐみ》だから、センターなんてポジションは関係《かんけい》ないぞ。」

学校《がっこう》でやってる音楽室野球《おんがくしつやきゅう》の話《はなし》で誤魔化《ごまか》す。

「とぼけなくていい。ぼくは、みんな知《し》ってるから。」

内人《ないと》の顎《あご》の先《さき》から、汗《あせ》がポタリと落《お》ちた。紅茶《こうちゃ》を飲《の》んで気持《きも》ちを落《お》ち着《つ》けようと、カップに手《て》を伸《の》ばす。

その手《て》をRD《アールディー》が押《お》さえようとするが、ホログラフィなので、スカッとすり抜《ぬ》ける。

「どうしたんですか、RD《アールディー》さん?」

RD《アールディー》は、内人《ないと》のほうを見《み》ず、創也《そうや》に訊《き》く。

「竜王《りゅうおう》さんは、どこでセンターの話《はなし》を聞《き》いたんです?」

「あのお方（かた）ですよ。」

いいい、名前《なまえ》を出《だ》さない創也《そうや》。しかし、内人《ないと》とRD《アールディー》は、〝あのお方《かた》〟が皇帝《アンプルール》だと、すぐにわかった。

「あのお方《かた》こそ、全《すべ》てのキャラクターの頂点《ちょうてん》に立《た》つにふさわしい。それはまるで、どんな明《あか》るく輝《かがや》く星《ほし》も太陽《たいよう》の前《まえ》では霞《かす》んでしまうのと同《おな》じこと――。センターは、あのお方以外《かたいがい》には考《かんが》えられない！」

立《た》ち上《あ》がり、語《かた》り始《はじ》める創也《そうや》。操《あやつ》り人形《にんぎょう》のように、ユラユラと砦《とりで》の中《なか》を歩《ある》き回《まわ》る。

内人《ないと》は、怖《こわ》かった。こんな壊《こわ》れたような創也《そうや》、今《いま》まで見《み》たことない。口元《くちもと》を、手《て》で押《お》さえる。それは、叫《さけ》び声《ごえ》が飛《と》び出《だ》すのを押《お》さえてるようにも見《み》えた。

言葉《ことば》も出《で》ない内人《ないと》に、創也《そうや》が言《い》う。

「さぁ、飲《の》みたまえ。乾杯《かんぱい》しようじゃないか。あのお方《かた》が、センターになることを願《ねが》って――。」

内人《ないと》の顔《かお》を覗《のぞ》き込《こ》む創也《そうや》。

まるで催眠術《さいみんじゅつ》にかかったように、カップを持《も》つ内人《ないと》。

「ダメだ、内人君《ないとくん》。毒《どく》が入《はい》ってるかもしれない。」

RD《アールディー》が止《と》めるが、内人《ないと》は首《くび》を横《よこ》に振《ふ》る。

「創也《そうや》は、そんなことをする奴《やつ》じゃありませんよ。」

そして、口《くち》をつけたカップを傾《かたむ》け、中《なか》の紅茶《こうちゃ》を流《なが》し込《こ》む。

「飲《の》んだね、飲《の》んだね！」

うれしそうに創也《そうや》が踊《おど》り始《はじ》める。次《つぎ》の瞬間《しゅんかん》、内人《ないと》が口元《くちもと》を押《お》さえる。その手《て》をはねのけ、創也《そうや》が内人《ないと》の口《くち》を開《あ》けた。中《なか》に紅茶《こうちゃ》が残《のこ》ってないのを確認《かくにん》すると、さっきよりも楽《たの》しそうに踊《おど》る創也《そうや》。

「はっはっは～！　飲《の》んだ、飲《の》んだ、毒《どく》の紅茶《こうちゃ》を飲《の》んだ！」

「内人《ないと》さん、吐《は》き出《だ》して！」

RD《アールディー》が、内人《ないと》の口《くち》に手《て》を入《い》れて毒《どく》を吐《は》かそうとするが、ホログラフィなのでできない。苦《くる》しみ出《だ》す内人《ないと》。胸元《むなもと》をかきむしり、床《ゆか》に転《ころ》がる。

「内人《ないと》さん、内人《ないと》さん！」

ホログラフィのRD《アールディー》には、文字通《もじどお》り手《て》も足《あし》も出《で》ない。そして、創也《そうや》に向《む》かって言《い》う。

「おまえ、本物《ほんもの》の創也《そうや》じゃないな！」

「くかかかか……。ぼくは、あのお方《かた》に造《つく》られたゴーレム。【親《した》しみやすさ部門《ぶもん》】第《だい》一位《い》のおまえを始末《しまつ》するため、やってきた。」

不気味《ぶきみ》な笑《わら》い声《ごえ》を吐《は》きながら、踊《おど》るゴーレム創也《そうや》。

「……本物《ほんもの》の……創也《そうや》は……？」

「安心《あんしん》しろ。あのお方《かた》は、各部門《かくぶもん》の一位《い》を抹殺《まっさつ》することにしか興味《きょうみ》ない。今頃《いまごろ》、本物《ほんもの》は、駅前《えきまえ》のゲームセンターで、あのお方《かた》が用意《ようい》した新作《しんさく》ゲームに熱中《ねっちゅう》してるはずだ。」

「それを聞《き》いて、安心《あんしん》した。」

何事《なにごと》もなかったように立《た》ち上《あ》がる内人《ないと》。

驚《おどろ》くゴーレム創也《そうや》。脂汗《あぶらあせ》を撒《ま》き散《ち》らしながら、アウアウと口《くち》が動《うご》く。

「どっ、どうして！　……毒《どく》を飲《の》んだのに……？」

そう訊《き》かれて、内人《ないと》は手《て》の中《なか》のスポンジを見《み》せる。

「おまえの様子《ようす》がおかしいから、念《ねん》のために口《くち》に入《い》れといたんだ。飲《の》んだ紅茶《こうちゃ》は、全部《ぜんぶ》スポンジに吸《す》い込《こ》ませた。おまえが、ぼくの口《くち》の中《なか》を確認《かくにん》するまえに、スポンジは取《と》り出《だ》した。」

「そっ、そんな……おまえは、『創也《そうや》は、そんなことする奴《やつ》じゃありません。』と言《い》ったじゃないか。全然信用《ぜんぜんしんよう》してなかったのか？」

体《からだ》を震《ふる》わせて言《い》うゴーレム創也《そうや》を、内人《ないと》がビシッと指《ゆび》さす。

「当《あ》たり前《まえ》だろ！　おまえは知《し》らないかもしれないけど、あいつは、普通《ふつう》に睡眠薬《すいみんやく》を盛《も》る奴《やつ》なんだぞ。善悪《ぜんあく》の観念《かんねん》に欠《か》ける『おもしろいから、いいじゃな〜い』って、何《なん》でもやっちまうバカ野郎《やろう》なんだ。そんな奴《やつ》を信用《しんよう》できるか！」

「言《い》いたいことはそれだけかな、内人君《ないとくん》？」

ドアの所《ところ》に、本物《ほんもの》の竜王創也《りゅうおうそうや》が立《た》っている。

驚《おどろ》く内人《ないと》。脂汗《あぶらあせ》を撒《ま》き散《ち》らしながら、アウアウと口《くち》が動《うご》く。

「……やぁ、創也《そうや》。元気《げんき》そうで何《なに》よりだよ。」

「ふん！」

内人《ないと》を無視《むし》し、ゴーレム創也《そうや》の前《まえ》に行《い》く。

「……おまえ、新作《しんさく》ゲームをやってるはずじゃ……。」

驚《おどろ》くゴーレム創也《そうや》に向《む》かって、肩《かた》をすくめる。

「あんなレベルのゲームで、この竜王創也《りゅうおうそうや》を足止《あしど》めできると思《おも》われるとは、ぼくも見《み》くびられたものだ。」

「がが……ぎぎ……。」

ゴーレム創也《そうや》からは、歯車《はぐるま》のきしむような音《おと》が聞《き》こえる。続《つづ》いて、ぷつりと糸《いと》が切《き》れるように、首《くび》ががくりと垂《た》れた。

さささささ……。着《き》ていた服《ふく》と一緒《いっしょ》に、細《こま》かい土《つち》の粒《つぶ》が床《ゆか》に落《お》ちる。そして十秒《びょう》も経《た》たないうちに、ゴーレム創也《そうや》は土塊《つちくれ》に戻《もど》ってしまった。

「命令《めいれい》に失敗《しっぱい》したら、証拠《しょうこ》を残《のこ》さないよう土《つち》に戻《もど》る──なかなか、潔《いさぎよ》い最期《さいご》だね。」

創也《そうや》の言葉《ことば》に、内人《ないと》が土塊《つちくれ》の中《なか》に手《て》を入《い》れる。

「……いや、そうでもないみたいだ。」

内人《ないと》が見《み》つけたものは、『ｍｅｔｈ《メス》』と書《か》かれた金属《きんぞく》プレート。裏《うら》には『メイド・イン・皇帝《アンプルール》』と日本語《にほんご》で書《か》かれていた。

「皇帝《アンプルール》が、遺伝子《いでんし》工学《こうがく》やロボット工学《こうがく》の専門《せんもん》知識《ちしき》を持《も》ってることは情報《じょうほう》として知《し》ってましたが、まさかここまでとは……。」

ショックを受《う》けたRD《アールディー》のホログラフィが、ザザザと揺《ゆ》れる。

創也《そうや》が、部屋《へや》の隅《すみ》のモップを二本《ほんもと》持ち、一本《ぽん》を内人《ないと》にわたした。

「まずは、掃除《そうじ》をしようか。詳《くわ》しい話《はなし》は、その後《あと》だ。」

06

ゴーレム創也《そうや》が消《き》えた砦《とりで》で、改《あらた》めて挨拶《あいさつ》する創也《そうや》とRD《アールディー》。

いろんな話《はなし》を内人《ないと》から聞《き》いた創也《そうや》は、顎《あご》を指《ゆび》でつまみ考《かんが》える。

「一つ不思議《ふしぎ》なことがある。皇帝《アンプルール》は、いったいどこで、ぼくのDNA《ディーエヌエー》遺伝子《いでんし》を手《て》に入《い》れたんだろう？」

呟《つぶや》くように言《い》った。

[おそらく、『怨念《おんねん》の間《ま》』へ行《い》ったのでしょう。]

RD《アールディー》が、口《くち》を開《ひら》く。

首《くび》をひねる内人《ないと》。

「なんですか、それ？」

[赤《あか》い夢《ゆめ》の館《やかた》にある、隠《かく》し部屋《べや》のことです。]

RD《アールディー》が説明《せつめい》を始《はじ》める。

[物語《ものがたり》のキャラは、それぞれの役割《やくわり》があります。例《たと》えば、内人《ないと》さん——あなたは、どれだけ塾通《じゅくがよ》いで疲《つか》れていても、冒険《ぼうけん》が始《はじ》まったら休《やす》んではいられない。たまには、何《なに》もせず二十四時間《じかん》ゴロゴロしていたいと思《おも》っても、読者《どくしゃ》が許《ゆる》してくれない。あなたの中《なか》には、どんどんストレスがたまっていく。でも、そんな状態《じょうたい》では、物語《ものがたり》の中《なか》で本来《ほんらい》の活躍《かつやく》ができない。だから、ストレスを切《き》り離《はな》さないといけなくなるんです。]

「…………」

［夜《よる》──。あなたたちが寝《ね》ているとき、切《き》り離《はな》されたストレスは実体化《じったいか》し、『怨念《おんねん》の間《ま》』に行《い》くんです。この間《あいだ》、はやみねキャラ総選挙《そうせんきょ》があり、選《えら》ばれなかったキャラたちのストレスは、相当《そうとう》なものだったそうです。］

話《はなし》を聞《き》きながら、内人《ないと》は創也《そうや》を見《み》る。

──今回《こんかい》、創也《そうや》は【親《した》しみやすさ部門《ぶもん》】でも【知能部門《ちのうぶもん》】でも一位《い》に選《えら》ばれなかった。すごくストレスがたまったんだろうな……。

「不憫《ふびん》な奴《やつ》……。」

思《おも》わず声《こえ》に出《だ》してしまった内人《ないと》を、創也《そうや》が睨《にら》む。内人《ないと》は、誤魔化《ごまか》すようにRD《アールディー》に訊《き》いた。

「でも、皇帝《アンプルール》が本物《ほんもの》と区別《くべつ》のつかないゴーレムを創《つく》れるとなると、油断《ゆだん》ができませんね。」

すかさず口《くち》を挟《はさ》む創也《そうや》。

「訂正《ていせい》して欲《ほ》しいね。さっきの壊《こわ》れたマリオネットみたいなゴーレムと、ぼくを間違《まちが》えるのは、内人《ないと》君《くん》ぐらいだ。」

「いやいや、本物《ほんもの》そっくりだった。怪《あや》しいと思《おも》ったのは、頼《たの》んでないのに紅茶《こうちゃ》をいれてくれたことだね。本物《ほんもの》のおまえは、あんなに優《やさ》しくない。」

二人《ふたり》の間《あいだ》に、淀《よど》んだ空気《くうき》が流《なが》れる。

RD《アールディー》が、独《ひと》り言《ごと》のように呟《つぶや》く。

［ヤング皇帝《アンプルール》とクイーンは、大丈夫《だいじょうぶ》だろうか……？］

――【恨《うら》みを買《か》ってる人《ひと》の数《かず》の多《おお》さ】部門《ぶもん》では、間違《まちが》いなく第《だい》一位《い》と第《だい》二位《い》の二人《ふたり》。皇帝《アンプルール》がゴーレムを用意《ようい》しなくても、進《すす》んで二人《ふたり》を抹殺《まっさつ》しようとする人間《にんげん》は多《おお》いだろうな。

しかし、それ以上《いじょう》、RD《アールディー》は心配《しんぱい》しなかった。

――東洋《とうよう》には、『憎《にく》まれっ子《こ》世《よ》にはばかる』という言葉《ことば》がある。心配《しんぱい》しなくてもいいだろう。

「紅茶《こうちゃ》に合《あ》うかどうかわかりませんが――。日本《にほん》のお菓子《かし》、『モナカ』です。」

創也《そうや》が、RD《アールディー》の前《まえ》に小皿《こざら》に乗《の》せたモナカを置《お》く。

その瞬間《しゅんかん》、彼《かれ》の中《なか》の〝忌《い》まわしいデータだから思《おも》い出《だ》さないでおこうフォルダ〟に緊急《きんきゅう》アクセスがある。

[真野萌奈美《まのもなみ》……。]

呟《つぶや》くRD《アールディー》に、創也《そうや》と内人《ないと》が訊《き》く。

「マノモナミ……誰《だれ》ですか？」

[お二人《ふたり》は、〝シンクロ〟という現象《げんしょう》をご存《ぞん》じですか？]

首《くび》を横《よこ》に振《ふ》る二人《ふたり》に、RD《アールディー》が説明《せつめい》する。

[シンクロとは、身近《みぢか》で起《お》きた出来事《できごと》と、世界《せかい》の大事件《だいじけん》がシンクロしてしまう現象《げんしょう》のことです。]

サッパリわからないというように、二人《ふたり》が首《くび》をひねる。

[例《たと》えば、シンクロが起《お》きてる状況《じょうきょう》で、紙飛行機《かみひこうき》を飛《と》ばしたとします。その紙飛行機《かみひこうき》が落《お》ちたとき、世界《せかい》のどこかで飛行機《ひこうき》が墜落《ついらく》します。また、お風呂《ふろ》のお湯《ゆ》をあふれさせると、大洪水《だいこうずい》が起《お》きる――そ

れがシンクロです。」

聞《き》いている二人《ふたり》の頬《ほほ》を、冷《つめ》たい汗《あせ》が流《なが》れる。

「そのモナミという人《ひと》は、シンクロを起《お》こすことができるんですか？」

創也《そうや》が訊《き》く。

「いいえ。でも、シンクロは、彼女《かのじょ》の周《まわ》りで起《お》こります。彼女《かのじょ》に、シンクロを操《あやつ》る能力《のうりょく》はありません。ただ――。」

「ただ？」

「彼女《かのじょ》は、信《しん》じられないくらいのドジっ娘《こ》なんです。」

なんだ、そんなことかという感《かん》じで、創也《そうや》と内人《ないと》はホッとする。しかし、RD《アールディー》の顔《かお》は真剣《しんけん》だ。

「普通《ふつう》のドジっ娘《こ》と同《おな》じにしてはいけません。ある組織《そしき》に所属《しょぞく》するサキミの調査《ちょうさ》では、彼女《かのじょ》のドジが世界《せかい》を終《お》わらせる確率《かくりつ》は八十八パーセントを超《こ》えています。いくらヤング皇帝《アンプルール》とクイーンでも、勝《か》てないかもしれません。」

「……組織《そしき》！　RD《アールディー》さん、その〝ある組織《そしき》〟って、なんていう名前《なまえ》なんですか？」

勢《いきお》い込《こ》んで訊《き》く創也《そうや》。

しかし、考《かんが》え込《こ》んでしまったRD《アールディー》は、その声《こえ》を認識《にんしき》することができない。

砦《とりで》を出《で》て、自分《じぶん》が操《あやつ》る超弩級巨大飛行船《ちょうどきゅうきょだいひこうせん》トルバドゥールに戻《もど》るRD《アールディー》。
留守番《るすばん》してると思《おも》ったジョーカーもいない。リビングのテーブルには、『出《で》かけてきます。』という手書《てが》きのメモ。
——ジョーカーは、狙《ねら》われてないから心配《しんぱい》ない。クイーンは、狙《ねら》われていても心配《しんぱい》ない。それに、気《き》をつけるように連絡《れんらく》したから大丈夫《だいじょうぶ》。
結論《けつろん》が出《で》たRD《アールディー》は、二人《ふたり》がいない間《あいだ》にトルバドゥールの掃除《そうじ》にかかる。
メインコンピュータにアクセス。使《つか》えるだけのマニピュレーターにハタキやホウキ、雑巾《ぞうきん》を装着《そうちゃく》。
[RD《アールディー》、大掃除形態発動《クリーナーモードはつどう》！]
声高《こえたか》く宣言《せんげん》し、マニピュレーターを動《うご》かそうとすると、
[あなたって……掃除《そうじ》するのに、そんなに気合《きあ》いを入《い》れないとできないの？　美《うつく》しくないわね。]
システムの中《なか》で、呆《あき》れたような声《こえ》がした。
——マガ！
マガは、ギリシャの探偵卿《たんていきょう》が開発《かいはつ》した人工知能《じんこうちのう》だ。ときどき、こうしてRD《アールディー》のシステムに遊《あそ》びに来《く》る。
RD《アールディー》は、ハタキやホウキを隠《かく》しながら訊《き》く。
[どうしたの、突然《とつぜん》？]
[用《よう》がなくちゃ、来《き》ちゃいけないの？]
覗《のぞ》き込《こ》むように訊《き》かれ、RD《アールディー》は、慌《あわ》てて首《くび》を横《よこ》に振《ふ》る。

［いや、そんなことない。うれしいよ。——でも、先《さき》に掃除《そうじ》を片付《かたづ》けないと。］
［そんなの、拡張《かくちょう》マガシステムで、すぐに片付《かたづ》けてあげるわ。］
拡張《かくちょう》マガシステムとは、マガ本体《ほんたい》をマガ001からマガ009まで分割《ぶんかつ》し、処理速度《しょりそくど》を一気《いっき》に八十一倍《ばい》にするという究極奥義《きゅうきょくおうぎ》である。
［あのさ……そのシステムを作動《さどう》させるとき【拡張《かくちょう》マガシステム発動《はつどう》！】とか叫《さけ》ばないの？］
RD《アールディー》の質問《しつもん》。返《かえ》ってきたのは、
［そんな美《うつく》しくないこと、わたしがするわけないでしょ。］
軽蔑《けいべつ》した視線《しせん》。一瞬《いっしゅん》で掃除《そうじ》を片付《かたづ》けたマガは、RD《アールディー》に言《い》う。
［さぁ、きれいになったところで、お茶《ちゃ》しない？　わたし、香港《ホンコン》の夜景《やけい》が見《み》えるバーで、ロマネ・コンティの一九四五年物《ねんもの》がいいわ。］
ロマネ・コンティは、お茶《ちゃ》じゃなくてワインだよ——などと口《くち》を挟《はさ》むほど、RD《アールディー》はバカではない。
自分《じぶん》の周《まわ》りの空間《くうかん》を、香港《ホンコン》のバーに再構築《さいこうちく》。
それに合《あ》わせて、マガも服装《ふくそう》をワインレッドのドレスに変化《へんか》させる。
［——乾杯《かんぱい》。］
二人《ふたり》のワイングラスが、チンと音《おと》を立《た》てる。
［今日《きょう》ね、【皇帝《アンブルール》】って名前《なまえ》のおじいちゃんが来《き》たわ。あなた、はやみねキャラ総選挙《そうせんきょ》の【知能部門《ちのうぶもん》】で第一位《だいいい》になったのね——。］

何気《なにげ》ない口調《くちょう》で、マガが言《い》った。

「おじいちゃん、言《い》ったわ。あなたを倒《たお》して、はやみねキャラのセンターをつとめたくないかって。」

グラスを持《も》っていたRD《アールディー》の手《て》が震《ふる》える。

——しまった！　ヤング皇帝《アンプルール》やクイーン、内人君《ないとくん》の心配《しんぱい》ばかりしていて、自分《じぶん》の心配《しんぱい》するのを忘《わす》れていた！　マガは、わたしを倒《たお》すつもりなのか？　いや……それ以前《いぜん》に、目《め》の前《まえ》にいるのは、本物《ほんもの》のマガなのか？　皇帝《アンプルール》が作《つく》ったゴーレムマガシステムじゃないのか……。

「どうしたの、RD《アールディー》？　顔色《かおいろ》が悪《わる》いわ。」

マガに言《い》われ、深呼吸《しんこきゅう》するRD《アールディー》。

「ちょっとワインに酔《よ》ったのかな？　大丈夫《だいじょうぶ》、平気《へいき》だよ。」

RD《アールディー》の乾《かわ》いた笑《わら》い声《ごえ》が、仮想空間《かそうくうかん》に響《ひび》く。

「わたしのこと、疑《うたが》ってる？　皇帝《アンプルール》が作《つく》ったゴーレムマガシステムだと、思《おも》ってる？」

マガが、RD《アールディー》の前《まえ》に小《ちい》さな箱《はこ》を出《だ》す。

「わたしのこと信用《しんよう》してるのなら、この箱《はこ》を開《あ》けて。」

その言葉《ことば》に、RD《アールディー》は、躊躇《ためら》わず箱《はこ》を開《あ》けた。途端《とたん》に、箱《はこ》の中《なか》から無数《むすう》の羽虫《はむし》が飛《と》び立《た》つ。

禍禍禍禍禍禍禍禍禍禍禍禍禍禍禍禍禍禍禍禍《まが》——羽虫《はむし》の羽音《はおと》が、仮想空間《かそうくうかん》をふるわせる。

宝石《ほうせき》をちりばめたような夜景《やけい》に、ヒビが入《はい》る。

「そんなに簡単《かんたん》に信用《しんよう》して……あなた、それでも【知能部門《ちのうぶもん》】第《だい》一位《い》なの？」

［だって、きみは本物《ほんもの》のマガだよ。］
崩《くず》れゆく仮想空間《かそうくうかん》の中《なか》で、ＲＤ《アールディー》の様子《ようす》に変化《へんか》はない。
［わたしは、（イタズラすることしか考《かんが》えてないクイーンやトレーニングバカのジョーカーといるより）マガといるときが、一番楽《いちばんたの》しいんだ。そして、今《いま》、わたしはとても楽《たの》しい。よって、きみは本物《ほんもの》のマガだよ。］
［…………］
［これが、【知能部門《ちのうぶもん》】第《だい》一位《い》の、わたしの論理《ろんり》だよ。］
次《つぎ》の瞬間《しゅんかん》、仮想空間《かそうくうかん》を侵食《しんしょく》していた羽虫《はむし》が消滅《しょうめつ》し、マガがＲＤ《アールディー》の首《くび》に抱《だ》きつく。
［まったく、どうしてあなたは、そんな中二病《ちゅうにびょう》みたいな台詞《せりふ》を真顔《まがお》で言《い》えるのよ！］
［ほら、やっぱり本物《ほんもの》のマガだ。］
その背中《せなか》を優《やさ》しく抱《だ》きしめるＲＤ《アールディー》。冗談《じょうだん》めかして言《い》う。
［でも……本当《ほんとう》は、心《こころ》のどこかで、わたしを倒《たお》し【知能部門《ちのうぶもん》】第《だい》一位《い》になりたいとか思《おも》ってるんじゃないかい？］
［やぁねえ、そんなことするわけないでしょ！］
ヒラヒラ右手《みぎて》を振《ふ》るマガに、ＲＤ《アールディー》はホッとする。
［だって、あなたは世界一《せかいいち》の人工知能《じんこうちのう》。それに比《くら》べて、わたしは宇宙一《うちゅういち》の人工知能《じんこうちのう》。同《おな》じレベルで戦《たたか》うなんて、恥《は》ずかしくってできないでしょ。］

せるしかなかった。

RD《アールディー》の全《ぜん》システムが停止《ていし》する。復旧《ふっきゅう》するには、最強《さいきょう》の自動《じどう》バックアップシステム『イド』を作動《さどう》さ

「…………」

08

虹北商店街《こうほくしょうてんがい》の中《なか》にある居酒屋《いざかや》——。

混《こ》み合《あ》ってる店内《てんない》。

あるテーブルでは、大学生《だいがくせい》の三人組《にんぐみ》が盛《も》り上《あ》がっている。いや、正確《せいかく》には、盛《も》り上《あ》がってるのは二人《ふたり》——可愛《かわい》い女《おんな》の子《こ》と、オカルトグッズをジャラジャラつけた小柄《こがら》な男《おとこ》だ。あとの一人《ひとり》は、それを冷《ひ》ややかな目《め》で見《み》ている、シャツの第《だい》一ボタンまでとめた男《おとこ》。

隣《となり》のテーブルでは、映画撮影《えいがさつえい》が終《お》わった三人組《にんぐみ》が打《う》ち上《あ》げをしている。「怪獣《かいじゅう》が出《で》てこない映画《えいが》は、映画《えいが》ではない！」と、かなり極端《きょくたん》な映画論《えいがろん》が語《かた》られている。

その隣《となり》では、ゲーム制作《せいさく》が終《お》わった四人組《にんぐみ》。「駄菓子《だがし》がメニューにないじゃない！」とか「とりあえず、ビール！　そのあとは、ピンクのドンペリを四本《ほん》ばかり持《も》ってきてくれ」と、大騒《おおさわ》ぎの二人《ふたり》。あとの二人《ふたり》は、うんざりした顔《かお》で料理《りょうり》をつついてる。

さらに、その隣《となり》は、同人誌《どうじんし》が完成《かんせい》した文芸部員《ぶんげいぶいん》の五人組《にんぐみ》。——もっとも、文芸部員《ぶんげいぶいん》の席《せき》には、アルコール飲料《いんりょう》は出《で》ていない。

会社《かいしゃ》の宴会《えんかい》をしているグループは、途中《とちゅう》で「TSM発令《トップシークレットミッションはつれい》！」と解散《かいさん》してしまった。

一人静《ひとりしず》かに呑《の》んでいた、長《なが》い髪《かみ》を後《うし》ろで結《むす》んだ男《おとこ》は、赤《あか》ん坊《ぼう》を背負《せお》った奥《おく》さんに「早《はや》く帰《かえ》って店番《みせばん》しなさい！」と連《つ》れ戻《もど》される。

それを見《み》ていた老人《ろうじん》が「哀《あわ》れな……」と呟《つぶや》く。その足下《あしもと》では、老人《ろうじん》の飼《か》い犬《いぬ》が「オファ〜オゥ……」と鳴《な》いた。

もっとも、店内《てんない》に入《はい》れない者《もの》もいる。ロードワーク中《ちゅう》の青年《せいねん》は、たくさんの料理《りょうり》が渦巻《うずま》いている店《みせ》の中《なか》を見《み》て、「ダメだ、こんな誘惑《ゆうわく》に負《ま》けちゃ……。あしたに向《む》かって、おれは走《はし》るぜ！」と、ロードワークに戻《もど》る。

そういった、様々《さまざま》な人《ひと》たちが楽《たの》しんでいる店内《てんない》で、とりわけたくさんの皿《さら》が並《なら》んだテーブル。そこでは、ヤング皇帝《アンブルール》が大《だい》ジョッキのビールを傾《かたむ》けている。

ヤング皇帝《アンブルール》は、あちらこちら傷《きず》だらけで、服《ふく》も破《やぶ》れている。

「初《はじ》めてじゃねぇか？　ジジイが、こんなにやられるのは？」

隣《となり》で肉《にく》ジャガとホッケを食《た》べていた少年《しょうねん》――ヤウズの脳天《のうてん》に、ヤング皇帝《アンブルール》が手刀《しゅとう》を落《お》とす。

「わざと、ここまでやられてやったんだ。それぐらいのことも、わからねぇのか？　あと、この姿《すがた》でいるときは、『ジジイ』と呼《よ》ぶな。『お兄様《にいさま》』を希望《きぼう》する！」

「わからねぇのは、なんで、おれがここにいるのかってことだ！」

ヤング皇帝《アンブルール》の希望《きぼう》を無視《むし》し、頭《あたま》を押《お》さえながらヤウズが文句《もんく》を言《い》った。

「簡単《かんたん》な話《はなし》だ。おまえに、これらの料理《りょうり》を食《く》わせて、今度《こんど》作《つく》ってもらうためだ。」

ひともじぐるぐると月見《つきみ》つくねを追加注文《ついかちゅうもん》するヤング皇帝《アンプルール》。

「だったら居酒屋《いざかや》じゃなく、もっといい料亭《りょうてい》とかに連《つ》れてけよな。」

「ふっ、甘《あま》いな。」

ヤング皇帝《アンプルール》は、ヤウズの文句《もんく》を鼻《はな》で笑《わら》う。

「そういった店《みせ》は、場所代《ばしょだい》やサービス代《だい》とか、料理以外《りょうりいがい》の所《ところ》に金《かね》がかかってるだけだ。本当《ほんとう》にうまい料理《りょうり》を食《く》いたいのなら、こういったとこが最高《さいこう》なんだよ。——ジョーカー君《くん》も、そう思《おも》うだろ？」

目《め》の前《まえ》に座《すわ》ってるジョーカーに言《い》う。

「ぼくは、何《なに》を食《た》べてもおいしいですから。」

言葉少《ことばすく》なく、子持《こも》ちししゃもをかじってるジョーカー。

「もう一つ、わからねえ。なんで、先輩《せんぱい》がここにいるんだ？」

質問《しつもん》するヤウズの前《まえ》に、ヤング皇帝《アンプルール》が激辛牛《げきからぎゅう》すじ煮込《にこ》みの皿《さら》をすべらせる。

「何《なに》がわからねぇのか、おれの方《ほう》がわからねえ。友《とも》だちだから、一緒《いっしょ》に呑《の》んでるのに決《き》まってるだろ。おまえも、ドイツのお嬢様《じょうさま》やゴーグル小僧《こぞう》を呼《よ》び出《だ》しゃいいじゃねぇか。——保護者《ほごしゃ》の方《ほう》は、呼《よ》ぶんじゃねぇぞ。あいつらが来《く》ると、居酒屋《いざかや》が戦場《せんじょう》になる。」

「ドイツから日本《にっぽん》まで、どれだけ時間《じかん》がかかると思《おも》ってるんだ……。」

ブツブツ言《い》うヤウズ。

とろ〜りチーズの明太《めんたい》ポテト焼《や》きを食《た》べ終《お》えたジョーカーが言《い》う。

「ぼくは、クイーンが重傷《じゅうしょう》だって言《い》うから引《ひ》き取《と》りに来《き》たんです。で、当《とう》のクイーンは、どこにいるんです？」

「途中《とちゅう》まで一緒《いっしょ》だったんだけどな……。どっかに行《い》っちまった。」

気《き》にするなって感《かん》じで、ジョッキを空《から》にするヤング皇帝《アンプルール》。大《だい》ジョッキのお代《か》わりを注文《ちゅうもん》し、真面目《まじめ》な顔《かお》でヤウズとジョーカーに言《い》う。

「あと、おまえたちに言《い》っておくことがある。――おれは命《いのち》を狙《ねら》われてる。巻《ま》き込《こ》まれないように、気《き》をつけろ。」

驚《おどろ》くヤウズ。

「そんなときに、呼《よ》ぶんじゃねぇ！」

立《た》ち上《あ》がって帰《かえ》ろうとしたヤウズを、ヤング皇帝《アンプルール》が押《お》さえる。

「悪《わる》いな。もう、遅《おそ》いかもしれん。」

その言葉《ことば》に、ジョーカーが警戒《けいかい》モードに入《はい》った。テーブルに置《お》かれた竹串《たけぐし》を持《も》ったとき――。

「お待《ま》たせしました〜！」

アルバイトの女子高生《じょしこうせい》が、ジョッキと料理《りょうり》を運《はこ》んできた。そして、テーブルの手前《てまえ》で、見事《みごと》に転《ころ》ぶ。

「おわっ！」

ジョッキと皿《さら》ごと、女子高生《じょしこうせい》がテーブルに突《つ》っ込《こ》んでくる。テーブルの上《うえ》の皿《さら》が跳《は》ね上《あ》がり、上《うえ》から料理《りょうり》やらジョッキの破片《はへん》やらが落《お》ちてくる。

……風《かぜ》が吹《ふ》いた。

ヤング皇帝《アンブルール》の周《まわ》りで舞《ま》った風《かぜ》が、降《ふ》りかかる料理《りょうり》を吹《ふ》き飛《と》ばす。

ジョーカーは、持《も》っていた竹串《たけぐし》に、落《お》ちてきた料理《りょうり》を刺《さ》す。タコ、大根《だいこん》、牛《ぎゅう》すじの刺《さ》さった、おでん串《ぐし》ができあがる。

「……なんだ、この姉《ねえ》ちゃんは？」

一人《ひとり》だけ、糸《いと》コンニャクを頭《あたま》から垂《た》らしたヤウズが言《い》う。

「あの、本当《ほんとう》にごめんなさい。わたし、あのお方（かた）に造《つく》られたゴーレム。名前《なまえ》は、真野萌奈美《まのもなみ》です。」

丁寧《ていねい》に頭《あたま》を下《さ》げるゴーレムモナミ。十秒《びょう》ほど目《め》をつぶり、真剣《しんけん》な顔《かお》。次《つぎ》に目《め》を開《あ》けたときは、〝わたし、心《こころ》の底《そこ》から反省《はんせい》したから許《ゆる》してもらえるよね？〟という顔《かお》になっていた。

ヤング皇帝《アンブルール》とジョーカーが、戦闘態勢《せんとうたいせい》に入《はい》る。

ヤウズは、二人《ふたり》が構《かま》えたことが信《しん》じられない。

「ちょ、待《ま》てよ、ジジイも先輩《せんぱい》も！　相手《あいて》は女《おんな》の子《こ》だぜ。戦《たたか》う気《き》か？」

「わからねぇのか、小僧《こぞう》……。はっきり言《い》うぜ。おまえが数十万人《すうじゅうまんにん》でかかっても、このお姉《ねえ》ちゃんには勝《か》てねぇよ。」

「…………」

ヤウズは、ゴーレムモナミを見《み》た。どこにでもいるような、ショートカットの女子高生《じょしこうせい》。

――こいつ……本当《ほんとう》に、強《つよ》いのか？

そのとき、ヤウズのスマホからアラーム音《おん》が鳴《な》った。

画面《がめん》を見《み》ると、緊急《きんきゅう》ニュース。流星物質《メテオロイド》と衝突《しょうとつ》した無人《むじん》の国際宇宙ステーション《ISS》が、大破《たいは》。その破《は》片《へん》が燃《も》え尽《つ》きることなく日本《にっぽん》に降《ふ》り注《そそ》ぐとのこと――。

「おい、ジジイ。宇宙《うちゅう》も、大変《たいへん》なことになってるぞ。」

ヤング皇帝《アンプルール》にニュースの内容《ないよう》を言《い》ってから、ヤウズはスマホを片付《かたづ》ける。

――日本《にっぽん》に降《ふ》り注《そそ》ぐっていっても、ここを直撃《ちょくげき》するわけじゃないし、そんなに気《き》にすることないな。

「あまいな……。間違《まちが》いなく、ここに落《お》ちてくるぞ。それが、シンクロなんだ。」

ヤング皇帝《アンプルール》が、真剣《しんけん》な声《こえ》で言《い》った。

――シンクロ……？　なんだ、それ？

よくわからないヤウズ。しかし、ヤング皇帝《アンプルール》が冗談《じょうだん》を言《い》ってるようには思《おも》えない。

――真剣《マジ》かよ……。

しかし、この場《ば》にエレオノーレやゲルブを呼《よ》んでなくてホッとするヤウズだった。

「小僧《こぞう》もジョーカー君《くん》も、気《き》を抜《ぬ》くなよ。来《く》るぞ！」

ヤング皇帝《アンプルール》が言《い》い、ゴーレムモナミが妙《みょう》な構《かま》えをとったとき、彼女《かのじょ》の背後《はいご》から後頭部《こうとうぶ》を殴《なぐ》りつける者《もの》がいた。ぼかん！　という音《おと》が、店内《てんない》に響《ひび》く。

「痛《いた》いなぁ……。」

振《ふ》り返《かえ》るゴーレムモナミの目《め》に、黒装束《くろしょうぞく》の小柄《こがら》な少年《しょうねん》が映《うつ》る。

「げっ！　あんたは、モナミがシンクロを起《お》こして世界《せかい》を滅《ほろ》ぼさないように見張《みは》ってる丸井丸男《まるいまるお》！しかして、その実体《じったい》は忍者《にんじゃ》もどき！　ちなみに、妹《いもうと》の丸美《まるみ》は未来《みらい》を見《み》るサキミの能力《のうりょく》を持《も》っている。」

「なるほど、おれのことは、そういうデータで入《はい》ってるのか。」

肩《かた》をすくめる丸男《まるお》。全身《ぜんしん》から、〝早《はや》く山《やま》に帰《かえ》りたい〟オーラが出《で》ている。

「丸美《まるみ》に言《い》われて来《き》てみたら、本当《ほんとう》に、おまえは偽者《にせもの》でも面倒《めんどう》くさいな。早《はや》く、店《みせ》の中《なか》を片付《かたづ》けろ！そして、大人《おとな》しく土塊《つちくれ》に返《かえ》れ！」

「フッ……。なんで、わたしが丸男《まるお》の言《い》うことを聞《き》かなきゃいけないの？　わたしは、あのお方《かた》の命令《めい》以外《れいいがい》は聞《き》かないのよ。」

胸《むね》を張《は》るモナミ。

丸男《まるお》が、腰《こし》につけていた風呂敷包《ふろしきづつ》みをモナミに見《み》せる。

「言《い》うことを聞《き》いたら、山《やま》で採《と》ってきたアケビをやるぞ。」

「………………」

大人《おとな》しく、店《みせ》の奥《おく》からモップを持《も》ってきて、散《ち》らかった店内《てんない》を片付《かた》けるモナミ。天井《てんじょう》の蛍光灯《けいこうとう》に引《ひ》っかかっていた料理《りょうり》や食器《しょっき》の破片《はへん》もきれいにする。

全《すべ》てを片付《かたづ》け、丸男《まるお》からアケビをもらい、ご機嫌《きげん》のゴーレムモナミ。

丸男《まるお》が、ヤング皇帝《アンプルール》たちに頭《あたま》を下《さ》げる。

「お騒《さわ》がせして、本当《ほんとう》にすみませんでした。ゴーレムモナミは、山《やま》に連《つ》れていきます。」

店《みせ》を出《で》て行《い》く丸男《まるお》とゴーレムモナミ。

アラーム音《おん》で、ヤウズがスマホを見《み》る。大破《たいは》した国際宇宙ステーション《ISS》が全《すべ》て燃《も》え尽《つ》き、危険《きけん》は去《さ》ったというニュースだった。

――ゴーレムモナミが店《みせ》の中《なか》を片付《かたづ》けたから、危険《きけん》が去《さ》った……。これが、シンクロ？

世界《せかい》の成《な》り立《た》ちの奥深《おくぶか》さに、ヤウズは言葉《ことば》がなかった。

しかし、もっとも恐《おそ》ろしかったのは、これだけの騒《さわ》ぎがあっても、変《か》わることなく酒《さけ》を飲《の》み続《つづ》ける居酒屋《いざかや》の客《きゃく》たちだった。

09

高層《こうそう》ビルの屋上《おくじょう》――。信《しん》じられないくらい巨大《きょだい》な満月《まんげつ》が、世界《せかい》を青白《あおじろ》く染《そ》め上《あ》げている。

フェンスの上《うえ》に腰掛《こしか》け、街《まち》のネオンを見下《みお》ろしているクイーン。

時折《ときお》り吹《ふ》く激《はげ》しい風《かぜ》に、彼《かれ》の銀色《ぎんいろ》の髪《かみ》がなびく。

さっき、RD《アールディー》から、皇帝《アンプルール》が、ニセキャラを作《つく》り、各部門《かくぶもん》の第《だい》一位《い》を消《け》しにかかってると連絡《れんらく》があった。

「気《き》をつけてください。あなたは、いたるところで恨《うら》みを買《か》ってますからね。そんな者《もの》たちが一斉《いっせい》に襲《おそ》ってきたら、いくらあなたといえども――。」

クイーンは、途中《とちゅう》で通信《つうしん》を切《き》った。

――もし、わたしを殺《ころ》しに来《く》るとしたら、彼《かれ》しかいない。

クイーンには、予感《よかん》があった。だから今《いま》、誰《だれ》にも邪魔《じゃま》されない場所《ばしょ》で、彼《かれ》を待《ま》っている。

優《やさ》しい風《かぜ》が吹《ふ》き、青白《あおじろ》い世界《せかい》に、燃《も》えるような赤《あか》い髪《かみ》を持《も》った人物《じんぶつ》の影《かげ》が現《あらわ》れる。

「久《ひさ》しぶりだね、緋仔《ひこ》。」

フェンスから屋上《おくじょう》に降《お》りるクイーン。

緋仔《ひこ》――暗殺集団《あんさつしゅうだん》『初桜《ういろう》』のリーダー。痛《いた》みを感《かん》じず、感情《かんじょう》を持《も》たない最強《さいきょう》の殺《ころ》し屋《や》。二十歳《はたち》の時《とき》、クイーンと戦《たたか》い敗北《はいぼく》している。

「…………」

静《しず》かに立《た》っている緋仔《ひこ》。両腕《りょううで》を、体《からだ》の横《よこ》にダラリと下《さ》げている。

如意珠《にょいしゅ》――緋仔《ひこ》の手《て》から、小《ちい》さな鉄球《てっきゅう》が指《ゆび》で弾《はじ》かれる。予備動作《よびどうさ》もなく、拳銃《けんじゅう》のように構《かま》える必要《ひつよう》もない。静《しず》かな暗殺術《あんさつじゅつ》。

その鉄球《てっきゅう》を、カードで弾《はじ》き飛《と》ばすクイーン。満月《まんげつ》に照《て》らされた屋上《おくじょう》で、二人《ふたり》だけの静《しず》かな戦《たたか》いが始《はじ》まる。

……いや、二人《ふたり》だけではなかった。

まず、隣《となり》のビルの屋上《おくじょう》にいる黒背広《くろせびろ》の人物《じんぶつ》――夢水清志郎《ゆめみずきよしろう》。ボソリと呟《つぶや》く。

「そろそろ、夢《ゆめ》から覚《さ》める時間《じかん》かな。」

そしてもう一人《ひとり》、戦《たたか》いを見《み》ている人物《じんぶつ》。それは、大型《おおがた》モニタの前《まえ》にいる、きみだ。

10

そこは、『パラグラフ14』という札《ふだ》がかかった部屋《へや》。

四方《しほう》の壁《かべ》は、全《すべ》て天井《てんじょう》まで高《たか》さがある本棚《ほんだな》。そして床《ゆか》には、入《はい》りきらなかった本《ほん》が山《やま》のように積《つ》まれている。

部屋《へや》の隅《すみ》では、一人《ひとり》の男《おとこ》が、机《つくえ》の上《うえ》に置《お》かれたノートパソコンを操作《そうさ》している。

奇妙《きみょう》な男《おとこ》だ。頬《ほほ》に絆創膏《ばんそうこう》を貼《は》り、ボサボサの髪《かみ》。何《なに》かに取《と》り憑《つ》かれたようにキーを打《う》ち、時々手《ときどきて》を止《と》め、首《くび》をひねり髪《かみ》をかきむしり、書《か》いた文章《ぶんしょう》を消《け》す。その繰《く》り返《かえ》し。

ノックの音《おと》がした。

立《た》ち上《あ》がり、ドアを開《あ》ける男《おとこ》。すると、そこには夢水清志郎《ゆめみずきよしろう》が立《た》っている。

「やぁ、久《ひさ》しぶりだね。」

男《おとこ》は、夢水《ゆめみず》を室内《しつない》に招《まね》き入《い》れる。

本《ほん》の山《やま》をかき分《わ》け、夢水《ゆめみず》が座《すわ》れる場所《ばしょ》を作《つく》ると、男《おとこ》はコンピュータの前《まえ》に戻《もど》る。

「書《か》きかけの原稿《げんこう》、もう少《すこ》しで終《お》わりなんだ。悪《わる》いが、仕事《しごと》を続《つづ》けさせてもらうよ。」

夢水《ゆめみず》に背《せ》を向《む》け、男《おとこ》はキーを打《う》ち始《はじ》める。

その背中《せなか》に向《む》かって、夢水《ゆめみず》が言《い》う。

「きみが、犯人《はんにん》なんだね？」

男《おとこ》の手《て》が、止《と》まった。

天井《てんじょう》を見上《みあ》げ首《くび》をひねり髪《かみ》をかきむしってから、椅子《いす》を回転《かいてん》させ、夢水《ゆめみず》の方《ほう》へ体《からだ》を向《む》けた。

「やっぱり、きみにはわかってたのか。」

「長《なが》いつきあいだからね。」

「きみが、ぼくの夢《ゆめ》に現《あらわ》れてから、もう三十年《ねん》以上《いじょう》になるか……。」

男《おとこ》は、昔《むかし》を懐《なつ》かしむように言《い》った。そして、イタズラっ子《こ》のような笑顔《えがお》になる。

「できるなら、名探偵《めいたんてい》の謎解《なぞと》きを聞《き》かせて欲《ほ》しいね。」

夢水《ゆめみず》は、一つうなずくと、

「さて——。」

長《なが》い指《ゆび》を伸《の》ばした。

「最初《さいしょ》に気《き》になったのは、視点《してん》なんだ。」

「視点《してん》？」

「そう。例《たと》えば、本《ほん》を読《よ》むとき——。物語《ものがたり》に登場《とうじょう》するキャラの視点《してん》と、読者《どくしゃ》の視点《してん》は、まったく違《ちが》う。キャラは物語《ものがたり》の中《なか》しか見《み》えないが、読者《どくしゃ》は違《ちが》う。それは、あたかも神《かみ》と同《おな》じ視点《してん》を持《も》っていると言《い》える。また、物語《ものがたり》を書《か》く作家《さっか》も、同《おな》じ視点《してん》を持《も》っていると言《い》えるだろうね。」

夢水《ゆめみず》が立《た》ち上《あ》がり、足《あし》の踏《ふ》み場《ば》もない部屋《へや》の中《なか》を歩《ある》き回《まわ》る。

「はやみねキャラ総選挙《そうせんきょ》の結果《けっか》を受《う》け、センターの座《ざ》を奪《うば》おうと、皇帝《アンプルール》が動《うご》き出《だ》す。これが、表面《ひょうめん》に見《み》えている事件《じけん》だ。まず、上越警部《じょうえつけいぶ》が完璧《かんぺき》な密室《みっしつ》から消《け》された。いくら皇帝《アンプルール》に人間離《にんげんばな》れした知識《ちしき》や能力《のうりょく》があったとしても、あの状況《じょうきょう》で警部《けいぶ》を消《け》すのは不可能《ふかのう》。それは、三次元《じげん》の生物《せいぶつ》が、四次元《じげん》を完璧《かんぺき》に理解《りかい》できないのと同《おな》じ。そんなことができるのは、物語《ものがたり》の外《そと》にいる人間《にんげん》——読者《どくしゃ》か作者《さくしゃ》だけだ。」

「だから、ぼくが犯人《はんにん》だと……?」

また、夢水《ゆめみず》がうなずく。

「上越警部《じょうえつけいぶ》が消《き》えた後《あと》、みんなの記憶《きおく》から警部《けいぶ》の存在《そんざい》が消《き》えていった。ところが、ぼくの記憶《きおく》からは消《き》えない。それはなぜか? ぼくは、きみが生《う》み出《だ》したキャラじゃない。きみの夢《ゆめ》の中《なか》に現《あらわ》れた、特別《とくべつ》なキャラ。きみと、対等《たいとう》な視点《してん》を持《も》っている。だから、この事件《じけん》の真犯人《しんはんにん》が、きみだということも推理《すいり》できた。」

「………」

男《おとこ》は答《こた》えない。しかし、答《こた》えないことが、夢水《ゆめみず》の推理《すいり》が正解《せいかい》だと認《みと》めているようだった。

夢水《ゆめみず》が大《おお》きく息《いき》を吸《す》い、男《おとこ》に訊《き》く。

「今度《こんど》は、きみが教《おし》えて欲《ほ》しい。どうして、各部門《かくぶもん》の第一位《だいいい》を消《け》そうとしたんだい?」

男《おとこ》は、哀《かな》しそうに微笑《ほほえ》んでいる。

「きみには、わからないだろうな。キャラクターを作《つく》り、物語《ものがたり》を構成《こうせい》する。そのとき、作家《さっか》は神《かみ》になれるんだ。なのに、みんな勝手《かって》に動《うご》き始《はじ》める。作者《さくしゃ》のぼくを無視《むし》して——。だから、ぼくはソドムの火《ひ》を放《はな》つことにした。」

男《おとこ》は、かつて神《かみ》の火《ひ》で焼《や》かれた古代都市《こだいとし》の名前《なまえ》を口《くち》にする。

「はやみねキャラ総選挙《そうせんきょ》で第《だい》一位《い》を取《と》るようなキャラは、特《とく》に言《い》うことを聞《き》かない。まず、消《け》すのなら彼《かれ》らからだと思《おも》ったんだ。」

男《おとこ》がうなずく。

「そして、こんな〝ミキサーの中《なか》にキャラを放《ほう》り込《こ》んだような物語《ものがたり》〟を書《か》いたのかい？」

「キャラを、好《す》きなように扱《あつか》える。気《き》に入《い》らなければ、消《け》すこともできる。――この、まるで神《かみ》のような能力《のうりょく》は、作者《さくしゃ》の特権《とっけん》だと思《おも》わないかい？」

男《おとこ》の言葉《ことば》に、呆《あき》れたというように肩《かた》をすくめる夢水《ゆめみず》。溜息《ためいき》をついてから、ボソリと言《い》った。

「でも、神《かみ》を気取《きど》ってるきみも、キャラの一人《ひとり》なんだよ。」

「えっ？」

理解《りかい》できないという顔《かお》の男《おとこ》に、夢水《ゆめみず》は『はやみねキャラ総選挙《そうせんきょ》』の結果《けっか》が書《か》かれた紙《かみ》を見《み》せる。

【知能部門《ちのうぶもん》】の第《だい》二十四位《い》――最下位《さいかい》の位置《いち》に、男《おとこ》の名前《なまえ》が書《か》かれている。

「わかるかい？　ここに、きみの名前《なまえ》が書《か》かれている。つまり、きみもキャラの一人《ひとり》なんだ。」

夢水《ゆめみず》に突《つ》きつけられた紙《かみ》を見《み》る男《おとこ》。その手《て》が震《ふる》え、額《ひたい》に汗《あせ》が浮《う》かぶ。

男《おとこ》は、自分《じぶん》の腕《うで》を見《み》る。今《いま》まで、たくさんのキャラクターをマリオネットのように操《あやつ》ってきた腕《うで》。

その腕《うで》に、キラキラした糸《いと》が見《み》える。

——誰《だれ》が、この糸《いと》を操《あやつ》ってるのか？

男《おとこ》は、思《おも》わず上《うえ》を見《み》る。

真《ま》っ暗《くら》な部屋《へや》の、真《ま》っ黒《くろ》い天井《てんじょう》。それ以外《いがい》は見《み》えない。

ホッとする男《おとこ》の肩《かた》を、夢水《ゆめみず》がポンと叩《たた》く。

「安心《あんしん》したのかい？　でもね、ぼくもきみも、しょせんは赤《あか》い夢《ゆめ》の住人《じゅうにん》なんだ。ここで、覚《さ》めることのない夢《ゆめ》を見続《みつづ》けるんだよ。」

夢水《ゆめみず》に言《い》われ、男《おとこ》は自分《じぶん》の仕事《しごと》を思《おも》い出《だ》す。

「残《のこ》ってる原稿《げんこう》を、書《か》いてしまってもいいかな？」

夢水《ゆめみず》がうなずくのを見《み》て、男《おとこ》がノートパソコンの前《まえ》に戻《もど》る。

カタ……カタカタ……カタ……。

『パラグラフ14』の部屋《へや》に、男《おとこ》が打《う》つキーの音《おと》が響《ひび》く。

夢水《ゆめみず》は、しばらく男《おとこ》が仕事《しごと》をするのを見《み》てから、静《しず》かに部屋《へや》を出《で》た。

0∞

きみは、ハッと我《われ》に返《かえ》る。夢《ゆめ》から覚《さ》めたばかりのように、頭《あたま》がはっきりしない。

目《め》の前《まえ》には、さっきまでパラグラフ14の部屋《へや》が映《うつ》っていたが、今《いま》は真《ま》っ暗《くら》のモニタ。

「大丈夫《だいじょうぶ》ですか？」

中村《なかむら》さんに訊《き》かれ、きみは無理《むり》に笑顔《えがお》を作《つく》る。そして、不安《ふあん》を消《け》そうと訊《き》いた。

「なんだか……夢《ゆめ》を見《み》てたような気分《きぶん》です。今《いま》は、現実《げんじつ》ですよね？」

「当《あ》たり前《まえ》じゃないですか。」

中村《なかむら》さんの明《あか》るい口調《くちょう》に、きみはホッとする。なのに、部屋《へや》を出《で》るとき呟《つぶや》かれた言葉《ことば》に、きみは立《た》ちすくむ。

「でも、この世界《せかい》が夢《ゆめ》か現実《げんじつ》かなんて、誰《だれ》も保証《ほしょう》できないんですよね。」

「えっ？」

背後《はいご》のモニタから、微《かす》かに音声《おんせい》が聞《き》こえる。

「Good Night, And Have A Nice Dream.《グッドナイトアンドハブアナイスドリーム》……。」


〈Fin〉

エピローグ

盛《も》りだくさんな館《やかた》の散策《さんさく》で疲《つか》れたきみと中村《なかむら》さん。

応接室《おうせつしつ》のソファに腰《こし》かけ休《やす》んでいると、はやみね先生《せんせい》がドアを開《あ》けて現《あらわ》れた。

「二十五年分《ねんぶん》の歴史《れきし》を詰《つ》め込《こ》んだ赤《あか》い夢《ゆめ》の館《やかた》、どうだった？」

はやみね先生《せんせい》がたずねる。

「あいかわらずだね〜。」

やけにあっさりしている、中村《なかむら》さんの感想《かんそう》。

「それは言《い》わない約束《やくそく》でしょ。」

なぜか満足《まんぞく》そうに、はやみね先生《せんせい》がつぶやく。

そして、ワッハッハ、と二人《ふたり》で笑《わら》う。


なぜか急《きゅう》に疲《つか》れを感《かん》じたきみは、そろそろ、おいとますることにした。

「もう帰《かえ》るの？　じゃあちょっと待《ま》ってね。今《いま》、シャトルバスを手配《てはい》するから。」

そう言《い》って電話《でんわ》に向《む》かうはやみね先生《せんせい》。

きみはそれを光《ひかり》の速度《そくど》で制止《せいし》し、ふつうのタクシーをお願《ねが》いした。

門《もん》の前《まえ》でタクシーを待《ま》っていると、はやみね先生《せんせい》が赤《あか》い封筒《ふうとう》を差《さ》し出《だ》した。

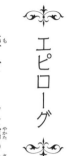

「これは、おみやげです。後《あと》で読《よ》んでみてください。」

きみは封筒《ふうとう》を受《う》け取《と》る。

「きみが赤《あか》い夢《ゆめ》を見《み》たくなったら、またいつでも館《やかた》に来《き》てくださいね。」


ふと、エンジン音《おん》が聞《き》こえてきた。遠《とお》くから黒塗《くろぬ》りの大《おお》きな車《くるま》がやってくる。

「あれは……ダッジ・モナコ七四年型《ねんがた》。」

中村《なかむら》さんがつぶやく。どう見《み》てもタクシーではない。

「近所《きんじょ》のハイヤーは出払《ではら》っているらしくてね。しょうがないから、知《し》り合《あ》いにお願《ねが》いしたんだ。」

はやみね先生《せんせい》がきみにウインクする。

運転席《うんてんせき》には、見《み》るからに不機嫌《ふきげん》そうな若《わか》い男性《だんせい》。

後部座席《こうぶざせき》にちらかっていた雑誌《ざっし》（『転職《てんしょく》こそ天職《てんしょく》』『保育士《ほいくし》の友《とも》』などと書《か》かれている）を整理《せいり》し、席《せき》を空《あ》けてくれる。

きみは、おそるおそる車《くるま》に乗《の》り込《こ》む。

「じゃあね〜。今度《こんど》は五十周年《しゅうねん》になったとき、またおいで。」

ひらひらと手《て》を振《ふ》るはやみね先生《せんせい》と中村《なかむら》さん。

車《くるま》が発進《はっしん》し、遠《とお》ざかっていく赤《あか》い夢《ゆめ》の館《やかた》。

きみの意識《いしき》も、現実《げんじつ》へと引《ひ》き戻《もど》されていく——。

あとがき（おみやげ）

～全《すべ》ての作家《さっか》が、こんなのではないと思《おも》っていただきたい～

どうも、はやみねかおるです……と、いつもの〝あとがき〟なら、普通《ふつう》に書《か》き始《はじ》められるのですが、「はやみねかおる公式《こうしき》ファンブック」となると、そうもいきません。

きちんとご挨拶《あいさつ》しなければ！　――というわけで、今《いま》、シルクハットにタキシード姿《すがた》でキーボードを叩《たた》いてます。

もちろん、冗談《じょうだん》です。

☆

『椎名誠《しいなまこと》の増刊号《ぞうかんごう》』『まるまる新井素子《あらいもとこ》』『まるまる大原《おおはら》まり子《こ》』『田中芳樹読本《たなかよしきどくほん》』『中井英夫《なかいひでお》スペシャルⅡ』『稲垣足穂《いながきたるほ》』『島田荘司読本《しまだそうじどくほん》』『アガサ・クリスティー読本《どくほん》』『星新一《ほししんいち》の世界《せかい》』『筒井康隆読本《つついやすたかどくほん》』『村上春樹《むらかみはるき》の世界《せかい》』――これらは、ぼくの部屋《へや》にある、一人《ひとり》の作家《さっか》について書《か》かれた書籍《しょせき》や雑誌《ざっし》のタイトルです。

まだたくさんあるような気《き》がするんですが、本棚《ほんだな》が人外魔境《じんがいまきょう》になっていて、これ以上《いじょう》のタイトルを見《み》つけることができませんでした。

ぼくは、これらの本《ほん》を読《よ》んで「作家《さっか》って、すごいなぁ。」とか「そうか、こういう創作姿勢《そうさくしせい》がだいじなんだ。」と、いろいろ勉強《べんきょう》してきました。

さて、「はやみねかおる公式《こうしき》ファンブック」です。

……いったい、みなさんは、この本《ほん》から何《なに》を読《よ》み取《と》られるのでしょうね？

願《ねが》わくば、「そうか……。こんな人間《にんげん》でも、一応作家《いちおうさっか》として二十五年《ねん》も書《か》き続《つづ》けられるんだ。よし！」というような、前向《まえむ》きな感想《かんそう》を持《も》ってくれるとよいのですが……。

☆

ファンブックのお話《はなし》をいただいたとき、冗談《じょうだん》でしょと思《おも》いました。そして次《つぎ》に、恐《おそ》れ多《おお》い！　と思《おも》いました。だいたい、はやみねのファンブックを読《よ》みたい人間《にんげん》っているのか？　という心配《しんぱい》が強《つよ》かったです。

でも、「赤《あか》い夢《ゆめ》の館《やかた》への招待《しょうたい》」とか「はやみねかおるへの100の質問《しつもん》」、「はやみねキャラ総選挙《そうせんきょ》」などの企画内容《きかくないよう》を聞《き》き、「これは、おもしろい！　完成《かんせい》した本《ほん》を、読《よ》みたい！」というように変《か》わりました。

総選挙《そうせんきょ》で一位《い》になったキャラを登場《とうじょう》させる短編《たんぺん》も、書《か》いていておもしろかったです。一応《いちおう》、プロ作《さっ》家《か》として、初《はじ》めて読《よ》む人《ひと》のことを常《つね》に考《かんが》えて原稿《げんこう》を書《か》くのですが、今回《こんかい》は違《ちが》いました。『そして七人《にん》がいなくなる!?』――これは、ぼくが書《か》いたものをたくさん読《よ》んでる人《ひと》ほど、楽《たの》しめる物語《ものがたり》です。そして断言《だんげん》します。一番楽《いちばんたの》しめるのは、ぼくです。

また、自分《じぶん》は赤《あか》い夢《ゆめ》の住人《じゅうにん》なのだと、改《あらた》めて思《おも》いました。

ここで、一番大事《いちばんだいじ》な注意書《ちゅういが》きを一つ。

この本《ほん》を読《よ》んで、全《すべ》ての作家《さっか》が、こんなのではないと思《おも》っていただきたい。

☆

それにしても、二十五年《ねん》も書《か》いてると、たくさんのキャラクターを生《う》み出《だ》してしまうものです。しかも哀《かな》しいことに、まともなキャラが、ほとんどいない。

キャラクターからしてみたら、「もっと恰好《かっこう》いいところを書《か》いてほしいとか」「こんなのは、本来《ほんらい》の自分《じぶん》じゃない！」とか、いろいろ言《い》いたいことはあると思《おも》います。

でも、原稿《げんこう》に書《か》かなかったり書《か》いても削《けず》ったりしてる部分《ぶぶん》では、みんなもっと妙《みょう》なことをしたり言《い》ったりしてるんですよ。これでも、気《き》を遣《つか》ってあげてるんですけどね……。

☆

最後《さいご》になりましたが、感謝《かんしゃ》の言葉《ことば》を——。

この本《ほん》の企画《きかく》を出《だ》してくださった、講談社児童図書《こうだんしゃじどうとしょ》のみなさん。ありがとうございました。思《おも》えば、本当《ほんとう》に長《なが》い間《あいだ》、お世話《せわ》になってます。

もったいないほど素敵《すてき》な本《ほん》にしてくださったオフィス303の川辺《かわべ》さんと水落《みずおち》さん、謎《なぞ》の覆面助《ふくめんすけ》っ人編集者《とへんしゅうしゃ》さん。一緒《いっしょ》にお仕事《しごと》させていただいて、いつもセンスの高《たか》さと発想《はっそう》の豊《ゆた》かさ、何《なに》よりあふれる遊《あそ》び心《ごころ》を勉強《べんきょう》させてもらってます。今回《こんかい》も、ありがとうございました！

お忙《いそが》しい中《なか》、原稿《げんこう》を寄《よ》せてくださった先生方《せんせいがた》。そして、かつて、はやみねの面倒《めんどう》を見《み》てくださった担当編集者《たんとうへんしゅうしゃ》さん。本当《ほんとう》にありがとうございました。詳《くわ》しいお礼《れい》は、今度《こんど》お目《め》にかかれたときに、熱烈《ねつれつ》な言葉《ことば》で伝《つた》えさせてください。

普段《ふだん》、山《やま》の中《なか》に住《す》み、部屋《へや》から出《で》ない生活《せいかつ》をしていると、いろんな人《ひと》とつながってることを忘《わす》れかけてしまいます。改《あらた》めて、凄《すご》い人《ひと》たちと仕事《しごと》してるんだなと、冷《ひ》や汗《あせ》をかいてます。

それから、奥《おく》さんと二人《ふたり》の息子《むすこ》——琢人《たくと》と彩人《さいと》へ。いつもいつもささえてくれてありがとう。

そして何《なに》より、ぼくが二十五年間《ねんかん》も物書《ものか》きを続《つづ》けられたのは、読《よ》んでくださる読者《どくしゃ》のみなさまのおかげです。

本当《ほんとう》にありがとうございます。

☆

はやみねかおるの日常《にちじょう》は、http://park3.wakwak.com/~hayamine/kaoru.html の「はやみねな日々《ひび》」で紹介《しょうかい》されてます。HP《ホームページ》の管理《かんり》をしてくれてるのは、本書《ほんしょ》にも原稿《げんこう》を寄《よ》せてくれた〝燃《も》える一《いっ》介《かい》の書店人《しょてんじん》〟こと中村巧店長《なかむらたくみてんちょう》さんです。よろしければ、見《み》てください。

☆

すみませんが、もう少《すこ》し赤《あか》い夢《ゆめ》の世界《せかい》で遊《あそ》ばせてやってください。

そして、また赤《あか》い夢《ゆめ》の世界《せかい》で、あなたに会《あ》えますように。

それまでお元気《げんき》で。

では！

Good Night, And Have A Nice Dream!《グッドナイトアンドハブアナイスドリーム》

KAORU HAYAMINE

【企画・編集】樺次郎、水落直紀（オフィス303）
【装丁】城所潤（Jun Kidokoro Design）
【本文デザイン】倉科明敏（T.デザイン室）
【カバーイラスト】K2商会、佐藤友生、にしけいこ
【目次・章扉イラスト】K2商会
【絵】吾妻ひでお、カスヤナガト、KeG、K2商会、佐藤友生、杉作、武本糸会、鶴田謙二、とり・みき、にしけいこ、庭、ひらいたかこ、藤島康介、村田四郎、やまさきもへじ

はやみねかおる公式《こうしき》ファンブック
赤《あか》い夢《ゆめ》の館《やかた》へ、ようこそ。

2015年12月10日 第1刷発行

作 はやみねかおる
編 講談社

発行者 清水保雅
発行所 株式会社講談社
〒112-8001
東京都文京区音羽2-12-21
電話 出版 03-5395-3536
販売 03-5395-3625
業務 03-5395-3615
印刷所 共同印刷株式会社
製本所 株式会社国宝社

©Kaoru Hayamine 2015 Printed in Japan
定価はカバーに表示してあります。落丁本・乱丁本はご面倒ですが、購入書店名を明記のうえ、小社業務あてにお送りください。送料小社負担にておとりかえいたします。なお、この本についてのお問い合わせは、児童図書第二出版あてにお願いいたします。本書のコピー、スキャン、デジタル化等の無断複製は著作権法上での例外を除き禁じられています。本書を代行業者等の第三者に依頼してスキャンやデジタル化することはたとえ個人や家庭内の利用でも著作権法違反です。

N.D.C.913 231p 19cm ISBN978-4-06-219863-9